TORDU

Jonathan Kellerman

TORDU

roman

TRADUIT DE L'ANGLAIS (ÉTATS-UNIS)
PAR WILLIAM OLIVIER DESMOND

ÉDITIONS DU SEUIL
27, rue Jacob, Paris VIe

COLLECTION DIRIGÉE
PAR ROBERT PÉPIN

Titre original : *Twisted*
Éditeur original : Ballantine Books, a trademark of Random House, NY
© original : 2004 by Jonathan Kellerman
ISBN original : 0-345-46525-3

ISBN 978-2-02-085429-0

www.seuil.com

Pour Faye

Remerciements

Un merci tout particulier à John Ahouse, à Rick Albee, détective privé, à l'inspecteur Miguel Porras, à Terri Porras et à Susan Wilcox.

I

En mai, Hollywood retrouva un ciel d'azur et son optimisme californien. Petra Connor travaillait la nuit et ne voyait guère le bleu du ciel, mais elle avait des raisons personnelles d'être de bonne humeur : deux meurtres résolus.

Un cadavre retrouvé pendant une réception de mariage, pour commencer. Mlle Ito, américano-nipponne, avait épousé M. Park, américano-coréen. Grande salle de bal du Roosevelt Hotel, deux étudiants en droit qui s'étaient rencontrés à l'université. Le père de la mariée, un chirurgien né à Glendale ; celui du marié, un commerçant immigré qui savait à peine parler anglais. Choc des cultures garanti, s'était dit Petra.

Le cadavre était celui d'un des cousins de la mariée, un expert-comptable de trente-deux ans du nom de Baldwin Yoshimura, retrouvé, alors que la réception battait son plein, dans les toilettes messieurs du Roosevelt, le cou tellement tordu qu'on aurait dit un figurant de *L'Exorciste*. Il fallait des mains puissantes pour faire un truc pareil, avait déclaré le médecin légiste, mais le savoir médical ne permettait pas d'en dire davantage.

Petra, une fois de plus sans collègue de travail, s'était entretenue avec tous les amis et parents de la famille et n'avait pas tardé à découvrir que Baldwin Yoshimura était un véritable don Juan sans scrupules : mariée ou pas, une conquête était une conquête. Plus elle fouinait, plus elle avait droit à des coups d'œil nerveux de la part de la famille de la mariée. Finalement, ç'avait été une autre cousine, du nom de Wendy Sakura, qui avait craché le morceau : Baldwin avait dragué sa belle-sœur. La salope.

Le frère de Baldwin, Darwin Yoshimura, professeur d'arts martiaux à Woodland Hills, était un peu le mouton noir de ce clan de forts en thème. Petra s'était obligée à se lever au milieu de la journée, était passé au dojo et l'avait observé pendant qu'il donnait un cours de judo à des ceintures noires. Petite taille, trapu, crâne rasé, manières agréables. Une fois le cours terminé, il s'était approché de Petra, mains tendues pour les menottes et avait dit : « C'est moi. Arrêtez-moi. »

Au commissariat, il avait refusé l'avocat tant il était pressé de tout déballer : soupçonneux depuis quelque temps, il avait suivi son épouse et son frère en les voyant quitter la fête pour se rendre dans une salle de banquet qui n'était pas utilisée. Derrière un paravent, l'épouse avait taillé une pipe enthousiaste au frère. Darwin l'avait laissée terminer, avait attendu que Baldwin aille aux toilettes, pris son frère à partie et fait ce qu'il estimait devoir faire.

– Et votre épouse ? lui avait demandé Petra.

– Quoi, mon épouse ?

– Vous ne lui avez rien fait ?

– C'est une femme, avait répondu Darwin Yoshimura. Elle est faible. Baldwin aurait dû se méfier.

L'autre affaire résolue avait commencé par des taches de sang à Los Feliz et s'était terminée par un cadavre dans une forêt – le parc national d'Angeles Crest. La victime était un épicier du nom de Bedros Kashigian. On avait trouvé le sang dans le parking, derrière son magasin, dans Edgemont. Kashigian et sa Cadillac vieille de cinq ans avaient disparu.

Deux jours plus tard, des gardes forestiers retrouvaient la Cadillac sur le bas-côté d'une route de la forêt, Kashigian affaissé derrière son volant. Une coulée de sang séché lui sortait de l'oreille et lui avait barbouillé la figure et éclaboussé la chemise, mais le corps ne présentait aucune plaie apparente. L'étude des asticots avait permis de dire qu'il était mort depuis quarante-huit heures, peut-être un peu moins. Autrement dit, au lieu de rentrer chez lui après avoir fermé boutique, il avait parcouru près de cinquante kilomètres vers l'est. De gré ou de force.

Pour autant que Petra pouvait en juger, l'épicier était un citoyen honorable, marié, père de trois enfants, propriétaire d'une belle maison et pas particulièrement endetté. Il lui avait fallu une bonne semaine d'enquête pour apprendre que l'homme s'était trouvé impliqué dans une bagarre deux jours avant sa disparition.

Une rixe dans un bar d'Alvarado. Clientèle latino, mais Kashigian en pinçait pour une des serveuses salvadoriennes et y passait souvent pour descendre quelques bières avant d'aller faire un tour dans la chambre de la jeune femme, au-dessus. Deux ivrognes s'étaient mis à se taper dessus, déclenchant la rixe. Kashigian s'était trouvé pris au milieu et avait reçu un coup de poing à la tête. Un seul, d'après le barman. Et qui ne lui était même pas destiné. L'épicier était sorti du bar sur ses pieds.

La veuve de Kashigian, qui devait faire face non seulement à son deuil mais à la nouvelle que son Bedros la trompait, déclara que celui-ci s'était plaint d'avoir mal à la tête. Il se serait cogné contre le râtelier à pain. Deux aspirines et il avait eu l'air d'aller mieux.

Petra avait téléphoné au médecin légiste, personnage toujours surexcité du nom de Rosenberg, et lui avait demandé si un seul coup de poing à la tête porté à main nue pouvait avoir des conséquences fatales deux jours après. Rosenberg avait répondu qu'il en doutait.

L'étude du dossier médical de Kashigian, fourni par son assurance, révéla (outre l'existence d'une importante assurance sur la vie au dernier vivant), qu'il avait reçu des indemnités cinq ans auparavant, lorsque, impliqué dans un carambolage de neuf véhicules sur la 5, il avait eu une fracture du crâne accompagnée d'une hémorragie intracrânienne. Conduit inconscient aux Urgences, Kashigian était rapidement passé en salle d'op, où on lui avait découpé un morceau du crâne de deux centimètres carrés pour pouvoir lui nettoyer le cerveau. On avait rattaché le fragment d'os – la « rondelle », selon le terme employé par Rosenberg – à l'aide de sutures et de vis.

Après avoir appris ces détails, Rosenberg avait changé d'avis.

– En fait, la rondelle ne tenait plus que par le tissu osseux cicatriciel, avait-il dit à Petra. Et ce foutu machin était plus fin que le reste du crâne. Malheureusement pour ton client, c'est exactement là qu'il a reçu son coup de poing. Les autres parties de son crâne auraient pu facilement l'encaisser, mais pas cet endroit précis. Il y a eu une nouvelle fracture, des fragments d'os se sont enfoncés dans son cerveau, provoquant une petite hémorragie, et finalement, boum.

– Boum… voilà que tu recommences avec ton jargon de spécialiste !

Le légiste avait éclaté de rire. Petra aussi. Ni l'un ni l'autre ne tenaient à s'attarder sur le gigantesque manque de pot de Kashigian.

– Un seul coup de poing, avait-elle répété.

– Boum.

– Dis-moi encore, docteur, pourrait-il être parti vers la forêt à cause d'un état de confusion mentale ?

– Laisse-moi réfléchir… Avec des esquilles lui entaillant la cervelle, une petite hémorragie… Oui, il aurait pu se retrouver dans le coltar et passablement désorienté.

Ce qui n'expliquait pas pourquoi Angeles Crest plutôt qu'ailleurs.

Elle avait demandé au capitaine Schoelkopf si elle devait envisager des poursuites pour homicide à l'encontre de l'auteur du coup de poing.

– C'est qui ?

– On ne sait pas encore.

– Une bagarre de bar… (Schoelkopf lui avait adressé son regard t'es pas un peu malade ?) Marque donc « Mort accidentelle ».

Ne voulant ni ne désirant soulever d'objections, elle avait obéi, puis était allée informer la veuve. Qui lui avait expliqué que c'était dans la forêt d'Angeles Crest qu'ils allaient faire l'amour quand ils étaient ados.

– Au moins, il avait pris une bonne assurance, avait enchaîné la femme. Le plus important, c'est que les gosses puissent rester dans une école privée.

Quelques jours après avoir bouclé les deux dossiers, Petra commença à ressentir sa solitude. Elle avait commis l'erreur de nouer une relation intime avec un collègue et maintenant, elle travaillait et vivait seule.

L'objet de son affection était un enquêteur, étrange et taciturne, du nom d'Eric Stahl. Il avait un passé dans l'armée comme officier dans les services spéciaux et une histoire qu'il ne lui avait dévoilée que peu à peu. La première fois qu'elle l'avait vu dans son costume noir, avec son teint pâle et ses yeux sombres et vides, elle avait pensé « croque-mort ». Il lui avait tout de suite déplu, et le sentiment avait eu l'air partagé. Puis les choses avaient changé.

Ils avaient commencé à collaborer dans l'enquête sur Cœur-Glacé, en coordination avec Milo Sturgis de la brigade de Los Angeles ouest ; il s'agissait de mettre la main sur un tueur psychopathe, une ordure qui prenait son pied en massacrant ses victimes de manière créative. L'arrestation s'était mal passée ; Eric avait reçu plusieurs coups de couteau et failli mourir. Pendant qu'elle patientait dans la salle d'attente des Urgences, Petra avait rencontré les parents d'Eric et appris pourquoi il ne parlait pas, ne manifestait aucune émotion et se comportait de manière si peu humaine.

Il avait eu autrefois une famille, une femme et deux gosses, et les avait tous perdus. Heather, Danny et Dawn. De manière abominable. Il avait démissionné de l'armée, passé un an à se bourrer d'antidépresseurs, puis posé sa candidature auprès de la police de Los Angeles, où ses relations lui avaient permis d'être engagé comme inspecteur de classe I à la division Hollywood, où Schoelkopf l'avait mis en équipe avec Petra.

Schoelkopf, s'il savait quelque chose, l'avait gardé pour lui. Petra, n'étant pas informée, avait essayé de se montrer amicale mais, devant un collègue aussi chaleureux qu'un carreau de céramique, elle avait fini par renoncer. Ils n'avaient pas tardé à se partager les tâches, réduisant au strict nécessaire le temps qu'ils passaient ensemble. Les planques étaient interminables, glaciales et silencieuses.

Puis était arrivée la nuit de terreur. Aujourd'hui encore, elle se demandait si Eric n'avait pas tenté de se suicider par personne interposée. Elle ne lui en avait jamais parlé. Et ne voyait pas de raison de le faire.

Elle n'était pas la seule femme dans sa vie. Pendant l'enquête sur Cœur-Glacé il avait rencontré une « danseuse exotique », une blonde évaporée au corps parfait du nom de Kyra Montego, alias Kathy Magary. Kyra était aussi dans la salle d'attente, les seins prêts à jaillir du corsage, reniflant dans son mouchoir, s'examinant les ongles, incapable de lire le plus stupide des magazines, soit par angoisse, soit à cause de ce que Petra soupçonnait être des facultés d'attention réduites à l'extrême. Petra avait tenu plus longtemps que la bimbo et, quand Eric s'était réveillé, c'était elle qui lui tenait la main, elle qui avait soutenu le regard de ses yeux bruns aux cernes violets.

Pendant les mois de convalescence, Kyra était passée régulièrement le voir au bungalow qu'il louait à Studio City, lui apportant des soupes toutes prêtes et des couverts en plastique. Lui offrant aussi ses nénés en plastique, ses battements de faux cils et Dieu sait quoi encore.

Petra avait réglé la question en faisant la cuisine pour Eric. Ayant grandi entre cinq frères et un père veuf, elle se débrouillait très bien aux fourneaux. Et pendant la courte période qu'avait duré son mariage elle avait joué les cordons bleus. Alors divorcée et oiseau de nuit, il était rare qu'elle allume son four. Mais contribuer à la guérison d'Eric avec de bons petits plats lui avait paru terriblement urgent.

Finalement, la bimbo avait disparu du paysage tandis que Petra s'y retrouvait solidement installée. De la maladresse, Eric et elle étaient passés à des confidences pleines de réserves, puis à l'amitié, puis à l'intimité. Quand ils avaient finalement fait l'amour, il s'était comporté avec la ferveur d'un animal en manque. Et, une fois leur relation stabilisée, elle avait trouvé en lui un amant comme elle n'en avait jamais eu, tendre quand elle avait besoin qu'il le soit, agréablement athlétique quand c'était le spécial du jour.

Ils s'étaient séparés en tant qu'équipe, mais étaient restés amants. Chacun vivait chez soi : Eric dans son bungalow, Petra dans son appartement sur Detroit, non loin de la Sixième Avenue, près de Museum Row. Puis ç'avait été la foudre du 11-Septembre, l'expérience d'Eric dans les services spéciaux faisant que la hiérarchie s'était mise à le regarder d'un œil différent. Transféré de la brigade des Homicides à celle de la Sécurité intérieure nouvellement constituée, on l'avait envoyé à l'étranger pour compléter sa formation antiterroriste. Ce mois-là, il était en Israël pour tout apprendre des bombes humaines et de la manière de les détecter, sans compter certaines choses dont il ne pouvait pas lui parler.

Il l'appelait quand il pouvait, ou lui envoyait de temps en temps un courriel, mais lui-même ne pouvait recevoir de messages électroniques. Les dernières nouvelles qu'elle avait eues remontaient à une semaine. Jérusalem ? Une belle ville. Les Israéliens ? Des coriaces manquant de tact et raisonnablement compétents. Il espérait être de retour dans quinze jours.

Une carte postale représentant la Citadelle de David était arrivée deux jours auparavant. Au dos, l'écriture précise et penchée d'Eric.

P.
Je pense à toi, tout va bien.
E.

Travailler en solo lui allait très bien, mais elle savait que ce n'était qu'une question de temps avant qu'on lui attribue un équipier.

Après le bouclage des affaires Yoshimura et Kashigian, elle avait pris deux jours de congés, espérant souffler un peu.

Au lieu de quoi elle avait eu droit à un bain de sang et à Isaac Gomez.

II

Et ça, le jour même où elle s'était remise à peindre. Se contraignant à se lever à dix heures pour profiter de la lumière du jour et commencer la copie d'une toile de Georgia O'Keeffe qu'elle avait toujours aimée. Pas des fleurs, ni des crânes, mais une vue verticale de New York datant du début de sa carrière.

Le génie à l'état pur, quelque chose qu'elle ne pourrait jamais capter, mais la bagarre pour essayer lui faisait du bien. Cela faisait des mois qu'elle n'avait pas pris ses pinceaux et le démarrage fut difficile. Quatre heures plus tard, elle était lancée et trouvait même qu'elle ne s'en sortait pas mal. À dix-huit heures, elle s'était assise pour juger son travail et s'était endormie sur le canapé du séjour.

Le téléphone l'avait réveillée à une heure et quart du matin. Le poste de police.

– Code quatre-vingt-sept, devant le Paradiso Club, Sunset près de Western, tout le monde sur le pont, avait lancé le dispatcher. Ça doit déjà passer à la télé.

Petra avait allumé la télé en allant prendre sa douche. C'était sur la première chaîne qu'elle avait essayée.

Plusieurs jeunes s'étaient fait descendre devant le Paradiso. Après un concert vaguement hip-hop, une altercation sur le parking, le canon d'une arme qui sort par la fenêtre d'une voiture.

Quatre cadavres.

Le temps que Petra arrive sur place, un ruban entourait le secteur et on avait recouvert les victimes avec les draps de l'Institut médico-légal. Un quatuor de corps empaquetés disposés au hasard sous le ciel presque noir d'Hollywood. Le vent avait soulevé un coin de drap, révélant un pied chaussé d'une tennis. Rose, toute petite.

Des projecteurs puissants faisaient tout briller dans le parking. On avait réparti les mômes – une bonne centaine – en plusieurs groupes ; certains étaient fichtrement trop jeunes pour être encore debout si tard. On les avait fait ranger sur un côté et ils étaient gardés par des policiers en tenue. Cinq groupes, tous des témoins potentiels. Le Paradiso, un ancien cinéma transformé en église évangélique puis en salle de concerts, pouvait accueillir un millier de spectateurs. Ceux-là étaient les heureux élus.

Petra chercha ses collègues des yeux et repéra Abrams, Montoya, Dilbeck et Haas. Avec elle, cela faisait maintenant cinq enquêteurs pour cinq groupes.

MacDonald Dilbeck était un inspecteur de classe III avec plus de trente ans d'expérience, et c'était donc lui le patron.

Elle se dirigea vers lui. Quand elle fut à une dizaine de mètres, il lui adressa un salut de la main.

Mac, un ancien marine de soixante et un ans, avait des cheveux argentés passés au Brylcreem et portait un costume gris coupé dans un tissu tout aussi brillant – en *sharkskin*[1]. Des revers étroits et arrondis lui donnaient l'allure d'un vêtement de collection, mais elle savait qu'il l'avait acheté neuf. Pas très grand, massif, Mac s'inondait d'Aqua Velva, arborait un faux rubis aux armes de son lycée et une cravate ficelle à celles du LAPD. Il habitait Simi Valley et, quand il travaillait, roulait dans une vieille Cadillac qu'il échangeait le week-end pour des chevaux ou une Harley-Davidson. Marié depuis quarante ans, *Semper Fi* tatoué sur le biceps. Petra l'estimait plus intelligent que bien des médecins et des avocats qu'elle connaissait.

– Désolé d'avoir foutu tes congés en l'air, dit-il.

La fatigue se lisait dans ses yeux, mais il se tenait bien droit.

– On dirait qu'à cinq il n'y a personne de trop.

Il fit la grimace.

– Un massacre. Quatre mômes.

1. Littéralement : peau de requin. *(Toutes les notes sont du traducteur.)*

Il l'entraîna un peu plus loin, vers la large allée qui donnait dans Western Avenue ; devant eux la circulation, à ces petites heures de la nuit, était réduite.

– Le concert s'est terminé à dix heures et demie, mais les gosses ont traîné dans le parking pour fumer et picoler... les conneries habituelles. Les voitures avaient commencé à partir, mais l'une d'elles a fait marche arrière en direction de la foule. Au pas, si bien que personne n'y a fait attention. Puis le canon d'une arme a dépassé et s'est mis à faire feu. Le type de la sécurité était trop loin pour voir, mais il a entendu une douzaine de détonations. Quatre balles ont fait mouche, toutes fatales. Sans doute du neuf millimètres.

Petra jeta un coup d'œil vers le groupe de gosses le plus proche.

– Ils n'ont pourtant pas l'air bien méchants. C'était quoi, ce concert, déjà ?

– Oh, du hip-hop allégé, des remix de danses, des trucs latinos, mais rien de gangsta[1].

En dépit de l'horreur qu'elle éprouvait, Petra ne put retenir un sourire.

– De gangsta ?

Dilbeck haussa les épaules.

– Des fils à papa. D'après ce qu'on a compris tout le monde se tenait bien, un ou deux ont été virés parce qu'ils avaient trop bu, mais rien de sérieux.

– Ceux qui se sont fait virer ?

– Des garçons de la Valley. Blancs, inoffensifs. Les parents sont venus les chercher. Non ce n'était pas ça, Petra, mais qui peut savoir ce qui s'est passé ? Même pas nos témoins potentiels.

– Rien ?

Dilbeck se cacha les yeux d'une main et la bouche de l'autre.

– Ils ont juste eu la malchance de se trouver là quand la cavalerie est arrivée. Tout ce que nous avons pu en tirer a été une description à peu près cohérente de la bagnole du tireur. Petit

1. Abréviation de « gangster », membre d'un gang. Nom donné à une variété de rap particulièrement violent et antisocial.

modèle, noir ou bleu foncé ou gris foncé, très probablement une Honda ou une Toyota avec des chromes. Pas un chiffre de la plaque. Quand les coups de feu ont commencé, tout le monde s'est aplati par terre ou est parti en courant.

– Mais ils étaient tous dans le secteur.

– Les patrouilles sont arrivées en deux minutes, code trois. Ils n'ont laissé partir personne.

– Qui a appelé ?

– Au moins huit personnes. L'informateur officiel est un des videurs, répondit-il en fronçant les sourcils. Et les victimes, deux garçons, deux filles.

– Quel âge ?

– Trois ont été identifiées : quinze, quinze et dix-sept ans. La quatrième, une fille, n'avait pas de papiers sur elle.

– Rien du tout ?

Dilbeck hocha la tête.

– Je pense aux malheureux parents qui vont se ronger les sangs et ensuite apprendre la mauvaise nouvelle. Ça pue, non ? Je devrais peut-être me ranger des voitures.

Il parlait de prendre sa retraite depuis que Petra le connaissait.

– Je te parie que je partirai avant toi, lui renvoya-t-elle.

– Y'a des chances.

– Je voudrais jeter un coup d'œil aux corps avant qu'on les emporte.

– Regarde-les tant que tu veux et va te frotter au groupe le plus proche. Celui-ci.

Petra en apprit autant qu'elle put sur les victimes.

Paul Allan Montalvo aurait eu seize ans dans quinze jours. Potelé, visage rond, chemise écossaise, pantalon de survêt. Teint olivâtre, peau lisse – sauf sous l'œil droit, là où était entrée la balle. Deux autres l'avaient atteint aux jambes.

Wanda Leticia Duarte, dix-sept ans. Splendide, pâle, longs cheveux noirs, des bagues à huit de ses doigts, cinq piercings aux oreilles. Trois balles dans la poitrine côté gauche – bingo.

Kennerly Scott Dalkin, quinze ans, l'air d'en avoir douze. Teint clair, taches de rousseur, crâne rasé couleur mastic. Blouson de cuir noir, une tête de mort pendant au lacet de cuir qu'il avait autour de son cou transpercé d'une balle. Sa tenue et ses Doc Martens éraillées aux pieds disaient son désir de passer pour un dur. Complètement raté. Dans son portefeuille, une carte proclamait qu'il était membre de la société d'honneur de son lycée, Birmingham High.

La fille non identifiée était probablement hispano. Petite, avec une forte poitrine ; cheveux frisés tombant jusqu'à ses épaules, avec des pointes couleur de rouille. Débardeur blanc moulant, jean noir serré – provenant du supermarché du coin. Et des tennis roses – celles que Petra avait aperçues – taille trente-six tout au plus.

Encore une balle dans la tête, le trou comme une bouche en cul-de-poule juste à hauteur de son oreille droite. Quatre autres dans la poitrine. On avait retourné les poches de son jean. Petra inspecta son sac à main imitation cuir. Chewing-gums, mouchoirs en papier, deux paquets de préservatifs.

Prudente. Petra s'était agenouillée à côté de la fille. Elle se releva pour aller faire son boulot.

Dix-huit qui ne savaient rien.

Elle s'adressa à eux en groupe, essayant d'y aller en douceur, de jouer à la grande sœur, soulignant l'importance de leur coopération pour éviter qu'une telle chose ne se reproduise. En récompense, dix-huit regards vides. En insistant, elle obtint quelques rares et lents hochements de tête négatifs. C'était peut-être en partie dû au choc, mais Petra avait l'impression qu'elle les barbait.

– Et toi, tu n'as rien à me dire ? demanda-t-elle à un rouquin maigrichon.

L'ado pinça les lèvres et secoua la tête.

Elle les fit aligner, prit noms, adresses et numéros de téléphone, se comportant de manière décontractée tout en observant leurs gestes et mouvements.

Deux filles paraissaient nettement plus nerveuses que les autres. L'une ne cessait de se tordre les mains, l'autre de taper du pied. Elle les retint, laissa les autres partir.

Bonnie Ramirez et Sandra Leon, seize ans toutes les deux. Même tenue, hauts moulants, jupes courtes et bottes à talons hauts – mais elles ne se connaissaient pas. Le bustier de Bonnie était noir – tissu de mauvaise qualité évoquant le crêpe – et elle s'était tartiné le visage de fond de teint pour dissimuler l'acné qui lui grêlait la peau. Elle avait des cheveux bruns et frisottés, étagés selon un schéma compliqué qui avait probablement pris des heures à monter, même si le résultat était n'importe quoi. Elle continua de se tordre les mains pendant que Petra lui expliquait une fois de plus l'importance d'être ouverte et honnête.

– Je suis honnête, moi ! protesta-t-elle.

Anglais correct, avec la note musicale aux finales traînantes typique de Los Angeles est.

– Parle-moi de la voiture, Bonnie.

– Je vous l'ai dit, je l'ai pas vue.

– Pas du tout ?

– Non, rien. Faut que j'y aille, faut vraiment que j'y aille.

Sans cesser de se tordre les mains.

– Pourquoi es-tu si pressée, Bonnie ?

– George ne peut garder le petit que jusqu'à une heure et il est déjà bien plus que ça !

– Tu as un enfant ?

– Oui. Il a deux ans, répondit Bonnie Ramirez avec un mélange de fierté et d'émerveillement.

– Comment s'appelle-t-il ?

– Rocky.

– Tu n'as pas une photo ?

Elle porta la main à son sac orné de sequins, puis interrompit son geste.

– Qu'est-ce que ça peut vous faire ? George a dit comme quoi que si je rentrais pas à l'heure il partirait tout de même et des fois Rocky se réveille la nuit, je veux pas qu'il ait la frousse, quoi.

– Qui est George ?

– Le père. Rocky s'appelle George, aussi, en fait. Jorge. Je l'appelle Rocky pour pas l'appeler comme son père parce que j'aime pas comment George se comporte.

– Et comment se comporte-t-il ?

– Il me donne rien.

Le haut étroitement moulant de Sandra Leon était en satin couleur champagne et découvrait une épaule nue et lisse, hérissée de chair de poule. Sandra avait arrêté de taper du pied et se tenait les bras serrés contre sa poitrine étroite, repoussant l'un contre l'autre des seins tendres que ne contenait aucun soutien-gorge. Peau sombre, contrastant avec une chevelure blond platine. Rouge à lèvres d'un carmin soutenu, une mouche au-dessus de la lèvre. Elle arborait des tas de bijoux en toc et avait aux pieds des mules en strass. Une parodie de fille sexy – seize ans, voulant en paraître trente.

Petra n'eut pas le temps de lui poser la question.

– Je ne sais rien de rien, dit-elle.

Son regard dériva jusqu'aux victimes. Jusqu'aux tennis roses.

– Je me demande où elle a dégotté ces chaussures, dit Petra.

Sandra Leon regardait partout, sauf vers elle.

– Comment voulez-vous que je le sache ?

Petra ne répondit pas.

– Vous vous sentez bien ?

La gamine fit un effort pour croiser le regard de Petra. Elle avait des yeux ternes.

– Pourquoi ? Je devrais pas ?

Petra garda encore une fois le silence.

– Je peux y aller, maintenant ?

– Tu es sûre que tu n'as rien à me dire ?

Les yeux ternes se plissèrent. Soudain de l'hostilité, qui paraissait déplacée.

– Je suis même pas forcée de vous parler.

– Qui a dit ça ?

– La loi.

– Tu t'y connais en droit ?

– Non.

– Et pourtant, tu connais la loi.

– Mon frère est en taule.

– Où ça ?

– Lompoc.

– Pourquoi ?

– Il a volé une bagnole.

– Et ton frère est ton conseiller juridique ? Regarde où ça l'a mené.

Sandra haussa les épaules. Les cheveux platine se déplacèrent. Une perruque.

Du coup, Petra l'étudia de plus près. Et remarqua quelque chose d'autre dans les yeux de la gosse. Ils étaient ternes à cause de leur bordure jaune.

– Tu es sûre que ça va ?

– Ça ira quand vous me laisserez partir. (L'adolescente redressa sa perruque. Glissa un doigt en dessous et sourit.) Leucémie. Ils m'ont fait une chimio à Western Peds. J'avais des cheveux vraiment chouettes. Ils disent qu'ils vont repousser, mais peut-être qu'ils mentent. (Des larmes lui remplirent les yeux.) Je peux y aller, à présent ?

– Bien sûr.

La jeune fille s'éloigna.

III

Pendant la semaine suivante, les cinq enquêteurs travaillèrent sur le massacre du Paradiso, interrogeant les familles des jeunes victimes, recontactant d'éventuels témoins. Aucun des quatre adolescents n'était affilié à une bande, tous étaient de bons petits dont on chantait les louanges. Pas un des membres de leurs familles n'avait eu affaire à la justice. Absolument rien d'exploitable.

La fille à la tennis rose resta non identifiée, un échec personnel pour Petra. Elle s'était portée volontaire pour faire les recherches et avait beaucoup travaillé... pour rien. Seul le médecin légiste lui avait donné une information intéressante : la gamine s'était fait avorter dans les quelques mois qui avaient précédé sa mort.

Petra demanda à Mac Dilbeck si elle pouvait s'adresser aux médias et il avait accepté. Trois chaînes firent passer un portrait, un dessin rudimentaire du visage de la jeune fille, pendant le bulletin d'information du soir. Il y eut quelques appels, mais rien de sérieux.

Elle s'intéressa aux chaussures, se disant que c'était peut-être un article un peu inhabituel. Tout sauf ça : fabriquées à Macao, importées par conteneurs entiers aux États-Unis pendant plus d'un an, on les trouvait dans tous les Kmart et même proposées d'occasion sur eBay.

Elle essaya de recontacter Sandra Leon parce qu'elle avait eu l'impression que l'adolescente ne lui avait pas tout dit, mais ses mauvaises vibrations étaient peut-être juste dues à son angoisse d'être malade. Petra se promit d'y aller en douceur avec la pauvre gosse, Dieu sait par quoi elle était passée avec sa leucémie. Le téléphone sonna, mais personne ne répondit.

Dix jours après le massacre, l'équipe n'avait toujours pas la moindre piste ; à la réunion suivante, Mac Dilbeck les informa que dorénavant ils ne seraient plus que trois : lui comme chef d'équipe, avec Luc Montoya et Petra en soutien. Après la réunion, Petra lui demanda :

– Ça veut dire quoi ?

Mac rassemblait ses papiers. Il ne releva pas la tête.

– Quoi veut dire quoi ?

– Soutien.

– Je suis ouvert aux suggestions.

– La fille inconnue, dit-elle. Je me demande si ce n'est pas la clef. Personne n'a signalé sa disparition.

– Marrant, non ?

– Il y a peut-être quelqu'un qui voulait s'en débarrasser définitivement.

Mac lissa ses cheveux brillants.

– Tu veux pousser encore un peu dans cette direction ?

– Je peux toujours essayer.

– Ouais, c'est une bonne idée.

Il fronça les sourcils.

– Quoi ?

Il effleura son front plat et ridé de la main.

– J'ai comme l'impression qu'il y a un bon gros « et si jamais... » qui flotte ici. Comme quand on dit : et si jamais il n'y avait aucun mobile ? Rien qu'une bande de petits salopards qui ont décidé de faire un carton ?

– Ça ne serait pas charmant ?

– C'est pourtant possible.

– Tout à fait, reconnut-elle.

Les deux journées qu'elle passa à travailler sur l'ado anonyme furent frustrantes. Elle était à son bureau et mangeait un hot-dog quand un raclement de gorge lui fit lever les yeux.

Isaac Gomez. Encore.

Il se tenait sur le côté, portant son habituelle chemise bleue, son pantalon kaki et ses chaussures de sport. Ses cheveux soigneusement rabattus et partagés par une raie lui donnaient l'air d'un enfant de chœur. Visage brun et lisse récemment débarbouillé. Il tenait une pile de livres de criminalité contre lui.

– J'espère que je ne vous dérange pas, inspecteur Connor, dit-il.

Évidemment qu'il la dérangeait. Mais, évidemment, elle lui sourit.

Chaque fois qu'elle le voyait, elle pensait à un gamin d'un tableau de Diego Rivera qui aurait grandi trop vite. Les cheveux aussi raides que les poils d'une brosse ; la peau couleur de noix muscade ; les yeux liquides, immenses, en amande ; la très nette signature d'un sang indien dans les pommettes hautes et le nez finement ciselé.

Isaac mesurait un mètre soixante-quinze, pesait environ soixante-cinq kilos ; il avait les épaules larges, des poignets osseux et une manière de bouger à la fois délibérée et gauche.

D'après son état civil, il avait vingt-deux ans.

Vingt-deux ans, et à un an de décrocher son doctorat. Dieu seul savait quel âge il avait intellectuellement. Mais lorsque la conversation quittait le terrain des faits et des chiffres, il pouvait se retrouver empêtré dans toutes les contradictions de l'adolescence.

Petra était sûre qu'il était puceau.

– Qu'est-ce qui se passe, Isaac ?

Elle s'attendait à un sourire – le sourire gêné qu'elle semblait provoquer chez lui. Pas heureux, seulement nerveux. Plus d'une fois, quand ils s'étaient retrouvés ensemble, elle avait repéré une tension du tissu kaki à hauteur de son entrejambe. Rouge jusqu'aux oreilles, un livre ou son ordinateur portable pour dissimuler la chose. Elle faisait semblant de ne rien remarquer.

Mais il ne sourit pas. Il paraissait tendu.

Vingt heures quatorze. La salle des enquêteurs était presque vide ; les gens raisonnables étaient rentrés chez eux. Elle avait joué avec son ordinateur, parcourant les bases de données sur les enfants signalés disparus, essayant encore une fois de retrouver la trace de l'ado aux tennis roses.

– Vous êtes sûre que je ne vous dérange pas ?

– Oui, j'en suis sûre. Qu'est-ce que tu fais encore ici à cette heure ?

Il haussa les épaules.

– Je n'ai pas vu le temps passer... j'ai commencé avec un truc, puis je me suis retrouvé sur autre chose.

Il souleva la pile de livres. Il avait le regard brûlant.

– Pose donc ça et prends-toi une chaise, dit-elle.

– Je suis désolé si je vous ai dérangée, inspecteur Connor. Je sais que vous travaillez sur Paradiso et en temps normal je ne me serais pas permis... (Il esquissa un sourire.) Non, c'est faux. Ce n'est pas la première fois que je vous dérange, pas vrai ?

– Pas du tout, dit-elle en mentant.

À vrai dire, materner l'enfant prodige pouvait être casse-bonbons, quand c'était la panique à bord. Elle lui indiqua une chaise et il s'assit.

– Alors, quoi de neuf ?

Il tripota le bouton de son col.

– Je travaillais sur mon analyse de régression multiple – j'introduisais de nouvelles variables... (Il hocha la tête. Avec force. Comme s'il en chassait des informations non pertinentes.) Inutile que je vous raconte tout ça. Le point essentiel est que je cherchais une nouvelle méthode pour organiser mes données et je suis tombé par hasard sur quelque chose qui pourrait peut-être vous intéresser.

Il s'interrompit. Respira à fond.

– Quoi donc, Isaac ?

– Ça risque de vous paraître... au premier abord, comme rien du tout, une sorte de coïncidence. Mais j'ai fait des simulations statistiques, plusieurs, chacune compensant la faiblesse mathématique des autres, et il me semble évident qu'il ne s'agit pas simplement d'une bizarrerie, d'un hasard. Pour autant que je puisse le dire, c'est bien réel, inspecteur Connor.

Les joues brunes et lisses furent soudain couvertes d'une transpiration huileuse.

Petra ne bougea pas.

– C'est complètement dingue, reprit-il, s'exprimant soudain comme un gosse. Mais je suis sûr que je n'ai rien inventé.

Il se mit à feuilleter ses livres. Commença à parler à voix basse, murmurant presque. Pour terminer à une cadence de mitraillette.

Un cerveau en pleine ébullition.

Elle l'écouta. Brillant ou pas, le gosse était de toute façon un amateur, il ne pouvait pas avoir raison.

Comme s'il lisait en elle, il dit alors :

– Je vous jure que tout ça est vrai.

– Tu devrais peut-être m'expliquer cette histoire de simulations statistiques, dit-elle.

IV

Irma Gomez travaillait depuis neuf ans pour les Lattimore quand elle s'était décidée à parler de son problème avec Isaac.

Les docteurs Seth et Marilyn Lattimore habitaient dans une maison de style Tudor, dans Hudson Avenue, à Hancock Park. Tous les deux avaient la soixantaine et étaient médecins spécialistes, lui de chirurgie thoracique, elle d'ophtalmologie. Perfectionnistes qui ne plaisantaient pas avec leurs responsabilités, ils étaient, quand les soucis professionnels ne les écrasaient pas trop, généreux et d'un commerce agréable. Profondément unis, ils avaient élevé trois enfants qui se trouvaient tous à un niveau plus ou moins avancé dans leurs études de médecine. Ils jouaient au golf ensemble les jeudis parce que c'était la journée des couples au country club. En janvier, ils partaient passer une semaine à Cabo San Lucas et, en mai, allaient à Paris, en première classe sur un vol Air France. Ils descendaient toujours dans la même suite de l'hôtel Bristol et entreprenaient de faire la tournée des restaurants trois étoiles du Michelin. En Californie, ils passaient un ou deux week-ends par mois dans leur appartement de Palm Desert, essentiellement pour dormir, lire et s'enduire de couches massives d'écran total.

Six jours par semaine, pendant dix ans, Irma Gomez avait pris le bus tôt, non loin de son trois-pièces d'Union District, pour arriver à huit heures chez les Lattimore ; elle entrait par la porte de service et désactivait l'alarme. Elle commençait par un ménage général et par accomplir les tâches cosmétiques et superficielles. Le travail en profondeur – polir, récurer, aller chercher la saleté dans les recoins – avait été réparti en deux, car la grande maison bourgeoise était vraiment immense.

Du lundi au mercredi, le rez-de-chaussée ; du jeudi au samedi, le premier étage.

« De cette manière, lui avait fait observer le Dr Marilyn, vous terminerez la semaine par le plus facile. Surtout maintenant que les enfants sont partis et que leurs chambres sont fermées. »

Les enfants en question avaient vingt-quatre, vingt-six et trente ans et cela faisait des années qu'ils n'habitaient plus chez leurs parents.

Irma s'était contentée d'acquiescer. Il s'avéra que le Dr Marilyn avait eu raison, mais même dans le cas contraire elle n'aurait rien dit.

Elle ne parlait guère, et n'avoir fait que peu de progrès en anglais depuis onze ans qu'elle vivait aux États-Unis l'avait rendue encore plus silencieuse. Son mari, Isaiah, et elle avaient trois enfants et, à l'époque où Irma était venue travailler chez les Lattimore, le petit Isaiah avait quatre ans, Isaac deux et Joel, le dernier, était débordant d'activité.

À vingt-trois ans, Irma Flores avait quitté son village du Salvador – San Francisco Guajoyo –, traversé tout le Mexique et franchi la frontière des États-Unis juste à l'est de San Diego. Houspillée dans l'obscurité par un coyote[1] infernal du nom de Paz, qui avait essayé de lui soutirer plus d'argent que la somme convenue, puis avait réagi à son refus en tentant de la violer.

Irma avait réussi à lui échapper et s'était débrouillée pour gagner Los Angeles et la porte de l'église pentecôtiste où on lui avait promis l'asile. Le pasteur était un homme bon. Concierge quand il ne prêchait pas, il lui avait trouvé un travail de femme de ménage de nuit dans les immeubles de bureau du centre.

L'église était sa seule consolation et c'est à l'église qu'elle avait rencontré Isaiah Gomez. Ses manières paisibles et ses vêtements élimés l'avaient attendrie. Il travaillait dans une teinturerie de Los Angeles Est, où il plongeait des pièces de tissus dans des

1. Surnom des passeurs à la frontière américano-mexicaine.

cuves fumantes, inhalant des vapeurs toxiques, arrivant chez lui pâle et fatigué aux petites heures du jour.

Ils s'étaient mariés et lorsqu'elle était tombée enceinte de leur premier enfant, elle avait compris qu'elle ne pourrait plus continuer son travail de nuit. Après s'être procuré de faux papiers, elle s'était inscrite dans une agence de Larchmont Avenue. Son premier patron, un metteur en scène de cinéma qui habitait Hollywood Hills, la terrifiant par ses colères, sa soûlographie, sa cocaïne, elle l'avait quitté au bout d'une semaine. Dieu avait été à ses côtés la deuxième fois en l'envoyant chez les Lattimore.

Vers le milieu de sa neuvième année chez ce couple de médecins, le Dr Marilyn rentra un soir à la maison avec un gros rhume – ce qui ne lui arrivait jamais – et garda la chambre pendant deux jours. C'est peut-être pour cela qu'elle remarqua l'expression qu'avait Irma. La plupart du temps la femme de ménage était seule ; elle fredonnait ou chantait, sa voix se répercutant en écho dans les grandes pièces voûtées.

Ce fut pendant le petit déjeuner que la conversation eut lieu. Le Dr Marilyn lisait le journal en buvant son thé, un mouchoir à la main pour contenir les épanchements de son nez rougi. Dans la pièce voisine, la cuisine, Irma avait retiré les brûleurs de la cuisinière et les briquait avec détermination.

– Vous le croyez, vous ? Une semaine d'opérations et j'attrape cette saleté de petit virus.

Déjà naturellement un peu rauque, la voix du Dr Marilyn était devenue presque masculine.

– Pendant mes études de médecine, quand j'étais interne au service pédiatrie, je me payais tous les virus possibles et imaginables. Plus tard aussi, évidemment, quand j'ai eu les enfants. Mais voilà des années que je ne suis plus malade, et je trouve que c'est quasiment insultant ! J'aimerais juste savoir qui me l'a refilé pour le remercier personnellement.

Petite, jolie femme, les cheveux couleur de miel, le Dr Marilyn paraissait beaucoup moins que son âge. Tous les matins, à six heures, elle faisait trois kilomètres à pied suivis d'une demi-heure de gymnastique et d'haltères et mangeait frugalement, sauf quand elle était à Paris.

– Vous forte, vous guérir vite, lui dit Irma.

– J'espère bien… merci pour vos encouragements, Irma… Soyez gentille, apportez-moi la confiture de figues pour mes toasts, s'il vous plaît.

Irma alla chercher le pot et le lui donna.

– Merci.

– Autre chose, docteur Marilyn ?

– Non, merci… et vous, vous allez bien, Irma ?

Irma eut un sourire forcé.

– Oui.

– Vous êtes sûre ?

– Oui, sûre, docteur Marilyn.

– Hum… ne m'épargnez pas juste parce que j'ai un rhume. Si quelque chose vous tracasse, dites-le.

Irma commença à prendre le chemin de la cuisine.

– Irma ? lui lança le Dr Marilyn. Je vous connais bien, vous savez. C'est évident que quelque chose vous tracasse. Vous faites exactement la même tête qu'à l'époque où vous attendiez vos papiers. Et la même que lorsque vous vous demandiez si oui ou non il y aurait l'amnistie… Je suis certaine que quelque chose vous tracasse.

– Je vais bien, docteur Marilyn.

– Tournez-vous et dites-le-moi en me regardant dans les yeux.

La jeune femme obéit. Le Dr Marilyn l'examina. Irma avait des yeux bruns au regard aigu et une bouche déterminée.

– Très bien.

Puis, deux minutes plus tard, alors qu'elle avait fini son toast :

– Je vous en prie, Irma. Arrêtez de bouder et soulagez votre conscience. Après tout, nous n'avons pas si souvent l'occasion de parler ; nous sommes si souvent partis, le Dr Seth et moi. On est bien seule dans ce travail, n'est-ce pas… c'est ce qui vous ennuie ?

– Non, non, je l'aime, le travail, docteur…

– C'est quoi, alors ?

– *Nada*. Rien.

– Maintenant, c'est de l'entêtement, jeune dame.

– Je… non, rien.

– Irma !

– J'ai souci pour Isaac.

L'inquiétude avait envahi ses yeux bruns au regard aigu, leur donnant quelque chose de renardesque et d'inquiétant.

– Isaac ? Il ne va pas bien ?

– Oui, lui très bien. Très intelligent.

Sur quoi Irma fondit en larmes.

– Il est intelligent et vous pleurez ? s'étonna le Dr Marilyn. Il doit y avoir quelque chose qui m'échappe.

Devant une tasse de thé et de la confiture de figues sur des toasts fins, Irma raconta tout au Dr Marilyn. Comment Isaac revenait de l'école en pleurant de frustration et d'ennui. Comment il avait fini tout son programme de l'année de sixième en deux mois et pris sur lui « d'emprunter » des livres de cinquième, de quatrième et même de troisième qu'il avait dévorés le temps de le dire. Finalement, surpris en train de lire un manuel d'initiation à l'algèbre subtilisé dans les réserves de l'établissement, on l'avait envoyé dans le bureau du principal pour « travaux non autorisés et comportement indiscipliné ».

Irma s'était rendue à l'école et avait essayé de régler elle-même le problème. Le principal ne manifesta que du dédain lorsqu'il vit les vêtements modestes et entendit l'accent marqué de la maman d'Isaac – et déclara fermement que son fils devait arrêter de se montrer « précoce » et se conformer « aux normes de sa classe ».

Lorsqu'elle avait voulu faire remarquer qu'Isaac était déjà arrivé bien au-delà de ces normes, le principal lui avait coupé la parole et l'avait informée que son fils devrait se contenter de recommencer tout le programme.

– C'est scandaleux ! s'exclama le Dr Marilyn. Absolument scandaleux ! Là, là, séchez vos larmes, Irma. Il est en avance de trois ans ? Tout seul ?

– Deux ans, peut-être un peu plus.

– John, mon aîné, était un peu comme ça. Pas aussi brillant que votre Isaac semble l'être, mais il s'est toujours ennuyé en classe parce qu'il allait trop vite. Ça nous a valu quelques disputes… Sauf qu'aujourd'hui, John est chef de clinique du service psychiatrique de Stanford. (Elle eut un grand sourire.) Isaac pourrait peut-être devenir médecin. Ce ne serait pas fabuleux, Irma ?

La Salvadorienne hochait la tête, n'écoutant qu'à moitié le Dr Marilyn qui s'emballait.

– Avec un enfant aussi brillant, il n'y a pas de limites. Donnez-moi le numéro de téléphone de ce principal, que nous ayons une petite discussion, tous les deux. (Elle éternua, toussa, se moucha. Rit.) Avec ma voix de rogomme, je vais le terroriser.

Irma gardait le silence.

– Alors, ce numéro ?

Silence.

– Irma ?

– Je ne veux pas des ennuis, docteur Marilyn.

– Des ennuis, vous en avez déjà. Il faut trouver une solution.

Irma contemplait le plancher.

– Mais enfin quoi ? fit sèchement le Dr Marilyn. Ah, je vois. Vous vous inquiétez des répercussions, vous avez peur que quelqu'un s'en prenne à vous et à votre famille. Eh bien, mon petit, ne vous en faites pas pour ça. Vous êtes dans votre droit. Quand nous nous sommes occupés de vos papiers, on a veillé à ce que tout soit parfaitement verrouillé, jusque dans le moindre détail.

– Je ne comprends pas.

Le Dr Marilyn soupira.

– Quand nous avons engagé l'avocat, l'*abogado*…

– Non, pas ça. Je ne comprends pas Isaac, d'où il vient. Moi, pas intelligente, Isaiah pas intelligent, les deux autres pas intelligents.

Le Dr Marilyn réfléchit. Grignota un peu son toast et posa le reste de côté.

– Vous êtes tout à fait intelligente, Irma.

– Pas comme Isaac. Il fait tout vite, Isaac. Marche vite, parle vite. À *ocho*... à huit mois, déjà il disait *Papa, Mama, pan, vaca.* Les deux autres, pas avant quatorze-quinze...

– Huit mois ? s'exclama le Dr Marilyn. Oh, mon Dieu... C'est incroyable. Même John n'a pas dit un mot avant un an. (Elle s'enfonça dans son siège, réfléchit, revint s'accouder sur la table et prit les mains de la jeune femme dans les siennes.) Est-ce que vous vous rendez compte du cadeau qui vous a été fait ? De ce dont un garçon comme Isaac est capable ?

Irma haussa les épaules.

Le Dr Marilyn se leva, toussa, se traîna jusqu'au téléphone mural de la cuisine.

– Je vais appeler ce crétin de principal. D'une manière ou d'une autre, nous allons régler cette affaire.

Le Dr Marilyn s'attaqua à la bureaucratie de l'enseignement public et ne réussit pas mieux qu'Irma.

– C'est incroyable ! s'exclama-t-elle. Ces gens sont de parfaits idiots.

Elle en parla avec son mari et le couple décida de faire appel à quelqu'un qu'ils connaissaient : Melvyn Pogue, directeur de la Burton Academy, l'établissement privé où John, Bradley et Elizabeth Lattimore avaient tous fait de brillantes études.

Les Lattimore n'auraient pu mieux tomber. La Burton Academy avait fait récemment l'objet de critiques de la part de ses étudiants les plus progressistes, qui lui reprochaient d'être un peu trop blanche et élitiste ; et s'il y avait bien des projets pour en augmenter la diversité ethnique, aucune mesure concrète n'avait encore été prise.

– Ce garçon, c'est exactement ce qu'il nous faut, dit le Dr Pogue.

– Il est extrêmement brillant, mais c'est aussi un jeune homme sympathique et, pour couronner le tout, croyant, répondit le Dr Seth. Mais la perfection, ça peut être un peu éprouvant. Nous ne voulons pas lui mettre la pression.

– Oui, oui, bien entendu, docteur Lattimore.

Il y avait dans le tiroir du haut du bureau de Pogue un chèque que venait de signer le médecin. L'intégralité des frais de scolarité pour un an, plus une contribution à la rénovation du gymnase.

– Intelligent, c'est bien, croyant, c'est bien… euh, catholique, n'est-ce pas ?

Isaac arriva au campus de Burton, dans la Troisième Avenue, près de McCadden, à cinq minutes à pied de la maison des Lattimore, habillé de son costume du dimanche. Un psychologue scolaire lui fit passer une batterie de tests et le déclara « hors normes ».

Rendez-vous fut pris entre les parents du garçon et le Dr Melvyn Pogue ; l'adjoint de ce dernier, Ralph Gottfried, président de la commission des professeurs ; et Mona Hornsby, directrice de l'administration. Des gens souriants, blancs de chez Blanc, tous de stature imposante. Ils parlaient rapidement et, quand ses parents avaient l'air perdus, Isaac leur traduisait.

Une semaine plus tard, il intégrait une classe de cinquième à Burton. En outre il avait droit à des égards particuliers – essentiellement celui de lire ce qu'il voulait dans le bureau tapissé de livres de Melvyn Pogue.

Ses frères, heureux et turbulents dans leur établissement public, trouvaient tout ça bizarre : l'uniforme de Burton avec son stupide pantalon bleu à revers, sa chemise blanche, son veston bleu clair, sa cravate rayée, sans compter qu'il prenait le bus avec Mama et passait la journée avec des Angliches pour jouer à des jeux dont ils n'avaient jamais entendu parler, hockey sur gazon, water-polo, squash, sauf un, qu'ils considéraient comme inaccessible : le tennis.

Interrogé, Isaac leur répondait que le tennis, c'était « pas mal », prenant soin de ne pas manifester trop d'enthousiasme. Inutile qu'ils se sentent frustrés.

En réalité, c'était mieux que « pas mal » : fabuleux. Pour la première fois de sa vie, il avait l'impression que son esprit avait le droit d'aller où il voulait. En dépit du fait que les autres élèves de Burton le regardaient comme une curiosité à la peau sombre et qu'ils le laissaient souvent seul.

De fait, il adorait être seul. L'odeur de papier et de cuir de la bibliothèque de Melvyn Pogue s'était incrustée en lui, aussi tenace que celle du lait maternel. Il lisait, dévorait les livres, prenait des notes que personne ne lisait et restait au lycée après les classes. Attendant, son cartable plein de livres, qu'Irma vienne le chercher pour qu'ils fassent ensemble le long trajet jusqu'à Union District.

Mama lui demandait parfois ce qu'il lisait. La plupart du temps, elle somnolait dans le bus pendant qu'Isaac restait le nez dans son livre. Il s'initiait à toutes sortes de choses étranges, merveilleuses, à d'autres mondes, d'autres univers. À onze ans, le monde lui paraissait infini.

Au bout d'un an, il s'était fait quelques camarades, des gamins qui l'invitaient dans leurs superbes demeures sans qu'il puisse leur rendre la pareille. L'appartement des Gomez était nickel mais minuscule, et son quartier, Union District, un endroit sinistre et mal famé. Il n'avait même pas besoin de poser la question pour savoir que jamais les parents de ses condisciples ne les autoriseraient à pousser plus loin que Van Ness.

Il s'était accoutumé à mener une double vie : les bâtiments de style beaux-arts et les terrains de jeu émeraude la journée et, le soir et la nuit, les coups de feu, les cris, la salsa éraillée qui passait par la fenêtre de la chambre minuscule qu'il partageait avec ses frères.

La nuit, il réfléchissait longuement aux différences entre les gens. Les riches et les pauvres ; les peaux claires, les peaux sombres. Le crime, les raisons que les gens avaient de faire le mal. Y avait-il la moindre justice dans la vie ? Dieu prenait-il un intérêt personnel à chacune de ses créatures ?

Parfois il se demandait, pour sa mère. Menait-elle une double vie, elle aussi ? Peut-être finiraient-ils par en parler un jour.

À quatorze ans il souriait et parlait comme un étudiant de Burton et avait fait le tour de tout le programme de mathématiques jusqu'en terminale, celui de biologie jusqu'en seconde et était deux ans en avance en sciences politiques. Quatre années de lycée condensées en deux. À quinze ans il décrochait son diplôme de fin d'études secondaires avec tous les honneurs et était accepté « à titre exceptionnel » à l'USC, université de Californie du Sud.

C'est en première année d'université qu'il décida qu'il deviendrait médecin ; il prit biologie comme matière principale, option mathématiques. Et décrocha la note maximale. L'université voulait le conserver dans ses murs et, à peine diplômé *summa cum laude* (et coopté dans la prestigieuse association Phi Beta Kappa) alors qu'il avait tout juste dix-neuf ans, il était accepté à l'école de médecine Keck.

Ses parents étaient fous de joie, mais Isaac plus dubitatif.

Quatre années de cours intensifs sans le moindre répit. Tout était passé si vite. Au fond de lui, il savait qu'il n'était pas encore assez adulte pour prendre la responsabilité de s'occuper d'autres êtres humains. Il demanda et obtint un délai d'un an : il avait besoin de souffler et de faire quelque chose de plus tranquille, de moins structuré.

Pour Isaac, cela signifiait une maîtrise en épidémiologie et biostatistiques. À vingt et un ans, il avait acquis tous ses crédits de cours, décroché sa maîtrise et commencé à travailler sur sa thèse de doctorat.

« Modélisation des types et des prévisions dans les cas d'homicides résolus et non résolus à Los Angeles entre 1991 et 2001. »

Tandis qu'il échafaudait ses hypothèses, penché sur une table de travail dans un coin perdu de la bibliothèque Doheny, le souvenir des coups de feu, des cris, de la salsa remontait parfois de sa mémoire.

En dépit des précautions prises par l'université pour protéger son enfant prodige de la publicité, Gilbert Reyes, un conseiller municipal de la ville, avait fini par avoir vent des triomphes d'Isaac ; il rédigea aussitôt un communiqué de presse dans lequel il s'attribuait tout le mérite des succès obtenus par le jeune homme.

Suivant en cela l'avis très clair de son conseiller universitaire, Isaac assista à une réception où il se retrouva assis à côté de Reyes ; il serra la main de personnages importants et dont on parlait partout ; et ne contredit rien de ce qu'affirma le politicien.

Les occasions de se faire tirer le portrait étaient le pain quotidien de Reyes ; des photos de la rencontre figuraient donc sur les prospectus en langue espagnole distribués en vue des prochaines élections. On y présentait Isaac – l'air d'un boy-scout venant d'échapper à un attentat – comme El Prodigio.

Cette expérience le laissa vaguement mal à l'aise, mais lorsque vint le moment de demander l'accès aux archives du département de police de Los Angeles pour ses recherches, Isaac savait qui appeler. En moins de deux jours, il obtenait un badge de visiteur à durée indéterminée, un statut de stagiaire bricolé pour l'occasion, et un accès illimité aux dossiers d'homicides classés et à tout ce qu'il pourrait trouver aux Archives du sous-sol. Il aurait un bureau à la division Hollywood, car Reyes était le grand pote de Randy Diaz, le nouveau patron de la police dans ce secteur.

C'est un Isaac optimiste qui, tôt un lundi d'avril, avait débarqué à la division et était tombé sur un capitaine du nom de Schoelkopf – lequel, en plus d'être désagréable, avait la tête de Staline.

Schoelkopf considéra Isaac comme s'il s'agissait d'un suspect, ne fit même pas semblant de l'écouter quand celui-ci lui énuméra ses hypothèses et ne prêta pas plus attention à ses remerciements les plus sincères pour le bureau qu'on lui attribuait. Pendant tout ce temps, les yeux de Schoelkopf restèrent fixés sur un point lointain tandis qu'il mâchonnait sa buissonnante moustache noire comme si c'était un sandwich. Quand Isaac s'arrêta de parler, un sourire glacé étira sa fourrure labiale.

– Ouais, super. Demandez à voir Connor. Elle prendra bien soin de vous.

V

C'était quelque chose que Petra n'aurait jamais remarqué. Même si elle l'avait eu sous le nez.

Le document soigneusement tapé d'Isaac était posé devant elle, sur son bureau. Assis sur la chaise métallique à côté, le garçon pianotait. S'arrêtait. Faisait semblant d'être décontracté.

Elle relut le titre. Rédigé en gras.

Homicides du 28 juin : un lien sous-jacent ?

On aurait dit le titre d'une dissert. Et pourquoi pas, en effet ? Isaac n'avait que vingt-deux ans. En dehors des études, que savait-il de la vie ?

Sous le titre, une liste de six homicides, tous datés du 28 juin et ayant eu lieu peu après minuit.

Six en six ans ; sa première réaction fut « la belle affaire ». Au cours des dix années précédentes, le taux annuel des homicides avait fluctué entre 180 et 600, pour se stabiliser autour de 250 pendant les trois ou quatre dernières. Soit une moyenne d'un tous les jours et demi. Ce qui voulait dire que ça se passait bien certains jours, mal d'autres. Si on prenait la chaleur en compte, le 28 juin avait toutes les chances d'appartenir à la deuxième catégorie.

Elle expliqua tout cela à Isaac. Il répliqua tellement vite qu'elle comprit qu'il s'était attendu à ses objections.

– Ce n'est pas une simple question de quantité, inspecteur Connor. Mais de qualité.

Ces grands yeux liquides. Inspecteur Connor. Combien de fois lui avait-elle demandé de l'appeler Petra ? Ce gosse était adorable, mais entêté.

– La qualité des meurtres ?

– Il ne s'agit pas d'un jugement de valeur. Par qualité, je veux dire leurs spécificités, leurs…

Il s'interrompit et tripota un coin de la liste.

– Continue, l'encouragea Petra. En restant simple… pas de pi au carré, de pi au cube ou d'analyse mathématique. N'oublie pas que j'ai fait des études de lettres.

Il rougit.

– Désolé, j'ai tendance à…

– Hé, je blaguais. Je t'ai demandé de me parler de tes recherches en statistiques et tu l'as fait.

À toute vitesse, avec la ferveur du vrai croyant :

– Ce n'est pas bien compliqué ; il s'agit juste d'analyser le phénomène d'un point de vue mathématique. La probabilité que quelque chose se produise par hasard. Une manière de faire ce genre d'analyse consiste à comparer deux groupes en examinant la répartition des… les similitudes dans les données. C'est exactement ce que j'ai fait. En comparant le 28 juin avec tous les autres jours de l'année. Vous avez raison pour les homicides en rafales, mais aucune date ne présente une telle structure. Même les effets de l'été ont tendance à se manifester davantage les week-ends ou pendant les congés. Ces six cas tombent sur des jours différents de la semaine. En fait un seul, le premier, tombe pendant un week-end.

Petra reprit sa tasse. Son thé était froid, mais elle le but tout de même.

– Vous voulez que j'aille vous chercher un peu d'eau ? demanda-t-il.

– Non, merci. Quoi d'autre ?

– OK… une autre manière d'étudier le phénomène consiste à simplement examiner les probabilités de base inhérentes…

Il avait ponctué ses paroles de mouvements de l'index. Il s'interrompit et rougit encore plus violemment.

– Voilà que je recommence, dit-il en inspirant à fond. Abordons les choses point par point. L'arme du crime, par exemple, parce que c'est une variable discr... une variable simple. Les armes à feu ont indiscutablement la faveur des assassins de Los Angeles. En vingt ans, soixante-treize pour cent des meurtres y ont été commis avec des armes de poing ou des fusils, de guerre ou de chasse. Couteaux et objets pointus viennent ensuite, pour environ quinze pour cent. Ce qui signifie que ces deux modalités comptabilisent presque quatre-vingt-dix pour cent de tous les meurtres commis à Los Angeles. Les chiffres du FBI pour tout le pays sont très voisins. Soixante-sept pour cent par armes à feu, quatorze pour cent à l'arme blanche. Viennent ensuite les armes personnelles – pieds et poings –, et le reste, un peu de tout. Si bien que le fait que jamais une arme à feu ou une arme blanche n'ait été utilisée dans l'un des cas du 28 juin est notable. Comme l'est la nature de la blessure mortelle. Dans toutes les banques de données que j'ai passées en revue, ce genre d'homicides ne dépasse jamais cinq pour cent. Il s'agit de cas rares, inspecteur Connor. Je suis sûr que vous le savez mieux que moi.

– Je viens juste de boucler deux affaires, Isaac. Un coup de poing à la tête dans la première et un cou rompu par une prise d'art martial dans la seconde.

Il fronça les sourcils.

– Statistiquement, ce sont néanmoins des cas rares, inspecteur. Vous en avez vu beaucoup d'autres ?

Elle réfléchit.

– Non, pas depuis longtemps.

– Si l'on affine encore, on s'aperçoit que l'enfoncement du crâne par une arme inconnue représente moins de trois pour cent des homicides commis à Los Angeles. Or ce mode opératoire constitue cent pour cent des cas ici. Quand on y ajoute d'autres similitudes, même date, même heure ou presque, assassinat d'étrangers, vraisemblablement, et qu'on regarde quelle est la probabilité d'un groupe de cas fortuits, on se trouve très loin de simples coïncidences.

Il se tut.

– C'est tout ? demanda-t-elle.

– Justement, non. La police de Los Angeles résout entre les deux tiers et les trois quarts des affaires d'assassinat, mais toutes celles du 28 juin sont restées non résolues.

– Parce que ce sont des meurtres d'étrangers, fit-elle remarquer. Cela fait assez longtemps que tu es ici pour voir quelles sont les affaires qu'on règle rapidement : le crétin qui a encore son arme fumante à la main quand les bleus débarquent.

– Je crois que vous vous sous-estimez, inspecteur Connor.

Il avait parlé sincèrement, sans avoir l'air de vouloir donner la leçon.

– La vérité est que vous êtes redoutablement efficaces. Une équipe de sport qui marquerait toujours des points. Même les homicides d'étrangers sont résolus. Mais aucun de ceux-là. Ce qui vient à l'appui de ma thèse : ce sont des événements hautement anormaux. Dernière incongruité : pendant cette même période de six ans, les homicides en bande organisée sont passés de vingt à près de quarante pour cent de tous les homicides comptabilisés. Ce qui signifie que la probabilité de meurtres en solo a baissé d'autant. Cependant, aucun des cas du 28 juin ne semble relever d'une bande organisée. En additionnant le tout, on se retrouve confronté à une combinaison de circonstances extrêmement inhabituelles. La probabilité que ce soit le hasard est d'une sur tellement de zéros que je ne sais pas comment on le dit.

Je parie que si, songea Petra. Je parie que tu ne veux pas m'écœurer.

Elle fit glisser la liste vers elle et l'étudia plus attentivement.

Homicides du 28 juin : un lien sous-jacent ?

1. 1997 – 00 h 12. Marta Doebbler, 29 ans, Sherman Oaks, mariée, blanche. Va au théâtre Pantages à Hollywood avec des amies, se rend aux toilettes, ne revient pas. Retrouvée sur le siège arrière de sa voiture, fracture du crâne avec enfoncement.

2. 1998 – 00 h 06. Geraldo Luis Solis, 73 ans, hispano, divorcé. Retrouvé à son domicile, salle à manger, division Wilshire,

nourriture emportée, mais pas l'argent, fracture du crâne avec enfoncement.

3. 1999 – 00 h 45. Coral Laurine Langdon, 52 ans, blanche, vit seule, promène son chien dans Hollywood Hills, retrouvée par une voiture de patrouille dans les buissons à six rues de chez elle. Fracture du crâne avec enfoncement. Le chien (Brandy, un caniche de dix ans) piétiné à mort.

4. 2000 – 00 h 56. Darren Ares Hochenbrenner, 19 ans, noir, célibataire, enseigne dans la marine, basé à Port Hueneme, en permission à Hollywood, trouvé dans une allée de la 4e Rue, division centrale, poches vidées. Fracture du crâne avec enfoncement.

5. 2001 – 00 h 01. Jewell Janis Blank, 14 ans, blanche, mineure en fuite, trouvée par des rangers dans Griffith Park, près de Fern Dell. Fracture du crâne avec enfoncement.

6. 2002 – 00 h 28. Curtis Marc Hoffey, 20 ans, blanc, célibataire, prostitué notoire, trouvé dans une allée de Highland, près de Sunset Boulevard. Fracture du crâne avec enfoncement.

Petra releva la tête.

– Pas de similitudes, apparemment, en ce qui concerne les victimes.

– Je sais, reconnut Isaac. Mais tout de même…

– J'ai un ami psychologue qui aime dire que les gens sont des prismes en mouvement. Nous voyons avec notre cerveau, pas avec nos yeux. Et ce que nous voyons dépend du contexte.

C'était elle, à présent, qui avait l'air de pontifier. Isaac changea de position sur sa chaise. Il paraissait effondré.

– Ce que je veux dire, reprit-elle, c'est que tout dépend de la manière dont on regarde les choses. Tu as soulevé des points intéressants… plus qu'intéressants : provocants. (Elle lui montra la liste du doigt.) Ces personnes n'ont aucun point commun en termes de sexe, d'âge… et de classe sociale. On les a retrouvées dans des villes ou des sites semi-ruraux. Dans le cadre de meurtres en série, il devrait y avoir logiquement une composante sexuelle, mais je ne vois pas ce qu'un sexagénaire et une adolescente ont en commun en tant que cibles sexuelles.

– Tout cela est vrai. Mais ne croyez-vous pas que les autres facteurs sont tellement évidents qu'il est impossible de les ignorer ?

Petra commençait à avoir mal à la tête.

– Il est clair que tu as beaucoup travaillé là-dessus et je ne dis pas qu'il n'y a pas quelque chose, mais…

– Pourquoi faudrait-il qu'il y ait une composante sexuelle ? l'interrompit Isaac.

– C'est la tendance générale.

– La thèse des profileurs du FBI. Oui, je la connais. Pour eux, il y a au départ ce qu'ils appellent des tueurs organisés… en fait une version appauvrie de ce que les psychologues appellent des psychopathes… motivés par un mélange de sexualité et de violence. Je suis sûr que, d'une manière générale, cette présentation est juste. Mais, comme vous l'avez dit vous-même, la réalité dépend du prisme utilisé. Le FBI a interrogé des tueurs emprisonnés et a compilé leurs témoignages. Mais les informations valent ce que valent l'échantillon, et qui peut dire si ceux qui se font prendre sont identiques à ceux qui ne se font pas prendre ? Les tueurs de l'échantillon du FBI se sont peut-être fait cueillir parce qu'ils étaient psychorigides. Peut-être parce qu'ils étaient trop prévisibles.

Sa voix était montée dans les aigus. Animés, ses yeux perdaient leur qualité liquide au profit d'autre chose.

– Tout ce que je dis, c'est qu'il arrive parfois que les exceptions soient plus importantes que la règle.

– Quels mobiles proposes-tu pour ces crimes ?

Il y eut un long silence.

– Je ne sais pas.

Nouveau long silence. Isaac se laissa aller dans son siège.

– Très bien, merci de m'avoir accordé de votre temps.

Il récupéra sa liste et la fourra dans le porte-documents brun brillant qu'il trimbalait tout le temps. Petra avait vu des collègues sourire avec mépris en voyant cet objet. *La grosse tête. Le p'tit génie. Le surdoué de Petra.* Quand elle se sentait en forme, elle répondait par un regard glacial.

Pour l'heure elle éprouvait le besoin de materner ce gosse et ça l'ennuyait. La dernière chose dont elle avait besoin, c'était d'élucubrations qui se solderaient par l'exhumation de six ans d'affaires non élucidées. Pas quand elle avait sur les bras les quatre victimes du Paradiso, parmi lesquelles une fille qu'elle ne parvenait pas à identifier.

Par ailleurs, Isaac était plus intelligent qu'elle, beaucoup plus. Tout rejeter en bloc, c'était peut-être commettre une bourde monumentale. Et si jamais il allait s'adresser directement à Schoelkopf ? Ou au conseiller municipal Reyes ? Dans ce cas, s'il avait raison…

Elle voyait déjà les manchettes : « Un petit génie résout des meurtres énigmatiques. » Et le texte : « Les inspecteurs du LAPD n'ont pas su mener l'enquête »…

Isaac se leva.

– Désolé de vous avoir fait perdre votre temps. Est-ce que je peux faire quelque chose pour vous ? Pour votre affaire ?

– Mon affaire ?

– Oui, le Paradiso. J'ai entendu dire que c'était une affaire tordue.

– Ah bon ?

Pour rectifier la froideur de son ton, elle se força à tourner le coin de ses lèvres vers le haut. Il avait beau avoir un QI stratosphérique, Isaac n'était qu'un gosse. Un gosse qui débordait un peu trop d'enthousiasme, un gosse casse-bonbons, mais qui avait des relations politiques.

– C'est vrai qu'on n'a pas la partie facile, dit-elle. Tous ces gosses abattus et personne ne veut dire quoi que ce soit… Qu'est-ce que tu pourrais faire pour moi ?

– Je ne sais pas. Étudier les éléments du dossier, peut-être. (Il rougit une fois de plus.) C'est présomptueux de ma part. C'est vous, la professionnelle… qu'est-ce que j'y connais, moi ? Désolé, je ne vous ennuierai plus…

– Est-ce que tu t'y connais en tennis roses ?

– Pardon ?

Elle lui parla de l'adolescente non identifiée.

Il se détendit. Le fait de réfléchir – d'analyser – avait cet effet sur lui.

– Vous pensez qu'elle était la cible désignée et que les autres ne sont que des victimes collatérales ?

– À ce stade, je ne pense rien. Je trouve simplement étrange que personne ne se soit présenté pour l'identifier.

– Hmmm... oui. Cela voudrait dire... qu'elle a vécu une histoire mouvementée... Pour le truc de la chaussure, j'ai l'impression que vous avez été aussi loin que possible... je vais y réfléchir. J'ai bien peur de n'arriver à rien, mais on peut toujours essayer.

– J'apprécierais, répondit-elle.

Elle n'en pensait pas un mot, mais lui adressa son plus beau sourire.

Presque vingt et une heures. Le gosse travaillait tard, lui aussi. Sans même être payé pour ça.

– Et si on allait casser la croûte quelque part ? Un hamburger, n'importe quoi...

– Non merci, je dois rentrer à la maison. Ma mère a préparé le dîner et c'est le drame si nous ne sommes pas tous là.

– Très bien. Alors une autre fois, peut-être.

Le petit génie vivait toujours chez papa-maman... à Union District, ça lui revenait. Sans doute dans un appartement minable. Sacré contraste avec les pelouses verdoyantes et les arbres centenaires de l'université. Il bénéficiait de tous ces soins en tant que petit prodige. Et travaillait ici, à son bureau dans la salle des officiers de police. Pas de raison de ne pas rester tard le soir.

– Prépare-moi une copie de cette liste, dit-elle.

– Vous pensez que...

– J'ai envie d'y réfléchir un peu.

Grand, grand sourire.

– Entendu. Bonsoir, inspecteur Connor.

– Bonsoir.

Professeur Gomez.

Il partit et Petra se remit à penser au massacre du Paradiso.

Une arme à feu : au moins, de ce point de vue, c'était typique.

Ce qui, sans qu'elle sache pourquoi, la fit se sentir encore plus mal.

VI

Elle trouva une copie de la liste sur son bureau le lendemain après-midi. Avec un Post-it jaune en haut à droite : « Inspecteur C : merci. I.G. »

Elle la mit de côté et passa les deux heures suivantes à prendre contact avec tous les services des Personnes disparues de Californie, à faxer partout des photos *post mortem* de la fille aux chaussures roses. Elle eut quelques réactions, mais toutes tournèrent court. Elle envisagea de pousser ses recherches dans les États voisins. La petite boulotte était de type hispanique : le Sud-Ouest paraissait s'imposer.

Il lui fallut une journée complète pour arroser l'Arizona et le Nevada de ses coups de téléphone ; puis elle passa au Nouveau-Mexique, où un inspecteur de la police de Santa Fe du nom de Darrel Two Moons[1] lui dit :

– Il pourrait s'agir d'une fille qui a disparu du pueblo San Ildefonso l'an dernier.

– La nôtre venait de se faire avorter.

– Encore mieux, répondit Two Moons. Le bruit courait qu'il y avait une histoire de grossesse non désirée. Un homme marié, pas un gentil. On s'est même demandé s'il ne s'était pas débarrassé d'elle, mais jusqu'ici aucun corps. L'affaire concerne la police tribale ; c'est eux qui nous ont appelés. Envoyez la photo.

– Ce type, le père… serait-il du genre à faire la route jusqu'à Los Angeles pour la descendre ?

1. « Deux Lunes », nom indien.

– En termes d'immoralité, c'est certain. Mais se donnerait-il tout ce mal ? Peux pas dire.

Vingt minutes plus tard, le collègue de Two Moons, un type du nom de Steve Katz, la rappelait :

– Darrel me dit qu'il vous a parlé de Cheryl Ruiz. Désolé, mais ce n'est pas elle sur la photo. Sans compter que la police tribale n'a pas pensé à nous avertir qu'ils l'avaient retrouvée. Elle est partie en autocar au Minnesota, où elle a eu son bébé. Elle habite chez sa tante, en fait.

– Parlez de la coopération entre les services ! Rien de nouveau sous le soleil, on dirait, lança Petra.

– Ouais... Los Angeles, hein ? J'ai été un temps dans la police de New York, du côté de Manhattan. Je n'ai pas oublié ce que c'est que d'être débordé.

– Et ça vous manque ?

– Ça dépend.

– De quoi ?

– De la durée des nuits. Ou de ce qui se passe par ailleurs dans ma vie.

Un nouveau tour des services sans le moindre résultat la mit de mauvaise humeur. Une petite séance de sexe athlétique, teintée d'une touche romantique, voilà qui ne lui aurait pas fait de mal ; mais cela faisait une semaine qu'elle était sans nouvelles d'Eric et ne savait même pas où il était.

Il était temps de boucler ; de rentrer chez elle ; de prendre un bain moussant, chaud et prolongé ; peut-être même de se préparer un repas correct et sain. Ce qui signifiait s'arrêter pour acheter des légumes et deux ou trois autres bricoles. Elle se rendit compte qu'elle n'avait aucune envie de parcourir les allées glacées et écrasées de néon du supermarché en compagnie d'autres âmes solitaires. Elle avalerait ce qu'elle trouverait dans son frigo et aurait, avec un peu de chance, assez d'énergie pour se remettre à la copie du O'Keeffe.

Des immeubles de New York, énormes, très hauts, qui transformaient la ville en puits d'ombres.

Des bâtiments, pas des gens. Un tableau peint bien avant que les gratte-ciel de New York deviennent des cibles.

Quel monde, tout de même.

Juste au moment où elle fermait son bureau à clef, son portable sonna dans son sac à main. Elle tâtonna entre son arme, ses Kleenex et son maquillage, et le prit à la troisième sonnerie.

– Salut.

Une voix qui, au début, lui avait paru plate, mécanique, monstrueusement dépourvue d'émotions.

Rien n'avait changé, dans le timbre comme dans le ton, mais maintenant, ce timbre et ce ton signifiaient autre chose pour elle. Nous entendons avec notre cerveau, pas avec nos oreilles.

– Salut, dit-elle. Où t'ont-ils envoyé maintenant ?

– Je me suis envoyé moi-même. Je suis en bas, au parking.

Son cœur bondit. Une seule petite phrase pouvait lui faire ça ?

– Au parking ? Ici ?

– Ici.

– Je descends.

Eric se tenait à côté de l'Accord de Petra, en partie dissimulé dans l'ombre. Bras ballants, il regardait dans sa direction, immobile. Il portait un coupe-vent en nylon noir, entrouvert sur un t-shirt blanc, des jeans noirs étroits. Et des chaussures noires à semelle de crêpe, ses préférées pour les filatures.

Il paraissait encore plus maigre. Blême, les joues creuses, les yeux sombres, si profondément enfoncés dans les orbites qu'ils disparaissaient dans la pénombre. Cheveux bruns encore plus courts – la coupe militaire, à nouveau.

Un type de taille moyenne, la peau sur les os, pâle comme un séminariste. Il ne prenait nullement la pose, mais n'empêche : son petit côté James Dean était là, plus intense que jamais, et donnait le tournis à Petra.

Comment avait-elle pu le trouver tout sauf sexy ?

Elle pressa le pas et ils s'étreignirent. Il s'écarta le premier, lui toucha le visage. Puis enfouit sa figure dans ses cheveux, la tint serrée contre lui, avec la force d'un enfant dans le besoin.

– Tu vas bien ? lui demanda-t-elle.

– Maintenant, oui.

– Pourquoi tu n'es pas monté ?

– Techniquement, je ne suis pas ici.

Elle prit à son tour son visage dans ses mains, l'embrassa sur les yeux. Le tint à bout de bras.

– Et où es-tu, en principe ?

– À Jérusalem.

– Me dis pas que tu n'as pas de permission !

– Les Israéliens ont tout suspendu. Ils avaient une urgence à Djénine. L'occasion s'est présentée de faire du stop. En avion.

– En avion ?

Il eut un sourire fugitif, à peine perceptible.

– Oui, tu sais, ce truc avec des ailes.

– Combien de temps... ?

– Je dois repartir demain après-midi.

– Une nuit, dit Petra.

– Ça ira ?

– Bien sûr. (Elle l'embrassa sur le nez.) Tu as une voiture ?

– J'ai pris un taxi.

Ils montèrent dans l'Accord. Petra lança le moteur et remarqua alors les cernes sombres qu'il avait sous les yeux.

– Depuis combien de temps es-tu en transit ?

– Vingt-deux heures.

– La galère.

– En partie, oui. J'ai pris un vol commercial à Heathrow. On fouillait les vieilles dames en fauteuil roulant pendant que des gars qui avaient la tronche des spermatos favoris d'Oussama Ben Laden passaient tranquillement. Tu n'as pas faim ?

Elle aurait aimé l'inviter chez elle, mais il n'y avait rien à manger dans l'appartement. Il faudrait donc dîner dehors.

Ils choisirent un Italien dans la Troisième Avenue, près de La Brea, un restaurant traditionnel avec les bouteilles de chianti pendant du plafond ; ils commandèrent du veau au marsala, des spaghettis aux fruits de mer et des tranches de *spumoni* comme dessert. Pas de vin ; Eric n'en buvait jamais.

Elle l'interrogea sur Jérusalem.

– J'y étais déjà allé il y a quelques années. J'avais trouvé la ville très belle. C'est plus compliqué, aujourd'hui. Ces trous du cul avec leurs ceintures de bombes te pourrissent un peu l'ambiance.

Il enroula des spaghettis sur sa fourchette et tint celle-ci en l'air.

– J'ai rencontré un type qui te connaissait. Le préfet de police Shavari.

– Daniel… Nous avons collaboré sur une affaire. Lui, Milo et moi.

– C'est ce qu'il m'a dit.

Il reposa sa fourchette, prit la main de Petra et se mit à jouer avec ses doigts.

– Tu dois vraiment repartir demain ?

– C'est le programme.

– Par Londres ?

Il hésita. L'instinct du secret.

– J'ai une résa sur Jet Blue, Long Beach-New York.

– Une nuit…

– Je voulais te voir.

Une fois dans l'appartement de Petra, ils s'installèrent sur le canapé après avoir mis un CD de Diana Krall et firent l'amour.

Eric commença en douceur, comme il l'avait toujours fait. D'habitude, ça excitait Petra – genre cuisson à petit feu, tout le ballet érotique. Mais ce soir elle était impatiente et dut se forcer à prendre son temps. Puis elle n'y tint plus. Déshabilla complètement ce corps blanc et osseux et arracha ses propres vêtements, manquant même de s'étaler dans sa précipitation en retirant son pantalon.

Restons zen, inspecteur Lagaffe.

Eric n'avait rien remarqué. Il avait les yeux fermés et sa poitrine plate se soulevait. Nu, il paraissait plus jeune. Vulnérable.

Elle le toucha, il ouvrit les yeux, la prit par les épaules ; puis ses mains descendirent jusque sur les hanches de Petra et vinrent l'agripper par les fesses. Il la souleva et l'installa adroitement sur lui. Prenant l'initiative, il la souleva et l'abaissa, lentement tout d'abord, puis de plus en plus vite. Embrassant et mordillant doucement le bout de ses seins. Puis il rejeta la tête en arrière et laissa échapper un soupir profond et prolongé. Tout son visage tendu par l'effort de se retenir.

– Vas-y, vas-y ! dit-elle.

Mais il continuait à lutter. Elle accéléra donc le mouvement, soudée à lui. Et quand elle jouit, haletante, les cheveux lui retombant devant les yeux, il se souleva contre elle et cria : « Dieu ! »

Plus tard, au lit, sous la couette, elle lui pinça les fesses et dit :

– Je ne savais pas que tu étais croyant.

– Pas dans la religion dans laquelle j'ai été élevé.

Son père était pasteur. Le révérend Bob Stahl, un homme bon et doux, déterminé à croire que personne n'était foncièrement mauvais. La maman d'Eric, Mary, était moins optimiste. Petra avait appris à les connaître à la salle d'attente des Urgences. Et avait bénéficié des regards désapprobateurs que les Stahl adressaient à la bimbo et à sa tenue ultracourte.

Leurs liens s'étaient renforcés une fois l'hémorragie jugulée, lorsqu'on avait placé Eric, encore inconscient, dans une chambre individuelle. Tous les trois assis à côté du lit pendant qu'Eric dormait et guérissait. Lorsque Petra leur avait offert de les laisser seuls avec leur fils, ils avaient tenu à ce qu'elle reste.

Une fois, juste avant le réveil d'Eric, Mary Stahl avait serré Petra dans ses bras et lui avait dit :

– Vous êtes exactement le genre de fille que j'aurais aimé le voir ramener à la maison.

Si seulement vous saviez.

Eric se mit à frotter délicatement les deux points jumeaux restés sensibles, entre les omoplates de Petra. Ceux, lui avait-elle dit, qui lui faisaient toujours mal.

– Oh, mon bonhomme, je ne suis pas sûre que je vais te laisser partir demain, dit-elle.

– Attache-moi. Ce sera une excuse.

– Ne me tente pas.

Elle essaya de le faire parler de son travail.

– Vaut mieux pas.

– C'est si moche que ça ?

Il roula sur lui-même et se mit à contempler le plafond.

– Quoi ? demanda-t-elle.

– Je suis inquiet quand je vois la situation des Israéliens. Ils se battent tous les jours contre le 11-Septembre, mais ils ne peuvent pas faire ce qu'ils auraient besoin de faire. L'opinion mondiale, la diplomatie, tout le politiquement correct...

Sa bouche se referma brusquement et il plaça un avant-bras devant ses yeux. Petra était certaine qu'il n'allait plus rien dire. Elle se trompait.

– La politique, ça peut devenir un poison. Trop de politique et tu peux même plus te protéger.

VII

Eric, le plus taciturne des hommes, marmonnait parfois dans son sommeil. Mais c'est une voix intérieure qui réveilla Petra au milieu de la nuit – comme une sorte d'avertissement. Elle se tourna et regarda le visage d'Eric. Et y vit le sourire léger et satisfait d'un gamin bien nourri.

Quand elle se réveilla la seconde fois, à midi passé, Eric était déjà sous la douche. À midi et demi, elle prépara des œufs. Ils mangèrent en lisant le journal – la vraie vie de couple, ma parole.

À une heure et demie, il l'embrassa et prit la direction de la porte.

– Je vais te conduire, dit-elle.

– Non, j'ai appelé un taxi.

Arrivé sans bagages, il repartait les mains vides. Portant un blue-jean repassé et une chemise bleu marine, le même coupe-vent, les mêmes chaussures à semelles de crêpe. Des sous-vêtements propres pris dans le placard réservé aux invités.

Il avait traversé la moitié de la planète avec un portefeuille dans la poche. Comme s'il avait fait un saut au marché.

Un aller-retour. Pour la voir.

– Annule le taxi. Je te conduis.

Elle attendit avec lui dans la confortable cafétéria aux tons turquoise, au-dessus du terminal de Jet Blue, jusqu'à ce qu'un jeune homme passe la tête par la porte et les avertisse du départ imminent de l'avion.

Eric se leva, haussa les épaules, eut l'air gêné. Petra lui donna l'étreinte la plus intense qu'elle put. Un dernier baiser, et il était parti. Elle avait les yeux douloureux en quittant le terminal.

La circulation était catastrophique sur la 405 et elle n'arriva au poste d'Hollywood qu'à dix-huit heures vingt-cinq. Deux inspecteurs, Kaplan et Salas, étaient à leur bureau et la saluèrent d'un signe de tête.

Aucun message de Mac Dilbeck et rien d'autre sur l'affaire du Paradiso. Elle alla s'installer devant un ordinateur libre et fit des incursions dans des sites nationaux d'enfants portés disparus qu'elle avait déjà visités sans vraiment s'attendre à quelque chose. Et ne trouva rien.

Que faire maintenant ?

On l'appela de l'autre côté de la salle.

– Inspecteur Connor ?

Isaac Gomez, en costume vert olive, chemise jaune, cravate rayée vert et rouge, la raie bien droite, les cheveux aplatis sur le crâne, le porte-documents à la main, se dirigeait vers son bureau.

– Très chic, dit-elle. Un rendez-vous important ?

Une rougeur prévisible envahit le cou du jeune homme.

– Pas vraiment... Vous avez eu le temps de réfléchir à mon hypothèse ?

Il changeait trop rapidement de sujet. Ce qui ne fit qu'ouvrir la boîte à malices de Petra.

– Allez, raconte-moi ça. Tu as encore eu l'honneur de rencontrer le conseiller Reyes ?

– Non, pas exactement, marmonna-t-il en tripotant sa cravate.

– Encore mieux que ça ?

Il entrechoqua ses chaussures.

– Allez, Isaac, le relança Petra, nous autres, petites gens, n'avons jamais l'occasion de nous frotter aux puissants de ce monde. Je vis par procuration grâce à toi. (Elle mit une main devant sa bouche.) C'est vrai, ce qu'on raconte sur Reyes ? Qu'il aurait un léger problème de flatulences ?

Isaac esquissa un sourire.

– Que puis-je faire ? Mister Gomez est la discrétion même.

Il éclata de rire et Kaplan et Salas tournèrent la tête. Puis il redevint sérieux.

– Un rancard, avoua-t-il. J'ai été obligé d'aller à un rancard.

– Obligé d'aller ? À t'entendre, on croirait une corvée.

Isaac soupira.

– En un sens, c'en était une. C'était ma mère qui avait organisé ça. Elle pense que je devrais sortir davantage.

– Et tu n'es pas d'accord.

– Je ne fuis pas les contacts, inspecteur Connor. Simplement je n'ai pas besoin que… le problème est que ma mère est devenue définitivement convaincue, du jour où je suis rentré à Burton, que les portes dorées de la haute société allaient s'ouvrir tout grand devant moi. Parfois, je me dis qu'elle trouve ça plus important que les diplômes.

– C'est comme ça, les mères. Elles pensent à tout, dit Petra.

Sauf que… qu'est-ce qu'elle en savait ? La sienne était morte en la mettant au monde.

– C'est vrai, elle aussi, mais…

Il se frotta la joue. Lorsque sa main retomba, Petra y vit un point rouge qui dépassait. Un bouton en pleine éruption. Einstein ou pas, il s'accrochait encore à l'adolescence.

– L'idée que se fait ma mère du succès absolu, ce serait que je rencontre une fille qui me fasse grimper dans l'échelle sociale. Pourtant, elle a toujours été mal à l'aise quand elle devait se rendre à Burton. C'est une école privée haut de gamme. Elle se sentait inférieure, ce qui est stupide. C'est une femme incroyable. Mais pas moyen de la convaincre, elle a toujours refusé de rencontrer les parents de mes camarades. Pourtant, une partie d'elle-même aurait bien aimé que je me mette avec une de ces filles. C'est pareil avec ses employeurs. Ils sont médecins, ce sont eux qui m'ont poussé et aidé. Ils la trouvent fabuleuse, mais elle ne veut pas sortir de son rôle de domestique… C'est toute une histoire à la Pygmalion. C'est compliqué et je suis sûr que ça ne vous intéresse pas.

Il se mordit la lèvre. Un tic agita une de ses paupières. Le pauvre garçon était vraiment à rude épreuve. Petra s'en voulut de l'avoir asticoté comme elle l'avait fait.

– Hé, tu es intelligent dans tous les domaines. Tu feras ce qui est le mieux pour toi.

– J'ai essayé de le lui expliquer. Trop de choses m'accaparent, je ne suis pas prêt pour m'engager dans une relation.

Petra lui montra la chaise, à côté de son bureau. Il s'y assit lourdement.

– Nul, ce rancard, c'est ça ?

Il sourit.

– Je suis si transparent ?

– J'imagine que si ta mère t'avait branché sur une reine de beauté avec un QI de plus de cent vingt, tu aurais peut-être oublié ce qu'il y avait dans ton assiette.

– Non, la fille était très bien, mais non… Nous n'avons absolument rien en commun. Sa famille est nouvelle dans notre église. Elle est croyante et modeste et pour ma mère, c'est l'essentiel.

– Pas une reine de beauté, alors.

– Elle ressemble à un bouledogue.

– Houla…

– C'est cruel, reprit Isaac. Mais quoi ? Et elle était agressive. Un agneau à l'église, mais pour l'emmener dîner, il vaut mieux numéroter ses abattis avant.

Il hocha la tête.

– Agressive à propos de quoi ?

– De tout. Elle avait des opinions sur des questions dont elle ignorait tout. C'est la religion qui la fait fonctionner. Des convictions en béton armé. On était à peine installés qu'elle me disait que je devrais aller plus souvent à l'église. Elle s'est mise à m'expliquer ce que je devais croire. Et sans grande élégance théologique.

– Oh, bon sang ! dit Petra. Vous n'êtes même pas mariés et elle veut déjà tout régenter !

Il éclata de rire à nouveau.

– On dirait un mec qui parle. Je veux dire… c'est quelque chose qu'un type dirait à un autre type. (Il rougit violemment.) Pas que vous ne seriez pas féminine, au contraire, c'est juste que… vous êtes mariée ?

– Je l'ai été. Mais ça ne s'est pas terminé parce que j'essayais de régenter sa vie. J'étais une épouse de rêve, mais lui était un rustre.

– Vous plaisantez, mais je parie que c'est vrai.

Il la regarda, l'air vaincu.

– Pour ce qui est de parler comme un mec, Isaac, apprends que j'ai grandi au milieu de cinq frères. Ils ont un peu déteint sur moi.

– Ça doit vous aider pour travailler ici, dans cet univers à prédominance masculine.

Le sujet de la conversation avait dérivé.

– Oui, ça m'aide.

– Bref… pour cette histoire des 28 juin, j'ai oublié de mentionner que quatre des six homicides ont eu lieu ici, dans la division Hollywood. Je ne suis pas encore certain que ça renforce mes statistiques de manière significative, mais…

– C'est une zone à forte criminalité, fit-elle observer.

– Plusieurs divisions ont des taux plus élevés : Rampart, la division centrale, Newton…

– Tu tiens peut-être quelque chose, Isaac. Je te promets de regarder ça de plus près, mais pour le moment, je n'ai pas le temps.

– La fusillade du Paradiso.

– Exactement.

– Vous avez identifié la fille ?

– Pas encore.

– OK. Désolé d'avoir…

– Elle s'était fait avorter un ou deux mois avant. Tu en conclus quelque chose ?

– À l'évidence, ça pouvait être une source de conflit. Avec le père.

– L'avortement ?

– Je pensais plutôt au fait d'être enceinte. Dans certaines situations, une grossesse non désirée peut constituer un mobile des plus solides pour un homicide, non ? Theodore Dreiser a écrit un excellent livre là-dessus…

– Oui, mais elle a avorté, Isaac.

– Elle ne l'a peut-être pas dit.

Petra réfléchit. Pourquoi pas ?

– C'est une approche. Merci. Il ne me reste plus qu'à trouver qui c'était.

Elle lui adressa un bref sourire et se tourna vers le bazar qui encombrait son bureau.

– Inspecteur Connor…

– Oui ?

– Serait-il possible que je vous accompagne ? Pour observer comment vous vous y prenez sur le terrain ? Je vous promets de rester discret.

– C'est fichtrement barbant, Isaac. Un boulot routinier, beaucoup d'impasses…

– Pas de problème. Plus je passe de temps ici, plus je me rends compte à quel point je suis ignorant. J'écris une thèse sur le crime et je n'en connais pas le premier mot.

– Je ne suis pas sûre que m'accompagner partout va beaucoup t'aider.

– Moi, je crois que si, inspecteur.

Un filet de transpiration descendit le long de sa tempe gauche et atteignit son oreille. Il l'essuya. Combien de temps lui avait-il fallu pour trouver le courage de poser la question ? Derrière tout cet aplomb, quelle anxiété…

– Très bien, dit-elle. Demain matin, je vais reprendre contact avec certains témoins du Paradiso. Tu pourras m'accompagner. Mais à une condition.

– Oui, laquelle ?

– Appelle-moi Petra. Sinon, c'est moi qui vais t'appeler docteur Gomez.

Il sourit.

– Je suis encore bien loin du diplôme.

– J'ai mérité mon titre, mais je préfère zapper l'honneur. Avec toi, j'ai l'impression d'être vieille.

VIII

Le bus qu'il emprunta pour retourner dans Union District était un dinosaure pataud, bruyant, bringuebalant et à demi vide. Assoiffé de diesel, il cahotait pesamment dans les rues sombres de la ville. Ses freins grinçaient et il dégageait un nuage de pollution. Mais il était brillamment éclairé – mesure préventive contre les agressions.

En voiture, le trajet aurait pris vingt minutes. Avec les transports publics, il fallait compter une bonne heure.

Isaac s'était installé à l'arrière et lisait la dernière édition d'*Abnormal Psychology* de Davidson. La plupart des autres passagers étaient des femmes de ménage ou des employés de restaurant, plus deux ou trois ivrognes. Pratiquement tous latinos – et sans doute sans papiers, se dit-il. Tout comme l'étaient ses parents jusqu'à l'intervention du couple de médecins.

Et maintenant il portait le costard (venu d'un décrochez-moi-ça) de son père et jouait au prof.

Son père, qui serait probablement déjà parti travailler quand il arriverait à la maison. Par besoin d'argent, il faisait des heures supplémentaires à la teinturerie, plongeant encore plus de tissus dans des cuves aux vapeurs méphitiques. Isaiah, lui, serait rentré de son travail de couvreur et dormirait sans doute déjà ; quant à Joel, qui s'était mis à sortir beaucoup depuis quelque temps, impossible de savoir s'il serait ou non dans le secteur.

Sa mère serait dans la cuisine, après avoir échangé son uniforme contre une robe d'intérieur défraîchie et des pantoufles. De la soupe aux *albóndigas* mijoterait sur un coin de la cuisinière.

Des *tamales*[1] tout chauds, savoureux et doux, viendraient de sortir du four.

Isaac, désireux d'être en appétit pour le repas de sa mère, avait à peine mangé de toute la journée. Il avait appris sa leçon dès la classe de troisième lorsque, ayant pris trop tard un solide déjeuner sur le campus, il arrivait chez lui sans avoir assez faim. Pas un mot de reproche de Mama pendant qu'elle emballait les restes dans de l'alu. Mais ses regards de chien battu...

Ce soir, il allait s'empiffrer pendant qu'elle le regarderait manger, assise en face de lui. Il finirait par lui demander de lui parler de sa journée. Elle prétendrait n'avoir rien d'intéressant à raconter, mais voudrait tout savoir du monde passionnant dans lequel il vivait. Il renâclerait et finirait par lui livrer quelques détails. Pas d'histoires criminelles, mais des chiffres et des mots un peu longs.

Quelques termes polysyllabiques bien choisis avaient le don d'impressionner Mama. S'il essayait de s'exprimer plus simplement, elle l'arrêtait et lui disait qu'elle comprenait.

Elle n'avait pas la moindre idée de ce qu'il lui racontait. Dans n'importe quelle langue, analyse de régression multiple et pourcentage de variance prise en compte étaient des expressions incompréhensibles, sauf pour les initiés. Mais il évitait de la traiter avec condescendance.

En garçon sensible qu'il était.

Un des initiés.

Peu importe ce qu'on voulait dire par là.

Il somnolait et était au milieu d'un rêve quand le bus s'arrêta sèchement. Réveillé en sursaut, il ouvrit les yeux à temps pour voir le chauffeur flanquer dehors un sans-abri qui n'avait pas de quoi payer son billet.

Des paroles de colère et un poing brandi d'un côté, tandis que se refermait la porte dans un sifflement pneumatique, et de

1. Les *albóndigas* sont des boulettes de viande et les *tamales* des pâtés de viande à la farine de maïs.

l'autre le pauvre diable évincé qui, dans ses vêtements d'une saleté repoussante, criait vengeance depuis le caniveau. Isaac regarda la silhouette de l'homme ; plié en deux de honte, il s'amenuisait tandis que le bus repartait.

Le conducteur poussa un dernier juron et accéléra.

Les accès de violence... Nombre de crimes qu'il avait étudiés avaient commencé de cette manière.

Mais pas les meurtres du 28 juin. Il s'agissait de quelque chose de différent, il en était certain. On pouvait faire mentir les chiffres, mais les chiffres qu'il avait exhumés ne mentaient pas.

Restait à convaincre l'inspecteur Connor.

Petra.

Penser à elle en évoquant son prénom le déstabilisait : il se rappelait du coup que c'était une femme.

Il s'enfonça un peu plus dans son siège avec l'envie de disparaître. Pourtant, aucun des autres passagers ne lui prêtait la moindre attention. Certains étaient des habitués et l'avaient certainement reconnu, mais personne n'ouvrait la bouche.

L'intello dans son costume d'emprunt.

Il arrivait parfois que quelqu'un – en général une femme qui n'était pas sans lui rappeler sa mère – lui adresse un sourire quand il montait. Mais, pour l'essentiel, tous voulaient se reposer.

Le tortillard des assoupis.

Le rêve dont il avait été brutalement tiré était plaisant. L'inspecteur Connor en faisait partie.

Petra.

Et lui, y jouait-il un rôle ? Il ne s'en souvenait pas très bien.

Mais elle avait bien été là, mince et gracieuse, avec sa masse de cheveux noirs...

Des traits ciselés. Une peau d'ivoire, les veines bleues courant dessous.

Elle n'avait rien à voir avec l'idéal féminin du jour : blonde, poitrine avantageuse, exubérante. Petra était le contraire de tout cela et Isaac la respectait doublement, parce qu'elle était elle-même et ne cédait pas aux pressions sociales les plus grossières.

Une femme sérieuse. Bien peu de choses paraissaient l'amuser.

Elle s'habillait toujours en noir. Elle avait des yeux brun foncé. Parfois la lumière les faisait paraître carrément noirs. Des yeux inquisiteurs – des yeux qui travaillaient – pas quelque chose pour flirter.

Elle évoquait d'une manière générale une jeune Morticia Addams, et Isaac avait d'ailleurs entendu certains de ses collègues lui donner ce surnom : Morticia. Mais aussi celui de Barbie et là, il ne comprenait plus.

Beaucoup de choses dans le travail de la police lui échappaient encore. Ses professeurs croyaient que l'enseignement académique était complexe, mais au bout de quelque temps passé au milieu des policiers il devait se retenir pour ne pas éclater de rire lors des réunions du département.

Petra n'avait rien d'une Barbie.

Tout le contraire, même : concentrée, intense.

Il s'était retrouvé plus d'une fois dans son lit à imaginer comment étaient ses seins… pour chasser aussitôt l'image de ses pensées, consterné d'être aussi vulgaire.

Des petits seins fermes… stop !

N'empêche… c'était une très belle femme.

IX

Petra resta à son bureau jusque bien après minuit, oubliant Isaac, ses théories et tout ce qui n'avait pas de rapport avec la fusillade du Paradiso.

Elle s'entretint avec des flics de la brigade antigang d'Hollywood et ceux de Rampart, mais, d'après eux, rien ne permettait de penser qu'il s'agisse d'un conflit territorial ; ils promirent de garder un œil sur l'affaire. Puis elle tenta de recontacter les dix-huit ados qu'elle avait interrogés au parking.

Douze étaient chez eux. Dans cinq cas, les parents, effrayés ou indignés, tentèrent de faire barrage. À force de charme elle réussit à franchir l'obstacle, mais tous lui répétèrent qu'ils n'avaient rien vu et ne savaient rien.

Parmi les six qu'elle n'arriva pas à joindre il y avait les deux gamines nerveuses, Bonnie Ramirez et Sandra Leon. Aucune réponse aux deux numéros et pas de répondeur.

Elle revint à l'ordinateur avec l'idée de faire de nouvelles recherches sur des sites d'enfants portés disparus, mais elle avait du courrier et commença par le lire.

Des âneries de la hiérarchie et un e-mail de Mac Dilbeck :

> p : luc et moi on était sur le terrain aujourd'hui rien de neuf, et toi ? il est question, si absence de progrès, de passer l'affaire au HOMSPEC, très drôle. On devrait peut-être emprunter son cerveau à ton petit génie, ça pourrait servir. m.

Elle répondit :

```
rien plus rien égale tu sais quoi. rentre
chez moi. demain, je vérifie les deux
petites nerveuses. prendrai le génie en
remorque. Sauf si tu le veux... il est à
toi. p.
```

Mais une fois le message envoyé et son sac à main retiré de son casier, l'idée de retrouver un appartement vide la déprima. Elle se servit une tasse du café de la salle des officiers et s'offrit une petite insomnie.

Il y avait, à côté de la machine à café, un carton dans lequel traînaient quelques tartelettes industrielles. Elles n'avaient pas l'air trop fraîches – la crème de l'une d'elles commençait à durcir sur les bords. Mais, la pomme paraissant mangeable, elle en rapporta une à son bureau avec le débouche-évier arôme moka.

Kaplan et Salas étaient partis et personne ne les avait remplacés. Seule dans la salle, elle fit le ménage des messages périmés et du courrier sans importance, remplissant ainsi entre autres choses un formulaire pour sa retraite et un questionnaire que l'assurance-santé du département lui réclamait depuis longtemps.

Ne restait plus que le compte rendu d'Isaac.

28 juin.

Elle sépara les dossiers Hollywood des autres, prit copie du nom des victimes, revint à l'ordinateur et fit une recherche aux Archives.

Comme l'avait affirmé Isaac, aucune des quatre affaires n'était classée sans suite ; elles étaient en sommeil. Et sur les quatre inspecteurs principaux affectés à chacune, elle reconnut deux noms.

Neil Wahlgren avait hérité du meurtre le plus récent – celui de Curtis Hoffey, le prostitué de vingt ans. On avait confié l'assassinat de Jewell Blank, l'adolescente en fuite massacrée dans Griffith Park, à Max Stokes.

À sa demande (il voulait se rapprocher de son domicile), Neil avait été transféré dans une autre division de la Valley il y avait déjà un moment – peu après l'affaire Hoffey. Et Max Stokes avait pris sa retraite depuis presque un an.

Ce qui signifiait que les enquêtes avaient peut-être été expédiées à la va-vite.

Neil et Max étaient tous les deux des policiers compétents et respectueux de la procédure. Mais avaient-ils mis toute leur énergie à trouver les coupables en sachant qu'ils n'allaient pas tarder à partir ?

Petra l'espérait.

Les dossiers avaient nécessairement été confiés à d'autres enquêteurs, mais l'ordinateur ne mentionnait pas leurs noms.

Elle passa au cas suivant. Coral Langdon, la femme dont on avait aussi piétiné à mort le chien dans Hollywood Hills. Affaire suivie par Shirley Lenois. Petra sentit les larmes lui monter aux yeux en voyant ce nom.

Lorsque Petra avait débuté à Hollywood, Shirley Lenois était la seule autre inspectrice dans l'équipe des Homicides. Petite, trapue et arborant une couronne de cheveux jaunes grisonnants, Shirley avait alors cinquante-deux ans et ressemblait davantage à une prof remplaçante qu'à une inspectrice de police. Mariée à un ancien motard de la police de la route, elle avait eu cinq enfants et traitait Petra comme son sixième, n'hésitant pas à payer de sa personne pour aplanir la route de la débutante.

S'arrangeant, par exemple, pour qu'il y ait toujours des Tampax dans les toilettes-dames, parce que sinon tout le monde s'en foutait.

Au mois de décembre précédent, Shirley s'était tuée dans un accident de ski à Big Bear. Crétin d'arbre, bon Dieu de crétin d'arbre…

Petra pleura en silence pendant quelques instants, s'essuya les yeux et passa au quatrième meurtre perpétré dans le secteur Hollywood. Le premier des six, chronologiquement. Celui qui ouvrait la prétendue série d'Isaac.

Marta Doebbler, la femme qui était allée au théâtre avec ses amies. Six ans auparavant, bien avant que Petra entre dans le service. Affaire traitée par deux inspecteurs dont elle n'avait jamais entendu parler, un classe III du nom de Conrad Ballou et un classe II portant celui d'Enrique Martinez.

Les flics quittaient le département plus vite qu'ils n'y entraient. Encore deux retraités, peut-être.

Peut-être aussi que Ballou et Martinez avaient fait de leur mieux, de toute façon.

Mais parfois, ça ne servait à rien.

X

Quand Petra arriva à dix heures le lendemain matin, Isaac était à son bureau d'angle, plongé dans des documents, et fit semblant de ne pas la remarquer.

Elle avait mal à la tête et se sentait nauséeuse et peu disposée à faire du baby-sitting.

Vingt minutes et deux tasses de café plus tard, elle était prête à faire semblant d'être humaine. Elle se leva et montra la porte à Isaac. Il lui emboîta le pas, son porte-documents à la main. Pas de costume aujourd'hui, mais pas non plus de pantalon kaki. Il était en bleu marine de la tête aux pieds, cravate comprise. La tenue monotone qu'affectaient les jeunes gens ces temps-ci. Chic, même si, sur Isaac, on aurait presque dit un costume.

Ils sortirent ensemble du bâtiment, sans échanger un mot. Petra laissa l'Accord dans le parking pour prendre la voiture banalisée qu'elle avait réservée au service du garage. L'interdiction de fumer dans les véhicules était en vigueur depuis plusieurs années, ce qui n'empêchait pas l'habitacle d'empester le cigare froid, et le moteur se montra rétif au démarrage.

– Mauvais matos, dit-elle à Isaac. Tu devrais en parler au conseiller Reyes.

– Nous ne nous voyons pas régulièrement.

Elle s'engagea dans la rue. Il ne souriait pas. L'aurait-elle offensé ? Regrettable.

– Bon. Aujourd'hui, nous allons reprendre contact avec deux témoins, dit-elle. Les deux sont des gamines de seize ans qui m'ont paru nerveuses la première fois que je les ai interrogées.

L'une d'elles a une raison d'être nerveuse, mais ça n'a rien à voir avec l'affaire. Elle est atteinte de leucémie.

– Ça suffit bien.

– Ça ne va pas ?

– Si.

– Je te pose la question parce que je te trouve bien silencieux.

– Je n'ai rien à dire… contrairement à la plupart du temps, ajouta-t-il après une brève pause.

– Mais non, dit-elle. Tu n'es pas bavard. Tu es brillant.

Nouveau silence.

Elle continua à faire avancer sa casserole dans les rues polluées d'Hollywood. Isaac regardait par la fenêtre.

Comme le faisait Eric quand elle était au volant. Eric remarquait les choses.

– Les gens brillants ont le droit de parler, Isaac. Ce sont les abrutis qui me tapent sur les nerfs.

Enfin un sourire. Mais il disparut rapidement.

– Je suis ici pour observer et apprendre. J'apprécie que vous preniez sur votre temps.

– Pas de problème.

Elle descendit Hollywood Boulevard jusqu'à Western ; elle avait prévu de passer par Los Feliz, puis de prendre la voie rapide – la Golden State – et enfin la 10 Est jusqu'à Boyle Heights.

– La première des deux filles s'appelle Bonnie Anne Ramirez. Elle habite dans la 127ᵉ Est. Tu connais le quartier ?

– Pas très bien. Ce sont surtout des Mexicains par là-bas.

Et lui était salvadorien.

Manière subtile de lui faire savoir qu'ils n'étaient peut-être pas tous pareils.

– Bonnie n'a que seize ans, reprit Petra, mais elle est déjà maman d'un bébé de deux ans. Le père est un certain George qui n'a rien du prince charmant, si j'ai bien compris. Ils ne vivent pas ensemble. Bonnie a laissé tomber l'école.

Aucun commentaire pendant cinq cents mètres, puis :

– Et elle était nerveuse ?

– La nervosité de la méfiance. Ce qui veut peut-être simplement dire qu'elle n'aime pas la police. Elle n'a pas de casier, mais dans ce genre d'environnement on peut s'en tirer longtemps sans que son nom apparaisse dans une affaire.

– Rien de plus vrai, dit-il. D'après les estimations du FBI, pour chaque crime dont on arrête l'auteur, six passent inaperçus. D'après mes recherches préliminaires, ce taux est peut-être même plus élevé.

– Vraiment ?

– La plupart des crimes ne sont même pas signalés, loin s'en faut. Plus la criminalité est élevée dans un secteur donné, plus le phénomène est fréquent.

– C'est logique. Le système ne fonctionnant pas, les gens n'ont plus confiance.

– Les pauvres n'y croient plus, de manière générale. Prenez mon quartier, par exemple. En quinze ans, nous avons été cambriolés trois fois. On m'a volé ma bicyclette, mon père a été attaqué pour son fric dans la rue, sa voiture a été désossée, mon petit frère s'est fait piquer l'argent de son déjeuner et je ne compte pas le nombre de fois où ma mère a été menacée par des alcoolos ou des drogués en rentrant à la maison. Nous avons échappé à plus sérieux, mais on entend des coups de feu au moins deux fois par semaine et les sirènes beaucoup plus souvent que ça.

Petra garda le silence.

– Cela dit, c'était encore pire avant, reprit-il. Quand j'étais petit, avant la mise en place des unités CRASH, il y avait des endroits où on ne s'aventurait même pas. Une paire de chaussures de marque aux pieds et t'étais mort. Les CRASH ont plutôt fait du bon boulot. Mais après le scandale de la division Rampart on a dissous la brigade et c'est reparti de plus belle.

Il avait les lèvres pincées et les poings serrés en disant cela.

Elle continua de rouler en silence pendant un moment.

– Je commence à comprendre pourquoi tu t'intéresses à la criminalité, dit-elle enfin.

– C'était peut-être une erreur.

– Comment ça ?

– Plus j'avance dans la question, plus j'ai l'impression de perdre mon temps. La plupart de mes profs en sont encore au stade de la recherche des causes profondes, comme ils disent. Pour eux, c'est synonyme de pauvreté. Et de race, même s'ils se considèrent comme progressistes. La vérité, c'est que la plupart des pauvres veulent simplement vivre leur vie, comme n'importe qui. Et le problème, ce ne sont pas les pauvres, mais les salopards qui s'en prennent à eux parce que les pauvres sont sans défense.

Petra marmonna son assentiment. Isaac parut ne pas l'avoir entendue.

– J'aurais peut-être mieux fait d'aller directement en fac de médecine. De décrocher mon diplôme, de terminer ma spécialité et de faire sortir mes parents de ce quartier pourri. Au moins d'acheter une voiture à ma mère pour qu'elle n'ait pas à subir les agressions des alcoolos et des drogués... sauf que jamais elle n'apprendra à conduire.

– Elle a peur ?

– Elle s'en tient à ce qu'elle sait.

– C'est souvent comme ça, les mères, dit-elle. (Mais qu'est-ce que tu en sais ?) OK, on avance. La voie rapide a l'air assez dégagée.

Bonnie Ramirez vivait chez sa mère en compagnie de trois frères plus âgés et du petit Rocky, dans un minuscule bungalow en planches à clin protégé par un grillage rouillé. Lotissement après lotissement de maisons semblables s'alignaient dans le secteur. Construites en vue du retour des GI's, certaines étincelantes, d'autres décrépites.

On avait fait des efforts, chez les Ramirez : le bout de pelouse était pelé et marron mais bien entretenu, et des impatiens disposées à la diable faisaient ce qu'elles pouvaient pour fleurir dans la chaleur de ce printemps. Une poussette était rangée sous le porche en bois, à côté d'un piédestal de plâtre, peint en doré à la bombe et ne servant apparemment à rien.

Bonnie n'était pas chez elle et c'était sa mère qui s'occupait du petit Rocky. Le bébé dormait dans un berceau installé dans le séjour de dix mètres carrés. Plancher nu au sol, plafond bas. Une odeur de bonne nourriture et de produit d'entretien au pin régnait dans la maison et c'est à peine si on détectait une odeur de couches sales.

Anna Ramirez, femme de petite taille et corpulente, avait des cheveux teints en roux, de grosses joues et des bras flasques. Des joues si rebondies qu'elles repoussaient ses yeux et les réduisaient à deux fentes – ce qui lui donnait un air soupçonneux en dépit des efforts qu'elle faisait pour se montrer accueillante. Elle avait les mêmes intonations chantantes de Boyle Heights que sa fille.

Elle les invita à s'asseoir, leur apporta des sodas en boîte et un bol de bretzels et leur expliqua que le papa de Bonnie était un ancien du Vietnam qui n'avait échappé à la guerre que pour se faire tuer dans un accident de chantier pendant la construction d'un immeuble de bureaux du centre-ville. Puis elle décrocha sa photo du mur et la brandit comme un objet religieux. Un bel homme en grand uniforme. Mais une peau médiocre, dont Bonnie avait malheureusement hérité.

– Savez-vous quand Bonnie doit revenir ? risqua Petra.

Anna Ramirez hocha la tête et fronça les sourcils.

– Vous l'avez manquée de peu. Elle n'arrête pas d'aller et venir. Elle est sortie hier soir, elle a dormi jusqu'à dix heures et elle est repartie.

– Sortie tard ?

– Toujours.

Rocky s'agita dans son berceau.

– Je ne voudrais pas le réveiller, dit Petra.

– Oh, ça va, il dort bien.

Elle jeta un coup d'œil au bol de bretzels que tenait Petra. Celle-ci en prit un.

– Voulez-vous manger autre chose ? demanda Anna.

– Non, merci madame. Savez-vous pourquoi nous sommes ici ?

– Le massacre à Hollywood. Bonnie m'en a parlé.

– Qu'est-ce qu'elle vous a dit ?

– Que c'était arrivé dans le parking. Elle a entendu les coups de feu, mais elle n'a rien vu. Elle a dit qu'elle avait parlé à une femme flic. C'était vous ?

Petra fit oui de la tête.

Anna Ramirez se tourna vers Isaac. L'étudia un instant.

– Vous ressemblez à Bobby, mon neveu.

Isaac eut un sourire incertain.

– Une des victimes est une fille que nous n'avons pas encore pu identifier, reprit Petra.

– Aucun parent n'est venu la réclamer ?

– Non, aucun, madame.

– C'est bien triste.

Le petit Rocky se mit à gazouiller. S'agita. Poussa un cri. Anna alla le prendre dans son berceau. Le pauvre gosse était tout rouge et paraissait dyspeptique. Trop lourdement emmailloté par cette chaleur.

Anna se rassit et installa son petit-fils sur son vaste giron. Le bébé rota, fronça les sourcils et se rendormit. Tête comme une boule, cheveux noirs frisottés. Très mignon. Petra remarqua qu'il avait les ongles coupés et que ses langes étaient impeccables.

– C'est un beau bébé, dit-elle.

Anna Ramirez soupira.

– Il est très agité. Et donc… cette fille…

– Je me demandais si Bonnie ne l'aurait pas connue.

Petra se rendit compte qu'elle parlait à la première personne depuis qu'elle était entrée dans la maison. Devait-elle inclure Isaac ? Il restait assis bien droit et raide sur sa chaise, avec l'air du type qui va passer un entretien d'embauche.

– Vous ne le lui avez pas demandé ?

– Si, mais elle m'a répondu que non. Mais je ne suis pas très sûre…

Anna fronça les sourcils.

– Vous ne l'avez pas crue.

– Ce n'est pas ça…

– Pas de problème. Moi aussi, ça m'arrive de ne pas la croire.

Petra espéra que son sourire disait bien qu'elle comprenait.

– Ses frères ont tous fini leurs études secondaires, deux sont en fac, mais Bonnie n'a jamais aimé l'école. Tout au fond d'elle-même pourtant, c'est une gentille fille… (Elle jeta un coup d'œil à Rocky.) Ç'a été un peu… Bon, je me retrouve une fois de plus maman, je dis bon, ça va. C'est difficile de lui dire quoi que ce soit, mais je tiens à ce qu'elle décroche au moins son GED[1]. Quel travail voulez-vous trouver sans ça ?

Petra hocha la tête.

Anna soupira à nouveau.

– Pour nous résumer, madame, reprit Petra, pourriez-vous avoir la gentillesse de m'appeler quand elle rentrera ?

– Bien sûr. Cette fille… croyez-vous qu'elle était avec Bonnie ?

– Je ne peux vraiment pas vous dire, madame.

– De quoi avait-elle l'air ?

– Petite, boulotte. Elle portait des tennis roses.

– Il pourrait s'agir de Jacqui, dit Anna. Jacqui Olivares. Elle est petite et elle était très grosse. Depuis, elle a perdu du poids. Mais elle est encore bien ronde. Et elle a des problèmes.

– Quel genre de problèmes ?

– Deux gosses. Un garçon et une fille. Et elle n'a que dix-sept ans.

– L'avez-vous jamais vu avec des tennis roses aux pieds ?

Anna porta l'index à sa lèvre. Rocky s'agitant à nouveau, elle le fit doucement sauter sur ses genoux et repoussa les cheveux mouillés de sueur du petit en arrière.

– Non, je n'ai jamais remarqué. Mais Jacqui ne vient plus ici depuis un moment. J'ai dit à Bonnie que je ne voulais plus la voir.

– Mauvaise influence ?

– Exactement.

– J'ai une photo de la victime, madame, mais je dois vous avertir que ce n'est pas joli-joli.

– La victime morte ?

– Oui, madame.

– J'ai déjà vu des morts, j'ai vu mon Rudy mort, alors allez-y.

1. Équivalent du bac pour ceux qui ne l'ont pas eu.

Petra choisit le moins horrible des clichés pris à la morgue et le lui tendit.

– Ce n'est pas Jacqui, dit Anna. Je n'ai jamais vu cette fille.

L'adresse donnée par Sandra Leon n'était pas loin du domicile des Ramirez, mais Petra comprit tout de suite qu'elle s'était fait avoir.

Le numéro correspondait à une ancienne *bodega* aux ouvertures condamnées, au milieu d'un quartier où les maisons abandonnées donnaient sur des allées envahies de mauvaises herbes. Des graffitis partout. Des jeunes gens à la mine coléreuse, le crâne rasé et couverts de tatouages provocants, vadrouillaient dans les rues creusées d'ornières en observant ce qui se passait – et en ricanant.

Petra repartit à toute vitesse, regagna Soto Avenue, non loin de la morgue du comté, et alla se garer dans le parking d'une station-service, où régnait une certaine animation. Elle prit un café et commanda un Coca pour Isaac. Il voulut le payer, mais elle refusa. Pendant qu'ils buvaient, elle se procura le numéro de téléphone de l'hôpital des enfants, demanda le service d'oncologie et dut attendre longtemps avant de l'obtenir.

La secrétaire qui lui répondit lui fit remarquer que le renseignement était « confidentiel » quand Petra lui demanda l'adresse de Sandra Leon.

Petra n'eut aucun mal à mentir.

– J'ai de bonnes raisons de penser que Mlle Leon est en danger.

– À cause de sa maladie ?

– Non, de son implication dans un crime. Elle a été témoin d'une fusillade.

Il y eut un long silence.

– Il faudrait voir avec son médecin.

– Passez-le-moi, s'il vous plaît.

– Le nom de famille est… Leon… oui, je l'ai, Sandra Leon, pas de second prénom. Le Dr Katzman. Je vous passe son poste.

C'est à une voix masculine douce et enregistrée que Petra eut droit à l'autre bout de la ligne.

« Service du Dr Bob Katzman. Je suis en déplacement pour quinze jours, mais n'hésitez pas à me laisser un message. S'il s'agit d'une urgence, le numéro du service d'oncologie est… »

Petra n'attendit pas et rappela la secrétaire.

– Le Dr Katzman est absent pour quinze jours. Je n'ai besoin que d'une chose, l'adresse de cette jeune femme.

– Vous travaillez avec la police ?

Je suis la police, mon chou.

– Inspecteur Connor. (Elle épela son nom.) Division Hollywood et mon numéro de badge, si vous voulez vérifier, est…

– Non, ce n'est pas la peine. Je vous passe le service des dossiers médicaux.

Cinq minutes plus tard, Petra obtenait l'adresse que Sandra avait inscrite sur le formulaire d'admission. C'était elle-même qui l'avait rempli.

– C'est une mineure émancipée ?

– Je n'ai pas les moyens de le savoir, répondit l'employé du service des dossiers.

– Vous n'avez aucun nom d'adulte sur la fiche ?

– Hmmm… non, on ne dirait pas, inspecteur.

– Qui paie les frais ?

– Le CCS, le Children's Cancer Service, c'est un fond du comté pour les enfants nécessiteux.

– Pas de représentant de la famille ?

– Elle n'est pas la seule. Nous avons très souvent de petits fugitifs. C'est Hollywood, que voulez-vous…

L'autre adresse donnée par Sandra se trouvait dans Gower Street, au nord d'Hollywood. À quelques minutes de la station-service. C'était faisable à pied, avec un peu d'énergie.

Mais Petra reprit la voie rapide.

-- Tu vois ce que je voulais dire ? dit-elle. C'est barbant.

– Je trouve ça intéressant, répondit Isaac.

– Quoi donc ?

– Le processus. La manière dont vous raccordez les choses.

Petra n'avait pas l'impression d'avoir raccordé quoi que ce soit et jeta un coup d'œil à Isaac. Aucune trace d'ironie sur son visage.

– Je trouve aussi intéressante la manière dont les gens réagissent à votre présence. La mère de Bonnie, par exemple... Elle a manifestement vu en vous une image d'autorité, ce qui l'a poussée à se montrer respectueuse. Elle a une personnalité conventionnelle, elle est fière du passé militaire de son mari, elle prend ses responsabilités au sérieux.

– Contrairement à sa fille.

– Oui.

– Le fossé des générations, dit Petra.

– La rupture des générations. Dans celle de Bonnie, ils s'estiment libres de toute convention et de toute règle.

– Et tu penses que c'est mal ?

Isaac sourit.

– Mon comité de thèse m'a donné pour instruction de ne pas porter de jugements de valeur tant que je n'aurais pas toutes les données en main.

– Nous ne sommes pas en classe. Pète un peu les plombs.

Il tripota sa cravate.

– Je pense qu'une société extrêmement ouverte est une arme à double tranchant. Certains profitent sainement des avantages de la liberté, mais d'autres ne tiennent pas le coup. S'il fallait choisir, je prendrais trop de liberté plutôt que pas assez. Parfois, quand j'arrive à faire parler mon père, il nous raconte comment ça se passait au Salvador. La différence entre la démocratie et les autres systèmes... Il n'y a pas de plus grand pays que les États-Unis au XXIe siècle.

– Sauf pour ceux qui ne tiennent pas le coup avec trop de liberté.

– Et c'est à ceux-là que vous avez affaire, répondit Isaac.

Gower Street. Appartement onze d'un immeuble vert pomme qui en comptait vingt-huit, à mi-chemin entre Hollywood Boulevard et Franklin Avenue.

– Très bien, dit Petra en descendant de voiture. Allons voir ce que notre petite menteuse va nous dire pour sa défense.

Ils parcoururent les noms des yeux sur les boîtes à lettres. Hawkins A., appartement onze.

Aucune avec Leon.

La porte d'entrée n'était pas fermée. Ils prirent l'escalier, puis empruntèrent le couloir, au fond duquel se trouvait le numéro onze. Petra sonna. Un Noir très grand en chandail vert et pantalon marron vint ouvrir. Des flocons blancs ornaient le col et les poignets de son chandail… un truc de ski en juin. Son crâne en pain de sucre était comme engoncé dans des cheveux tressés selon des motifs complexes en zigzag, un de ces chefs-d'œuvre de l'architecture capillaire comme aiment en arborer les basketteurs professionnels. Il tenait un stylo à la main et avait le bout des doigts taché d'encre. Ce qu'on devinait de l'appartement donnait l'impression d'un lieu spartiate et bien rangé. Une planche à dessin d'architecte contre une fenêtre. Un nuage d'encens vint s'étirer jusque dans le couloir.

– Oui ? dit l'homme en jouant avec son stylo.

– Bonjour, monsieur, dit Petra en lui tendant son badge. Je suis à la recherche de Sandra Leon.

– Qui ça ?

Petra répéta.

– Elle a donné cet appartement comme étant son adresse.

– Elle a peut-être habité ici à une époque, mais ça remonte à forcément plus d'un an, puisque j'y suis moi-même depuis un an.

– Un an…

– Douze mois et deux semaines, pour être précis. (Le stylo tournoyait. Grand sourire.) Je vous jure que je ne m'appelle pas Sandra.

Petra lui rendit son sourire.

– Et votre nom est ?

– Alexander Hawkins.

– Artiste ?

– Quand j'en ai le temps. Je travaille surtout pour une agence de voyages, la Serenity Tours, si ça peut vous intéresser.

– Non. À moins que vous ne connaissiez Sandra Leon.

– S'agit-il d'une séduisante jeune femme qui s'intéresserait à l'art ?

– Non. Il s'agit d'une gamine de seize ans qui a été le témoin d'un meurtre.

Hawkins redevint sérieux.

– Non, je ne connais aucune Sandra Leon.

– Y a-t-il un concierge ou un employé quelconque dans l'immeuble ?

– J'aimerais bien. Ce luxueux ensemble est confié aux bons soins d'une agence immobilière, la Franchise Realty, sise dans l'Eldorado de Downey. Je viens juste d'avoir leur répondeur automatique. Petit problème d'insectes. Je peux vous donner leur numéro, je le connais par cœur.

De retour à la voiture, Petra appela l'agence. Le locataire précédent, Kim de son nom de famille, était resté cinq ans. Personne du nom de Leon n'avait loué d'appartement au cours des sept dernières années, depuis que Franchise Realty gérait l'immeuble.

Petra mit fin à la communication et résuma ces informations pour Isaac.

– Sandra a menti deux fois. Elle commence à sérieusement m'intéresser.

Elle rappela le répondeur du Dr Katzman et lui laissa un message détaillé.

– Et qu'est-ce qu'on fait, maintenant ? demanda Isaac.

– On retourne au commissariat et on essaie de localiser notre jeune demoiselle. Une fois que je me serai heurtée à un mur, ce qui risque d'arriver plus vite que prévu, je me pencherai de plus près sur ton dossier.

– J'ai fait des recherches pour voir si la date du 28 juin avait une importance historique quelconque. Sur le plan criminel, tout ce que j'ai pu trouver est que John Dillinger est né ce jour-là. Voilà qui pourrait inspirer un malade mental. Mais Dillinger était un pilleur de banques, un type qui aimait les effets spectaculaires, le symbole même du mauvais garçon. D'après ce que je sais, notre tueur est tout le contraire. Il a choisi des victimes différentes pour dissimuler son projet.

Notre tueur. Son projet. Le gosse était convaincu qu'il y avait la même main sinistre derrière les six meurtres. Ah, jeunesse impétueuse…

Tandis que Petra reprenait la direction de Wilcox, Isaac ajouta :

– Il est arrivé autre chose, un 28 juin. L'assassinat de l'archiduc François-Ferdinand, le 28 juin 1914. L'événement qui a servi de déclencheur à la Première Guerre mondiale.

– Eh bien voilà ! Quelqu'un a déclaré la guerre aux bonnes gens de Los Angeles.

XI

C'était la ressemblance des blessures qui la tracassait.

Dix-huit heures. Comme prévu, elle était rapidement tombée sur un mur dans l'affaire Leon. Elle avait téléphoné à un livreur de pizzas voisin et en avait commandé une petite mais avec de tout dessus.

À l'autre bout de la salle, Isaac n'avait pas bougé de son bureau : il griffonnait, tapait sur son ordinateur portable et prenait des notes. Faisait tout un cinéma pour passer inaperçu. Quand la pizza était arrivée, elle était allée lui en offrir un morceau. Il avait dit non merci, avait suivi Petra jusqu'à son bureau et y était resté pendant qu'elle ouvrait le carton graisseux.

Petra avait pris une tranche et commencé à grignoter les bouts de fromage de la pointe.

– Bonsoir, lui avait dit Isaac.

Et il avait quitté le commissariat.

Elle s'était servi une nouvelle tasse de café, avait joué à tirer des filaments de mozzarella et pris l'un des dossiers d'Isaac. Et bu, mangé et commencé à lire. Laissé des traces de graisse sur les chemises en faisant preuve d'une certaine désinvolture.

Jusqu'au moment où elle était tombée sur les comptes rendus d'autopsie.

Six comptes rendus rédigés par six médecins légistes différents. Mais en des termes presque identiques.

Enfoncement profond de la boîte crânienne au niveau de l'occiput.

Victimes frappées par-derrière.

L'arme était chaque fois décrite comme un objet lourd et de forme tubulaire d'environ soixante-dix-sept millimètres de diamètre dans trois cas, soixante-quinze dans un, soixante-dix-huit dans deux. Ce qui était très proche compte tenu de la densité osseuse variable d'un sujet à l'autre, cela en fonction de l'âge et du sexe.

Deux légistes s'étaient risqués à spéculer sur la nature de l'objet, parlant de métal ou de plastique car ils n'avaient trouvé aucun fragment de bois incrusté.

Ils avaient en revanche trouvé beaucoup de sang, d'esquilles et de fragments de matière grise.

Pour elle, l'arme évoquait tout à fait un bout de tuyau. Presque huit centimètres de diamètre, trois pouces sur son ancienne règle, voilà qui faisait un instrument contondant parfaitement plausible.

Enfoncement profond de la boîte crânienne au niveau de l'occiput – un bain de sang.

Quelqu'un – si ce quelqu'un existait bien – aimait défoncer les crânes.

Elle commença par l'enquêteur qui, d'après ce qu'elle savait, était encore en activité.

Neil Wahlgren, l'inspecteur qui avait eu en charge l'affaire Curtis Hoffey. Petra savait seulement qu'il avait été transféré ailleurs dans la Valley.

Il lui fallut un moment, mais elle finit par le localiser au Bureau des véhicules volés de Van Nuys. La trajectoire de Petra avait été exactement l'inverse : elle était passée des voitures désossées aux humains qui l'étaient parfois aussi et se demanda pourquoi Neil avait fait le contraire.

Il n'était pas à son bureau, mais, le policier de service au standard de Van Nuys lui ayant donné le numéro de portable de Wahlgren, elle le joignit rapidement.

– Hé, dit-il, mais c'est Barbie de Ken et Barbie, non ?

Il se rappelait Petra et Stu Bishop. Le bon vieux temps.

– En personne.

– Hé, répéta Wahlgren.

Il avait une voix qui paraissait sincère et chaleureuse. Petra se souvenait vaguement d'un grand gaillard genre scandinave au teint rubicond et au nez bulbeux. On l'aurait bien imaginé pêchant sur la glace et ingurgitant les grandes rasades du tord-boyaux que descendent ces gars-là.

– Alors, on chasse le cheval-vapeur ? demanda-t-elle. Fini, les refroidis dans les allées sombres ?

– Dix ans à les fréquenter, c'était plus que suffisant. Donne-moi plutôt une bonne Lexus gonflée avec GPS. Qu'est-ce qui se passe ?

– J'ai rouvert quelques dossiers classés mais non fermés et suis tombée sur un des tiens. Curtis Hoffey.

– Prostitué de sexe masculin, frappé à la tête, répondit aussitôt Wahlgren.

– Oui, celui-là.

– Sale boulot.

– Tu parles en termes de scène du crime ou d'enquête ?

– Les deux. L'enquête n'a pas avancé d'un pouce. Pas un. Ce qui n'est pas une grosse surprise, à mon avis, avec ce genre de victime. Vingt ans et, d'après ce que j'ai pu dégotter, sur le trottoir depuis l'âge de douze. Le pauvre gosse est probablement tombé sur un mauvais client, mais dans la rue personne ne savait rien et il n'y avait eu aucune affaire similaire.

– Je pourrais en avoir, répondit-elle, Je dis bien je pourrais. Quelqu'un a étudié nos vieux dossiers en sommeil et il est tombé sur une demi-douzaine de crânes défoncés qui se ressemblent question blessures et arme supposée.

– Qui a trouvé ça ? demanda Wahlgren.

– Un stagiaire. Sinon, qui aurait eu le temps, à ton avis ?

– Quoi ? Un de ces boy-scouts genre remonté à bloc ?

– Ouais. Mais dis-moi… qui a pris la suite, après ton départ ?

– J'sais pas. Schoelkopf m'a dit qu'il s'en occuperait. Il est toujours là ? Et toujours le parfait sale con ?

– Toujours là. S'il s'est occupé du transfert, ça n'apparaît pas dans le dossier.

– Tu m'étonnes. Même à l'époque, il ne voulait pas que je perde trop de temps sur cette affaire. Il préférait qu'on s'occupe des gangs d'assassins et disait que c'était une affaire à la Hollywood Ouest. Tu vois ce que je veux dire…

– Gay.

– Prostitué homo, faible probabilité de trouver le coupable et le conseil municipal qui nous talonnait pour qu'on s'occupe des gangs. Un coupable qui n'a pratiquement pas laissé de traces, pas de parents ou de politiques qui te chauffent les fesses…

Il ne termina pas sa phrase.

– Oui, évidemment, dit Petra.

– Le fait est que Schoelkopf avait raison quand il disait qu'on ne trouverait très probablement jamais rien.

Et tu ne t'es pas soucié de vérifier ce probablement.

– Curtis n'avait donc pas de famille ? dit-elle en utilisant le prénom de la victime.

Afin que Wahlgren pense à Hoffey comme à un être humain, au moins un instant.

– Personne n'a réclamé le corps. Il avait eu le crâne complètement défoncé. Je ne me porterai pas plus mal si je ne revois jamais ça.

XII

Si Jewell Blank, l'adolescente de quatorze ans assassinée dans Griffith Park, avait bien des parents, ceux-ci, à en croire les notes laissées par l'inspecteur, ne s'étaient guère montrés coopératifs.

La mère, Grace Blank, vingt-neuf ans, célibataire, barmaid, vivait avec un certain Thomas Crisp, trente-deux ans, conducteur de poids lourds au chômage et du genre « motard ». Ni l'un ni l'autre n'avaient vu Jewell depuis un an, c'est-à-dire depuis qu'elle avait fichu le camp de la caravane double corps qu'ils occupaient dans la banlieue de Bakerfield. Et ni l'un ni l'autre ne paraissaient avoir recherché la fugueuse avec beaucoup d'enthousiasme.

Vingt-neuf ans. Cela signifiant que Grace avait quinze ans à la naissance de sa fille, Petra se fit une idée assez claire du tableau.

Encore une gosse de Griffith Park. Petra sentit son estomac se nouer, lorsque le souvenir de Billy Straight lui revint à l'esprit[1]. Même contexte, même genre de fugue. Billy avait vécu dans le parc tel un petit animal sauvage, écumant les bennes à ordures pour trouver quelque chose à manger, et avait évité de peu de se faire tuer. Ça s'était mieux terminé pour lui ; sinon, il se serait retrouvé sur un petit nuage à côté de Jewell Blank.

C'est Petra qui avait tiré Billy de là. Pendant la première année – sa grand-mère l'avait pris avec elle –, ils étaient restés en

1. Cf. *Billy Straight*, roman du même auteur publié dans cette même collection.

contact ; ils se téléphonaient et elle lui proposait une sortie de temps en temps. Billy avait aujourd'hui quinze ans, mesurait plus d'un mètre quatre-vingts et venait d'entrer en seconde avec un an d'avance. En bonne voie pour se retrouver à l'université de Stanford, avait confié Mme Adamson à Petra. Elle avait déjà eu un entretien avec le doyen.

Cela faisait des mois que Petra n'avait plus de ses nouvelles. Ce qui était probablement préférable, du moins de son point de vue à lui. Il avait retrouvé une vie normale, quel intérêt avait-il à rester en contact avec la police ?

Elle ne trouva rien permettant de dire que l'affaire Jewell Blank avait été confiée à un autre enquêteur.

Max Stokes paraissait avoir fait le maximum, allant jusqu'à obtenir la collaboration de Shirley Lenois. L'un et l'autre inspecteurs chevronnés, ils avaient parcouru les rues, interrogé des dizaines de fugitifs, contrôlé les refuges, les églises et les ONG.

Jewell avait fréquenté un certain nombre de squats, disparaissant et reparaissant dans les rares bâtiments abandonnés qu'on trouvait encore à Hollywood ; elle était connue des autres gosses des rues comme une « prétentieuse », mais aussi pour ses dons quand il s'agissait de faire la manche ou de voler à la tire. Personne n'avait pu dire si elle s'était prostituée pour de l'argent, mais elle avait couché avec des garçons pour de la drogue.

N'importe quelles drogues : herbe, pilules, méthadone, acide, ecstasy. Mais pas d'héroïne, ils étaient tous d'accord là-dessus. L'idée de se piquer lui faisait peur. Petra reprit le compte rendu d'autopsie, évitant de regarder les photos où on voyait le visage de la jeune fille. Pas de traces de piqûres. L'analyse toxicologique révélait des taux significatifs de cannabis, d'alcool et de pseudoéphédrine, celle-ci venant sans doute d'un décongestionnant nasal.

D'après certains gamins, Jewell fréquentait le parc quand elle était de mauvaise humeur et n'avait pas envie de traîner avec les autres.

Non, elle n'avait jamais évoqué de rancard avec qui que ce soit dans Griffith Park.

Non, elle n'avait ni petit ami ni client régulier. En tout cas, elle n'en avait jamais parlé.

On l'avait retrouvée entièrement habillée. Pas de traces de viol. La conclusion du médecin légiste était qu'elle avait eu des rapports sexuels quelque temps auparavant.

Une photo d'elle vivante avait été agrafée au dossier. Probablement une photo d'école, alors qu'elle devait avoir environ neuf ans. Jewell Blank était une fillette pâlotte aux cheveux noirs, au nez semé de taches de rousseur et à l'expression revêche.

Grace Blank et Thomas Crisp ne voulaient savoir qu'une chose : si c'était eux ou la municipalité qui paieraient les frais d'enterrement. Les notes de Max Stokes ne les ménageaient pas sur ce point : « Je les ai informés que les formalités des funérailles étaient de la responsabilité de la famille. Ces infos leur ont fortement déplu et ils m'ont dit qu'on en reparlerait. »

Le corps de Jewell Blank était resté un mois à la morgue ; finalement, un entrepreneur de pompes funèbres d'Inglewood était venu le chercher pour l'incinérer.

Serait-il utile d'avoir un entretien avec Max ? D'aller gâcher la paisible retraite du pauvre vieux en réveillant le souvenir d'une affaire qui n'avait pas été résolue ?

Elle regarda autour d'elle dans la salle. Trois autres inspecteurs étaient penchés sur leurs paperasses. Le jeune Eddie Baker, un beau gosse ; Ryan Miller, encore fort séduisant ; et Barney Fleischer, maigre, chauve, âgé et sur le point de prendre sa retraite.

Petra alla voir ce dernier. Il remplissait un formulaire de demande de fournitures pour le bureau. Des verres en demi-lune perchés sur un nez en bec d'aigle. Il avait une écriture minuscule, élégante, qui relevait presque de la calligraphie.

Elle lui demanda s'il savait où se trouvait Max Stokes.

– À Corvallis, dans l'État de Washington, répondit-il sans cesser d'écrire. Il a une fille, Karen. Médecin. Elle ne s'est jamais mariée, tu devrais donc pouvoir la trouver sous le nom de Stokes.

Il ne manifesta aucune curiosité pour la raison qui poussait Petra à lui demander cette information. Elle le remercia et retourna à son dossier. Après l'avoir encore un peu feuilleté, elle appela Corvallis et obtint sans difficulté les numéros de téléphone du cabinet et du domicile du Dr Karen Stokes.

C'est Max qui décrocha.

– Petra Connor ! dit-il. On allait juste passer à table.

– Désolée, je rappellerai plus tard.

– Non, ça ira, c'est juste un repas froid. Qu'est-ce qui me vaut le plaisir… ?

Se représentant le visage rubicond et moustachu de Max, elle lui servit la même histoire d'un stagiaire fouineur ayant exhumé le dossier Blank.

– Tu envisages de le rouvrir ? demanda-t-il.

– Je ne sais pas encore, Max. Ça dépendra de ce que je vais apprendre.

– J'espère que tu le feras et que tu t'en sortiras mieux que moi.

– J'en doute.

– On ne sait jamais, Petra. Du sang neuf, un regard nouveau et tout le bazar…

– Toi et Shirley, ça faisait tout de même une équipe de première bourre, Max.

– Pauvre Shirley… Bon, que veux-tu que je te dise ?

– Je ne sais pas très bien, Max. J'ai l'impression que vous avez fait tout ce qui était possible, tous les deux.

– C'est ce que j'ai cru, à l'époque… Il m'arrive encore d'y penser, de temps en temps. Pauvre petite gosse. Tout le monde la décrivait comme agressive, avec un sale caractère, mais en la voyant… elle était si menue… C'était atroce.

Le compte rendu d'autopsie était ouvert devant Petra, avec les mensurations de Jewell. Un mètre cinquante-trois, trente-neuf kilos.

Enfoncement de la boîte crânienne…

À quoi rimait tout cela ?

Max Stokes était en train de parler.

– … avec les parents… en fait, juste avec l'un d'eux, la mère. Plus le petit ami de celle-ci.

– De bons citoyens, n'est-ce pas ?

– J'avais la conviction viscérale que c'était lui, Thomas Crisp, le tordu qui avait fait le coup. Le scénario classique et sordide du beau-père qui commence à tripoter la fille de sa compagne. D'après le médecin légiste, Jewell avait des rapports sexuels depuis plusieurs années. J'aurais parié que Crisp l'avait violée, ce qui était une bonne raison pour fuguer. Je ne lui ai jamais posé carrément la question, j'y ai juste fait quelques allusions et il est devenu évasif… Sans compter qu'il avait un casier. Chèques en bois, tentative de fraude aux services sociaux. Je sais bien qu'on est loin d'un crime sexuel ou d'un assassinat, mais une crapule est une crapule. Dans l'ensemble, son attitude était ignoble. Il ne faisait même pas semblant de se soucier de Jewell. J'ai enquêté sur lui en profondeur, je suis allé jusqu'à Bakersfield. Il avait un alibi. Au moment du crime, il faisait la foire depuis trois jours avec une bande d'autres bons à rien dans son genre. Ils avaient commencé par la tournée des bars, puis ils avaient acheté de la gnôle et étaient retournés s'achever dans la caravane de la mère. Les voisins s'étaient plaints dans le parc de mobil-homes et la police était venue faire un tour. Crisp était incontestablement à Bakersfield au moment des faits, tout le monde l'avait vu.

– Et la mère ?

– Elle y était aussi. Limite simple d'esprit, si tu veux savoir ce que j'en pense. Elle paraissait un peu émue, mais à chaque fois qu'elle commençait à pleurer l'autre lui flanquait un coup dans les côtes et lui disait de la fermer. La seule chose qui inquiétait ce type était de savoir qui allait payer l'enterrement.

– Oui, j'ai lu tes notes, dit-elle.

Max soupira.

– Que veux-tu que je te dise ? Des fois on se casse le nez.

– Tu peux le dire. Alors la retraite, ça te plaît ?

– J'sais pas trop. Je me suis demandé si je n'allais pas prendre un boulot dans la sécurité. Rien que pour avoir une raison de sortir de la maison.

– Une dernière chose, Max. Je ne vois aucune trace de transfert de dossier.

– Je voulais le laisser à Shirley et elle était d'accord pour le prendre. Vu qu'elle avait déjà commencé. En fait, c'est même elle qui était venue me demander de travailler avec moi sur l'affaire. Parce qu'elle en avait connu une, un ou deux ans auparavant, qui présentait quelques similitudes, même si ce n'était probablement pas le même type.

– Ah bon ?

– Ouais. Un autre enfoncement de la boîte crânienne, mais pas un gosse, une femme, dans les Hollywood Hills. On avait aussi tué son chien… comment s'appelait-elle déjà… c'est Alzheimer qui commence.

L'affaire Coral Langdon.

– Et Shirley pensait que les deux avaient peut-être un rapport ?

– Au début, oui, mais pas à la fin. Trop de différences, à commencer par Jewell qui n'était qu'une malheureuse petite fugueuse et l'autre… son nom m'échappe toujours !… une divorcée avec des ressources confortables et une belle maison. Dans ce dernier cas… Lan-quelque chose, Lambert, peut-être… Shirley avait enquêté à partir de l'hypothèse de l'ex-mari comme suspect principal parce que le divorce s'était mal passé. Sans compter que les voisins disaient qu'il avait toujours détesté le chien. Lui aussi avait un alibi, mais pas très solide. Resté chez lui à regarder la télé, seul dans l'appart. Shirley n'a jamais rien trouvé pour contredire sa version et un des voisins disait avoir vu sa voiture dans l'allée aux environs de l'heure du crime.

– Comment se fait-il que Shirley n'ait pas hérité du dossier Jewell Blank ?

– Je suppose qu'elle l'a repris, dit Max.

– Dans ce cas, ce n'est mentionné nulle part.

– Hmmm. Je ne sais pas quoi te dire, Petra.

– Et donc, à la fin, Shirley ne pensait plus que Blank et la femme au chien avaient un rapport ?

– La seule similitude était le crâne défoncé… Ah ! Langdon, c'est ça ! Quelque chose Langdon. Alors Shirley n'a pas travaillé sur Jewell, c'est ça ?

– Il semble que non.

– C'est un peu curieux, dit Max. Tu te rappelles comment était Shirley. Opiniâtre. C'est une vraie tragédie, ce qui lui est arrivé. Je ne savais même pas qu'elle faisait du ski.

Elle remercia Max, s'excusa d'avoir retardé son repas, raccrocha et se plongea dans le dossier Coral Langdon.

L'ex de la femme assassinée, Harvey Lee Langdon, travaillait comme commercial dans les assurances. Une escroquerie à l'assurance était un mobile de choix, mais Harvey vendait des contrats pour des biens, pas sur la vie. Aucune police juteuse, rien. En dehors de la maigre pension alimentaire de cinq cents dollars par mois qu'il lui versait, il n'y avait plus aucun lien financier entre eux depuis le divorce. Coral Langdon était la secrétaire de direction d'un nabab de l'industrie aérospatiale et gagnait très bien sa vie.

Le chien, Brandy, avait été une pomme de discorde dans le couple. Harvey avait manifesté de la tristesse en apprenant le sort de son ex-femme, mais ricané en entendant parler du caniche. Shirley avait noté son commentaire tel quel, mettant même des guillemets :

« Saleté de bestiole ! Vous savez quelle était sa devise ? J'ai le monde pour chiottes. »

Un psy aurait pu s'amuser avec ça. Harvey avait incontestablement mérité qu'on s'intéresse à lui, mais Shirley n'avait rien trouvé.

Le mode opératoire et la scène de crime – deux femmes frappées à mort par un instrument contondant dans une zone boisée d'Hollywood – avaient poussé l'opiniâtre inspecteur Lenois à faire le rapprochement entre les affaires Langdon et Blank. Avait-elle remarqué la coïncidence des dates ?

Vraisemblablement pas.

Shirley Lenois – fine, obstinée, prenant ses dossiers à cœur – aurait-elle pu ne pas relever un tel détail ?

Bien sûr. Petra elle-même ne faisait guère attention à la date d'un homicide. En tant qu'enquêtrice, Shirley avait dû avant tout s'intéresser aux éléments de la scène de crime.

Enfoncement de la boîte crânienne. Comme l'avait remarqué Isaac, ce mode opératoire était rare.

Finalement, Shirley avait conclu que les affaires étaient sans rapport, mais elle ignorait qu'il y avait déjà eu auparavant, et exactement à la même date, deux homicides par enfoncement de la boîte crânienne.

Et aujourd'hui non seulement Shirley était morte, mais une fois de plus il n'y avait aucune indication d'un quelconque transfert de dossier.

Petra étudia la photocopie du permis de conduire jointe à la chemise. Sur la photo, Coral Langdon avait l'air séduisante – visage bronzé, des cheveux blonds et courts. Un mètre soixante-dix, cinquante-six kilos. Mince. Probablement athlétique aussi. D'après les notes de Shirley, Coral pratiquait la gymnastique en salle et s'était initiée au kickboxing.

Ce qui signifiait que son meurtrier était lui-même en bonne forme. Et avait été suffisamment discret pour la surprendre par-derrière.

Petra se représenta la scène. Coral Langdon part se promener le soir avec son caniche, le type sort de l'ombre...

Avec Jewell Blank, les choses avaient dû être beaucoup plus faciles. Un minuscule bout de fillette dans le parc...

Shirley avait très certainement réfléchi à tout cela et conclu que les faits ne concordaient pas.

Mais six cas similaires à la même date, c'était différent.

Statistiquement significatif, comme le disait Isaac.

Comme le disait Isaac.

Petra se dit que la formule allait lui trotter dans la tête pendant un bon moment.

Elle retourna aux deux premiers meurtres pour les étudier plus en détail. Marta Doebbler, la femme au foyer de vingt-neuf ans qui était allée voir jouer une pièce au Pantages, s'était rendue dans les toilettes-dames à l'entracte et n'en était jamais revenue, et Geraldo Solis, l'affaire qui avait été du ressort de la division Wilshire.

Rien d'autre, dans le dossier Solis, ne réveilla son intérêt mais une note sur Marta Doebbler la laissa perplexe. La jeune femme avait quitté le théâtre suite à un appel sur son portable, et les enquêteurs avaient établi que cet appel provenait d'une cabine téléphonique située à deux pas de la salle, au coin de la rue.

Avait-elle été attirée dehors ? Le fait qu'elle ait accepté de sortir joint à celui que – contrairement aux autres cas – son corps ait été abandonné dans sa propre voiture, laissaient à penser qu'elle connaissait l'auteur de l'appel. Les enquêteurs avaient interrogé son mari, un ingénieur, et l'avaient trouvé « anormalement calme ». Mais Kurt Doebbler disposait d'un alibi : il se trouvait chez lui avec leur fille Katya, âgée de neuf ans.

Elle retourna au dossier Solis. Rien n'indiquait qu'il y avait eu effraction. Quelqu'un qu'aurait aussi connu le vieil homme ?

Il n'y avait aucun lien apparent entre les victimes, mais l'auteur pouvait-il être une seule et même personne ?

Elle releva le nom des inspecteurs dans les deux affaires. Conrad Ballou et Enrique Martinez pour Doebbler, et un nom qui lui était inconnu pour Solis, l'inspecteur de classe II Jacob Hustaad, de la division Wilshire.

Barney Fleischer était toujours à son bureau ; le stylo à la main, il lisait. Un dossier à couverture bleu. Elle avait toujours vu en Barney un type en fin de carrière, un poids mort. Lui confiait-on encore des enquêtes ?

Elle s'approcha à nouveau de lui.

– Excuse-moi, dit-elle, mais je voudrais savoir si tu ne connaîtrais pas l'un de ces types.

Il referma son dossier – étiqueté « Chang » – et examina la courte liste.

– On t'a demandé de reprendre des affaires classées ?

– Non, c'est moi qui l'ai décidé toute seule. Notre stagiaire, Gomez, pense que je devrais m'intéresser à certaines d'entre elles.

– Le petit génie. C'est un bon gars. Il me plaît.

– Il te parle ?

– De temps en temps. Il aime que je lui raconte les histoires d'autrefois. (Il sourit.) Et qui serait mieux placé pour le faire qu'un vieux chnoque comme moi ? (Il posa la main sur le dossier Chang.) Celui-ci date de cinq ans. Personne ne me donne plus rien à faire. Je devrais partir, mais je ne suis pas sûr que je m'en porterais mieux.

Il consulta de nouveau la liste.

– Connie Ballou, c'était vraiment un vieux de la vieille. Il était déjà ici bien avant mon arrivée. Il doit avoir dix ans de plus que moi. Il a pris sa retraite il y a environ cinq ans.

Il fronça les sourcils.

– Qu'est-ce qu'il y a ? demanda Petra.

– Connie est parti dans des circonstances… particulières.

– Comment ça « particulières » ?

– Il avait un problème avec l'alcool. On le savait tous, mais on le couvrait. Un soir où il avait picolé, il s'est mis au volant d'une voiture banalisée pour aller se flanquer dans un mur dans Cahuenga. Ça devenait difficile à couvrir.

– Et comment était-il en tant qu'enquêteur ? Quand il n'avait pas bu ?

Barney haussa les épaules.

– Ça n'arrivait pas souvent.

– Pas un Sherlock, dit Petra.

– Plutôt l'adjoint Dawg[1], à l'époque où je l'ai connu. Mais j'ai entendu dire qu'il ne s'en sortait pas si mal quand il était plus jeune.

– Et son collègue, Martinez ?

– Enrique n'avait pas de problèmes particuliers, mais pas beaucoup de talent non plus. Il a casqué à cause de Connie. Le patron a estimé qu'il aurait dû signaler l'alcoolisme de Connie Ballou ; il a été dégradé et a repris l'uniforme. La question qu'on se posait était : *quid* des autres collègues qu'avait eus Connie ? Mais voilà, Enrique a servi de bouc émissaire. Je crois qu'il s'est retrouvé derrière un bureau à la division centrale, sauf que je ne sais pas combien de temps il a tenu là-bas.

– Il vit en Floride.

– Logique. Il est d'origine cubaine.

1. Personnage de dessin animé des années cinquante.

Un ivrogne et un nul. Il y avait toutes les chances pour que l'enquête sur Marta Doebbler ait été menée à la diable. Et l'affaire n'avait pas non plus été transférée. Petra posa la question à Barney.

– Schoelkopf, répondit-il sans hésiter.

– Il ne transfère pas les dossiers ?

– Il n'aime pas ça, en particulier quand l'enquête est au point mort. À cause des questions de manque de personnel et des enquêtes sur les gangs. Tu ne t'en es sans doute pas rendu compte parce que tu as tendance à résoudre tes affaires.

Il enleva ses lunettes et se massa l'arête du nez, là où elles l'avaient marqué. Il avait de grands yeux bleu clair, nichés au milieu d'un réseau de rides.

– Je sais que tu ne l'aimes pas beaucoup, Petra, mais je crois que je ferais exactement comme lui, à sa place. C'est toujours une question de priorités. Les affaires sont mises en sommeil pour une bonne raison.

– Qui a dit que je ne l'aimais pas ?

Barney sourit, et elle lui rendit son sourire.

Le vieux policier se pencha de nouveau sur la liste.

– Quant à Hustaad, il est mort. Suicide. Sans rapport avec le métier. Nous avons joué au golf ensemble, à une époque. Jack était un très gros fumeur, quatre paquets par jour, cancer du poumon, chimiothérapie… ça ne lui a pas plu, et il a avalé une boîte d'antalgiques. Ce n'est pas une décision complètement irrationnelle, n'est-ce pas ?

– Non, non…

– Enfin bref…

– Merci, Barney.

– Tu dois préférer que tes recherches restent confidentielles, non ?

– Ce serait mieux, oui, répondit-elle.

– Pas de problème. Moi non plus, je ne l'aime pas beaucoup.

XIII

Le lendemain à midi, Mac convoqua une réunion sur la fusillade du Paradiso. Petra, Luc Montoya et lui se retrouvèrent dans une petite salle de conférences, où ils mangèrent quelques sandwichs en comparant leurs notes. La quarantaine, chauve, musclé, Montoya avait une tête de vedette de cinéma et les cils les plus longs que Petra ait jamais vus à un adulte. Il portait un veston sport de couleur crème, une chemise blanche, une cravate bleu pâle et un pantalon en lin beige. Très élégant, mais il paraissait contrarié et ne disait pas grand-chose.

Mac arborait son costume gris habituel et son masque impénétrable.

Luc et lui avaient sondé la pile des témoignages et étaient revenus les mains vides ; pas la moindre rumeur sur une histoire de bande.

Petra les mit au courant des mensonges de Sandra Leon.

Luc se mordilla la lèvre.

– Autrement dit, nous n'avons aucune idée de l'endroit où habite cette gosse ? demanda Mac.

Petra fit non de la tête.

– Et son toubib… tu penses qu'il peut savoir quelque chose ?

– Je lui ai laissé un message.

– Tu pourrais peut-être le retrouver avant la fin de ses vacances. En attendant, je vais me rendre à Compton. Ils ont eu une fusillade du même genre l'an dernier… des gangs après un concert de rap, en bagnole dans le parking. Trois au carreau ce coup-là. Pas d'arrestations, mais ils ont quelques idées et je me suis dit qu'on pouvait toujours comparer nos notes. Misère et compagnie…

Petra appela donc une fois de plus le cabinet du Dr Robert Katzman, eut droit au répondeur, rappela le service d'oncologie et se montra autoritaire avec la secrétaire qui la transféra à l'administratrice du service, une certaine Kim Pagionides.

– Ah, Sandra Leon ! dit celle-ci.

Comme si elle connaissait la fille. Et comme si elle avait des reproches à lui faire.

– L'avez-vous vue récemment ? demanda Petra.

– Oh, non. (Elle eut un petit rire nerveux.) Non, je ne crois pas. Je ferai en sorte que le Dr Katzman reprenne contact avec vous dès son retour.

– J'ai besoin de lui parler sans délai.

– Je crains qu'il ne soit occupé.

– Moi aussi, je suis occupée. Où est-il, exactement ?

– Il fait la tournée de plusieurs villes. Il présente des communications dans quatre congrès scientifiques. Des communications importantes. Il s'agit de sauver des vies.

– Et moi je vous parle de vies détruites. Le bon docteur pourrait y être sensible.

Silence.

Au bout d'un moment, Pagionides reprit en ces termes :

– Laissez-moi vérifier son emploi du temps.

Et quelques instants plus tard :

– Il est à Baltimore, à Johns Hopkins. Voici son numéro de portable…

– Merci.

– Je vous en prie.

Elle composa le numéro du portable et tomba sur un message identique, suave et rassurant, de « Bob Katzman ». Les médecins qui s'étaient occupés de son père – il était mort de la maladie d'Alzheimer – auraient pu en prendre de la graine, question manière de présenter les choses.

Petra essaya de parler d'un ton posé, mais garda l'impression d'avoir plutôt aboyé. Tant pis.

Treize heures quarante-trois et Isaac n'était toujours pas arrivé. Parfait, en ce qui concernait Petra. Elle serait moins distraite. Elle appela le service des retraites du LAPD et demanda les coordonnées des anciens inspecteurs Conrad Ballou et Enrique Martinez.

Martinez habitait effectivement en Floride, à Pensacola, mais Ballou était resté dans la région. À Palmdale, exactement, à environ une heure d'autoroute en flirtant un peu avec les limitations de vitesse.

Elle n'avait rien d'autre à faire dans le cadre de l'affaire Paradiso, elle se sentait seule et nerveuse, la perspective d'une heure de conduite fut plutôt la bienvenue.

Elle décida de prendre sa propre voiture. Pour écouter la musique qu'elle aimait.

On l'appela par son prénom alors qu'elle se dirigeait vers l'Accord. Pendant un bref et délirant instant, elle espéra que c'était Eric. La dernière fois, ils s'étaient retrouvés dans le parking. Dans un film, c'est là qu'il serait revenu.

Elle se tourna et vit Isaac qui arrivait au petit trot, en chemise blanche, pantalon kaki et chaussures de marche, le porte-documents heurtant sa cuisse.

– Hé mais... qu'est-ce qui se passe ? lui lança-t-elle.

– J'ai été retenu à la fac. J'espérais arriver à temps pour vous rattraper.

– Du nouveau ?

– Non, je me suis juste dit que si vous étiez d'accord, je pourrais vous accompagner.

Elle ne répondit pas tout de suite et Isaac marqua le coup.

– C'est-à-dire que... si ça vous pose un problème...

– Pas du tout. En fait, je partais voir quelqu'un pour lui parler d'un de tes dossiers du 28 juin.

Les yeux du jeune homme s'écarquillèrent.

– C'est donc que vous croyez à la validité de…

– Je crois que tu as fait des rapprochements intéressants. Et comme je n'avais rien d'autre à faire, pourquoi ne pas vérifier ?

Ils roulaient vers la rampe d'accès n° 5 lorsqu'elle reprit la parole.

– Il y a une chose qui doit être bien claire, Isaac. Il ne s'agit pas d'une enquête officielle. Il est essentiel de rester discret.

– Discret… comment ?

– Pas question d'en parler à qui que ce soit. Point final.

Sa voix s'était tendue. Isaac se rencogna contre la portière.

– Oui, bien sûr, évidemment, dit-il.

– Et en particulier pas au capitaine Schoelkopf. Il ne m'apprécie pas, ne m'a jamais appréciée. Aller à la chasse au dahu alors que j'ai un gros dossier sur le feu ne ferait que compliquer un peu plus ma situation. Sans compter qu'il donne l'impression d'avoir une sorte d'aversion pour les meurtres du 28 juin. Dans chacun des cas, l'inspecteur chargé de l'enquête n'est pas resté à la division Hollywood, pour une raison ou une autre. Les uns ont pris leur retraite, les autres ont été mutés, certains sont morts. En soi, ça n'a rien d'anormal. Depuis les émeutes et le scandale de la division Rampart, il y a eu des centaines de mutations au LAPD. Ce qui est plus inhabituel, en revanche, c'est qu'aucun des dossiers n'a été confié à un nouvel enquêteur. Parce que Schoelkopf n'aime pas transférer les dossiers au point mort. Bref, vu les chances infinitésimales que nous avons d'apprendre quelque chose de nouveau sur l'un ou l'autre de ces meurtres, il risque de le prendre mal.

Le silence se prolongea un bon moment dans la voiture avant qu'Isaac réponde.

– Je n'ai fait que vous compliquer la vie.

– Ce n'est pas un problème. La vérité est que ces victimes méritent mieux que ce qu'elles ont eu.

Il garda le silence quelque temps.

– Pourquoi il ne vous apprécie pas ?

– Parce qu'il a mauvais goût.

Isaac sourit.

– Je crois qu'il ne m'apprécie pas non plus.

– As-tu eu beaucoup de contacts avec lui ?

– Seulement l'entretien initial ; quand nous nous croisons dans le hall, il fait semblant de ne pas me voir.

– Ne le prends pas personnellement, Isaac. C'est un misanthrope. N'empêche, il a mauvais goût.

– C'est vrai, convint Isaac.

Elle bifurqua sur la 210, changea pour la 114, puis prit la direction du nord-est par le bas de l'Antelope Valley, laissant derrière elle tour à tour Burbank, Glendale et Pasadena, les contreforts rocheux et la ceinture verte de ce qui était l'Angeles Crest National Forest, site des derniers moments de feu Bedros Kashigian et décharge préférée de tous les meurtriers psychopathes du coin.

Ce jour-là, le paysage était superbe sous un ciel authentiquement bleu à peine gâté par quelques nuages qui s'effilochaient. La scène aurait mérité d'être peinte. Petra se dit qu'elle devrait venir ici avec son chevalet de campagne, trouver un endroit agréable en plein air et prendre son pied.

Cela faisait longtemps qu'elle n'avait rien peint en couleur.

Pendant qu'ils roulaient, elle dit à Isaac qu'elle avait été intriguée par la similitude récurrente des blessures et lui rapporta tout ce qu'elle avait appris sur les six meurtres.

– Des dimensions similaires, dit-il. Ça, je ne l'avais pas remarqué.

Mais aucun des enquêteurs n'avait fait le rapprochement des dates, non plus.

– Il fallait avoir une raison de le faire.

– Je serai plus méticuleux à l'avenir, dit-il.

À l'avenir ?

– Cet appel passé depuis une cabine téléphonique est intéressant, reprit-il. La possibilité qu'il s'agisse d'une personne connue de Mme Doebbler… Et si M. Solis l'avait connue, lui aussi ? Si toutes les victimes l'avaient connue ?

– J'y ai pensé, reconnut-elle. Mais c'est pousser le bouchon un peu loin.

– C'est possible, néanmoins.

– Si notre tueur avait des relations avec les six victimes, cela voudrait dire qu'il avait un sacré réseau social. Une fugueuse, un prostitué gay, une secrétaire de direction, des retraités et cet enseigne de la marine dont je n'ai même pas encore ouvert le dossier, Hochenbrenner.

Isaac contemplait le désert. Impossible de dire s'il avait écouté son petit discours.

– M. Solis avait un petit déjeuner devant lui alors que le meurtre a été commis vers minuit, fit-il observer au bout d'un moment.

– Les gens mangent parfois à des heures bizarres, Isaac.

– C'était le cas de M. Solis ?

– Aucune idée. Pourquoi ? Tu penses que l'assassin a préparé des saucisses et des œufs après avoir défoncé le crâne de Solis et qu'il les a servis à un cadavre ?

Isaac fit la grimace. Elle l'avait choqué et en éprouva une satisfaction perverse.

– Je manque trop d'informations pour me faire un jugement, dit-il.

– Un tueur gastronome ! dit-elle. Comme si ce n'était déjà pas assez compliqué comme ça !

Il se tut. La chaleur commençait à devenir suffocante dans la voiture. Il faisait au moins cinq degrés de plus dehors, dans le désert. Sans compter que ce mois de juin était déjà chaud.

Juin. On était le 4. Si cette histoire avait quelque réalité, quelqu'un d'autre allait mourir dans vingt-quatre jours.

– Tu n'as pas trouvé d'autres événements notables un 28 juin dans tes archives historiques ?

– Rien de significatif.

Il avait répondu doucement en continuant à regarder par la fenêtre. Intimidé ?

Méchante Petra, mauvaise Petra. C'est rien qu'un gosse.

– Parle-moi de tout ce que tu as trouvé. On ne sait jamais, dit-elle pour l'encourager.

Il se tourna un peu vers elle.

– En gros, je me suis connecté à un certain nombre d'almanachs, j'ai imprimé des listes. De longues listes. Mais rien ne m'a sauté aux yeux. Tenez, je vais vous montrer.

Il fit sauter les fermoirs de son porte-documents, fouilla dedans et en retira une liasse de feuilles.

– J'ai consulté les anniversaires et je suis remonté jusqu'au 28 juin 1368, année de la naissance de Sigismond, roi de Hongrie et de Bohême.

– Un criminel ?

– Disons plutôt un roi autocrate classique.

Le doigt d'Isaac parcourut une longue rangée de noms écrits en tout petit.

– Le pape Paul VI, le peintre Rubens, un autre artiste, Jean-Jacques Rousseau, quelques acteurs dont Mel Brooks et Kathy Bates... on pourrait continuer longtemps. C'est comme ça que je suis tombé sur John Dillinger.

– Pas d'autres hors-la-loi que lui ?

– Pas sur la liste des naissances. Quand j'ai cherché qui était mort un 28 juin, j'en ai trouvé quelques-uns de plus. Mais aucun d'eux ne paraît avoir de rapport avec ce genre de choses.

– Quel genre de choses ? demanda-t-elle.

– Un tueur en série.

L'expression lui fit grincer des dents. Trop vu à la télé. Trop difficile à résoudre. Mais elle continua de parler d'un ton agréable et léger.

– Et quels criminels sont morts ce jour-là ?

– Pieter Van Dort, un contrebandier hollandais. Pendu le 28 juin 1748. Thomas Hickey, un soldat de l'armée coloniale convaincu de trahison, pendu lui aussi un 28 juin, en 1778. Il faut attendre 1971 pour trouver à nouveau quelque chose d'intéressant : c'est ce jour-là que Joseph Columbo, un mafioso de

New York, a été abattu. Dix ans plus tard, l'ayatollah Mohammed Beheshti, un des fondateurs du Parti islamique iranien, a été tué dans l'explosion d'une bombe. Bien qu'on puisse supposer que le considérer comme un criminel dépende beaucoup de nos opinions politiques.

– Rien de nature criminelle plus barge ? Un Ted Bundy ? Un Hillside Strangler ?

– Non, rien de tel, désolé. En termes d'événements historiques, ce ne sont pas les malheurs qui manquent, les 28 juin, mais pas plus que pour une autre date. En tout cas je n'ai constaté aucune différence statistique significative. L'histoire est faite de tragédies et de bouleversements, tout autant que des réalisations extraordinaires de quelques grands hommes.

Il enroula les feuilles et se mit à tambouriner avec sur sa cuisse.

– Je n'arrive pas à croire que la similitude de diamètre des armes m'ait échappé.

– Arrête de battre ta coulpe, Isaac.

Elle alluma la radio et chercha une station qui diffusait du rock de style plus hard que ce qu'elle écoutait d'habitude. Se remplit la tête d'une batterie tonnante, de gémissements de guitare en écho et des hurlements de voix carburant à la testostérone, jusqu'à ce que la hauteur des montagnes finisse par noyer le vacarme sous le crachin de l'électricité statique.

28 juin.

Elle accéléra.

Ils avaient dépassé Angeles Crest depuis un moment et franchissaient canyon après canyon à plus de cent trente kilomètres à l'heure en traversant des dépressions brun gris totalement désertiques du côté est. Puis il y eut un petit aérodrome le long de la voie rapide, suivi de hangars et d'usines comme autant de boîtes blanches éparpillées dans le paysage. Et enfin, au loin, des alignements de maisons aux toits de tuiles rouges, rigoureusement disposées dans la poussière. Entre les bâtiments Petra aperçut le vert de minuscules pelouses et, de temps en temps, le turquoise d'une piscine. Beaucoup d'espace entre les lotissements. Antelope Valley était en plein boom, mais la place n'était pas près de manquer.

Un panneau indiquant qu'ils approchaient de Palmdale se profila devant eux et Petra le lut à haute voix.

– En fait, le patelin s'appelait autrefois Palmenthal. Fondé par des Allemands et des Suisses. Le nom a été anglicisé au début du XXe siècle, dit Isaac.

– Ah bon ?

– Oui, je sais. C'est sans intérêt.

– Hé, c'est toujours bon pour l'âme d'apprendre quelque chose. Mais où trouves-tu des trucs pareils ?

– J'ai pris un cours de géographie en option quand j'étais au lycée. Il s'agissait surtout d'études indépendantes. J'ai fait des recherches sur sept villes du comté de Los Angeles et des environs. On pourrait penser que toutes ont des racines hispaniques, mais, à ma grande surprise, c'est loin d'être le cas. Eagle Rock par exemple : on l'appelait la Suisse de l'Ouest. À l'époque où l'air y était encore respirable.

– De l'histoire ancienne, fit-elle remarquer.

– Des informations comme celles-là, sans queue ni tête, ont tendance à flotter dans ma tête et à ressortir parfois par ma bouche.

– Et parfois, elles sont intéressantes.

Elle prit la première sortie pour Palmdale, consulta le plan de la ville dans son *Guide Thomas* et se rendit à l'adresse donnée par Conrad Ballou dans son dossier de retraite, à cinq kilomètres de là.

Connaissant le passé d'alcoolique de son ex-collègue, elle l'imaginait occupant une chambre dans quelque établissement déprimant pour retraités, voire pire ; les premiers quartiers qu'elle traversa n'avaient d'ailleurs rien de gai. Puis, la qualité de l'environnement grimpant d'un cran, elle se retrouva au milieu des maisons à toit rouge qu'elle avait repérées depuis l'autoroute, certaines vastes et protégées par des barrières.

Le domicile de Ballou était une construction de style espagnol, de taille moyenne, au milieu d'un agréable lotissement au nom prometteur – Golden Ridge Heights –, où les arbres, surtout des palmiers et des variétés à écorce fine, avaient atteint une hauteur respectable et où les buissons qui ornaient certaines pelouses avaient manifestement plusieurs années. Beaucoup de mobil-homes, de remorques à moto, de pick-up et de gros quatre-quatre. Les rues étaient larges, propres et tranquilles, et les jardins, derrière les maisons, avaient le désert pour panorama et la ligne de crête tourmentée des montagnes pour horizon. Trop calme au goût de Petra, mais elle imagina les nuits tièdes et silencieuses sous un ciel clouté d'étoiles et se dit que ça ne devait pas être si mal.

Elle se rangea le long du trottoir et dérangea quelques corbeaux. Une Ford d'une dizaine d'années était garée dans l'allée. Les portes des garages des deux maisons voisines étaient équipées de paniers de basket, au fond de cours où le béton l'emportait sur l'herbe. Admirablement tenu, le jardin de Ballou présentait, en couvre-sol, des genévriers nains en alternance avec un gazon impeccable de mondo grass et de superbes palmiers sago. L'allée de galets était délimitée par des alignements de tubes en tiges de bambou coupées. On entendait le murmure régulier et cristallin de l'eau qui, par un tuyau taillé dans un bambou, se déversait dans une auge de pierre faisant office de fontaine.

Un nipponophile ?

Rien d'une maison d'alcoolique en tout cas. Les informations du service de retraite du LPDA étaient peut-être caduques, comme cela leur arrivait trop souvent. Elle aurait dû commencer par téléphoner avant de perdre son temps et de brûler autant d'essence. Elle avait l'air maligne, maintenant, devant le petit génie.

Des caractères japonais étaient gravés dans les panneaux en teck de la porte d'entrée, au-dessus d'un heurtoir de cuivre oxydé en forme de poisson. De carpe, exactement – un koï, comme ceux qu'Alex Delaware élevait dans son ravissant petit bassin.

Petra se servit du heurtoir. L'homme qui leur ouvrit, de petite taille, les jambes arquées, était maigre en dépit de la bedaine proéminente qui lui retombait par-dessus la ceinture.

Dont la boucle était ornée d'un koï.

Entre soixante-cinq et soixante-dix ans, crâne rasé et bronzé, moustaches blanches tombantes. Il portait une chemise en grosse toile, un jean, des bretelles rouges et des bottes lacées. Un mouchoir blanc sortait de sa poche de poitrine.

Yeux d'un bleu délavé, nullement injectés de sang. Regard aigu, de fait.

– Je ne vends que les week-ends, dit-il.

– Inspecteur Ballou ?

Les mains de l'homme s'immobilisèrent. Ses yeux étaient à présent deux éclats de granit.

– Voilà un bon moment qu'on ne m'a pas appelé comme ça.

Petra lui montra son badge.

Il secoua la tête.

– C'est fini, tout ça. J'élève et vends des poissons et je ne pense jamais au passé.

Il commença à battre en retraite dans sa maison.

– Marta Doebbler, dit Petra. Vous n'y pensez jamais ?

Conrad Ballou fit bouger sa mâchoire.

– Je peux pas dire que j'y pense. Juste que je n'en ai strictement plus rien à foutre.

– Ça ne fait pas si longtemps, monsieur. Six ans. Je suis en train de rouvrir des dossiers en sommeil, y compris celui de Doebbler. Si je pouvais faire une incursion dans votre tête…

– Vous n'y trouveriez rien, répliqua Ballou en frottant son crâne chauve. À en croire les psys que la hiérarchie m'a envoyé consulter. (Il paraissait sur le point de cracher.) On aurait pu éviter de leur faire perdre leur temps. Je n'étais pas cinglé, j'étais ivrogne. Grâce au ciel, je n'ai tué personne. (Il hocha la tête.) Ils auraient dû me foutre à la porte bien avant ça. Bon Dieu d'administration.

– Ainsi, le boulot vous manque, dit Petra.

Il la fusilla du regard. Sourit. Rit.
– Vous aimez les poissons ?
– À manger ?
– Non, pour les regarder. Entrez. Et amenez votre stagiaire.

Si la maison ne tombait pas totalement dans le kitsch, c'était grâce à l'accumulation de mobilier asiatique. Tapis teints de couleurs végétales, tables en bois de rose, vases et pots en porcelaine, écrans de papier systématiquement ornés de koïs.

Beaucoup trop d'objets pour le volume de la pièce aux yeux de Petra, et rien de valeur. Le genre de trucs trop colorés, trop brillants de laque qu'on trouve dans les attrape-touristes des quartiers chinois ou japonais.

Ballou les fit passer devant tout son bazar, puis franchir la porte-fenêtre donnant sur l'arrière-cour. Ou plutôt ce qui avait été une arrière-cour : il en avait entièrement transformé les mille mètres carrés en bassins à poissons. Un fin grillage monté sur poteaux recouvrait tout l'espace, donnant de l'ombre, rafraîchissant l'air du désert. Une haute palissade de bambou séparait le périmètre des voisins.

Beaucoup de gargouillis, mais les bassins étaient loin d'avoir le charme de celui d'Alex. En ciment brut de décoffrage, rectangulaires, on en comptait une douzaine, disposés en gril, séparés par des allées. L'eau, verdâtre, épaisse, n'était pas aussi limpide que dans celui d'Alex. Les seuls mouvements à la surface étaient dus aux tubes d'aération.

Mais quand Conrad Ballou s'approcha du premier bassin, des dizaines – non des centaines – de petites têtes de poissons, dorées et roses, crevèrent la surface, battant des nageoires, jouant des mâchoires.

Ballou indiqua le mur le plus proche à Petra ; des seaux en plastique d'un bleu éclatant s'y empilaient, ainsi qu'un amas désordonné de filets. À côté, il y avait une sorte de distributeur de confiserie. Mais, au lieu de bonbons, la cloche de verre était remplie de boulettes couleur rouille, encore plus minuscules que des petits pois.

Ballou les entraîna vers la machine.

– Mettez une pièce de vingt-cinq cents.

Petra s'exécuta. Il lui prit la main et la mit en coupe sous l'appareil. Tourna la poignée. Les petites boulettes dégringolèrent, et un arôme un peu avancé de fruits de mer emplit les narines de Petra.

– Allez leur donner, dit-il. C'est marrant.

– Quel bassin ?

– Celui-ci. Ce sont des jeunes, ils ont besoin de grossir.

Il lui montra le premier bassin, où les petits poissons continuaient à réclamer. Petra s'approcha, jeta les boulettes et déclencha une émeute de nageoires.

Isaac était déjà trois bassins plus loin. Penché sur le bord, il examinait les poissons montés du fond pour le saluer. Plus gros, avec du rouge, du noir, du doré et du bleu.

– Monsieur Ballou ? Est-ce que ce sont des variétés américaines ou bien viennent-ils de Niigata ?

L'ancien policier se tourna vers le jeune homme et le regarda.

– Tu connais les koïs ?

– J'ai eu l'occasion d'en admirer. Les employeurs de ma mère ont un bassin.

– Ah, tu les admires ? Alors il faut t'y mettre.

Isaac éclata de rire.

– J'ai dit quelque chose de drôle, fiston ?

– Ce n'est pas tout à fait dans mes moyens. Sans compter que j'habite en appartement.

– Hmmm, dit Ballou. Dans ce cas, trouve-toi un bon boulot, casse-toi le cul et achète une maison. Ne mets pas tout ton fric dans le remboursement et offre-toi un jardin japonais avec un bassin plein de nishikigoïs. Rien de tel pour faire baisser la tension.

Isaac acquiesça d'un hochement de tête.

– Fais tout ça et reviens me voir pour m'acheter des poissons. Je te ferai cadeau d'un karasu… le noir. Symbole de chance.

Petra intervint.

– De la chance ? Je pourrais en avoir besoin. Pour Marta Doebbler, par exemple.

– Jusqu'ici, on ne parlait que de choses agréables, dit Ballou. Vous aimez le thé ?

Dans la cuisine, il versa un liquide vert bouillant dans trois tasses en terre cuite.

– Ne me prenez pas pour un fanatique. Il y a quelque chose qui m'apaise dans la culture orientale. Lorsque je suis sorti de ma cure de désintoxication, j'ai été engagé par un marchand de koïs, un vieux monsieur charmant de Gardena, pour faire l'entretien de son installation. J'ai balayé et nettoyé pendant deux ans en la fermant. Puis j'ai commencé à poser des questions et, au bout de trois ans, je commençais à m'y connaître un peu. Le vieux monsieur est mort, mais il m'avait mis dans son testament et me laissait une partie de son élevage. Ça m'a poussé à acheter cette maison et à monter un petit commerce, seulement les week-ends. C'est vraiment paisible. Je n'ai aucune nostalgie pour mon ancien boulot.

Petra buvait son thé brûlant et parfumé à petites gorgées.

– Marta Doebbler en est un bon exemple, reprit Ballou. Pas beau à voir, le tableau. Quand je pense aux choses auxquelles je m'étais habitué à la brigade des Homicides…

Il glissa les pouces sous ses bretelles, regarda par la fenêtre d'un air absent, revint sur Isaac.

– Tu m'as l'air d'un bon gars. Pourquoi tiens-tu à te faire ça ?

Petra intervint.

– Isaac doit faire des études de médecine. En attendant, il prépare un doctorat de biostatistiques.

– En attendant ? s'étonna Ballou qui, du coup, regarda différemment Isaac. C'est le nouvel Einstein ?

– Pas vraiment, marmonna le jeune homme en rougissant nettement en dépit de son teint foncé.

Ça donnait un rose de steak saignant.

– On pourrait parler de Doebbler ? dit Petra.

XIV

– Ce dont je me souviens, dit Conrad Ballou, c'est que le mari était intéressant.

Il reprit sa tasse, l'air de n'avoir plus rien à ajouter.

– Intéressant en tant que suspect principal ? insista Petra.

Le retraité hocha la tête.

– Aucune preuve matérielle contre lui. Tout le monde disait qu'il s'entendait bien avec la victime. Et pourtant, je l'aurais bien vu comme l'auteur du crime. (Il reposa sa tasse.) Sa réaction à l'annonce de la mort de sa femme a été étrange. Un masque, pas une larme. Lorsque je suis passé pour faire la notification, j'ai amené des Kleenex, comme je faisais toujours. Pas eu besoin d'un seul. Il restait planté là, le regard vide. C'est un truc qui arrive, des fois, avant l'effondrement. J'ai attendu. Mais il ne bougeait pas et gardait son regard fixe. Un instant, j'ai cru qu'il allait nous piquer une de ces crises de je-sais-pas-quoi. Puis il a dit : « Je crois que vous feriez mieux d'entrer. »

– Ce type est ingénieur, dit Petra.

– Oui, et alors ?

– Ça n'explique pas tout, mais parfois ce genre de personnes…

Elle se rappelait l'époque où elle était gamine, quand son père, le Dr Kenneth Connor, professeur d'anthropologie à l'université de l'Arizona à Tucson, emmenait sa petite fille avec lui aux soirées académiques. Au milieu de tous ces profs. Elle les trouvait pour la plupart normaux, simplement avec un QI un poil supérieur à la normale ; quelques-uns étaient d'un ennui mortel ; d'autres de vrais enfoirés.

– Ce genre de personnes ? demanda Ballou.

– Oui, les ingénieurs, les physiciens, les mathématiciens, toutes ces grosses têtes. Parfois, ils ne réagissent pas, sur le plan émotionnel, comme les autres gens.

Ballou jeta un coup d'œil à Isaac, comme s'il voulait avoir confirmation à la source. Isaac esquissa un sourire.

– Doebbler était un spécialiste des fusées, si j'ai bien compris, reprit Ballou. Il mettait au point des appareils électroniques pour la Pacific Dynamics. Un boulot d'informaticien.

– En dehors de son attitude, y a-t-il autre chose qui l'aurait rendu suspect ?

– On a attiré sa femme hors du théâtre par un coup de fil. Il fallait que ce soit quelqu'un qui connaisse son emploi du temps ; qui d'autre pouvait savoir où elle était ? Et qui d'autre aurait pu faire en sorte qu'elle quitte le théâtre sans le dire à ses amies ?

– Le mari, sous prétexte d'une urgence, dit Petra. Concernant leur fille, peut-être.

Ballou hocha la tête.

– Oui, c'est le genre de truc qui l'aurait fait bouger. La petite était son alibi. Il avait passé la soirée à la maison avec elle pendant que sa femme sortait entre filles. J'ai parlé avec les trois amies qui étaient avec elle ce soir-là. Aucune n'avait rien de croustillant à raconter sur la vie privée de Marta, mais, en insistant, j'ai bien vu qu'elles n'aimaient pas Kurt. L'une d'elles a même dit que c'était lui qui avait dû faire le coup.

Ce détail ne figurait pas au dossier.

– Elle y allait un peu fort, fit observer Petra.

– Elle ne l'aimait pas. Personne ne paraissait l'aimer.

– Comment Marta et Kurt s'étaient-ils rencontrés ?

– En Allemagne. C'était une tête, elle aussi. Elle étudiait l'astronomie. Lui avait une bourse d'études à l'étranger. Après leur mariage, elle a laissé tomber les étoiles pour devenir maman à temps plein.

– Ça pourrait être une source de frustration.

– C'est ce que je me suis dit. Et peut-être qu'elle a essayé de compenser avec la bonne vieille méthode. Mais si elle avait une liaison, je n'en ai pas trouvé la moindre trace.

– Vous avez pu parler avec la petite ? demanda Petra.

– La pauvre gosse… je ne voulais pas lui mettre en plus la pression, répondit Ballou en tirant sur sa moustache. Elle, par contre, elle a réagi ! Elle pleurait et courait partout. On aurait pu croire que Doebbler allait faire un effort pour la consoler, mais il s'est contenté de lui proposer du jus de fruits.

– Du jus de fruits ?

– D'oranges. Hé, bois ça, tu te sentiras mieux. Comme si la vitamine C allait l'aider à supporter la mort de sa mère. (Il partit d'un petit rire sec.) J'aurais adoré le coincer, ce salopard… Comment se fait-il que vous repreniez cette affaire ?

– Elle pourrait avoir un rapport avec d'autres.

– D'autres affaires où Doebbler serait un suspect ?

– Non. D'autres affaires présentant des similitudes matérielles.

Il y eut un long silence. On entendait gargouiller les bassins jusque dans la cuisine. Puis il y eut un fort bruit d'éclaboussement.

– Saison du frai, dit Ballou. Ils sautent. Parfois ils retombent même hors des bassins et si je n'arrive pas à temps, c'est un poisson de perdu.

Il se leva, regarda par la fenêtre, se rassit.

– Tout va bien. Vous pouvez me parler de ces autres affaires ?

– Cinq enfoncements de la boîte crânienne, répondit Petra. À un an d'intervalle. Et toujours un 28 juin.

Ballou écarquilla les yeux.

– Vous vous fichez de moi ?

– Je voudrais bien.

– Avant Marta ?

– Tous après elle. D'après ce que nous savons, elle a été la première. S'il s'agit bien d'une série.

– Si ? répéta Ballou. Toujours le même jour ? Je trouve que c'est plutôt convaincant.

– Sauf que les victimes sont toutes différentes en termes de sexe, d'âge et de race.

Elle lui donna quelques détails.

– Je vois ce que vous voulez dire. Cependant… mais dites-moi, comment avez-vous découvert ce truc ? Le département a enfin décidé de faire quelque chose pour ces affaires ?

– C'est M. Gomez qui a fait le rapprochement, dit Petra en lui montrant Isaac.

Ballou étudia une fois de plus attentivement le jeune homme.

– Tu as fait ça ?

– Par hasard, répondit Isaac.

– Tu parles ! Je ne crois pas au hasard. Quand je me suis écrasé dans un mur, ce n'était pas un hasard. C'était de la stupidité. Et toi qui fais ce genre de rapprochement, ce n'est pas un hasard, mais de l'intelligence.

Il se pencha soudain vers Isaac et lui donna une claque sur l'épaule.

– Sûr et certain que tu mériteras d'avoir ton bassin, un jour. Un grand. Tu pourras te l'offrir, tu le feras construire et je te fournirai les poissons. Rien que des beautés.

– J'espère.

– Oublie l'espoir. De l'intelligence et du travail, ça marche toujours. C'est comme ça que je me suis sorti de mon merdier. Il y a encore une chose que je dois vous dire, ajouta-t-il en se tournant vers Petra. Dans la voiture, nous avons trouvé un peu de sang qui ne venait pas d'elle.

Petra ne se rappelait pas avoir lu ce détail dans le compte rendu. Comme s'il avait lu dans son esprit, Ballou reprit :

– On l'a découvert plus tard, après la remise du rapport d'autopsie. Juste une petite tache. Le technicien qui l'avait prélevée l'avait rangée au mauvais endroit. Le temps que ça m'arrive, je n'étais sans doute plus en état de rédiger mes comptes rendus comme il aurait fallu.

Il tira le mouchoir de sa poche et se moucha.

– Tout ce dont je me souviens, c'est que ce n'était pas celui de Marta. Elle était A positif et il s'agissait d'un O négatif. Kurt était O positif et donc ça ne signifiait pas grand-chose. Ou peut-être avait-elle un petit ami.

Il haussa les épaules.

Petra ne fit pas de commentaires.

– Ouais, d'accord, reprit Ballou. Je n'ai pas fait très fort sur ce coup-là, et alors ? Dans la vraie vie, ce n'est pas comme dans les feuilletons.

– Où se trouve l'échantillon de sang ?

– S'il est quelque part, c'est chez le médecin légiste.

– Très bien, dit-elle. Merci.

– Des fluides corporels, dans les autres cas ? demanda Ballou.

– On n'en parle pas dans les dossiers, mais pas mal de trucs manquent, dit-elle sans craindre de montrer son irritation.

Ballou se leva avec lenteur, pesamment.

– C'est tout ce que je peux vous dire et je vous souhaite donc une bonne journée. Une femme sympathique, cette Marta, d'après tout ce que j'ai entendu dire. Sa famille en Allemagne... ils sont tous venus, le père, la mère, la sœur. Ils ont ramené le corps, ils étaient complètement choqués. Je crois que j'ai relevé leur nom et leur adresse dans mon compte rendu.

– Vous l'avez fait ? dit Petra.

– D'accord, des fois, je ne me rappelle plus très bien ce que j'ai fait ou pas fait à l'époque.

Ils s'éloignaient des Golden Ridge Heights lorsque Isaac prit la parole :

– Quelqu'un que connaissait Marta... Se trouver à la maison avec sa fille, ça ne vaut pas grand-chose comme alibi.

– Non, pas grand-chose, dit Petra. Si la petite dormait, il pouvait très bien appeler sa femme, l'attirer sous un prétexte quelconque, faire son coup et retourner chez lui. L'absence de traces de sang de la victime dans la voiture permet de dire qu'elle a été tuée ailleurs et qu'on a tout fait pour éviter de salir les sièges.

– La voiture de Doebbler.

– Il peut aussi s'agir d'un assassin maniaque de la propreté. Mais avant de conclure aussi vite, il faut vérifier que le labo n'est pas passé à côté de quelque chose.

– Ça leur arrive souvent ?

– Plus que tu l'imagines. Mais il y a une chose qui m'intrigue : Marta est la seule victime dont le corps a été déplacé par le meurtrier. Ça renforce peut-être l'hypothèse qu'il la connaissait.

Refaisant la route en sens inverse, elle traversa la banlieue de Palmdale et s'engagea sur la 114.

– Un homme qui tuerait sa femme, puis se mettrait à tuer de parfaits étrangers, dit Isaac, c'est assez inhabituel, non ?

– En tout cas, je n'ai jamais entendu parler de tels cas. Le plus courant, c'est une ordure de tueur en série qui, en dehors de sa vie secrète, mène par ailleurs une existence normale avec une femme ou une petite amie et élève ses enfants.

– Le masque humain, dit Isaac.

– Nous en portons tous un.

Elle quitta la 210 à la hauteur du Brand Boulevard de Glendale, remonta une partie de la voie et se rangea le long du trottoir. Elle avait avec elle des photocopies des notes de Ballou et les feuilleta jusqu'à ce qu'elle trouve les coordonnées personnelles et de travail de Kurt Doebbler. Il était dix-sept heures passées, ce qui signifiait qu'il pouvait être aussi bien chez lui qu'au bureau.

Son domicile était situé dans Rosita Avenue, à Tarzana, carrément de l'autre côté de la Valley, vers l'ouest. À ce moment-là, une heure d'embouteillages au bas mot. Elle procéda à une vérification auprès des services d'immatriculation de Californie. Doebbler, apparemment, n'avait pas changé d'adresse. Deux véhicules étaient à son nom. Un coupé Infiniti vieux de deux ans et un break Toyota vieux de trois. S'il avait eu des vues sur l'Opel de Marta, ça n'avait pas été pour la conserver.

La fille, Katya, devait avoir quinze ans et était donc trop jeune pour conduire, mais Kurt s'était quand même offert deux véhicules.

Une vie secrète ?

– Qu'est-ce que tu avais prévu ? demanda Petra à Isaac.

– Pour quand ?

– Maintenant.

– De travailler à organiser mes informations. Ça peut attendre.

– Je peux tout aussi facilement te déposer que continuer.
– Continuer ?
– Jusqu'à la maison de Kurt Doebbler.
– Maintenant ?
– Y a pas de meilleur moment.
– D'accord pour que je vous accompagne ?
– Bien sûr.
– Allons-y, dit-il, une note d'excitation dans la voix. Je peux vous emprunter votre téléphone ? Il faut que je prévienne ma mère que je ne serai pas là pour le dîner.

XV

L'heure de pointe sur l'autoroute la plus encombrée de l'État.

De Burbank à Encino ils roulèrent au pas, s'arrêtèrent, attendirent, repartirent, faisant à peine quinze kilomètres à l'heure de moyenne. Petra finit par sortir à Balboa. Elle fit le reste du trajet en empruntant Ventura Boulevard, mais eut tout de même droit aux embouteillages, aux énervés, à ceux qui bavassent dans leur portable sans faire attention et à quelques preneurs de risques carrément givrés.

Le temps d'atteindre Tarzana, elle était de trop mauvaise humeur pour parler. Isaac avait prudemment tiré un livre de son porte-documents et s'y était plongé, soulignant des passages avec un marqueur jaune. Elle y jeta un coup d'œil, vit deux pages couvertes de symboles mathématiques et se promit de ne pas le regarder à nouveau. Les mathématiques avaient été son point faible en classe. Mis à part en géométrie, où ses dons pour le dessin lui avaient permis de briller dans l'exécution de polygones complexes.

Quelqu'un derrière elle écrasa son avertisseur. Et qu'est-ce que tu veux que je fasse, abruti ? Que j'enfonce le cul de l'Escalade qui est devant moi ?

Elle se rendit compte qu'elle avait mal aux mains à force d'étreindre le volant et s'obligea à se détendre.

Isaac sourit. Qu'est-ce qu'il pouvait y avoir d'amusant dans des équations ?

– C'est le côté passionnant du boulot de policier, dit-elle.

Le sourire du jeune homme s'élargit.

– Ça me plaît.
– Ça te plaît ?
– Au moins, on a le temps de réfléchir.
– C'est une manière de rationaliser la chose, reconnut-elle.
Il leva les yeux de son livre.
– En réalité, tout me plaît dans votre boulot.

La maison de Kurt Doebbler. Construction traditionnelle à un étage de couleur grise, elle se trouvait dans la partie basse de Rosita Avenue et était dominée par les autres propriétés. Sur le devant, dallage et asphalte constituaient l'essentiel de la cour. Les portes et les volets étaient d'un gris plus soutenu. Étincelant de propreté, l'Infiniti de Doebbler, un coupé couleur champagne, était bien en vue dans l'allée, devant le break Toyota gris, poussiéreux, un pneu à plat.

L'homme qui leur ouvrit ne manquait pas de charme. Grand, la quarantaine, large d'épaules et solidement charpenté, il avait une chevelure sombre, fournie et ondulée qui commençait à grisonner aux tempes. Menton et nez proéminents, bouche généreuse. Arborant le genre de rides de soleil qui ne font que rendre certains hommes plus séduisants. Petra n'imaginait pas une femme tirant parti du vieillissement de sa peau.

Il portait une chemise écossaise qui flottait sur lui et dont il avait relevé les manches, des jeans délavés et des chaussures de jogging blanches. Il tenait une assiette dans une main, un torchon dans l'autre. Des gouttelettes sur l'assiette. Un papa célibataire faisant la vaisselle ?

Une odeur de viande grillée montait de l'intérieur de la maison. Le dîner était fini. Le trajet leur avait pris tout ce temps. Un steak n'aurait pas déplu à Petra.

– Monsieur Doebbler ?
– Oui.

Yeux bruns au regard aimable, posture voûtée. Des marques, sur son nez, trahissaient le port de lunettes. Il avait deux petites coupures de rasoir au cou.

Jusque-là rien de bizarre. Il fallait voir comment il allait réagir à la vue du badge.

Il sourit.

– Je vous avais pris pour des Témoins de Jéhovah, dit-il en se tournant vers Isaac.

La tenue impeccable du garçon, comprit Petra.

– Il est arrivé quelque chose dans le quartier ?

– Je suis inspecteur à la brigade des Homicides de la division Hollywood. J'ai repris l'enquête sur l'assassinat de votre femme.

– Ma femme ? (Le sourire s'évanouit enfin.) Je suis désolé, mais moi, je suis Thad Doebbler, le frère de Kurt.

– Vous habitez chez lui ?

– Non, je suis de San Francisco. J'ai dû venir à Los Angeles pour affaire et mon frère a insisté pour que je ne descende pas à l'hôtel. Vous rouvrez le dossier de Marta ?

– Le dossier de Marta n'a jamais été fermé, monsieur.

– Oh... je vais aller chercher Kurt. Il est au premier avec Katya. Il l'aide à faire ses devoirs. Entrez.

Petra et Isaac le suivirent dans l'entrée, une pièce petite et vide, puis dans un séjour modeste. Un passage étroit, au fond, conduisait à la cuisine.

– Une seconde, reprit Thad Doebbler, qui passa rapidement dans la cuisine pour en revenir débarrassé de l'assiette et de la serviette.

Sur la gauche partait un escalier de chêne en angle droit. Des voix leur provenaient du premier étage. Une voix féminine et juvénile haut perchée, pendant quelques instants, suivie d'un seul grognement de baryton.

Thad Doebbler s'avança jusqu'au pied de l'escalier et s'arrêta.

– Je ne tiens pas à me mêler de ce qui ne me regarde pas, inspecteur, mais mon frère... il va beaucoup mieux, ces dernières années. Y a-t-il un élément nouveau ? Puis-je lui dire ça ?

– Rien de bien spectaculaire, répondit Petra. Nous faisons simplement de notre mieux pour éclaircir l'affaire.

Il roula les épaules.

– Compris. Installez-vous. Je vais prévenir Kurt.

Petra et Isaac étaient assis aux deux extrémités du canapé de plus de deux mètres de long. Très mou, ce canapé, trop rembourré et recouvert d'un imprimé de coton décoré de roses rouges énormes et de lianes vertes serpentines. Appuie-bras à enroulement, cordons dissimulant les coutures et frange or et rouge courant le long du bas. Aux angles, deux fauteuils du modèle le plus austère que Petra ait jamais vu : cuir noir tendu sur cadre de chrome.

Pas de table basse au milieu, rien qu'une ottomane marron défraîchie sur laquelle étaient posés un plateau et la télécommande de la télé.

Toute la pièce était ainsi, faite de touches féminines se heurtant à des signes évidents d'occupation masculine. Un grand écran de télé – un mètre cinquante, sans doute – envahissait l'un des murs et il n'y avait que quelques livres sur les étagères. À côté, on voyait une très ancienne table à ouvrage recouverte de dentelle. Sur les murs blancs étaient accrochées des reproductions de natures mortes flamandes ainsi que deux énormes photos encadrées de laiton et représentant la navette spatiale au moment du décollage, et une troisième d'un avion de chasse fonçant dans un ciel bleu. La moquette était du même gris que l'extérieur de la maison et paraissait ne pas avoir été nettoyée depuis un certain temps. L'odeur de la viande grillée était omniprésente.

L'homme qui descendit l'escalier était encore plus grand que Thad Doebbler – un mètre quatre-vingt-dix, estima Petra. Plus mince aussi. La même tignasse drue et ondulée que son cadet, mais complètement grise. Des verres épais à monture d'acier. Des bras ballants se terminant par des mains énormes. Il avait des traits semblables à ceux de Thad, mais le résultat était loin d'être aussi séduisant.

Il portait un polo blanc, un pantalon marron et des chaussures noires.

Il fit halte à l'endroit même où s'était tenu son frère et regarda dans la direction de ses deux visiteurs. Au-delà.

– Monsieur Doebbler ? lança Petra.

– Vous le savez déjà, dit l'homme.

La réponse aurait dû être accompagnée d'un sourire, mais l'expression neutre de Kurt Doebbler n'avait pas changé.

– Désolée de vous déranger, monsieur.

Doebbler garda le silence.

– Avez-vous un peu de temps pour parler, monsieur ?

– De Marta…

– Oui, monsieur.

Doebbler se serra les mains et tourna son regard vers le plafond comme s'il y cherchait l'inspiration divine. Petra n'ignorait pas que ce genre de comportement était synonyme de dissimulation.

– Et de quoi voulez-vous parler, plus précisément ?

– Je sais que ce n'est pas facile, monsieur, et je suis désolée…

– Pas de problème, la coupa Kurt Doebbler. Je vous écoute.

Il s'installa dans un des fauteuils de cuir noir, à la fois raide et voûté, ses longues jambes aux genoux osseux bien serrées. Pantalon d'un marron brillant coupé dans un tissu comme on n'en faisait plus.

– Je sais que la question va vous paraître idiote, reprit Petra, mais y aurait-il quelque chose, concernant votre épouse, que vous n'auriez pas dit au responsable de l'enquête il y a six ans ?

– Conrad Ballou, dit Doebbler.

Puis il récita un numéro de téléphone – une extension de celui du poste de police.

– J'ai souvent appelé Ballou. Il est même arrivé qu'il me rappelle.

Même assis, il devait baisser les yeux pour regarder Petra. Elle avait l'impression d'être toute petite.

– Y aurait-il quelque chose…

– C'était un ivrogne, dit Doebbler. On le savait rien qu'à son odeur. Le soir où il est venu me prévenir, il empestait. J'aurais dû porter plainte. Est-il toujours en activité ?

– Non, monsieur. Il est à la retraite.

Doebbler ne bougea pas, ne cilla pas.

– Étiez-vous plus à l'aise avec l'inspecteur Martinez ?

– Qui ça ?

– L'autre enquêteur.

– Le seul à qui j'aie jamais parlé était Ballou. Et pas très souvent.

Le sourire qu'il afficha soudain avait quelque chose de très déplaisant ; le terme de sourire ne convenait d'ailleurs pas.

– De toute évidence, vous êtes très bien organisés dans la police.

– Je sais que c'est difficile, monsieur Doebbler...

– Non, pas difficile. Futile.

– Le jour de la disparition de votre épouse, vous étiez ici, dit-elle.

Doebbler ne répondit pas.

– Monsieur ?

– C'était une affirmation, pas une question.

– Elle est vraie ?

– Oui.

– Que faisiez-vous ?

– Des devoirs.

– Avec votre fille ?

– Elle dormait. Les miens.

– Vous suiviez une formation ?

– J'apporte du travail à la maison. Mon activité ne se limite pas aux heures de bureau.

– Vous travaillez sur les ordinateurs.

– Je mets au point des logiciels pour l'industrie spatiale.

– Quel genre de logiciels ?

– Systèmes de guidage, systèmes d'atterrissage intégrés pour les véhicules spatiaux.

À son ton, il était clair qu'il ne s'attendait pas à ce qu'elle comprenne.

Isaac intervint.

– Guides d'ondes circulaires ? Anneaux de stockage ?

Doebbler se tourna vers le jeune homme.

– Les ingénieurs et les spatio-physiciens conçoivent les anneaux de stockage. J'écris les instructions qui leur permettent de les utiliser dans un contexte homme-machine.

– Le facteur humain, dit Isaac.

Doebbler agita les mains.

– C'est de la psychologie, ça. Avez-vous oui ou non appris quelque chose de nouveau pour Marta ? demanda-t-il en se retournant vers Petra.

Un de ses genoux s'agitait. Ses lèvres étaient serrées.

– Ça m'aiderait si je pouvais me faire une idée de la personnalité de Marta, dit Petra.

– De la personnalité de Marta ? répéta-t-il.

– Oui, en tant qu'être humain.

– Vous voulez savoir le genre de musique qu'elle aimait ? La manière dont elle s'habillait ?

– Oui, ce genre de choses.

– Elle aimait le rock traditionnel et les couleurs brillantes. Elle aimait les étoiles.

– L'astronomie.

– Oui, et elle voyait les étoiles comme des objets esthétiques. Elle aurait voulu que le monde soit beau. Elle était intelligente mais ça, c'était de la stupidité.

– De la naïveté ?

– De la stupidité, répéta Doebbler en la fixant du regard.

Petra sortit son calepin et fit mine d'y écrire des choses.

Rock traditionnel, couleurs brillantes.

– Pourquoi êtes-vous venus ? demanda Doebbler.

– Nous avons repris certains dossiers classés mais non clos en essayant de voir si on ne pourrait pas trouver quelque chose.

– Les dossiers de Ballou. Vous les reprenez parce que c'était un ivrogne, qu'il a multiplié les gaffes et que vous redoutez le scandale.

– Non, monsieur. Seulement des affaires non résolues de manière générale. Le dossier de Marta est le seul de Ballou.

– Classés mais non clos... un euphémisme pour échec. À vos yeux, Marta est une statistique.

– Non, monsieur. Elle est… c'était une personne. Raison pour laquelle j'aimerais en savoir davantage sur elle.

Doebbler parut prendre cela en considération.

– Ça fait longtemps. Je n'arrive même plus à revoir son visage.

– Le soir où elle est sortie… de quelle humeur était-elle ?

– De quelle humeur ? D'excellente humeur.

– Et rien ne laissait penser qu'elle envisageait autre chose que d'aller au théâtre ?

– C'est ce qu'elle m'a dit.

Son genou s'agitait plus vite. Les articulations des mains qui les agrippaient étaient blanches. La question l'avait déstabilisé.

– Ce qu'elle vous a dit, répéta Petra.

Pas de réaction.

– 28 juin, insista-t-elle.

– Quoi, « 28 juin » ?

– Est-ce que cette date signifie quelque…

– C'est celle du jour où ma femme a été assassinée. Vous jouez à quoi ?

– Monsieur…

L'homme bondit sur ses pieds, gagna l'escalier en trois grandes enjambées et se mit à le grimper deux marches à la fois. Il s'arrêta au milieu.

– Je dois aider ma fille pour ses devoirs. Vous trouverez la sortie.

Il disparut. Isaac commença à se lever, mais se laissa retomber sur le canapé quand il vit que Petra ne bougeait pas. Finalement elle se leva et se mit à parcourir le séjour sous les yeux d'Isaac, agrandissant le cercle, allant jeter un coup d'œil dans la cuisine par le passage. S'imprégnant d'un maximum de détails jusqu'à ce qu'elle entende des pas dans l'escalier. Elle fit signe à Isaac de la suivre vers l'entrée.

Elle avait déjà la main sur la poignée lorsque Thad Doebbler les rejoignit.

– Désolé, dit-il. Kurt est à cran, en ce moment.

– Pour quelle raison ? demanda Petra.

– Le travail. La pression est très forte dans sa partie. Il n'y a vraiment rien de plus qu'il puisse vous apprendre sur Marta.

– Vous l'a-t-il dit ?

Thad hocha la tête.

– Non, il n'a pas dit un mot, il est rentré dans sa chambre et il a fermé la porte. Je suis désolé s'il s'est montré un peu... Il a fait son deuil, vous comprenez.

– Comment va votre nièce ?

Il cilla.

– Kurt travaille dur pour elle.

– L'histoire classique du père qui élève seul son enfant.

Sur certains sujets, elle était une spécialiste. Le professeur Kenneth Connor, dans le genre père-qui-élève-ses-enfants-seul, avait été une perle. Elle n'avait pas de mal à imaginer ce que ça devait être que de grandir sous la tutelle de Kurt Doebbler.

– Exactement, dit Thad.

Petra ouvrit la porte et sortit, suivie d'Isaac.

Dans leur dos, Thad Doebbler lança :

– Je suis sûr qu'il voudra être tenu au courant, si vous apprenez quelque chose.

Même une fois dehors, tandis qu'ils se dirigeaient vers la voiture, l'odeur de viande grillée restait dans les narines de Petra, qui se sentait mourir de faim. Isaac avait appelé sa mère pour lui dire qu'il ne serait pas là pour dîner, mais son petit doigt disait à Petra que Mama laisserait quelque chose pour son petit génie de fils.

– Je te ramène ou on va casser la croûte quelque part ?

– Je n'ai pas vraiment faim, mais je vous accompagne, répondit-il.

Pas faim ? Petra se rendit compte qu'elle ne l'avait jamais vu manger. Puis ça lui revint à l'esprit : il prenait le bus et portait les trois mêmes chemises à tour de rôle.

Aller dîner en ville devait se résumer pour lui à un saut au McDonald's du coin, une fois de temps en temps.

– Allons-y, dit-elle.

Faisant un bond qualitatif, elle choisit un restaurant steak-et-poissons aux limites d'Encino et Tarzana parce qu'il paraissait sans prétention et raisonnable dans ses prix. Sauf que lorsqu'elle étudia la carte, elle se rendit compte qu'il n'était pas si bon marché que ça. Oh, et puis zut, elle était d'humeur à bien manger.

Derrière le bar où régnait une certaine animation, la salle aux murs lambrissés en bois sombre, confortable, peu éclairée et divisée en box rouges, était décorée par des photos de presque-célébrités de trente ans auparavant. La serveuse qui s'approcha de leur table, une rouquine bien en chair, jeune et mignonne, adressa à Isaac un coup d'œil quand-tu-veux-après-le-service que Petra remarqua. Puis elle étudia la femme qui l'accompagnait et la curiosité lui fit plisser les yeux.

Quelles sont leurs relations ? se demandait-elle.

Lorsqu'elle vit Isaac se glisser sur la banquette le plus loin possible de Petra, puis celle-ci commander pour le jeune homme comme si c'était un enfant, la rouquine flamboyante sourit. Après quoi elle flirta de manière éhontée avec Isaac.

Lui semblait ignorer totalement les sourires, les déhanchements et l'ample poitrine qui venait lui frôler le bras. Il souriait poliment et se confondait en excuses à la moindre attention de Rouquine en Feu. Quand les assiettes arrivèrent, il garda la tête baissée, étudia son steak et finalement l'attaqua.

Un superbe filet mignon épais de plusieurs centimètres. Il avait prétendu avoir envie d'un hamburger, mais Petra avait insisté avec le soutien de Rouquine en Feu.

– Excellent pour faire des os solides.

Sourire, mimique mutine, déhanchement, frôlement mammaire.

Presque comme après coup, Petra commanda alors deux verres de bourgogne. Corruption de la jeunesse. Lorsque le vin arriva, elle trouva plus prudent de zapper tout le cérémonial – faire tourner le vin dans le verre, le humer – pour ne pas davantage effaroucher le gosse.

Elle était affamée et s'en prit à son *surf-and-turf*[1] comme si c'était la tête de Schoelkopf.

Au bout d'une minute d'un silence ponctué de grognements, elle demanda à Isaac comment il trouvait son plat.

– Délicieux. Merci, merci beaucoup.

Il avait liquidé la viande et regardait la pomme de terre fumante plus grosse qu'un poing dans son assiette.

– Énorme, commenta Petra.

– Gigantesque.

– Radioactive, probablement. Quelque sinistre bricolage de l'ADN dans les champs de patates de l'Idaho.

Il rit et planta son couteau dans la pomme de terre.

– Alors ? Qu'est-ce que tu penses de M. Doebbler ?

– Hostile et asocial. Je comprends pourquoi l'inspecteur Ballou l'a décrit comme étrange.

– Rien d'autre ne t'a dérangé, chez lui ?

Isaac réfléchit.

– Il était tout sauf coopératif.

– En effet. Mais c'est peut-être parce que nous avons débarqué chez lui sans prévenir. Après toutes ces années sans le moindre progrès, je ne m'attendais pas à tomber sur une groupie enthousiaste de la police.

Un inspecteur ivrogne, un autre qu'il n'avait même pas vu. Le LAPD dans ce qu'il avait de meilleur. Elle se demanda ce qu'Isaac en pensait.

Ce genre de choses apparaîtrait-il dans sa thèse ?

Et elle ? Comment s'en sortait-elle ?

– Malheureusement, reprit-elle, il existe des types comme Ballou et Martinez. Heureusement, ils ne sont qu'une minorité. (Miss Je-défends-la-boutique.) Ce qui m'intrigue dans tout ça, c'est pourquoi Kurt Doebbler n'est jamais allé se plaindre auprès de la hiérarchie. Il bout de ressentiment, mais il a tout gardé pour lui.

Isaac reposa sa fourchette.

1. Plat mêlant produits de la mer et produits carnés (terme familier).

– Il n'avait pas intérêt à le faire, s'il voulait que l'enquête reste au point mort.

Petra acquiesça de la tête.

– Stupéfiant, dit-elle. Je n'y aurais jamais pensé.

Ils mangèrent encore un peu. Isaac reprit la parole le premier :

– Cette remarque qu'il a faite… qu'il ne se souvenait plus à quoi ressemblait sa femme ? Parfois, les personnalités limites ont des difficultés à retenir l'image mentale de leurs proches. Elles souffrent aussi de déficit affectif. Sauf quand elles ont l'impression d'avoir été trahies. Dans ce cas, les émotions peuvent prendre carrément le dessus.

– Si par exemple sa femme avait eu une liaison, dit Petra. C'est juste une réflexion faite en passant par Ballou, et je ne suis pas certaine qu'elle mérite qu'on s'y arrête.

Il fit oui de la tête.

– Qu'est-ce que tu appelles les personnalités limites ? lui demanda-t-elle.

– Il s'agit de désordres psychiatriques comprenant des problèmes d'identité et de relations intimes. Ce sont des personnes qui ont du mal à entrer en relation avec les autres. Elles souffrent plus que la moyenne des gens de syndromes dépressifs et ont plus tendance à devenir dépendantes de drogues. Les femmes ont tendance à se punir, mais les hommes peuvent devenir agressifs.

– Jusqu'à tuer leur épouse ?

– Je n'ai jamais entendu parler d'un tel cas. C'est juste quelque chose qui m'est venu à l'esprit.

Petra s'entendit répondre :

– D'accord pour dire que Doebbler est un peu bizarre, mais quand on perd un proche le temps finit par adoucir les choses. On oublie. C'est une manière de se protéger. J'ai déjà entendu des proches de victimes dire la même chose.

Elle parlait calmement tout en maintenant le couvercle en place sur ce qui bouillonnait dans son esprit. Toutes ces heures passées à scruter des photos. Papa et Maman à l'époque où ils étaient étudiants et sortaient ensemble. Maman s'occupant de ses frères bébés, bambins puis petits garçons. Maman splendide dans un maillot de bain une pièce, au lac Mead. En dépit des photos, c'était tout ce qu'elle pouvait faire pour évoquer un semblant d'image de la femme qui était morte en lui donnant la vie.

Sans doute son expression dut-elle trahir quelque chose, car Isaac parut perplexe.

– Toutefois, dit-elle, avant de trop nous lancer dans la psychologie de Kurt, n'oublions pas que son groupe sanguin ne correspond pas à celui trouvé sur l'échantillon du siège, qu'il n'y a rien qui suggère qu'il ait un rapport avec le crime et qu'il a plus ou moins un alibi.

Elle revint à son steak pour se rendre compte qu'elle n'avait plus vraiment faim.

– Alors, qu'est-ce qu'on fait maintenant ? demanda Isaac.

– Je n'y ai pas encore réfléchi. En admettant que je veuille travailler sur cette affaire. Ou sur l'une des cinq autres.

Elle lui adressa un sourire féroce.

– Regarde dans quel pétrin tu m'as mise.

Une fois de plus, Isaac rougit. Le baromètre des émotions du jeune homme était réglé au millibar près, tout remontait à la surface.

L'exact contraire de Doebbler. Ce type-là avait quelque chose d'inquiétant.

– ... désolé de vous avoir compliqué la vie, disait Isaac.

– C'est vrai, mais je ne t'en veux pas. Tu as fait ce que tu devais.

Il garda le silence. Elle lui donna un léger coup de coude.

– Hé, je me payais un peu ta tête, c'est tout.

Il parvint à esquisser un sourire.

– Il faut te dire que me plonger dans une demi-douzaine de dossiers en panne et probablement insolubles n'était pas ce que j'avais en tête quand j'ai fait mon emploi du temps de la journée. Mais tu as raison : il y a trop de similitudes pour ne pas y aller voir de plus près.

Quand était-elle arrivée à cette conclusion ?

Le type de blessures.

Ou peut-être avant. Peut-être avait-elle tout de suite vu qu'il y avait quelque chose, sans vouloir le reconnaître.

– Si je laissais tomber, ce serait me mettre au niveau de types comme Ballou et Martinez. Alors ça me va. D'accord ?

Il marmonna quelque chose.

– Pardon ?

– J'espère que ça marchera pour vous.

– Ça marchera, répondit-elle. D'une manière ou d'une autre. Écoutez-moi un peu ça… Miss Destin-qui-parle.

– En appétit pour un dessert ?

Avant qu'il ait pu répondre, elle faisait signe à Petite Rouquine en Feu.

XVI

Isaac comprit qu'il avait commis une erreur.

Il avait demandé à Petra de le laisser au carrefour d'Union et Pico. Non loin de l'arrêt du bus où il descendait d'habitude, à quatre coins de rue de chez lui. Sans vouloir voir les magasins d'alcool et les boutiques abandonnées sur son trajet. Ni les maisons de bois branlantes converties en dortoir à la nuit. Ni les cubes crépis de trois étages, comme celui dans lequel lui et sa famille habitaient, défigurés par l'acné des graffitis.

Sa mère tenait l'appartement dans un état de propreté impeccable et l'immeuble n'était pas pire que ceux du voisinage. Mais pas très reluisant non plus. Parfois des sans-abri s'y aventuraient et se servaient du hall comme de toilettes. Lorsqu'il grimpait l'escalier aux marches grinçantes jusqu'à leur deuxième étage, il évitait de poser la main sur la rampe peinte en marron. Si souvent peinte, même, qu'elle donnait l'impression d'être gélatineuse. Parfois même elle l'était. Chewing-gums usagés, sinon pire.

Pendant une courte période de temps, alors qu'il avait la tête farcie de biologie et de chimie organique, en première année de fac, il avait enfilé des gants de plastique avant d'entrer dans l'immeuble. Il prenait soin de les cacher en entrant dans le domaine de Mama.

Le bruit, les odeurs. En général, il parvenait à tout tenir à distance.

Le matin, en partant pour le campus, il remarquait que la façade paraissait particulièrement mal en point.

La plupart du temps, le soir, il arrivait à tout oublier, l'esprit vagabondant au milieu des arbres majestueux et des superbes immeubles de brique de l'USC, évoquant les arômes de vieux papier de la bibliothèque Doheny.

Son autre vie.

La vie qu'il mènerait un jour. Peut-être.

Qui s'imaginait-il tromper ? Petra était intelligente, elle devait bien se douter que la famille Gomez n'habitait pas un manoir.

Il y avait néanmoins quelque chose dans l'idée qu'elle puisse voir son domicile qui lui répugnait encore.

Il marcha donc.

Après avoir vivement changé de cap au coin de la boutique d'alcool préférée des vieux ivrognes, il entama le parcours de rues étroites et sombres qui le faisait passer devant les trous d'ombre des allées, au milieu de l'habituel échantillon de traîne-savates et de drogués.

Passifs, dans leur état misérable. Il échangeait quelques mots avec certains. Parfois, il leur donnait les restes de son déjeuner. Mama lui en préparait toujours trop.

Mais pour l'essentiel, il les ignorait et en était ignoré.

Cela durait depuis des années et il n'avait jamais eu de problème.

Mais ce soir-là, il en eut un.

Il ne prit conscience de leur présence que lorsqu'ils se mirent à rire.

Un hululement rauque et haut perché, dans son dos. Tout près. Quand avaient-ils commencé à le suivre ? Avait-il été à ce point distrait ?

Perdu dans ses pensées : Marta Doebbler, Kurt Doebbler.

Petra, ses yeux sombres, la manière dont elle avait planté la fourchette dans son steak – l'attaquant… Des mains fines, mais fortes. Agressive d'une manière toute féminine.

Nouveaux rires dans son dos. Plus près. Il jeta un coup d'œil par-dessus son épaule alors qu'ils passaient sous un réverbère et les distingua clairement.

Trois. Une escorte d'emmanchés hilares à moins de dix mètres dans son dos.

Ils jacassaient, se le montraient, se donnaient des coups d'épaule. Riaient encore. Ils parlaient un espagnol à l'accent mexicain assaisonné tous les trois ou quatre mots de grossiers « *fuck* » – le terme à tout faire, à la fois nom, verbe et adjectif.

Il accéléra le pas, risqua un nouveau coup d'œil derrière lui.

Têtes rondes, crânes rasés. Pas très grands. Des vêtements trop amples.

L'un d'eux brandit le poing vers le ciel et poussa un hurlement. Un cri de soprano, comme une fille.

Peut-être n'était-il nullement concerné. Peut-être arpentaient-ils la même rue par hasard.

Ils continuaient à se donner des bourrades. Des voix jeunes, embrouillées. Des gamins style punk. Shootés à quelque chose.

Encore deux coins de rue à franchir. Il tourna.

Ils restèrent derrière lui.

Il accéléra encore.

L'un d'eux cria :

– *Yo, maricón !*

En gros : Hé pédale !

Depuis le temps qu'il arpentait ce quartier pourri, il n'avait encore jamais été confronté à ce genre de situation. En général, il était chez lui à vingt heures. Là, il était dix heures largement passées. Il était retourné au commissariat avec Petra et y était encore resté un peu. Il avait fait semblant de ne pas s'occuper d'elle pendant qu'elle travaillait à son bureau.

Petra.

Comme la journée était passée vite à la suivre, à l'observer, à l'écouter. À saisir les nuances du travail d'enquête, ces choses qu'aucun manuel ne saurait vous apprendre. À lui proposer son avis quand elle le sollicitait – ce qu'elle avait fait plus souvent qu'il s'y serait attendu.

Était-ce simplement pour se montrer aimable avec lui, ou bien pensait-elle vraiment qu'il avait quelque chose à offrir ?

Qu'il avait quelque chose à offrir, sans doute ; Petra ne supportait pas les têtes en l'air

– *Yo*, toi, *maricón*… hé pédé, t'as pas l'heure ?

Isaac continua de marcher.

Encore un coin de rue.

Dîner, dessert, expresso – jamais il n'avait bu pareil café. Même le club des profs, où le Dr Gompertz l'invitait parfois à déjeuner, n'en avait pas un aussi bon.

– Hé, toi, p'tite pute, pourquoi qu'tu bouges ton cul si vite ?

Il se mit à courir et les entendit qui criaient, hululaient – et couraient après lui. Il se mit alors à sprinter, tout le corps soudain envahi d'une transpiration poisseuse.

Grâce au ciel, Petra n'était pas là pour voir ça.

Un coup l'atteignit dans le bas du dos. La pointe dure d'une botte dans les reins. Un élancement de douleur le traversant comme un éclair, il se plia en deux, mais réussit à rester debout. Mais il avait perdu le rythme et, le temps que ses jambes le retrouvent, une main essayait de lui arracher son porte-documents.

Ses notes. Son ordinateur portable. Il s'y accrocha, mais une autre main vint s'agripper à son cou. Dans l'effort qu'il fit pour se dégager, il lâcha le porte-documents.

Les fermoirs s'ouvrirent, les papiers s'éparpillèrent. Grâce à son poids, l'ordinateur resta dedans.

Les notes manuscrites de ses calculs gisaient sur le trottoir. Des pages et des pages d'analyses régressives des populations dans les secteurs criminogènes en fonction des ethnies et sous-ethnies. Il n'avait pas eu le temps de les entrer dans la mémoire de son ordinateur, quel idiot ! S'il les perdait, cela signifiait des heures et des heures de…

Un poing – des articulations dures et aiguës – dérapa sur le côté de sa tête. Il oscilla, trébucha, faillit tomber, réussit à garder l'équilibre et leur fit face.

Plus jeunes qu'il l'aurait cru. Quatorze, quinze ans. Des petits avortons du ghetto, deux maigres, le troisième un peu rondouillard. Même âge que son cousin Samuelito. Mais Sammy était un bon garçon, croyant, alors que ceux-là n'étaient que trois voyous en pantalons comme des sacs et au crâne rasé.

Qu'il s'agisse d'enfants n'était qu'un maigre réconfort. Les ados pouvaient se montrer les plus dangereux des délinquants. Contrôle minimal des pulsions, conscience des choses insuffisamment développée. Il avait lu quelque part que si on ne pouvait pas changer leur comportement à douze ans...

Ils l'entouraient. Un trio de nains malintentionnés qui gesticulaient, juraient, pouffaient. Il se déplaça, s'efforçant de ne tourner le dos à aucun. Sa joue commençait à le brûler.

Le plus costaud des trois se campa devant lui et brandit les poings. Des poings d'enfant, aux articulations délicates. On se serait cru dans Oliver Twist.

Une bouffée de la brise du soir remonta la rue et les feuilles de calcul, dispersées, s'envolèrent.

– Donne-moi ton fric, pédé, dit le gamin d'une voix nasale, à peine adulte.

Un par un, il les aurait assommés sans peine. Mais ensemble... Tandis qu'il estimait ses chances, un des deux autres, le plus petit, eut un mouvement du poignet. Quelque chose brilla dans sa main.

Oh, mon Dieu ! Un pistolet ?

Non, un couteau. Il tenait un couteau à la main. Il lui fit décrire de petits arcs.

– Je vais te planter, pédé.

Isaac recula encore un peu. Nouveau souffle de brise ; les feuilles s'éloignèrent de quelques mètres de plus.

Le plus costaud des trois lança :

– Donne-moi ton fric ! Tu veux pas t'faire planter, bordel ?

Sa voix dérapait dans les aigus.

Se faire étriper par un crétin à peine pubère... le petit au couteau s'approcha, dansant d'un pied sur l'autre. Il passa dans le cône de lumière du lampadaire et Isaac vit mieux l'arme. Un couteau de poche, un truc bon marché, poignée en plastique sombre, lame repliable d'environ cinq centimètres. Le poignet du gamin était une petite chose fluette. Il sentait mauvais, comme les deux autres. Vêtements sales, marijuana, hormones en folie.

De petits criminels en herbe ultranerveux. Une situation malsaine. L'idée d'être blessé par cette petite lame ridicule le mit en rage.

Il tira son badge de visiteur autorisé du LAPD et le brandit.

– Police, petits trous du cul. Vous venez de vous faire piéger.

Avec l'espoir qu'ils regardaient la télé. Et qu'ils étaient bêtes.

Une nanoseconde de silence.

Il y eut un « Quoi ? » lancé d'une voix rauque.

– Police, petits branleurs ! répéta-t-il plus fort en puisant au fond de ses poumons pour en tirer le ton de baryton le plus grave possible.

Puis il fouilla dans sa poche et en retira son étui à stylos ; il était noir, et à peu près de la bonne taille. Il le porta à ses lèvres.

– Ici l'inspecteur Gomez. Demande du renfort. Trois adolescents en infraction. Code deux onze. Probablement aussi détenteurs de drogue. Je les retiens sur place.

– Merde, dit le gros, le souffle court.

Isaac se rendit soudain compte qu'il n'avait pas donné de coordonnées. Pouvaient-ils être stupides à ce point ?

Le maigrichon regarda son couteau. Petit visage méchant de gosse des rues qui se pose des questions.

Le troisième, celui qui n'avait rien dit ni rien fait, commença à battre en retraite.

– Hé, où tu vas, petit merdeux ?

Le gosse prit la poudre d'escampette.

N'en restait plus que deux. La situation s'améliorait. Même avec le couteau. Il pourrait s'en tirer avec une égratignure.

Gros-Lard dansait d'un pied sur l'autre. Maigrichon avait reculé d'un pas, mais ne paraissait pas vouloir s'enfuir. C'était lui le plus dangereux ; pas assez de molécules de peur dans sa chimie personnelle. Et il fallait que ce soit lui qui tienne une arme.

Non, c'était précisément pour cette raison qu'il la tenait.

Isaac sortit de nouveau son étui à stylo. Se dirigea sur Maigrichon en pointant l'objet vers lui.

– Lâche ta putain de lime à ongles, morveux, et allonge-toi par terre avant que je te pète la tronche. Tout de suite !

Gros-Lard tourna les talons et ficha le camp.

Maigrichon voyait ses chances s'amenuiser. Il lança le couteau en direction d'Isaac.

La lame lui frôla le visage, tout près de l'œil gauche.

– Cette fois-ci, t'es mort, petit con !

Le gosse détala.

Il resta immobile dans le silence. Un silence putride ; ils avaient laissé leur puanteur derrière eux.

Il attendit d'être sûr qu'ils ne reviendraient pas pour se remettre à respirer normalement. Il alla ramasser son porte-documents, puis récupérer les feuillets éparpillés, les fourrant dedans n'importe comment. Puis il partit au pas de course en direction de son immeuble et tourna à l'angle, la poitrine serrée, l'estomac révulsé, glacé par les frissons qui avaient suivi la décharge d'adrénaline.

Il dut s'adosser au mur d'un immeuble, les pieds enfoncés dans l'herbe qui poussait là. Haletant, la bouche sèche, il pensait qu'il en avait terminé.

Pas tout à fait. Il vomit jusqu'à ce que la bile lui remonte dans la gorge.

Lorsqu'il eut restitué tout son repas, il cracha et repartit.

Demain, avant de reprendre le bus pour aller au commissariat d'Hollywood, il passerait voir Jaramillo.

Il y avait longtemps, bien avant la Burton Academy, bien avant le tournant étrange, merveilleux et terrifiant pris par sa vie, Jaramillo et lui avaient été amis.

Voilà qui compterait peut-être pour quelque chose.

XVII

Petra restait perplexe devant la bizarrerie de Kurt Doebbler et, après quelques jours sans rien de neuf sur l'affaire du Paradiso, elle se reprit à y penser.

Il était midi passé de quelques minutes ; aucun signe d'Isaac.

Pas la moindre nouvelle d'Eric non plus. Et la voix suave du Dr Robert Katzman ne l'avait pas rappelée.

Pour quelle raison Doebbler ne s'était-il pas plaint de l'incompétence et de l'ivrognerie de Ballou ?

Plus elle réfléchissait à la manière désastreuse dont l'enquête avait été menée, plus elle perdait confiance dans les éléments du premier dossier.

Le sang retrouvé sur le siège de la voiture de Marta Doebbler, par exemple : il était O négatif. Celui de Doebbler était O positif. À en croire Ballou.

Que valait cette info ?

Elle parcourut le dossier et finit par trouver une note sur l'échantillon ajoutée par le médecin légiste à son compte rendu, de sa petite écriture.

Elle décida de remonter la piste.

Le secrétaire du légiste était sûr de l'avoir. Jusqu'au moment où il lui dit le contraire. Et la renvoya à l'un des enquêteurs du bureau de médecine légale, un type à la voix jeune du nom de Ballard.

– Hmm, dit-il, l'échantillon doit probablement se trouver chez vous, aux Scellés de Parker Center.

Aux Scellés de Parker Center…

– Probablement ?

– Eh bien, il n'est pas indiqué qu'il est parti d'ici, mais il n'y est pas. C'est donc qu'il a dû aller ailleurs, non ?

– À moins qu'il ait été perdu.

– J'espère pour vous que non. Parker a eu quelques problèmes avec les Scellés il y a quelques années, vous vous souvenez ? Échantillons perdus ou gâchés…

Non, elle n'en avait pas entendu parler. Encore un scandale qui avait échappé aux médias… allez savoir comment.

– Sinon, où pourrait-il être ? demanda-t-elle.

– Je ne vois vraiment pas… À moins qu'il ait été envoyé à Cellmark pour analyse génétique. Mais, même dans ce cas, on n'aurait envoyé qu'une partie de l'échantillon et gardé le reste ici… Sauf s'il était trop petit pour qu'on puisse le diviser… Ouais, ça pourrait être ça. Oui, je confirme. Dix millimètres par quinze. D'après ce qu'ils disent ici, adhérant au revêtement en vinyle de la sellerie de la voiture. Ce qui veut dire qu'il était minuscule, sans doute quelques gouttelettes. Il n'est pas impossible qu'on ait tout envoyé à Cellmark. Mais pourquoi le voulez-vous ?

– Pour rigoler, répondit-elle en raccrochant.

Elle appela aussitôt Sacramento.

Le labo du ministère de la Justice n'avait aucune trace écrite de la réception d'un échantillon biologique dans le cadre de l'affaire Marta Doebbler. Quant aux Scellés de Parker, ils ne l'avaient pas davantage enregistré.

Dans le genre bévue monumentale, c'était gratiné, mais allez trouver le responsable.

Il était temps de regarder de plus près les autres meurtres du 28 juin.

Dans le dossier Geraldo Solis, elle trouva une note intéressante de l'inspecteur Jack Hustaad : d'après la fille de la victime, le vieux monsieur aurait attendu la visite d'un réparateur de la télévision par câble le jour où il avait été assassiné.

Rien n'indiquait que Hustaad ait remonté cette piste.

Elle téléphona à la division Wilshire et apprit que, contrairement aux dossiers qui dépendaient de la division Hollywood, le leur avait bien été transféré après le suicide de l'inspecteur. Mais ce dernier s'était supprimé deux ans après les faits et sans doute avait-il suivi l'affaire pendant tout ce temps, y compris les trois mois où il avait repris son travail après son congé maladie (pendant lequel il avait suivi un traitement pour son cancer). Une semaine après les funérailles de Hustaad, on avait transmis le dossier Solis à l'inspecteur classe I Scott Weber.

Weber était toujours à Wilshire et Petra put le joindre à son bureau.

– Je ne suis arrivé à rien dans cette affaire. Comment se fait-il que vous vous y intéressiez ?

Elle lui parla d'un dossier sans suite présentant des similitudes, du type de blessure infligée à Marta Doebbler, mais sans mentionner les autres meurtres du 28 juin. Weber demanda plus de détails mais, au bout d'un moment, son intérêt s'évanouit.

– Je ne vois pas trop comment on peut les associer, dit-il. Les gens qui prennent un coup sur la tête, ça existe.

Oui, mais c'est rare qu'on les tue de cette façon, d'après mon spécialiste.

– C'est vrai, reconnut-elle.

– Quelle est l'arme du crime dans votre cas ?

– Un genre de tuyau.

– Ici aussi, dit Weber. Aucune preuve matérielle ?

Rien qu'un échantillon de sang qui avait disparu.

– Non, pas jusqu'ici.

Pourquoi se montrait-elle aussi évasive avec un collègue ? Sans doute n'était-elle pas très à l'aise dans cette affaire.

– Enfin, bref, dit Weber.

– Encore une question. Il y a une note sur un réparateur de télé...

– Vous avez un exemplaire du dossier ?

– Un de nos stagiaires l'a consulté pendant ses recherches et en a fait une copie.

– Depuis ici ?

– Je crois que c'est à partir des Archives de Parker.

– Oh… ouais, c'est possible, vu que c'est un sans-suite.
– Alors, ce réparateur de télé ?
– Ça figurait dans votre dossier ? dit Weber.
– Je me demandais si ça conduisait quelque part, mais évidemment…
– Vous vous demandez si j'ai remonté cette piste ou non, c'est ça ?
Weber se mit à rire, mais d'une manière amicale.
– Oui, je l'ai fait. Alors que ça datait de deux ans… deux ans ! L'entreprise n'avait aucune trace d'avoir envoyé un de ses réparateurs chez Solis. J'ai interrogé la fille, qui croyait vaguement se souvenir que son père lui avait parlé de quelque chose. Et personne n'a vu la moindre voiture de dépannage dans le secteur. Ça vous va ?
– Très bien, dit Petra. Désolé de vous avoir…
– Je n'ai pas pu avancer d'un pouce dans ce dossier, la coupa Weber. C'est au congélo.

Pas de passage programmé du réparateur de télé. Un coup de fil bidon aurait-il conduit Geraldo Solis à attendre un visiteur ? Dans ce cas, cela ressemblait à l'appel passé depuis une cabine téléphonique, celui qui avait attiré Marta Doebbler hors du théâtre.
Un réparateur qui passe à minuit ?
Petra se rappela un incident qui lui était arrivé… et lui avait flanqué la frousse. Deux ans auparavant, alors qu'elle avait pris une semaine de congé, la sonnette l'avait tirée de son lit sur le coup de vingt-trois heures. Un type qui prétendait être livreur pour UPS. Elle lui avait dit de s'en aller, mais l'homme avait insisté, disant qu'il avait besoin de sa signature pour un colis. Elle avait enfilé une robe de chambre, pris son arme et entrouvert la porte. Pour se retrouver devant un type qui avait l'air aussi hagard qu'un zombie, en uniforme marron ; le livreur était bien d'UPS et le colis authentique. Des biscuits faits maison envoyés par une de ses belles-sœurs.
– J'ai pris du retard, lui avait-il expliqué.

Agité, tapant du pied. Il n'avait même pas remarqué le neuf millimètres qu'elle tenait le long de son flanc droit.

Elle n'ignorait pas que les sociétés de livraison mettaient la pression sur leurs coursiers, mais celui-ci lui avait paru prêt à exploser.

C'était donc possible. Un type ayant de mauvaises intentions appelle Geraldo Solis sous prétexte d'un problème à sa télé, arrive tard, se fait ouvrir. Que personne n'ait vu son véhicule devant la maison ne prouvait rien. À une heure pareille, dans le quartier résidentiel tranquille où habitait Solis, qui y aurait prêté attention ?

L'adresse et le numéro de téléphone de la fille de Solis étaient dûment consignés au dossier. Maria Solis Murphy, trente et un ans, Covina. Un contrôle au service des Immatriculations apprit à Petra qu'elle habitait maintenant en ville. Ici même, à Hollywood, dans Russell Street, du côté de Los Feliz.

Son numéro de téléphone au travail était une extension de celui de l'entreprise qui assurait la restauration du Kaiser Permanente Hospital. Également à Hollywood, à deux pas de Russell Street.

Elle était de service et Petra put la joindre au téléphone ; il fut décidé qu'elles se retrouveraient vingt minutes plus tard, devant l'hôpital. Le temps que Petra arrive, Maria Solis Murphy était déjà là.

Musclée mais jolie fille, cheveux bruns très courts aux pointes blondes. Elle portait une robe bleu pâle, des socquettes et des tennis. Trois boucles fines comme des fils dans une oreille, un éclat de diamant et un clou d'or dans l'autre. Une rose tatouée sur la cheville gauche. Un peu punk pour une presque quadragénaire qui en plus portait une alliance à l'annulaire ; mais Maria Murphy avait un visage dépourvu de rides et un pas élastique de danseuse sportive. Habillée dans le style jeune, on lui aurait donné moins de trente ans.

Sur son badge on lisait : M. Murphy, diététicienne diplômée. Vraiment très musclée, hanches de garçon. Les vitamines ?

– Inspecteur Connor ? demanda-t-elle d'une voix rauque.

– Bonjour, madame Murphy.

– Si ça ne vous ennuie pas, une petite marche me ferait du bien. Je n'ai pas bougé de la journée.

Elles empruntèrent Sunset Boulevard vers l'ouest, passèrent devant l'hôpital, des fast-foods, des fabricants de prothèses, des centres de soins postopératoires, des fournisseurs divers qui tous dépendaient de l'établissement. Western Peds, l'hôpital où Sandra Leon avait été soignée pour sa leucémie, se trouvait deux rues plus loin. Comment s'appelait son toubib, déjà ? Ah, oui, Katzman.

– Je vous suis très reconnaissante de rouvrir le dossier de mon père, dit Maria Murphy.

– Ce n'est pas tout à fait ça, madame Murphy. Je suis inspecteur à la division Hollywood et je suis tombée sur une affaire qui semble présenter des similitudes avec celle de votre père. Mais rien de spectaculaire, il ne s'agit que de quelques détails.

– Lesquels, par exemple ?

– Je ne suis pas autorisée à vous le dire, madame. Désolée.

– Je comprends. C'est moi qui ai découvert le corps de mon père. Je ne l'oublierai jamais.

Petra le savait par le dossier. Maria Murphy avait trouvé le vieux monsieur la tête dans son assiette, à une heure du matin. Elle demanda à Maria pour quelle raison elle était passée à une heure aussi tardive.

– Je n'étais pas passée. Je dormais parfois chez lui, pendant quelques jours.

– Quelques jours ?

– J'étais mariée à l'époque, et nous avions des problèmes, mon mari et moi. De temps en temps, j'allais coucher chez mon père.

Petra jeta un coup d'œil à l'alliance en or de Maria.

Qui sourit.

– Un cadeau de ma compagne actuelle. Bella.

Petra sentit que Murphy tentait d'évaluer son niveau de tolérance.

– Votre mari et vous aviez donc des problèmes de couple.

– J'ai changé les règles du jeu au milieu du parcours. Dave, mon mari, était un bon gars. C'est lui qui a provoqué la rupture. À l'époque, j'étais plutôt mal embouchée.

– Comment a-t-il réagi ?

– Il n'était pas très content, reconnut-elle.

– Il est devenu furieux ?

Sans changer d'allure, la diététicienne se tourna vers Petra.

– Ce n'était pas du tout ça. N'y pensez même pas. Dave et Papa s'entendaient très bien. Et si vous voulez tout savoir, ils avaient plus de points communs, tous les deux, que moi avec eux. Chaque fois qu'il y avait une bagarre, Papa prenait sa défense. Il n'arrivait pas à croire que je puisse faire ce que je faisais. Toute ma famille était dans le déni le plus total.

– Grande, la famille ?

– Deux frères, deux sœurs. Ma mère était décédée. Tant qu'elle vivait, je me retenais. Je ne voulais pas la blesser. Lorsque je leur ai dit que j'étais homosexuelle, ils se sont tous ligués contre moi. Ils voulaient que j'aille consulter un psychiatre. Exactement ce que je faisais à leur insu depuis deux ans.

– Vous ne vouliez pas blesser votre mère, mais votre père…

– C'est vrai. Papa et moi n'avions jamais été très proches. Il avait toujours du travail, il était toujours trop occupé. Je ne lui en voulais pas, il faisait pour le mieux, mais nous n'étions pas proches. Même lorsque j'ai commencé à revenir chez lui, nous n'avions pas grand-chose à nous dire.

Elle fit la grimace, aspira profondément et accéléra le pas.

– Combien de temps avez-vous vécu chez lui ?

– Juste de temps en temps, répéta-t-elle. En tout, environ un mois. La plupart de mes affaires restaient chez moi ; je n'apportais que de quoi me changer. Je lui avais raconté que je faisais des heures supplémentaires et que je ne voulais pas conduire quand j'étais fatiguée. Il habitait beaucoup plus près de l'hôpital.

Covina était en effet à une heure d'Hollywood, au minimum ; davantage, lorsque les conditions de circulation étaient mauvaises. Alors qu'entre l'hôpital et Ogden, où était la maison de Solis, il n'y en avait que pour dix minutes. Son histoire paraissait vraisemblable.

– Quand avez-vous dit la vérité à votre père ?

– Jamais. Mes frères et sœurs s'en sont chargés. Quelques jours avant le meurtre.

– Et Dave ?

– Il était déjà au courant. Il n'était pas en colère, seulement triste. Déprimé. Ne cherchez pas par là. Vous perdriez votre temps.

Petra décida néanmoins de parler à Dave, et le plus tôt possible. Elle eut un hochement de tête qui se voulait rassurant.

– Bon. Dites-moi, rien ne vous est venu à l'esprit sur le meurtre de votre père depuis ce que vous avez déclaré aux premiers policiers qui vous ont interrogée ?

– Je n'ai parlé qu'à un seul inspecteur. Un grand mec bien enveloppé, type scandinave, répondit-elle.

– L'inspecteur Hustaad.

– C'est ça. Il paraissait sympathique. Il avait une sale toux. Plus tard, il m'a appelée pour me dire qu'il avait un cancer et qu'il allait suivre un traitement. Il m'a promis de veiller personnellement à ce que le dossier soit confié à quelqu'un d'autre. Je me suis sentie très mal pour lui. Cette toux ne présageait rien de bon.

– Le dossier a bien été transféré. À l'inspecteur Weber. Il ne vous a jamais contactée ?

– Si, si, quelqu'un m'a appelée. Une fois. Mais longtemps… des années après que Hustaad était tombé malade. J'ai appelé le commissariat plusieurs fois… pas très souvent, pour être honnête, j'étais empêtrée dans mes propres affaires. Comme personne ne m'a jamais recontactée, j'ai laissé tomber… je crois…

– Que vous a dit l'inspecteur Weber ?

– Qu'il reprenait le dossier, mais il ne m'a jamais rappelée ensuite. J'aurais dû me manifester. Je me disais que comme ils n'avaient trouvé aucun indice l'affaire devait être impossible à résoudre. Un inconnu…

– Un inconnu ?

– Oui, l'agresseur, sans doute un voleur, dit Murphy. C'était l'hypothèse de Hustaad.

– L'inspecteur Weber vous a-t-il posé des questions ?

– Pas vraiment… Oh, si, sur le fait que papa attendait la visite d'un réparateur pour sa télé câblée. J'avais déjà expliqué tout ça à l'inspecteur Hustaad. C'est la seule chose que je lui aie dite, je crois, qui pouvait être utile. Mais surtout, à l'époque, je n'étais vraiment bonne à rien. Je veux dire au moment où… j'ai retrouvé Papa.

Aucune note hystérique dans sa voix. Elle parlait volontiers, mais restait calme. Résignée au fait que le meurtre de son père ne serait sans doute jamais élucidé.

Petra continua de marcher, attendant que la diététicienne reprenne la parole.

Ce qu'elle fit au bout d'une centaine de mètres.

– L'inspecteur Hustaad ne m'a pas paru très énergique.

– Vous vous demandez s'il a enquêté avec toute la rigueur que méritait l'affaire ?

– Je ne sais pas. Peut-être. Je crois être une femme très concrète.

– Que voulez-vous dire ?

– Je peux accepter les faits, même s'ils sont durs. Si Papa a bien été tué par un cambrioleur, la seule manière de l'attraper… c'était qu'il commette un nouveau crime semblable, non ? C'est un peu ce que sous-entendait l'inspecteur Hustaad. (Elle se tourna vers Petra.) Et dans votre affaire à vous ? C'est un cambrioleur qui se fait passer pour un réparateur de télés ?

– Nous n'en sommes qu'aux préliminaires, madame.

– Je ne dois donc pas trop espérer…

– C'est un long processus.

– Le truc bizarre, s'il s'agissait bien d'un cambrioleur, c'est qu'il n'a emporté que de la nourriture, reprit Murphy. Une laitue, un pain entier et deux paquets de yaourts au citron. Curieux pour un voleur, non ? Mais l'inspecteur Hustaad m'a dit que ça arrivait : ils mangent et marquent leur territoire. Il pensait que le type avait pris peur avant d'avoir pu voler quoi que ce soit. (Elle haussa les épaules.) Il a peut-être emporté de l'argent. Je ne sais pas. Je ne le pense pas, parce que mon père ne gardait pratiquement pas de liquide chez lui. Il déposait toujours sa retraite de l'armée à la banque.

La diététicienne ralentit et Petra ajusta son pas. Les voitures roulaient vite sur Sunset Boulevard, où le niveau de bruit était élevé. Les deux femmes durent contourner un trou fait dans le trottoir par une entreprise de travaux publics et entouré de protections blanc et orange.

Murphy regarda les terrassiers.

– Papa a fait ça, après avoir quitté les marines. Ensuite, il a créé sa propre entreprise. Un magasin de pneus, à Culvert City. Quand l'affaire a commencé à péricliter, il avait soixante-cinq ans. Il disait qu'il en avait assez. Il passait l'essentiel de son temps devant la télé.

– Vous êtes drôlement précise sur la nourriture qui a été emportée, fit remarquer Petra.

– Parce que c'était la mienne. Je l'avais achetée la veille. Papa était plutôt du genre chorizo et frites et se moquait de ce que je mangeais. De la bouffe de lapin, comme il disait.

La douleur qu'on lisait dans son regard la trahissait ; il y avait eu plus que des conflits diététiques entre le père et la fille.

– On vous a pris vos aliments, dit Petra.

– Ça peut vouloir dire n'importe quoi, non ?

– Quelqu'un aurait-il pu chercher à vous atteindre à travers votre père ?

– Non, personne. Depuis le divorce tout se passe bien. Dave et moi sommes restés amis, nous nous parlons tout le temps.

– Des enfants ?

Elle fit non de la tête.

– Dites-moi, ce coup de fil du réparateur du câble... qu'est-ce qui vous fait penser qu'il était bidon ?

– Ce matin-là, quand je suis partie pour l'hôpital, Papa m'a dit que la société du câble envoyait un réparateur pour vérifier le poste.

– À quelle heure devait-il passer ?

– En fin d'après-midi, début de soirée, vous savez ce que c'est. Papa faisait souvent un somme à cette heure-là, il m'avait demandé de le réveiller à sept heures.

– Aviez-vous des problèmes de réception ?

– Justement, non. Ils prétendaient que ç'avait à voir avec la ligne des voisins.

– Il vous avait demandé de le réveiller, répéta Petra. Vous êtes donc rentrée en fin d'après-midi ?

– Non. Je l'ai appelé à quinze heures et je lui ai dit que je risquais de rentrer tard. Il m'a demandé de le rappeler.

– À dix-neuf heures.

– Exact.

– Vous l'avez fait ?

– Oui. Il était réveillé.

– Comment l'avez-vous trouvé à ce moment-là ?

– Bien. Normal.

– Vous êtes ensuite retournée travailler ?

Murphy se caressa la mâchoire du bout d'un doigt.

– En fait, j'avais quitté mon travail de bonne heure. L'après-midi avait été pénible. Je faisais la navette entre Dave et Bella. Nous avons mangé toutes les deux et nous sommes allées en boîte, on a un peu bu. Nous n'étions pas d'humeur à danser. Elle voulait que je l'accompagne chez elle, mais je n'étais pas prête pour ça, et elle est donc rentrée chez elle et moi chez mon père. J'ai senti l'odeur de la nourriture en poussant la porte... de la nourriture cuite, des œufs au bacon... ce qui était bizarre. Jamais Papa ne mangeait à une heure pareille. Il prenait une bière ou deux et grignotait des chips en regardant la télé, à la rigueur. Mais jamais il ne se préparait un repas chaud à cette heure-là. Il avait des problèmes de digestion quand il mangeait trop le soir.

Maria s'immobilisa. Elle avait les yeux humides.

– C'est plus dur que je l'aurais cru.

– Désolée de réveiller tout ça.

– Ça faisait un moment que je n'avais pas pensé à lui. Je devrais le faire plus souvent.

Elle sortit un mouchoir d'une poche, se tamponna les yeux et se moucha.

Quand elles reprirent leur marche, Petra lui dit :

– Donc quelqu'un a préparé cette nourriture.

– De la nourriture pour le petit déjeuner. Ce qui était aussi étrange. Papa était quelqu'un de très ponctuel dans ses habitudes... un ancien marine, discipliné. On mangeait la nourriture du petit déjeuner le matin, des sandwichs à midi et on prenait un repas chaud pour le dîner.

– Vous pensez que ce n'est pas lui qui a fait la cuisine.

– Des œufs brouillés ? Il n'aimait pas les œufs brouillés. Il ne les mangeait qu'au plat, ou durs.

Elle fondit en larmes et accéléra le pas, courant presque.

Petra la rattrapa. La diététicienne leva les mains et serra les mâchoires.

– Madame…

– Sa cervelle… Il y en avait partout sur l'assiette. Sur les œufs. Empilée sur les œufs. Comme si on avait ajouté un morceau de fromage frais dessus. Un fromage gris. Rose… S'il vous plaît, on peut faire demi-tour, maintenant ? Je dois retourner travailler.

Petra attendit qu'elles soient de retour à l'hôpital Kaiser pour lui demander s'il n'y avait rien d'autre dont elle se souviendrait.

– Non, rien, répondit Murphy.

Elle se tourna pour partir mais Petra la retint par le bras. Un bras musclé, tendineux. Mary Murphy se raidit, devint dure comme de la pierre.

Regarda les doigts de Petra sur sa manche.

Petra la lâcha.

– Juste une dernière question, madame. Le 28 juin, la date de l'assassinat de votre père. Est-ce qu'elle a une signification pour vous ou pour quelqu'un de votre famille ?

– Pourquoi ça ?

– Simple vérification.

– Le 28 juin… murmura Murphy. C'est la date de la mort de mon père, c'est tout. (Ses épaules s'affaissèrent.) C'est pour bientôt, hein, l'anniversaire ? Je crois que je vais aller au cimetière. Je n'y vais pas beaucoup. Je devrais y aller plus souvent.

Intéressante, cette femme. Elle vivait un bouleversement intime majeur au moment du meurtre de son père. Sans bénéficier de sa sympathie, tout au contraire. Tirée à hue et à dia, contrainte de retourner habiter chez le vieil homme. Un père dont elle n'avait jamais été proche. Un ancien marine dont elle venait de choquer la sensibilité.

La situation avait dû être tendue.

Rien qu'au contact de la musculature de son bras, on sentait que Murphy était physiquement forte. Plus qu'assez forte pour abattre un gros morceau de tuyau sur le crâne d'un vieillard.

Et sa nourriture, emportée... Des produits sains, tournés en ridicule par son père.

Peut-être l'avait-il humiliée une fois de trop. Jeter ces victuailles de lesbienne aux pieds de sa fille lesbienne l'avait peut-être mise hors d'elle.

Petra avait vu des meurtres commis suite à des provocations bien plus insignifiantes.

Elle alla ranger sa voiture au parking du commissariat et resta un moment derrière le volant, plongée dans ses réflexions.

Maria Murphy rentre chez son père après ce qu'elle décrit elle-même comme une journée difficile... passée à faire la navette entre le petit mari et l'amante. Appelle papa, censément pour le réveiller, et se fait traiter de tout. Elle raccroche, va dîner et en boîte, boit un peu trop. Rentre à la maison, a envie d'un petit casse-graine, trouve papa debout et qui l'attend.

Ils se disputent. Sur son mode de vie alternatif.

Sur sa bouffe de lapin.

Papa balance la boustifaille nutritionnellement vertueuse et lui dit ce qu'il en pense.

Murphy est diététicienne. Le geste aurait été chargé d'un symbolisme supplémentaire.

La querelle reprend de plus belle.

Il hurle, elle hurle. Elle ramasse quelque chose... un bout de tuyau qui traîne, allez savoir. Enfonce le crâne du vieux bonhomme, l'assoit à la table. Prépare un plat fait de trucs bourrés de cholestérol – ce qui pour lui est la vraie nourriture.

Et lui enfonce la tête dedans. Bouffe donc ça !

Puis elle raconte son histoire de réparateur de télés pour attirer l'attention par ailleurs très flottante de l'inspecteur Hustaad sur autre chose.

Mélo… et aucune preuve.

Et si c'était Maria Murphy la coupable, qu'advenait-il du meurtre de Marta Doebbler et de tous ceux du 28 juin ?

Elle allait revoir en détail l'affaire Solis, parler à l'ex-mari, le malheureux Dave. Mais quelque chose lui disait qu'elle allait perdre son temps.

Kurt Doebbler coupable pour sa femme, Maria Murphy pour son père.

Dans ce cas il n'y avait aucun rapport entre les deux affaires.

Ça sonnait faux. Si Isaac avait raison, et elle était de plus en plus convaincue que c'était le cas, il s'agissait de bien autre chose que d'histoires de famille ayant mal tourné.

Une femme attirée hors d'un théâtre. Un prostitué qui se fait massacrer dans une allée sombre. Une petite fille brutalisée à mort dans un parc. Un marin en permission…

Les œufs et la cervelle sur l'assiette.

C'était le travail calculé d'un manipulateur.

D'un tordu.

XVIII

À son retour, la salle des inspecteurs connaissait une certaine animation faite de conversations téléphoniques et de cliquetis de claviers. Dans son coin, Isaac écrivait au stylo, la tête appuyée dans la main gauche.

Il la salua d'un geste rapide et se replongea dans son travail.

Lâche-moi les baskets ?

Le steak et le bourgogne de la veille avaient peut-être été trop pour lui. Elle lui avait proposé de le ramener, mais il avait tenu à ce qu'elle le laisse à quelques rues de chez lui.

Elle s'était dit qu'il devait avoir honte de l'endroit où il habitait. Elle n'avait pas discuté et, en le voyant s'éloigner d'un pas pesant, son porte-documents au bout du bras, elle lui avait trouvé l'allure d'un vieil homme.

Ça ne lui ferait pas de mal, à elle non plus, qu'on lui lâche les baskets. Elle se prépara un café et entreprit de compulser les messages qui s'empilaient sur son bureau. Rien que des mémos du département. Et six nouveaux messages sur son ordinateur : quatre annonces intérieures au service, un truc qui devait être un spam et Mac Dilbeck l'informant que la brigade des Homicides prendrait en main l'enquête sur le Paradiso s'il n'y avait rien de neuf le mardi suivant.

Elle était sur le point de supprimer le spam lorsque le téléphone sonna.

Un message enregistré de l'équipe de football de la police se mit à pépier dans son oreille : « Grand match contre les shérifs du comté de L.A. le mois prochain, tous ceux qui sont en forme et décidés à en découdre… »

Son doigt passa de supprimer à la touche ouvrir.

```
Chère Petra,
Message dérouté pour questions de sécurité.
Impossible d'y répondre. Tout va bien.
J'espère même chose pour toi. Tu me
manques. Je t'aime. Eric.
```

Elle sourit. Moi aussi, je t'aime.

Elle sauvegarda le message et sortit de la messagerie. Il s'agissait de retrouver David Murphy.

Nom banal, mais piste facile à remonter. L'adresse de Covina, vieille de cinq ans, la renvoya tout de suite à David Calvin Murphy, aujourd'hui âgé de quarante-deux ans. Il habitait à présent à Mar Vista, avait enregistré une Dodge Neon trois ans auparavant et une Chevrolet Suburban vingt mois plus tard.

Casier vierge, même pas un PV pour stationnement interdit.

Elle trouva son numéro dans l'annuaire. Une femme répondit.

– David Murphy, s'il vous plaît.

– Il est à son travail. De la part ?

Petra donna son titre.

– La police ? Pourquoi ?

– C'est à propos d'une histoire ancienne. Est-ce que le nom de Geraldo Solis vous dit quelque chose, madame ?

– L'ancien beau-père de Dave… Je suis la femme de Dave.

– Où travaille votre mari, madame Murphy ?

– Pour la HealthRite Pharmacy. Il est pharmacien, répondit-elle, non sans une pointe de fierté.

– Dans quelle succursale, madame ?

– À Santa Monica. Dans Wilshire, tout près de la 25ᵉ. Mais je ne sais pas ce qu'il pourra vous dire. Ça remonte à des années.

N'en rajoute pas.

Petra la remercia, raccrocha et chercha le numéro de la pharmacie en jetant un coup d'œil en direction d'Isaac.

Toujours penché sur ses papiers, il ne se tenait plus la tête de la main et Petra aperçut une ecchymose boursouflée et violacée sur le côté gauche de son visage, entre l'oreille et la pommette.

Comme s'il en prenait brusquement conscience, il remit la main contre sa tempe.

Il lui était arrivé quelque chose depuis la veille au soir.

Quartier pas très sûr. Il était rentré seul à pied.

Ou pire encore : une histoire de famille ?

Elle se rendit compte à quel point elle en savait peu sur sa vie privée et envisagea d'aller voir ça de plus près. Sauf que la dernière chose dont il avait envie, apparemment, était qu'on lui tienne compagnie.

Elle appela la HealthRite Pharmacy, officine de Santa Monica.

Au téléphone, Murphy avait une voix agréable. Nullement surpris par son appel. Sa femme l'avait averti.

– Gery était un brave type. Je ne vois vraiment pas qui aurait pu lui vouloir du mal, dit-il.

D'après Maria, Geraldo Solis avait pris le parti de son gendre au moment du divorce.

– Pourtant, quelqu'un lui en a fait.

– C'est terrible... Alors, qu'est-ce que je peux faire pour vous ?

– Y a-t-il des détails sur le jour du meurtre dont vous vous souviendriez, monsieur Murphy ? Quelque chose qui n'aurait pas été relevé lors de la première enquête ?

– Désolé, non.

– De quoi vous rappelez-vous ?

– La journée avait été terrible. Maria et moi étions en train de nous séparer ; elle avait fait je ne sais combien d'allers et retours entre notre maison et... entre moi et elle... et Bella Kandinsky. Sa compagne, aujourd'hui.

– Journée chargée sur le plan affectif.

– À peine ! Elle venait à la maison, on parlait, elle piquait sa crise, courait chez Bella. Puis elle revenait. Elle devait se sentir comme une corde dont chacun tire un bout. Moi j'étais comme assommé.

– Assommé ?

– Tout d'un coup, mon mariage s'effondrait. Elle me quittait pour une femme. (Il se mit à rire.) Mais tout ça, c'était il y a longtemps. De l'eau a coulé sous les ponts, depuis.

– Au moment du meurtre, Maria logeait chez son père.

– Oui, de temps en temps.

– À cause de vos problèmes de couple.

– On se disputait. Je ne comprenais pas pourquoi à l'époque.

– Vous arrivait-il d'aller chez M. Solis ?

– Tout le temps. Du moins avant que les choses commencent à tourner au vinaigre entre Maria et moi. On s'entendait bien, Gery et moi. Ce n'était pas facile pour Maria.

– Comment ça ?

– Gery prenait ma défense. Il était plutôt du genre traditionaliste. Il avait du mal à avaler le choix de sa fille.

– C'était une source de conflit entre eux, n'est-ce pas ?

– Exactement.

– Grave, ce conflit ?

Il rit à nouveau.

– Non, ce n'est pas sérieux. Non, non, c'est tout à fait impensable. Oubliez ça.

Pratiquement ce que lui avait dit Maria.

– Qu'est-ce que je dois oublier ?

– Ce que vous sous-entendez. Écoutez, j'ai pas mal de travail…

– Je ne sous-entendais rien, je posais une question. Mais puisque nous avons abordé le sujet, à quel point ce conflit entre Maria et son père était-il sérieux ?

– C'est absurde. Maria est une femme sensationnelle. Elle n'avait avec son père que les heurts classiques entre parents et enfants. J'ai eu les mêmes avec les miens, comme tout le monde. Il est totalement exclu qu'elle ait pu lui faire du mal, totalement. C'est quelqu'un de sensationnel.

Elle le défend, il la défend. Et ils sont divorcés ! Déprimant.

– Croyez-moi, ajouta-t-il, je sais ce que je dis.

– Dans le dossier, il y a une note à propos d'un réparateur de la télé câblée, monsieur Murphy. Maria vous en a-t-elle parlé ?

– Non, mais Gery, si. En fait, le type était même là quand j'ai appelé.

– Vous avez appelé M. Solis ?

– Oui. Je voulais savoir où était Maria. Elle avait quitté la maison très énervée et je supposais qu'elle s'était rendue chez lui. Je voulais arranger les choses. Gery a décroché. Il était de mauvaise humeur parce que le type du câble était venu tard.

– Quelle heure était-il ?

– Houla, ça remonte à quoi... cinq ans ? Je me souviens que la nuit était déjà tombée et que j'avais travaillé tard... Je dirais entre huit et neuf heures. Peut-être même neuf heures et demie. Gery m'a raconté que le type aurait dû passer à six heures, mais qu'il avait téléphoné pour avertir qu'il aurait une heure de retard... et arrivant encore plus tard que ça. Il était très agacé. S'il fallait donner une fourchette, je dirais entre huit heures et demie et neuf.

– M. Solis était très agacé...

– D'avoir été obligé d'attendre. Quand je lui ai demandé de me passer Maria, il m'a dit qu'elle n'était pas là, qu'il ne savait pas du tout où elle se trouvait... Il a été assez abrupt. Il était d'humeur maussade, d'une manière générale.

Ce qui signifiait que Geraldo Solis, déjà ennuyé par le retard, était peut-être particulièrement remonté ce soir-là. Fin prêt pour une confrontation orageuse.

– M. Solis avait-il mauvais caractère ?

– Non, pas vraiment. Plutôt quelqu'un de... bourru. C'était un ancien marine, très discipliné, il aurait voulu que tout le monde soit toujours ponctuel. Quand les choses n'allaient pas comme il voulait, il s'irritait vite.

– Un retard à un rendez-vous, par exemple.

Ou une fille lesbienne.

– Évidemment... Oh, vous ne voulez pas dire...

– Je pose simplement des questions, monsieur Murphy.

– Le type du câble ? Houla… D'après la police, Gery a été tué vers minuit… Cela dit, à deux ou trois heures près…

Un réparateur de télés qui débarque après la tombée de la nuit. Une visite à domicile dont l'entreprise ne retrouve pas trace dans ses registres. Ce qui ne voulait pas forcément dire quoi que ce soit, au bout de deux ans. Les disparitions d'archives n'ont rien de rare et les sociétés du câble, à Los Angeles, avaient la réputation d'être particulièrement ineptes. Toutefois…

– Vous a-t-il dit pour quelle raison le type du câble devait passer ? demanda-t-elle.

– Encore autre chose qui agaçait Gery. Il ne s'était plaint de rien. C'était la société qui prétendait qu'elle avait besoin de passer. Une vague histoire de maintenance. Mon Dieu, vous pensez vraiment…

– Monsieur Murphy ? Avez-vous expliqué tout cela au premier enquêteur ?

– Hustaad ? Non. Il ne me l'a pas demandé, et je n'ai pas vraiment pensé à lui en parler. Tout ce qu'il voulait savoir, c'était comment je m'entendais avec Gery. Et comment Maria s'entendait avec lui. J'avais l'impression qu'il m'observait. D'un point de vue psychologique. Il m'a aussi demandé où je me trouvais autour de minuit ce soir-là… C'est pour ça que je pensais que c'était arrivé vers minuit. C'est une heure où je suis au lit, en temps normal, mais ce soir-là j'étais énervé et je suis sorti avec un ami de travail. Nous sommes allés boire quelques bières et j'ai pleuré dans la mienne… si je peux dire.

– Vous rappelez-vous si M. Solis a mentionné autre chose concernant la visite du type du câble ?

– Non, pas vraiment… Je crois qu'il m'a simplement dit que ça l'ennuyait sérieusement.

– Et il a déclaré que l'homme était présent dans l'appartement.

– Oui. Je crois… mais je ne fais que supposer ; il parlait doucement, comme s'il était en présence de quelqu'un. Je ne pourrais pas le jurer. Devant un tribunal, par exemple.

Un tribunal. De tes lèvres à l'oreille de Dieu.

Petra insista encore un peu, n'obtint rien de plus et le remercia.

– De rien. Bonne chance. Gery était vraiment un brave homme.

Un réparateur du câble, peut-être bidon, se présente après la tombée de la nuit. Bricole un peu, repère les lieux. Laisse une porte ou une fenêtre non verrouillée pour pouvoir revenir.

Ou bien il tue Solis tout de suite, prépare un petit déjeuner, lui plonge la tête dedans.

Et emporte un petit casse-graine pour la route.

Rien que des trucs diététiques ; un tueur qui surveille son cholestérol.

Quel rapport avec Marta et Kurt Doebbler ?

Isaac avait raison. Tuer sa femme puis s'en prendre à des inconnus était inhabituel. Jamais elle n'avait entendu parler d'une affaire pareille.

Et si jamais Kurt avait trucidé Marta pour des raisons personnelles et pris goût à la chose ?

Trop tordu. Elle comprenait que cette idée ne lui était venue que parce qu'elle trouvait Doebbler particulièrement antipathique.

Mais on revenait toujours au point de départ : six personnes tuées par enfoncement profond de la boîte crânienne à la même date, presque à la même heure, c'était tout de même sacrément bizarre.

À l'autre bout de la salle, Isaac continuait à étudier ses chiffres. La tête appuyée contre sa main pour dissimuler l'hématome.

Ce gosse lui avait compliqué la vie. Pourquoi diable n'avoir pas plutôt choisi le bureau du shérif pour sa thèse ?

Elle alla aux toilettes, prit le risque de se préparer un autre café et retourna aux dossiers du 28 juin, laissant celui de Solis de côté pour s'intéresser à l'autre affaire hors Hollywood.

L'enseigne de marine, Darren Ares Hochenbrenner. En permission. D'après deux autres marins, ils avaient commencé leur virée ensemble à Hollywood, mais s'étaient séparés parce que Darren n'avait pas voulu les accompagner voir un film à l'Egyptian.

On avait retrouvé la victime dans le centre, dans la 4e Rue, les poches vides.

Loin des autres et la seule victime noire ; qu'il ait été dépouillé plaidait fortement en faveur de l'hypothèse d'une attaque de rue avec violence qui aurait mal tourné. Petra vérifia à nouveau les dimensions de la blessure. Elles correspondaient parfaitement à celle de Marta Doebbler, au millimètre près.

Le responsable de l'enquête était un inspecteur de classe II du nom de Ralph Seacrest. Il travaillait encore à la division centrale. Il paraissait fatigué.

– Ah, celui-là, dit-il. Ouais, je m'en souviens. Le type a commencé dans votre secteur et s'est retrouvé dans le nôtre.

– Aucune idée de ce qui a pu se passer ?

– Je crois qu'il s'est fait ramasser.

– Par un client ?

– Ça se pourrait.

– Hochenbrenner était gay ?

– Il n'en a jamais été question, répondit Seacrest. Mais vous savez, un marin en goguette... Ou alors il s'est perdu. Il était du Midwest, ce gosse, de l'Indiana, je crois. Première fois qu'il débarquait ici.

– Il était basé à Port Hueneme.

– C'est bien ce que je dis. Pas d'ici. Pourquoi vous intéressez-vous à lui ?

Petra lui tricota sa fable habituelle.

– Ah, un autre crâne défoncé ? La victime a été dévalisée ?

– Non.

– La mienne, si. Ce n'était qu'un gosse, il s'est perdu, s'est retrouvé dans un quartier vraiment dangereux. De plus il était défoncé.

– À quoi ?

– À la marijuana. Et il avait aussi picolé, je crois… je ne suis pas trop sûr, ça fait une paye. C'est ce dont je me souviens. Toujours est-il qu'il bringuait et qu'il a sans doute un peu trop bringué, qu'il s'est fait ramasser et que le reste, c'est des détails.

Petra raccrocha et vérifia l'analyse de sang de Darren Hochenbrenner. 0,2 pour cent d'alcool. Vu la corpulence du marin, cela correspondait probablement à une bière. On avait trouvé des traces de THC, mais à des doses très faibles, pouvant dater de quelques jours, d'après le médecin légiste.

Pas vraiment « défoncé ». Elle se demanda si l'inspecteur Ralph Seacrest avait fait tout son possible.

Une ombre tomba en travers du dossier et elle leva la tête, s'attendant à voir Isaac.

Mais le jeune homme n'était plus à son bureau. Le porte-documents avait disparu. Isaac était parti sans la saluer.

La réceptionniste du rez-de-chaussée, une civile, le genre pom pom girl, Kirsten Krebs, qui venait d'être engagée et s'était montrée hostile dès le premier jour, lui tendait un message relevé pour elle.

Le Dr Katzman avait appelé une demi-heure auparavant.

Krebs repartait déjà vers l'escalier.

– Pourquoi ne me l'avez-vous pas passé ? lui lança Petra.

Krebs s'arrêta. Fit demi-tour et la foudroya du regard. Mit les mains sur les hanches. Elle portait un débardeur moulant d'un bleu poudreux et un pantalon noir en coton tout aussi collant. Le haut avait un décolleté en V qui exhibait le haut de ses seins semés de taches de rousseur. Un soutien-gorge pigeonnant. Cheveux blonds et longs. Si son visage avait des traits trop durs pour être joli, deux inspecteurs s'étaient retournés pour admirer ses fesses jeunes et fermes. La procédure pour harcèlement sexuel n'était pas loin.

– Votre ligne était occupée.

Geignarde.

Petra braqua un sourire peu amène sur le nez en trompette de la réceptionniste. Krebs eut un petit reniflement et tourna les talons. Elle jeta en passant un coup d'œil au bureau d'Isaac.

Pas beaucoup plus âgée que le garçon. Avec la moitié de son QI, mais elle avait d'autres armes à sa disposition. Elle pouvait le bouffer tout cru, ce gamin.

Écoute-moi ça un peu, la mère adoptive.

Elle décrocha son téléphone et appela le Dr Katzman. Eut droit à sa voix suave enregistrée et lui laissa à son tour un message.

Pas aussi suave.

XIX

La bonne blague : Richard Jaramillo était gros et on l'appelait donc Flaco[1]. C'était en cours moyen. Puis Jaramillo avait grandi et maigri, mais le surnom lui était resté.

C'était à peu près tout ce qui avait bien tourné pour lui.

Isaac le connaissait depuis la petite école. Un gosse rondouillard, nerveux et effrayé qui portait des vêtements démodés, s'asseyait au fond de la classe et n'avait jamais appris à lire. L'instituteur, ayant affaire à une cinquantaine de gosses dont la moitié ne parlait pas anglais, avait confié à Isaac le soin de le cornaquer.

La réaction de Flaco avait été un mélange de désarroi et d'affolement. Isaac avait presque tout de suite conclu que le plus gros problème de Jaramillo était qu'il n'était pas attentif ; puis, peu après, qu'il avait les plus grandes difficultés à être attentif.

Flaco détestant tout ce qui concernait l'école, Isaac s'était dit qu'un système de récompense pourrait être efficace : comme Flaco était gros, il avait essayé la nourriture. Mama avait été absolument ravie quand Isaac lui avait demandé d'ajouter quelques tamales sucrés dans sa boîte à lunch. Enfin, son fils se mettait à manger !

Isaac avait donné des tamales à Flaco et Flaco appris les rudiments de la lecture. Il n'était pas allé beaucoup plus loin. Même avec les tamales, ce n'était pas facile.

– Tu parles d'une affaire, avait-il dit à Isaac. Je passe tout de même en CM2, comme toi.

1. *Flaco* signifie maigre en espagnol.

Puis Jaramillo père s'était retrouvé à la prison de Chino pour homicide involontaire et Flaco n'était plus venu à l'école, point final. Isaac s'était rendu compte que faire le prof lui manquait et s'était demandé ce qu'il allait faire des tamales supplémentaires. Il aurait voulu appeler Flaco, mais Mama lui avait dit que les Jaramillo avaient déménagé, poussés par la honte.

Ce qui était un mensonge, mais Mme Gomez n'avait jamais vu d'un bon œil que son fils traîne avec l'un des petits voyous de cette famille pourrie. En réalité, les Jaramillo avaient été expulsés de leur appartement d'Union District pour être relogés dans un hôtel des services sociaux envahi de cafards.

Cinq ans plus tard, les deux garçons s'étaient retrouvés par hasard.

Cela s'était passé non loin de l'arrêt du bus, un vendredi de chaleur et de pollution.

Isaac n'avait eu cours que le matin à Burton, les professeurs suivant un séminaire de formation ; il avait passé l'après-midi au musée des Sciences et de l'Industrie, seul, et venait de descendre du bus qui le ramenait chez lui, quand il avait vu deux voitures noir et blanc de la police arrêtées n'importe comment au carrefour, gyrophares tournoyant. À quelques pas de là, sur le trottoir, quatre costauds de flics venaient de coincer un petit gamin maigrichon en t-shirt flottant, pantalon baggy et chaussures de jogging de marque.

Ils l'avaient mis en position : jambes écartées, bras en l'air, mains appuyées au mur de brique.

Isaac s'était arrêté à bonne distance pour regarder la scène. Un des policiers avait interrogé le garçon, l'avait fait pivoter sans ménagement et lui criait en pleine figure.

Le garçon restait impassible.

C'est alors qu'il l'avait reconnu. Le petit rondouillard avait perdu sa graisse de bébé, mais ses traits n'avaient pas changé et Isaac avait senti ses yeux s'écarquiller tandis que la stupéfaction le gagnait.

Il avait reculé de quelques pas, s'attendant à voir les policiers arrêter Flaco Jaramillo. Mais ils s'étaient contentés de brandir des doigts menaçants, de crier encore un peu et de le bousculer. Puis, comme à un signal silencieux, les quatre flics étaient remontés dans leurs voitures et partis à vive allure.

Flaco avait mis un pied sur la chaussée et leur avait tendu le majeur. Remarqué Isaac et lui avait adressé le même geste. Comme Isaac se tournait pour partir, il avait crié :

– Putain, qu'est-ce que tu regardes, enculé ?

Sa voix avait changé, elle aussi. Un petit garçon avec un timbre de baryton.

Isaac avait commencé à s'éloigner.

– *Yo*, enculé, tu m'entends ?

Isaac s'était arrêté. Le maigrichon s'était avancé vers lui. La mine sombre, les traits déformés, tendu. Colère bouillonnante et humiliation rentrées prêtes à exploser. N'importe qui pouvait en faire les frais.

– C'est moi, Flaco, lui avait lancé Isaac.

Les yeux de Jaramillo s'étaient réduits à deux fentes. Ce visage osseux dont Isaac se souvenait bien, avec son nez proéminent, son menton fuyant et ses oreilles en ailes de chauve-souris, évoquait une tête de rongeur. Les oreilles paraissaient même encore plus grandes, mises impitoyablement en évidence par son crâne rasé. Flaco était petit, mais avait les épaules larges. Les veines saillaient sur ses avant-bras comme dans une sculpture. Elles trahissaient la présence de muscles et le désir de les utiliser.

Il avait des tatouages sur les articulations et un sur la gauche du cou. Ce dernier représentait un serpent menaçant, gueule ouverte, crochets déployés, comme s'il s'apprêtait à mordre la mâchoire de Jaramillo. Le chiffre 187 était gravé sur sa main droite – le code de la police pour homicide. Certains voyous disaient la vérité lorsqu'ils se vantaient de l'avoir fait.

– Qui ça ?

– Isaac. On était à l'école…

– Gomez ! Mon putain de prof… (Il avait hoché la tête.) Ça, alors !

– Qu'est-ce que tu es devenu ?

– Super cool.

Jaramillo avait souri. Dents gâtées, plusieurs manquant à la mâchoire supérieure. Ses vêtements empestaient la marijuana. C'est ce qui avait poussé les policiers à s'en prendre à lui. Mais ils n'avaient rien trouvé. Le garçon avait eu le temps de se débarrasser de son stock.

– Putain de prof, avait répété Flaco. Et toi, qu'est-ce qui t'arrive, que t'es habillé comme un pédé ?

– École privée.

– École privée. C'est quoi c'te connerie ?

– Juste une école.

– Pourquoi t'y vas ?

Isaac avait haussé les épaules.

– Ils t'obligent à t'habiller comme un pédé ?

– J'en suis pas un.

Flaco l'avait regardé quelques instants. Puis il avait souri.

– Comme prof, t'as foiré, mec. J'ai appris que dalle.

Isaac avait haussé de nouveau les épaules, déployant beaucoup d'efforts pour avoir l'air décontracté.

– J'avais neuf ans. Je pensais que t'étais un type intelligent.

Le sourire de Flaco s'était évanoui.

– Ça montre ce que tu savais.

Il avait fait un mouvement de flexion avec la main au tatouage 187. Donné une tape sur le dos d'Isaac. Laissé un instant la main sur l'épaule de son ex-prof, dans un geste d'amitié. Il avait une peau dure, sèche et rugueuse qui évoquait le bois mal raboté. Il avait ri. Il avait mauvaise haleine.

– Ça me fait plaisir de te voir, vieux, avait dit Isaac. Je crois qu'il faut que je mette les voiles.

– Que tu mettes les voiles ? C'est quoi, ce truc ? Ça vient d'un film ?

Flaco était resté quelques secondes pensif, puis son visage s'était éclairé.

– Allons fumer un peu d'herbe, vieux. J'ai une planque. Ces enculés seront jamais foutus de la trouver.

– Non, merci.

– Non, merci ?

– Je ne fume pas.
– Eh bien, vieux, t'es rien con.
Il avait reculé d'un pas, évaluant à nouveau Isaac.
– Comme tu voudras.
– Merci tout de même.
Flaco avait rejeté d'un geste.
– Va-t'en, vieux, tire-toi.
Comme Isaac se tournait, Flaco lui avait lancé :
– T'as essayé de m'apprendre des trucs, j'ai pas oublié ça. Tu me donnais des tamales, ou des conneries comme ça.
– Des tamales au sucre.
– Peut-être. Et tu pensais que j'étais intelligent, hein ?
– Oui.
Flaco avait découvert ses dents gâtées.
– Ça montre ce que tu sais. Hé, vieux, qu'est-ce t'en penses, si on mettait les voiles... je fume, tu regardes et... comme qui dirait, on parle. On se raconte ce qui s'est passé, toutes ces années... qu'est-ce t'en dis ?
Isaac avait hésité, mais pas très longtemps.
– D'accord.
Il avait fini par prendre une ou deux bouffées, par politesse.

Ils se rencontraient une ou deux fois par an, la plupart du temps par hasard dans la rue, comme la première fois. Certains jours, Flaco n'avait pas de temps à lui consacrer ; mais d'autres, il paraissait avoir un besoin urgent de compagnie. Alors il fumait et parlait, et Isaac écoutait. Une fois – ils avaient seize ans –, Isaac, de mauvaise humeur pour quelque raison, avait pris deux profondes bouffées d'herbe ; il avait détesté la manière dont la fumée lui brûlait les poumons, l'impression de flottement dans sa tête, son rire devenu incontrôlable. Il était rentré chez lui dans les vapes et resté au lit jusqu'au dîner. Puis il avait mangé avec appétit sous l'œil approbateur de Mama.

Ils avaient dix-sept ans lorsque Flaco lui demanda de lui déchiffrer les papiers de sa conditionnelle, ses capacités de lecture étant restées celles d'un gamin de huit ans.

– Mon contrôleur est un crétin d'enculé, mais je tiens à faire ce qu'il faut, vieux, à me présenter quand il faut, à me sortir de ce merdier.

D'après le document, Flaco avait volé des cigarettes dans un distributeur automatique et avait eu droit à un an de mise à l'épreuve. Code pénal 466-3. Un truc qu'on ne se tatoue pas sur la main.

L'année suivante, Flaco montra son arsenal à Isaac. Un gros automatique noir déformant la poche du treillis qui lui pendait déjà entre les jambes, et un petit six-coups chromé qu'il s'était scotché à la cheville.

À la cheville ? Il avait dû voir ça au cinéma.

– Cool, avait dit Isaac.

À l'époque, il avait déjà parfaitement bien évalué le tempérament de Jaramillo : ce type était nerveux, instable, et complètement dépourvu de peur. Ce dernier trait le rendait bien plus dangereux que n'importe quel serpent à sonnette.

Flaco ne tarissait pas sur ses armes, décrivant les dégâts qu'elles pouvaient faire, comment on les nettoyait, le prix avantageux pour lequel il les avait eues.

Isaac écoutait. Tant qu'on les écoute, les gens restent calmes et vous trouvent intelligents et intéressants.

Flaco aimait à dire :

– Cette vie que tu mènes, vieux. Tu vas être plein de fric.

– C'est pas sûr.

– C'est pas sûr mon cul, oui. Tu vas devenir un toubib friqué et t'auras toute cette dope à portée de la main. (Il clignait de l'œil.) On va continuer à être amis, vieux.

Isaac riait.

– C'est ça, c'est marrant, disait Flaco. Vachement marrant.

Mais lui aussi riait.

Isaac descendit du bus et n'eut pas de mal à trouver le bar, dans Los Angeles Street, non loin de la Cinquième Avenue.

Non loin également, songea-t-il, de l'allée obscure où une des victimes du 28 juin, un marin en goguette du nom de Hochenbrenner, avait rendu son dernier souffle.

Quartier peu recommandable en dépit des efforts de réhabilitation du centre-ville.

La Cantina Nueva était le troquet où Flaco traînait et traitait ses petites affaires pendant la journée. Isaac évitait de l'interroger sur ses activités, mais Flaco n'aimait rien tant que se vanter. Isaac écoutait certaines de ses histoires, préférant oublier les autres.

Parfois Flaco restait plongé dans un silence complet et ne voulait parler de rien. L'un et l'autre étaient à présent de jeunes adultes et savaient qu'il était de leur intérêt mutuel que certaines choses ne soient pas dites.

Isaac s'était rendu deux fois au bar cette année-là, toujours à la requête de Flaco. La première fois, pour déchiffrer le titre de propriété d'une maison dans la 172e Rue : l'agent immobilier avait affirmé que tout était en règle, mais le bonhomme était un enfoiré et un bonimenteur et Flaco savait en qui il pouvait ou non avoir confiance.

À vingt-trois ans, Flaco allait devenir propriétaire. Isaac n'avait pas un sou ; l'ironie de la situation ne lui échappait pas.

La deuxième fois, Flaco avait prétendu vouloir simplement parler, mais quand Isaac était arrivé il était resté dans son box au fond de la Cantina Nueva et n'avait pratiquement pas lâché un mot. Il ne cessait de commander des bières accompagnées d'un petit verre d'alcool – *beer-and-shot* – pour tous les deux et Isaac s'efforçait de faire durer les siens le plus longtemps possible. Il ne s'en était pas moins enivré et, pris d'une grande fatigue, était resté là à regarder les gens entrer et sortir de la Cantina et venir voir Flaco. Échanges de coups d'œil. D'argent liquide. D'objets chromés brillants dans des sacs en papier. De poudre dans des sachets en plastique.

Il ne manquerait plus que la police fasse une descente dans ce bar. Je pourrais dire adieu à la fac de médecine.

Flaco avait fait asseoir Isaac au fond du box, face à la table de billard, le mur couvert de moisissures dans le dos. Il s'était ensuite glissé près de lui. Isaac était coincé.

Il voulait qu'Isaac voie tout. Sache.

Quelques *beers-and-shots* plus tard, Flaco avait dit :

– Mon vieux a claqué. Il a pris un coup de surin pendant la douche, à Chino.

– Oh, vieux, je suis désolé.

Jaramillo avait éclaté de rire.

Ce jour-là, on crevait de chaud et il régnait une odeur de sueur rance dans le bar mal éclairé, presque vide, mis à part deux vieux *Tíos Tacos*[1] courbés sur le bar et trois jeunes qui donnaient l'impression d'avoir franchi la frontière très récemment ; ils faisaient des carambolages sur l'unique billard au plateau déformé. *Snick snick snick* – les queues contre les boules de plastique. Suivis d'un claquement désagréable quand elles tombaient dans les poches. Les Lattimore avaient une table de billard chez eux – toute une pièce, lambrissée de bois, rien que pour elle ; les boules tombaient sans bruit dans les poches en cuir tressé.

Clang. Jurons en espagnol. Le juke-box beuglait – un mélange médiocre de rock et de mariachi.

Flaco était à demi effondré sur la banquette, devant ses deux verres vides. Il portait une veste en toile de jean noire par-dessus un t-shirt également noir et s'était laissé repousser les cheveux, mais dans un style un peu particulier : rasé sur le sommet du crâne, deux bandes noires courant sur les côtés et une courte tresse qui lui retombait dans le dos comme la queue d'un reptile. Une virgule de moustache aux coins des lèvres – tout ce qu'il parvenait à faire pousser.

Il avait l'air de l'archiméchant chinois tel qu'imaginé par un metteur en scène de série B, se dit Isaac.

Il leva les yeux en le voyant approcher. L'air endormi.

Isaac s'immobilisa, attendant que Flaco lui fasse signe.

Rapides tapes dans le dos.

– Frangin.

– Salut.

1. « Tonton Tacos », terme péjoratif pour désigner les Mexicains.

Isaac s'assit en face de lui. Il était passé par une pharmacie pour s'acheter un fond de teint et dissimuler l'hématome ; il avait fait du mieux qu'il pouvait. Pas très réussi, à vrai dire, mais il était possible de ne pas le remarquer, si on ne scrutait pas son visage.

Quant au gonflement, on ne pouvait rien y faire mais, entre les faibles capacités d'attention de Flaco et le mauvais éclairage du bar, il espérait qu'il n'aurait pas à s'en expliquer.

– S'passe quoi ? demanda Flaco d'une voix endormie.

Il portait des manches longues boutonnées au poignet ; d'habitude il les roulait. Pour cacher des traces de piqûres ? Flaco avait toujours nié se piquer, disant qu'il préférait inhaler, mais comment savoir ?

Ce type avait toujours eu un tempérament inquiet ; il était incapable de rester tranquille dans son coin.

– Comme d'hab.

– Putain, comme d'hab peut-être, mais t'es tout de même foutrement ici.

Isaac haussa les épaules.

– Tu fais toujours ça. Avec les épaules. Quand tu veux cacher quelque chose, vieux.

Isaac se mit à rire.

– Ouais, c'est marrant, trouduc.

La tête de Jaramillo roula.

– J'ai besoin d'un flingue.

Flaco releva la tête. Lentement.

– T'as dit quoi ?

Isaac répéta.

– Un flingue. (Flaco ricana.) Hé, tu veux descendre les avions, t'es devenu terroriste ?

Ses joues se gonflèrent tandis qu'il essayait d'imiter un tir d'arme à feu. Il ne put émettre que quelques faibles bruits. Il toussa. Définitivement shooté à quelque chose.

– Pour me protéger, expliqua Isaac. Le quartier…

– Quelqu'un t'a emmerdé ? Raconte-moi ça, je leur troue le cul.

– Non, ça va, dit Isaac, mais tu sais comment c'est dans le coin. Ça va mieux un moment, puis ça recommence. En ce moment, c'est pire.

– T'as des problèmes, vieux ?

– Non, vraiment, ça va. Je veux juste que ça reste comme ça.

– Un pétard… ta Mama… ah, ces tamales… (Il se passa la langue sur les lèvres.) Sûr qu'ils étaient fameux. Tu pourrais m'en avoir encore ?

– Bien sûr.

– Ouais ?

– Pas de problème.

– Quand ça ?

– Quand tu voudras.

– Je viens chez toi, je frappe, tu m'invites, tu me présentes ta Mama et tu me donnes des tamales ?

– Absolument, répondit Isaac, sachant que la chose n'arriverait jamais.

Flaco le savait, lui aussi.

– Un flingue, dit-il, soudain pensif. C'est… comment dire ? Un peu une responsabilité, tu sais.

– Je suis capable de la prendre.

– Tu sais tirer ?

– Oui, dit Isaac en mentant.

– Des conneries, branleur.

– Je prends mes responsabilités.

– Si tu te tires dans le cul… ou si tu te massacres les *cojones*, vieux, j'irai pas pleurer sur ton sort.

– Ça ira très bien.

– Bang, bang ! Non, je ne crois pas, vieux. Qu'est-ce que t'as besoin de faire le con avec un putain de flingue ?

– Je finirai par m'en procurer un, dit Isaac. D'une manière ou d'une autre.

– T'es un idiot, vieux.

Puis Jaramillo se rendit compte de ce qu'il venait de dire et éclata de rire.

Isaac commença à se lever. Flaco le saisit par le poignet.

– Prends un verre, frangin.

– Non, merci.

– Tu me refuses ?

Isaac se tourna dans le box de manière à être bien en face de Flaco.

– De mon point de vue, c'est toi qui me refuses.

Le sourire de Flaco disparut. Sa main gardait toujours le poignet d'Isaac prisonnier. Un nouveau tatouage 187 – sur la gauche, maintenant. Plus grand, récent. Encre noire. Une minuscule tête de mort ricanante gravée à l'intérieur du rond supérieur du 8.

– Tu veux pas boire avec moi ?

– Un verre, dit Isaac. Et je m'en vais. J'ai un petit problème à régler.

Flaco se glissa hors du box, tituba jusqu'au bar et en revint avec deux *beers-and-shots*. Pendant qu'ils buvaient, il sortit un petit sac en plastique blanc d'une des poches de sa veste en jean et le fit passer sous la table.

Isaac jeta un coup d'œil. Le logo de Jewelry Mart, avec la marque Diamond World sur le sac.

– Bon anniversaire, putain de branleur.

Isaac prit le sac. Lourd. Dans le fond, un objet emmailloté de papier-toilette. Restant toujours au-dessous du niveau de la table, Isaac le défit partiellement.

Une petite chose brillante. Trapue, canon carré, le mal incarné.

XX

Vendredi 14 juin, seize heures trente-quatre,
salle des inspecteurs, division Hollywood

Petra laissa deux messages de plus sur le répondeur du Dr Katzman, le dernier n'ayant rien d'amène.

Après quoi elle regretta son ton. En admettant qu'elle finisse par joindre l'oncologiste, ça ne changerait rien : il avait soigné Sandra Leon pour sa leucémie, que pouvait-il lui dire d'autre ?

N'empêche : elle était certaine d'avoir ressenti de la nervosité chez sa secrétaire quand il avait été question de Sandra. Mais quel rapport avec la fille aux tennis roses ou avec tout autre aspect de l'affaire Paradiso ?

Elle descendit au rez-de-chaussée, trouva Kirsten Krebs qui traînait près de la fontaine d'eau, en débardeur et jeans, et lui dit de la mettre tout de suite en relation avec Katzman s'il appelait.

La standardiste étudia le sol et dit :

– Ouais, très bien.

Et ajouta, quand elle pensa que Petra était hors de portée :

– Ma cocotte.

Petra retourna à son bureau, désemparée. Elle avait mal dormi, hantée par toutes ces impasses. Plus que deux semaines avant le 28 juin. Isaac invisible depuis quelques jours. Le jeune homme aurait-il perdu son enthousiasme pour le sinistre complot ? Ou bien était-ce en rapport avec sa joue enflée ?

De toute façon, qui s'en souciait ?

Elle, malheureusement. Elle se tourna vers les copies du dossier, passa une fois de plus en revue les affaires qu'elle connaissait le mieux – Doebbler et Solis – sans trouver quoi que ce soit de nouveau.

Du moins jusqu'au moment où elle reprit le rapport du médecin légiste sur Coral Langdon, la femme au chien, et trouva un détail qui lui avait échappé les fois précédentes. Un détail perdu au milieu d'une liste des poils et des fibres récupérés, liste écrite en petits caractères et agrafée au reste du compte rendu.

On avait retrouvé, sur les vêtements de Langdon, deux types de poils de chien différents. Le légiste n'avait pas jugé utile d'en parler dans son rapport. Peut-être, en effet, était-ce sans importance.

La présence de poils de caniche s'expliquait d'elle-même. On avait massacré le petit Brandy en même temps que sa maîtresse.

Saleté de bestiole ! Vous savez quelle était sa devise ? J'ai le monde pour chiottes.

Mais outre les poils bouclés ratissés sur le cardigan en cachemire mauve taille M de Coral Langdon, ainsi que sur son pantalon noir en mélange coton et synthétique taille 8 Anne Klein, on en avait trouvé d'autres, plus grossiers et plus raides.

Courts, brun foncé ou blancs. Des poils de canidé. Il n'y avait eu aucune analyse d'ADN pour en déterminer la race.

Aucune raison, d'ailleurs, de le faire. On pouvait avancer toutes sortes d'explications raisonnables, y compris que Coral Langdon avait peut-être eu un autre chien. Mais le dossier n'en parlait pas. L'inspecteur Shirley Lenois n'avait peut-être pas fait le rapprochement des 28 juin, mais elle aimait les chiens et possédait elle-même trois lévriers afghans ; elle aurait certainement noté la présence d'un autre animal.

Ou alors… l'espiègle Brandy aurait joué avec un copain à quatre pattes, ramassé quelques poils au passage et les aurait transférés sur les vêtements de sa maîtresse ?

Ou un chien errant qui serait tombé sur les deux cadavres et serait venu les renifler de près ?

Ou encore Coral Langdon, se promenant seule, de nuit, dans les collines d'Hollywood avec un caniche nain qui lui offrait une protection zéro, aurait rencontré un autre promeneur de chien ?

Ils s'arrêtent, échangent des histoires de chien. Les amateurs de chiens sont comme ça ; l'adoration qu'ils ont pour leurs toutous est le terrain idéal pour un contact instantané.

Voilà qui pouvait être à l'origine d'un stratagème idéal pour un type malintentionné. Petra se souvenait d'une affaire sur laquelle elle avait travaillé à l'époque où elle s'occupait des vols de voitures. Un voleur, présentant bien, charmant – comment s'appelait-il déjà ? –, qui n'oubliait jamais de prendre avec lui son bouledogue, un monument placide de près de trente kilos... Monroe. Elle se rappelait le nom du chien, pas celui du maître. Ça devait vouloir dire quelque chose.

Le mode opératoire de Mister BCBG consistait à tomber « par hasard » sur des femmes garant des bagnoles de luxe, de préférence récentes, dans le parking d'un centre commercial. Au moment où elles descendaient de voiture, le type passait à côté, Monroe en remorque. Les femmes jetaient un coup d'œil à la trogne batracienne, tronquée et ridée du chien et tombaient en pâmoison. La conversation était aussitôt engagée ; Mister BCBG – ah, oui, Lewis quelque chose – avait un talent hors pair pour faire le grand numéro de l'amoureux des chiens (en réalité, Monroe appartenait à sa sœur). Les femmes roucoulaient et câlinaient le bestiau, stoïque et haletant, puis s'en allaient toutes contentes. Une fois sur deux, elles oubliaient de fermer leur voiture et/ou de brancher l'alarme.

Aucun doute, la compagnie d'un toutou donnait sur-le-champ un brevet d'honnêteté à n'importe quel inconnu.

Petra revint au cas de Coral Langdon et imagina la scène. Un type arrive avec un chien sur la route tranquille et sinueuse ; un Blanc, genre classe moyenne, qui n'aurait pas eu l'air déplacé dans le secteur des Hollywood Hills où habitait Langdon.

Coral avec sa miniature pomponnée, le type avec un cabot plus gros. Mais pas le genre horrible comme un pitbull. Un chien pas très grand, avec des poils bruns et blancs ; un pointer, un bâtard, n'importe quoi.

Une bête sympathique, sans rien de menaçant.

En collant au scénario, elle imagina Coral et le Mec au Chien s'arrêtant pour parler. Peut-être pris de fou rire en voyant leurs copains à fourrure se chamailler.

Et bien entendu se racontant de délicieuses anecdotes genre « les chiens sont presque humains, n'est-ce pas ? ».

Coral, femme célibataire en pleine forme faisant plus jeune que son âge, aurait pu ne pas être indifférente à des attentions masculines. Petra se représenta un début de flirt, peut-être un échange de numéros de téléphone. On n'en avait trouvé aucun sur le cadavre de Coral, mais cela ne signifiait rien. Le Mec au Chien pouvait très bien l'avoir récupéré après.

Après son boulot.

Après avoir pris tout son temps pour échanger des propos courtois avec Coral, bonsoir, passez-une-bonne-soirée.

Coral et Brandy se tournent pour repartir.

Boum.

Massacrée par-derrière. Comme tous les autres. Un froussard, ce type. Un froussard calculateur et manipulateur, qui répugnait à regarder ses victimes en face.

Créatif, comme aurait dit Milo Sturgis. Son expression favorite quand il piétinait dans une affaire.

Petra se demanda ce qu'il en aurait pensé. Et Delaware aussi.

Elle envisageait déjà d'appeler l'un ou l'autre lorsque Kirsten Krebs arriva d'un pas de sapeur dans la salle et lui tendit à bout de bras, sous le nez, un formulaire message reçu en votre absence.

– Il a raccroché ? s'étonna Petra.

– Ce n'est pas celui que vous m'avez demandé de vous passer, répondit Krebs, mais vu que vous êtes pointilleuse pour vos messages, je vous l'ai apporté personnellement.

Elle avait parlé en soulignant la moitié des mots.

Petra lui arracha le bout de papier. Eric avait téléphoné trois minutes auparavant. Pas de numéro où le rappeler.

« Ne crois rien de ce que tu verras aux informations », lut-elle sur le message dans l'écriture toute rechignée de Krebs.

– J'ai rien compris à ce qu'il a voulu dire, ajouta Krebs. Il avait l'air bizarre.

– Moi, j'ai compris. Il était inspecteur ici, avant.

Krebs resta de marbre.

– Vous lui avez dit que je n'étais pas là ?

– C'était pas celui que vous m'aviez dit, se défendit la standardiste.

– Bon Dieu… (Elle relut le message.) Très bien. Merci.

Krebs mit les mains sur ses hanches, avança une jambe, rentra les joues.

– Si vous tenez à faire la difficile, il faudra me donner des instructions détaillées, cracha-t-elle avant de faire demi-tour.

« Ne crois rien de ce que tu verras aux informations. »

Petra se rendit au vestiaire, où traînait une vieille télé poussive. L'appareil était un Zénith à l'écran neigeux, sans prise de câble, posé sur un rebord de fenêtre. Petra le brancha et passa d'une chaîne à l'autre jusqu'à ce qu'elle ait trouvé une station locale.

Nouvelles régionales, rien qui ait le moindre rapport avec le Moyen-Orient.

Savait-elle seulement si Eric s'y trouvait ?

« Ne crois rien… » d'accord, mais il n'avait rien, puisqu'il avait appelé. Pas la peine de s'inquiéter.

Pourquoi n'avait-il pas insisté pour lui parler ?

Parce qu'il n'avait pas voulu. Situation délicate ? Quelque chose dont il ne pouvait pas parler ?

Son cœur battait fort, son estomac se contractait. Elle retourna rapidement à la salle des inspecteurs. Barney Fleischer était à son bureau, sa veste de sport lui remontant en plis dans le dos. Il fredonnait tout en mettant ses dossiers en piles rectilignes.

– Sais-tu où on peut attraper CNN par ici ? lui demanda-t-elle.

– Moi, je préfère Fox News. Plus honnête et équilibré et tout le bazar.

– L'un ou l'autre.

– L'endroit le plus proche est sans doute le Shannons.

Petra n'était jamais entrée dans ce pub irlandais, mais elle savait où il était. À cinq minutes à pied, dans Wilcox, juste au sud de Sunset.

– Ils ont un superbe écran plat, ajouta Barney, et ils restent parfois branchés sur les nouvelles, quand il n'y a pas de sport.

Elle courut jusqu'au Shannons, s'installa au bar et commanda un Coca. La télévision, un modèle à écran plat d'un mètre vingt, était encastrée comme une fenêtre au-dessus des bouteilles d'alcool et branchée sur MSNBC.

Rien sur le Moyen-Orient de tout un cycle d'informations, et le texte qui défilait au bas de l'écran avait été supprimé. Elle demanda au barman si on ne pouvait pas le rétablir.

– C'est exprès, lui expliqua-t-il. Formaté autrement, ça fait apparaître des lignes sur l'écran.

– Seulement quelques minutes, ce n'est pas possible ? Ou on peut essayer une autre station ?

L'homme fronça les sourcils. Comme consommation, un Coca ne justifiait pas un traitement spécial. Mais comme il n'y avait pas grand monde et personne d'autre au bar, il tripota la télécommande jusqu'à ce que réapparaisse la bande de défilement.

Elle dut supporter les informations financières, une récapitulation des finales de basket, avant qu'arrivent les nouvelles internationales : un tremblement de terre en Algérie était ce qui se rapprochait le plus du Moyen-Orient, mais rien qui justifiait le coup de fil d'Eric.

Pourquoi donc avait-il éprouvé le besoin…

La voix de la présentatrice grimpa d'un ton et Petra ouvrit grand les oreilles.

« … rapporte que du personnel militaire américain serait en partie responsable d'avoir réduit le nombre de victimes dans une attaque suicide à Tel-Aviv… »

Un café de bord de plage, dans une avenue parallèle à la mer où les restaurants se touchaient. Des gens qui essaient de se détendre un peu par une journée d'été chaude et ensoleillée. Des Israéliens, quelques touristes allemands, des travailleurs étrangers thaïlandais. Des « officiers de sécurité » américains dont on ne donnait pas le nom.

Un enfoiré portant un imperméable noir traverse la rue.

L'imperméable noir de l'enfoiré, par cette chaleur, aurait dû mettre en alerte rouge quiconque avait le moindre sens de l'observation.

C'était ce qui s'était passé. L'enfoiré avait été jeté au sol et mis hors d'état de nuire avant d'avoir eu le temps de tirer sur le cordon de son détonateur. Sa veste était bourrée de pains de plastic, de clous et de roulements à bille.

Un à zéro pour les gentils.

Quelques instants plus tard, un enfoiré *bis* se pointe et arrive à moins de dix mètres de la terrasse avant de tirer sur son cordon. Transformé instantanément en jihadburger. Non sans emporter deux Israéliennes avec lui, une maman et sa fille adolescente.

Et :

« Il y aurait des dizaines de blessés… »

Deux trous du cul de l'enfer. Sans le coup d'œil exercé de quelqu'un, les choses auraient pu être pires.

Quelqu'un.

Des dizaines de blessés, ça faisait pas mal de monde.

Eric était forcément en bon état, puisqu'il avait appelé.

Mais bon sang, pourquoi n'avait-il pas insisté pour lui parler ?

– Bon, ça va comme ça ? lui demanda le barman. Je peux l'enlever ?

Petra lui jeta un billet de dix et quitta le bar.

XXI

De retour au poste, elle courut jusqu'au vestiaire, brancha le vieux Zénith et réussit à attraper le bulletin de seize heures sur KCBS. L'attentat à la bombe de Tel-Aviv arriva en troisième place, après les problèmes de crédibilité de la Chambre des représentants et un nouveau scandale de fraude bancaire à Lynwood.

Les mêmes faits bruts, pratiquement le même commentaire. Qu'avait-elle imaginé ?

Elle retourna à la salle des inspecteurs et faillit entrer en collision avec Kirsten Krebs.

– Ah, vous voilà. Il est en attente.

Petra courut jusqu'à son bureau et décrocha.

– Connor.

– L'inspecteur de mauvais poil, fit la voix suave. Docteur Bob.

– Désolée pour cette manifestation de colère, docteur Katzman. La semaine a été difficile.

– J'imagine que ça vous arrive souvent.

À vous aussi, qui vous occupez de cancéreux…

– Merci de rappeler. Comme je vous le disais, Sandra Leon a été témoin d'un meurtre et nous avons du mal à la retrouver.

– Malheureusement, je ne peux pas vous aider sur ce point. Ce n'est plus ma patiente. Je suis incapable de vous dire où elle est.

– Où a-t-elle suivi sa chimio ?

– Fort heureusement, nulle part, inspecteur. Sandra ne souffre pas de leucémie. Même si elle aurait voulu que nous le pensions.

– Elle a menti sur sa maladie ? s'étonna Petra.

– Mentir semble être un de ses grands talents. Je crois que je me suis mal exprimé quand je vous ai répondu que ce n'était plus ma patiente. Elle ne l'a jamais été, en réalité. Raison pour laquelle je peux vous parler librement.

– Alors allez-y, docteur.

– Elle s'est présentée l'an dernier porteuse d'une lettre d'un médecin d'Oakland disant qu'elle était en phase de rémission après avoir subi une leucémie aiguë et qu'il était indispensable qu'elle soit suivie. La lettre précisait qu'elle était mineure émancipée et habitait chez des cousins et qu'elle aurait besoin d'une aide financière. Notre assistante sociale l'a envoyée dans tous les bureaux qu'il fallait et lui a fait prendre un rendez-vous avec moi. Elle est bien passée dans tous les services sociaux, mais on ne l'a jamais vue à la clinique oncologique.

– De quels bureaux parlez-vous ?

– Ce sont des programmes de l'État et du comté destinés aux enfants atteints de cancer. Ils prévoient la gratuité du traitement et des transports, des bons de logement… et des perruques quand les patients perdent leurs cheveux. Ils cofinancent le traitement.

– Ah, dit Petra.

– Eh oui, continua Katzman. Et une fois qu'un enfant est enregistré, la famille se trouve branchée sur le système général d'assistance. Ce qui lui donne accès aux bons alimentaires et ainsi de suite.

– Autrement dit, Sandra a obtenu plein de choses, mais n'est pas venue à son rendez-vous avec vous.

– Pour les services sociaux, ce n'était pas un problème, techniquement. Tout ce qu'ils demandent, c'est un diagnostic, pas que le patient soit en cours de traitement. J'ai découvert par la suite que sur un des formulaires la concernant on la déclarait en cours de traitement.

– Formulaire qu'elle avait rempli elle-même.

– Vous avez tout compris.

– L'avez-vous jamais vue ?

– Des mois après son entretien avec l'assistante sociale. À son premier rendez-vous manqué, nous avons appelé le numéro qu'elle avait indiqué sur son dossier de prise en charge, mais la ligne n'était pas attribuée. Ça m'a inquiété, mais je me suis dit qu'elle avait déménagé. Ou changé d'avis, et était allée consulter un collègue. Puis certains des formulaires sont arrivés sur mon bureau. Je devais les signer. De nouveau, nous avons lancé des vérifications et j'ai envoyé l'assistante sociale la voir chez elle. L'adresse qu'elle nous avait donnée était une simple boîte à lettres.

– Où ça ?

– Je ne me rappelle plus. Mais peut-être Loretta, l'assistante sociale, le saura.

– Loretta comment, s'il vous plaît ?

– Loretta Brainerd. Ainsi donc, Sandra a été témoin d'un meurtre ?

– De plusieurs, répondit Petra. La fusillade du Paradiso.

– J'en ai entendu parler.

– À Baltimore ?

– Je suis parti le lendemain.

– Vous avez fini par la voir. Comment vous y êtes-vous pris ?

– J'ai demandé au CCS – le Children's Cancer Service – d'envoyer une lettre disant qu'elle perdrait tous ses droits si elle ne venait pas à la consultation. Elle était là le lendemain même, à l'heure. En larmes, se répandant en excuses. Intarissable sur je ne sais quelle histoire de famille qui l'avait obligée à se déplacer inopinément.

– Se déplacer où ?

– Si elle me l'a dit, je l'ai oublié. À vrai dire, je n'écoutais pas. Elle m'agaçait parce que je me rendais compte qu'elle essayait de me mener en bateau. Puis, quand elle s'est mise à me débiter son histoire, j'ai eu des doutes. C'est une sacrée bonne comédienne. Mais ce qui me paraissait le plus important était de vérifier son état de santé, parce que ce que je voyais ne me plaisait pas trop. Elle avait le teint jaune, les yeux, en particulier. La jaunisse peut être un signe de rechute – métastases au foie. J'ai décidé de faire procéder à des analyses de sang très complètes. En fonction de ce que j'allais apprendre, j'étais prêt à effectuer un prélèvement de moelle osseuse et une ponction lombaire – des examens invasifs que même le plus discipliné des patients déteste. Quand j'en ai parlé à Sandra, elle est restée calme. Ce qui m'a fait me demander si elle les avait déjà subis. J'ai programmé une nouvelle visite à dix-sept heures le même jour. Elle m'a dit qu'elle avait faim et je lui ai donné de l'argent pour qu'elle s'achète des hamburgers à la cafétéria. Pour elle et sa cousine.

– Sa cousine ?

– Une fille à peu près du même âge qu'elle. Un homme les avait accompagnées, un type d'une quarantaine d'années. Il les a déposées toutes les deux à la clinique et a disparu. L'analyse de sang est arrivée. Négative en ce qui concernait la leucémie, mais positive pour l'hépatite A – une hépatite virale. Ce qui est loin d'être aussi grave que l'hépatite C mais doit tout de même faire l'objet d'un suivi. J'étais prêt à l'admettre pour la placer en observation, mais elle n'est pas revenue pour la visite suivante. C'est à ce moment-là que j'ai passé un coup de fil au médecin d'Oakland. Il n'avait jamais entendu parler d'elle. Il n'était même pas cancérologue ; c'était un généraliste qui travaillait pour un dispensaire d'État. Elle avait dû barboter du papier à en-tête et fabriquer elle-même la fausse lettre.

– L'hépatite lui fait-elle courir un danger ?

– Seulement si ses résistances naturelles se dégradaient… si elle était atteinte d'une autre affection, par exemple. De manière générale, l'hépatite A s'autolimite. Façon savante de dire qu'elle disparaît toute seule.

– Elle avait encore les yeux jaunes, dit Petra.

– Nous l'avons vue… il y a quatre mois, je dirais. Au bout de six mois, les patients vont en général beaucoup mieux.

– Comment attrape-t-on cette maladie ?

– Hygiène défectueuse, répondit Katzman en marquant un temps d'arrêt. Les prostituées et les personnes à partenaires multiples y sont exposées, en particulier si elles pratiquent la sodomie.

– Vous pensez que c'était le cas de Sandra ?

– Elle jouait les aguicheuses, c'est tout ce que je peux dire.

– Pendant tout le temps où elle s'est glissée dans votre système, combien d'argent vous a-t-elle subtilisé ?

– Aucune idée.

– Et la cousine ? demanda Petra. Vous souvenez-vous de détails la concernant ?

– Une gosse silencieuse. Sandra était plus ouverte et plus séduisante, en dépit de sa jaunisse. La cousine se contentait de rester dans son coin.

– Était-elle du même âge que Sandra ?

– Un peu plus jeune, peut-être.

– Plus petite ? Rondelette ? Des cheveux roux frisottés ?

Bref silence.

– Ça y ressemble bien.

– Portait-elle des tennis roses ?

– Oui, répondit Katzman. D'un rose éclatant. Je me souviens de ce détail.

Il paraissait stupéfait que celui-ci lui soit revenu.

Petra continua.

– Que pourriez-vous me dire d'autre sur leurs relations ?

– Je n'y faisais pas attention. Je m'occupais surtout de la jaunisse de Sandra.

Petra se tendit ; avait-elle touché l'adolescente dans le parking, ce soir-là ?

– La considéreriez-vous comme contagieuse, docteur ?

– Je n'échangerais pas de fluides corporels avec un porteur de l'hépatite A, mais on ne l'attrape pas via une simple poignée de main.

– Que pouvez-vous me dire de l'individu qui a accompagné les filles ?

– Je me rappelle seulement qu'il les a laissées à la salle d'attente et qu'il est parti. Je ne l'ai vu que parce que j'étais sorti du cabinet pour raccompagner une patiente. J'avais prévu de lui parler… l'adulte responsable et tout le tremblement… mais il avait disparu le temps que je fasse demi-tour.

– De quoi avait-il l'air ?

– En fait, je ne l'ai vu que de dos.

– Vous avez cependant pu évaluer son âge, docteur. La quarantaine.

– Corrigeons : plutôt d'âge moyen. À la manière dont il bougeait. Entre trente et cinquante ans.

– Que portait-il ?

– Désolé. Là, je risque d'entrer dans le domaine de l'imaginaire.

Vous ne seriez pas le seul.

– Pensez-vous que Loretta Brainerd pourrait m'en apprendre davantage, docteur ?

– J'en doute, mais sentez-vous libre de l'interroger.

– Merci beaucoup, docteur.

– Ah, une dernière chose, dit Katzman. Sandra prétendait avoir quinze ans, mais je la crois plus âgée. Plus près de dix-huit ou même de dix-neuf ans. Je n'en ai pas la preuve scientifique, c'est juste une impression qui m'est venue lorsque j'ai compris qu'elle m'avait roulé. Elle faisait preuve d'un certain... raffinement, de confiance en soi. (Il rit.) La confiance en soi typique de l'escroc.

Petra appela Brainerd. L'assistante sociale n'avait que le plus vague souvenir de Sandra Leon.

Elle raccrocha, repensant à l'interrogatoire qui avait eu lieu dans le parking. L'ado venait d'assister à la mort violente de sa « cousine », mais n'avait manifesté ni état de choc, ni chagrin : aucune des émotions qu'on attendrait d'une jeune fille confrontée à une tragédie. Elle était restée les yeux secs, tapant du pied avec impatience. Comme si Petra lui faisait perdre un temps précieux.

La seule chose qui avait provoqué de l'anxiété dans ses yeux avait été le moment où son regard avait croisé celui de Petra.

Décontractée devant le spectacle de cette mort violente, mais nerveuse devant la police.

Elle avait prétendu avoir quinze ans pour son numéro de fausse malade, mais avait déclaré en avoir seize ce soir-là.

Sa tenue et son maquillage correspondaient à l'impression qu'elle était plus âgée décrite par Katzman.

Habillée avec plus de recherche que la fille aux tennis roses. Une tenue pour soirée spéciale, jusqu'à la mouche au-dessus de la lèvre. Pour fêter quoi ?

Un adulte de sexe masculin avait accompagné les filles. Sandra avait parlé d'un frère voleur de voitures qui aurait été en prison. Petra consulta son carnet de notes et trouva ce qu'elle y avait griffonné à la hâte.

Frère. Vol de voit. en bande org. Lompoc.

Elle appela la prison d'État, parla au directeur adjoint et apprit que deux « Leon » y étaient hébergés : Robert Leroy, soixante-trois ans, pour fraude et cambriolage, et Rudolfo Sabino, quarante-cinq ans, pour homicide et voies de fait. Le directeur adjoint eut l'amabilité d'aller consulter la liste des visiteurs des deux détenus. Personne n'était venu voir Rudolfo Leon depuis plus de trois ans. Une affaire bien triste : il avait le sida et souffrait de démence précoce. Le plus âgé des deux, Robert Leroy Leon, avait eu droit à un certain nombre de visites, mais aucune Sandra, ni aucune fille de l'âge et de l'aspect approximatifs de Sandra n'était venue le voir.

Encore un mensonge ?

Sandra Leon venait de passer officiellement du statut de témoin à celui de personne recherchée.

Petra prit contact avec Mac Dilbeck et lui raconta l'escro-querie.

– Elle connaissait la victime, mais n'était pas bouleversée... peut-être savait-elle que ça allait arriver, fit observer Mac.

– C'est ce que je pense.

– Bon travail, Petra. Rien d'autre sur l'individu qui les a accompagnées ?

– Pas encore. Il y a autre chose qui me laisse perplexe. Leon m'a parlé de ses droits et je lui ai demandé si elle avait déjà eu affaire à la police. Elle m'a raconté toute une histoire sur un frère qui serait en prison à Lompoc. Vérification faite, c'est encore du pipeau ; mais pourquoi m'en a-t-elle parlé, puisque ça revenait à afficher un lien avec un criminel ? Pourquoi ne pas se contenter de la boucler ?

– Elle a peut-être été désarçonnée par ta question, dit Mac. C'est une menteuse, mais encore en formation. Elle a donc lâché une demi-vérité, camouflée par un détail bidon.

– Un parent dans le système pénitentiaire, mais pas un frère. Ou un frère, mais pas à Lompoc. Cette escroquerie au cancer était quelque chose de raffiné, pas le genre de truc qu'une gamine peut mettre au point toute seule. Cette fille avait de l'expérience et je me demande si elle ne fait pas partie d'une entreprise criminelle… en famille.

– Comme les Gitans. Ou les Tinkers d'Irlande. Ou encore comme ces Somaliens qu'on a coincés l'an dernier. Ouais, pourquoi pas ? S'il existe quelque part un détenu du nom de Leon, condamné pour escroquerie, ça pourrait devenir vraiment intéressant.

– Robert Leon est à l'ombre pour fraude et cambriolage, mais il est trop vieux pour être son frère.

– C'est déjà quelque chose.

– Le meurtre était peut-être lié à une combine et la fille aux chaussures roses la victime désignée, poursuivit Petra. Le coup a été monté de manière à avoir l'air d'un règlement de comptes entre gangs. Sandra n'a pas perdu son calme parce qu'elle était au courant.

– C'est sinistre, dit Dilbeck, carrément sinistre. D'accord, le moment est venu de vérifier tout ce bazar, les prisons d'État et fédérales et jusqu'aux prisons des comtés.

– Qui va le faire ?

– Ça t'embête ?

– Je dois la jouer solo ?

– C'est-à-dire… on vient de confier une nouvelle affaire à Montoya et je suis pris pour le reste de la journée : réunion avec les gros bonnets en ville. Va falloir les entendre m'expliquer pourquoi ils sont tellement plus intelligents que nous. Évidemment, on peut toujours changer de place…

– Non, merci, répondit Petra. Je vais me servir de ma baguette magique.

Elle entra le nom de Leon dans le Fichier des recherches criminelles et dans les autres banques de données, mais eut droit à une telle avalanche qu'elle décida d'adopter une approche plus logique. Sandra Leon avait apporté à Katzman une lettre d'une clinique d'Oakland, ce qui signifiait qu'elle, ou quelqu'un qu'elle connaissait, y avait passé un certain temps.

Dans ses recherches sur le secteur de la baie, elle aboutit à douze noms.

Deux détenus – John B., vingt-cinq ans, Charles C., vingt-quatre – auraient pu être des frères de Sandra. Ils étaient d'Oakland et quand elle ouvrit leur dossier, elle comprit qu'elle venait de mériter sa part de l'argent des contribuables.

Le second prénom de John était « Barrymore », celui de Charles était « Chaplin ».

Sandra est une sacrée bonne comédienne – telle était l'appréciation du Dr Katzman.

Elle apprit alors que les deux hommes étaient frères et s'autorisa un sourire.

– T'as l'air d'être contente, lui lança un collègue qui passait.

– Ça m'arrive, répondit-elle.

John Barrymore Leon purgeait une peine de cinq ans à Norco pour fraude par correspondance, et Charlie Chaplin Leon deux ans à Chino pour vol – il avait démoli, pour les piller, des distributeurs automatiques dans une galerie commerçante d'Oakland.

Elle ne put joindre l'administration de Norco, où de plus le gardien-chef venait d'être parachuté à son poste. En revanche, son *alter ego* de Chino se montra une source d'information de choix. Les Leon appartenaient à un groupe de délinquants, les Players, ayant Oakland comme base arrière ; plusieurs cousins avaient déjà été condamnés à de la prison ferme. D'après le gardien-chef de Chino, ce groupe comptait de cinquante à soixante membres et la plupart avaient des liens familiaux, soit par le sang, soit par alliance, à quoi s'ajoutaient quelques « adoptions » informelles. La majorité d'entre eux était hispanique – des Guatémaltèques –, mais ils avaient aussi dans leurs rangs nombre de Blancs et de Noirs, ainsi qu'au moins deux Asiatiques.

– Diversité ethnique de l'entreprise, commenta Petra.

Ça fit rire le gardien-chef de Chino.

– Ils utilisent la violence ? demanda-t-elle.

– Pas à ma connaissance. Ce sont des spécialistes de l'entourloupe, en particulier des escroqueries aux systèmes d'aide sociale. Ils se prennent pour des acteurs parce que leur patron aurait aimé en être un.

Le patron en question était un comédien raté avec un CV de quarante ans de délits : Robert Leroy Leon, soixante-trois ans, dit le Metteur en scène. Actuellement en résidence à Lompoc. Beaucoup de visiteurs, mais aucune Sandra.

Mac avait mis dans le mille : l'ado avait dérapé et lâché une vérité partielle.

Petra harcela le gardien-chef pour qu'il lui dise tout ce qu'il savait sur les Players. Il lui donna le nom de plusieurs membres possibles, mais guère plus. Elle prit des notes copieuses et relança son ordinateur.

Après s'être branchée sur Google, elle fit une recherche sous la rubrique « The Players » qui lui valut 1 640 000 réponses. « Players escroquerie » réduisit ce nombre à un site, celui d'un groupe de protestation contre les méfaits du patronat.

Il était près de dix-neuf heures, elle se sentit tout d'un coup fatiguée et saturée. Elle regardait fixement son écran, se demandant quelle stratégie adopter, lorsque la voix d'Isaac la tira de la contemplation de tous ces zéros.

– Salut.

Elle jeta un coup d'œil à l'hématome. Atténué. Non, maquillé. Il essayait de le dissimuler avec du fond de teint. Le résultat était une grosse tache rose qui s'écaillait.

– Hé, dit-elle, j'espère que l'autre ne s'en est pas aussi bien tiré.

XXII

Isaac rougit sous son fond de teint.

– Oh, ce n'est rien, dit-il d'un ton un peu trop décontracté. La lumière du couloir est en panne et je suis rentré dans le mur.

– Tiens donc.

Un peu de fond de teint avait neigé sur l'épaule de sa chemise bleue. Il vit qu'elle l'avait aperçu et chassa les débris de la main.

– Je me demandais si je ne pourrais pas me rendre utile.

Un million six cent quarante mille réponses.

Petra sourit.

– À vrai dire...

Elle lui donna les infos sur Sandra Leon et les Players et le suivit des yeux pendant qu'il se précipitait vers son ordinateur.

Excité d'avoir quelque chose à faire.

Elle était épuisée et affamée

Elle retourna au Shannons, au bar se hissa sur le même tabouret et commanda une bière pour accompagner un sandwich au corned-beef. L'écran plat était branché sur une chaîne de téléachat. Aucun des types qui picolaient au bar n'était intéressé par l'achat d'un bracelet mystique en zirconium.

Le barman avait été remplacé par une serveuse qui ne râla pas quand Petra lui demanda de brancher Fox News et de le formater de manière à rendre le bandeau défilant visible.

– Ouais, c'est casse-pieds, dit la serveuse. On a envie de lire quelque chose et ça coupe tout en deux.

Les autres buveurs acquiescèrent d'un hochement de tête. Des types assez âgés, grisonnants, en tenue de travail froissée. L'odeur de leur sueur imprégnait le bar. Leurs visages rubiconds disaient que la fête de saint Patrick avait commencé de bonne heure pour eux.

L'un d'eux regarda Petra et lui sourit. Un sourire paternel, pas concupiscent. Sans savoir pourquoi, elle pensa à son père, à sa plongée brutale dans l'enfer de l'Alzheimer.

Elle mâchonna son sandwich, but sa bière, en commanda une deuxième et se tourna brusquement vers l'écran en entendant prononcer le mot Tel-Aviv.

Du mobilier de terrasse calciné et tordu, des hululements de sirène, des Juifs orthodoxes récupérant les fragments de corps. Le nombre des morts était maintenant de trois : l'un des blessés avait succombé aux blessures « infligées par l'explosion ». Le nombre des blessés s'établissait à vingt-six.

Le Hamas et un autre groupe palestinien se disputaient la responsabilité de l'attentat.

La responsabilité.

Les enfoirés.

Le sandwich, soudain, l'écœura. Une odeur de saumure emplit ses narines et son estomac se contracta. Elle jeta de l'argent sur le bar et partit.

La serveuse lui lança :

– Hé, tout va bien, mon chou ?

Au moment où Petra atteignait la porte, la femme lui cria :

– Vous ne voulez pas que je vous l'emballe ?

Elle fonça au hasard dans la ville, ayant droit aux coups d'avertisseur de ceux qu'elle avait offensés – mais elle n'en avait rien à foutre.

Détachée, elle lançait l'Accord dans la circulation comme si elle roulait sur des rails. Sans regarder les gens comme elle le faisait d'habitude. Elle n'était plus au boulot – un boulot qui ne prenait jamais vraiment fin.

Mais ce soir, si. Ce soir, elle ne voulait plus entendre parler de détenus, de voyous, de criminels et de mécréants. Elle n'avait aucune envie d'épier les regards furtifs, les mouvements suspects, les brusques bouffées de violence qui changeaient tout.

Vingt-six blessés.

Eric lui avait téléphoné, c'est qu'il allait bien.

Mais Eric supportait la douleur avec stoïcisme. Après le coup de couteau, quand il s'était réveillé, il avait refusé de prendre des analgésiques. Il s'était fait trouer la peau et prétendait ne rien sentir. Les médecins n'en revenaient pas qu'il puisse le supporter.

À demi couché sur ce lit d'hôpital, si pâle...

Ses parents, la bimbo et elle qui attendaient en silence.

Salut, la Blonde, j'ai gagné.

Quel était le trophée ?

Elle réussit à rentrer chez elle sans provoquer d'accident et peignit comme un démon pendant quatre heures d'affilée, jusqu'à ce qu'elle commence à loucher. Un peu après minuit, sans même prendre le temps d'évaluer son travail, elle éteignit et se laissa tomber sur son lit en se débarrassant de ses vêtements alors qu'elle était déjà allongée. Elle s'endormit le temps de le dire.

À quatre heures quatorze du matin, le téléphone la réveilla en sursaut.

– C'est moi, dit-il.

– Oh, dit-elle bêtement.

Le temps de s'éclaircir les idées.

– Comment vas-tu ?

– Très bien.

– Tu n'es pas blessé ? Merci mon Dieu...

– C'est rien du tout.

– Tu... oh, mon Dieu !

– Juste un bout de métal dans le mollet. La petite blessure classique.

– Oh, Eric, mon…

– Ce n'est rien du tout.

Elle était maintenant assise toute droite dans le lit, le cœur battant fort, les mains glacées.

– Un bout de métal dans le mollet, ce n'est pas rien du tout !

– J'ai eu de la chance, continua-t-il. Le premier trouduc avait bourré sa veste de boulons, d'écrous et de morceaux de métal déchiquetés. Le second n'avait que des billes de roulement et elles ont simplement traversé.

– Elles ont… ? Il y en avait plus d'une ?

– Une ou deux.

– Deux ?

Silence.

– Eric ?

– Trois.

– Trois billes t'ont traversé la jambe.

– Ni os ni tendons endommagés, rien que du muscle. J'ai juste l'impression d'avoir des courbatures.

– D'où m'appelles-tu ?

– De l'hôpital.

– Lequel ? Où ? À Tel-Aviv ?

Silence.

– Fichu cabochard ! Tu crois que je vais téléphoner à ces enfoirés de l'OLP pour leur livrer des secrets d'État ?

– À Tel-Aviv, répondit-il. Mais je ne peux pas parler longtemps. Il y a une enquête en cours.

– Comme s'ils ne connaissaient pas les coupables.

Silence.

– C'est toi qui as repéré le premier, pas vrai ?

Il ne répondit pas.

– Pas vrai ? répéta-t-elle.

– Ça se voyait comme le nez au milieu de la figure, Petra. Il faisait plus de trente dehors, et il portait un manteau et paraissait sur le point de dégueuler.

– Un gosse ? Ils se servent de gosses pour ça, non ?

– La vingtaine, dit Eric. Un punk. Un trou du cul.

– Tu te trouvais avec des types de l'armée et des flics. Personne d'autre ne l'avait repéré ?

Silence.

– Réponds-moi, Eric.

– Ils étaient distraits.

– C'est donc toi le héros.

– Ce n'est pas le mot.

– Sacré bonhomme... Tu es le héros. Je veux que tu sois mon héros.

Il resta sans réaction.

Calme-toi un peu, ma fille. Tu devrais penser à le consoler au lieu de jouer les groupies de diva.

– Désolée, dit-elle. Je suis juste... je ne savais pas... j'étais inquiète, voilà.

– Je veux bien être ton héros, dit-il. Ce sont les autres qui me gonflent.

XXIII

Lundi 17 juin, dix heures trente-quatre,
salle des inspecteurs, division Hollywood

Isaac était déjà arrivé et l'attendait. Elle passa devant lui et se rendit aux toilettes-dames.

Elle avait besoin de se remettre d'aplomb. En piteux état, en dépit du week-end.

Non, à cause du week-end, de toute cette angoisse qu'elle avait dû supporter seule.

Bien déterminée à se sortir l'attentat – et le travail – de l'esprit, elle avait tenu le coup en se lançant dans des corvées ménagères en retard et dans des accès frénétiques de peinture qui s'étaient révélés catastrophiquement déprimants. Sa copie du O'Keeffe était un sinistre caca. La vieille dame avait du génie ; Petra savait qu'elle n'en approcherait jamais.

Copier n'aurait pourtant pas dû être si dur que ça !

Sous le coup de la colère, elle avait tartiné toute la toile de noir, puis était restée prostrée devant son chevalet, en larmes.

Cela faisait longtemps qu'elle n'avait pas pleuré. Pas depuis l'époque où elle avait tiré Billy d'affaire et lui avait permis de repartir du bon pied. Mais qu'est-ce qui lui arrivait donc ?

Elle avait recouvert le noir d'une couche de blanc, puis le blanc d'une couche de magenta, ayant entendu dire qu'un artiste – un artiste célèbre – utilisait ce fond de toile.

L'odeur entêtante de la térébenthine lui irritant le nez, elle avait nettoyé ses pinceaux, puis elle avait pris un long bain trop chaud qui l'avait laissée toute rouge, tendue et la peau irritée de picotements.

Aller courir un peu lui ferait peut-être du bien. Ou marcher, au moins. Eh puis au diable, rien ne valait une crème glacée.

Elle avait occupé la fin du dimanche en allant faire des courses, après quoi elle avait passé un coup de téléphone à tous ses frères. Aux cinq, prenant des nouvelles de leurs femmes, de leurs gosses. Cinq familles heureuses. Des vies bien remplies, frénétiques et rassurantes.

Un bref coup de fil d'Eric, le soir, lui avait remis un peu de couleur aux joues, mais l'avait laissée en proie au sentiment d'être abandonnée : il avait raccroché sans lui dire qu'elle lui manquait.

Il restait en Israël plus longtemps que prévu ; il devait assister à une réunion à l'ambassade et qui savait quoi encore. Après, il irait peut-être au Maroc et en Tunisie. Des pays musulmans relativement tranquilles, mais il y avait des rumeurs, c'est tout ce qu'il pouvait dire.

En son absence, elle s'était rabattue sur la télé et les journaux, à la recherche d'un contact par leur intermédiaire. Il n'y avait rien eu de plus sur les attentats.

Le cours habituel des choses en géopolitique.

À un certain niveau, ne sommes-nous pas tous des statistiques ?

Et maintenant, devant la glace des toilettes-dames, elle se donnait un coup de peigne après s'être mouchée.

Trente ans, et la peau du visage qui commence à s'affaisser.

Se cambrant pour mettre en valeur la poitrine que la nature avait bien voulu lui accorder, elle battit des paupières, fit mousser ses cheveux et prit une pose aguichante.

Salut, matelot !

Du coup, elle pensa à l'enseigne de marine mort, Darren Hochenbrenner, son cadavre abandonné dans une allée sombre, le crâne défoncé.

Et aux autres meurtres du 28 juin.

Encore onze jours et elle n'avait pas avancé d'un pouce depuis le jour où Isaac lui avait fait le cadeau empoisonné de sa petite liste.

Le gosse devait l'attendre, tout excité.

Elle se tint bien droite, afficha une expression sérieuse et fit disparaître toute trace de femme fatale[1] – en admettant qu'il y en ait jamais eu.

Il resta à son bureau jusqu'à ce qu'elle lui fasse signe.

– Quoi de neuf ?

– Pour autant que je puisse le dire, la police ne sait pas grand-chose sur les Players. Cinq de leurs membres présumés sont en prison. Présumés, parce qu'ils nient tous appartenir à un groupe quelconque.

Petra prit son carnet de notes.

– J'ai tout sauvegardé, je peux vous l'imprimer si vous voulez.

– Lesquels sont en prison ? demanda-t-elle en repoussant le carnet de côté.

– En plus de ceux que vous avez trouvés, John et Charles, tous les deux des fils de Robert Leon, il y a un homme sans lien de parenté avec eux du nom d'Anson Cruft, condamné pour possession de faux papiers, et une femme, Susan Bianca, propriétaire en toute légalité d'un bordel au Nevada, mise sous les verrous pour proxénétisme après avoir tenté d'en faire autant à San Luis Obispo. Elle est la sœur cadette de la deuxième femme de Robert Leon, Katherine Leon. Robert est un personnage intéressant. Il y a quarante ans, il a travaillé un peu comme mannequin et a décroché des petits rôles dans des soap-opéras ici, à Hollywood. Puis après ça, plus rien. À un moment donné, il a mal tourné, mais on ne sait pas très bien comment il a commencé. Il est guatémaltèque, mais a passé toute sa vie aux États-Unis. Sa première femme était mexicaine, fille d'un gangster de Nuestra Familia. Elle est morte d'un cancer, mais lui ne

1. En français dans le texte.

semble pas avoir travaillé avec Nuestra Familia. C'est du moins ce que pense l'administration pénitentiaire. Il a été gérant d'un cinéma porno à San Francisco, de boîtes à strip-tease et de librairies pour adultes. C'est dans ce contexte qu'il a rencontré Katherine, qui était danseuse. J'imagine que, dans un tel milieu, il était facile d'entrer en contact avec le monde du crime, mais c'est peut-être une histoire de gang. (Il haussa les épaules.) C'est tout ce que j'ai pu trouver.

– Quoi, c'est tout ?

– Je crois que le plus utile serait d'entrer en contact avec la police locale.

– Je blaguais, Isaac. C'est de l'excellent boulot, mieux que ce que j'aurais pu faire toute seule.

Le compliment parut lui passer complètement à côté et il garda son air grave.

Elle se tourna vers l'écran de son ordinateur et fit venir le dossier de Robert Leon du NCIC, les archives de la police. Sur la photo la plus récente, on voyait un homme mince au long visage creusé de rides. Ses cheveux argentés, encore touffus, étaient ondulés et peignés en arrière, et il arborait une moustache d'un noir de jais.

Il était loin de paraître ses soixante-trois ans. Bien charpenté, il avait conservé quelque chose de son allure de mannequin. Dans les séries télé, on l'avait classé sous la rubrique « latin lover ».

Leon avait pris un sourire railleur face à l'objectif ; en dépit du petit air suffisant que ça lui donnait, il restait charmant.

Mais, dans les yeux, on retrouvait la dureté du repris de justice qui n'en est pas à son premier coup.

– A-t-il eu d'autres enfants que les deux frères ? demanda-t-elle.

– Impossible à préciser. J'ai trouvé un article dans un hebdomadaire plus ou moins underground de San Francisco où l'on disait que Robert Leon avait de nombreux enfants. Une situation genre roi des Bohémiens, même s'ils n'en sont pas.

– Rien d'autre d'intéressant dans cet article ?

– Pas vraiment. Il est assez mal écrit. De la prose hippie rétro, genre années soixante. Je vais aussi l'imprimer.

Pour Petra, elle-même née en 1973, c'était déjà de l'histoire ancienne. Qu'est-ce que cela pouvait bien représenter pour lui ?

– Entendu, merci, dit-elle. Tu m'as donné du grain à moudre.

– Sur le 28 juin, je n'ai rien trouvé de nouveau.

Il parut hésiter.

– Quoi ?

– J'ai peut-être fait beaucoup de bruit pour rien.

– Pas du tout. Je suis certaine que tu as mis le doigt sur quelque chose. Laisse-moi le temps d'étudier ce que tu viens de me donner sur le gang Leon, et retrouvons-nous plus tard – disons vers quatre-cinq heures – pour un brainstorming sur les affaires du 28 juin. Si tu as le temps.

– Je l'ai. J'ai une ou deux choses à faire à la fac, mais je peux revenir.

Il eut un sourire vaste comme l'océan.

Petra rappela Lompoc et obtint plus de détails sur les visiteurs de Robert Leon. Trois noms l'intéressèrent. Celui d'une certaine Marcella Douquette, dix-huit ans, habitant Brooks Avenue à Venice, et ceux de deux types dans la quarantaine qui avaient déclaré habiter à Hollywood : Albert Martin Leon, quarante-cinq ans, Whitley Avenue, et Lyle Mario Leon, quarante et un ans, Sycamore Drive.

Elle composa les trois numéros. Lignes coupées.

Nouveau passage par la case NCIC. Albert et Lyle avaient tous les deux fait de la prison pour des délits non accompagnés de violence, Albert dans le Nevada et Lyle à San Diego. D'après les photos de l'identité judiciaire, ils ressemblaient beaucoup à Robert Leon : même maigreur, mêmes cheveux ondulés. Albert, qui grisonnait déjà, les portait avec la raie au milieu et retombant jusque sur les épaules. Rien du beau gosse : il avait un nez en patate décentré, les yeux trop rapprochés de l'amas cartilagineux. D'après sa fiche, il était couvert de cicatrices sur le corps. Spécialité : les chèques en bois.

Lyle Leon avait encore des cheveux bien noirs. Rasés sur les côtés, fournis et coupés au carré sur le haut du crâne – une coupe d'ado sur une tête de quadra. Une boucle d'oreille et un filet de barbe sous la lèvre inférieure confirmaient que Lyle se prenait pour un type à la coule. Il s'était fait alpaguer pour escroquerie (il vendait des produits de nettoyage inefficaces à des personnes âgées) et était sorti de la prison de San Diego au bout de moins d'un an.

Une petite fripouille qui tenterait de jouer les gros bras ?

Il n'y avait rien sur les relations des deux hommes avec Robert Leon. Étant donné la différence d'âge, ils pouvaient être les fils du patriarche, si celui-ci avait commencé tôt. Ou bien Robert et Lyle étaient des cousins, quelque chose comme ça.

Le casier judiciaire de Marcella Douquette était vierge. Elle était jeune, il fallait lui laisser un peu de temps.

Tout cela ne signifiait peut-être rien, mais il était de temps de se remettre à bouger.

Les adresses de Lyle et Albert étaient fausses. Même topo qu'avec Sandra : un immeuble d'appartements dans les deux cas, aucune preuve matérielle que les deux hommes y aient habité. Aucun des deux repris de justice n'était en liberté conditionnelle et aucun n'avait déclaré posséder un véhicule, si bien que Petra n'avait aucun moyen de remonter leur piste.

Elle se rendit à Venice. La maison de Brooks Avenue était une des trois baraques en planches à clin d'un secteur miteux où régnaient de toute évidence les gangs. Trois minuscules clapiers branlants, plantés de travers sur des fondations rehaussées. Toit en papier goudronné, planches abîmées. Bout de terrain entouré d'un grillage et jonché de débris : vieux pneus, une machine à laver hors d'usage, rouleaux de plastique, bouteilles de sodas, canettes de bière, palettes de bois défoncées.

Il était treize heures et la tribu des crânes rasés dormait. On sentait l'odeur de l'océan – agréablement salée et iodée, le remugle de la décomposition à peine perceptible. La baraque n'aurait pas déparé un bidonville, mais elle se dressait à deux pas de la plage. La plage de Venice, où la déviance était la norme et où les arnaqueurs travaillaient le touriste tous les dimanches.

Le coin idéal pour les Players et consorts. Le cœur de Petra battit plus fort. Peut-être était-elle enfin sur quelque chose.

Elle descendit de voiture et étudia la rue dans les deux sens en posant une main sur la hanche où pendait son arme. Un banc de brouillard dense et gris – la soupe de pois habituelle en juin – enfouissait l'océan et tout le secteur dans des tons rappelant les photos en noir et blanc des quotidiens.

Raison pour laquelle, peut-être, le défonceur de crânes choisissait ce mois. Déprimé par ce temps sinistre.

Elle attendit encore un peu, jaugeant d'où elle était la résidence supposée de Marcella Douquette et s'assurant qu'aucun véhicule ne circulait à petite vitesse. Le grillage comportait un portail fermé à clef, mais il était bas, arrivant à peine à la taille de Petra.

Elle s'approcha, attendit de voir surgir l'inévitable pitbull. Rien.

Dernier coup d'œil à la rue. Elle glissa le bout du pied dans un losange du grillage et sauta par-dessus.

Pas de sonnette. Personne ne répondit aux coups autoritaires qu'elle frappa à la porte. Elle était sur le point de faire le tour de la bicoque lorsque la porte de la maison voisine s'ouvrit. Un homme en sortit en plissant les yeux.

Hispano, vingt-cinq ans, torse nu, cheveux rares coupés en brosse, embryon de moustache assorti. Comme cet acteur d'autrefois... Cantinflas.

Il portait en tout et pour tout un bermuda trop ample. Sa poitrine molle et glabre, comme le reste, était couleur café-crème. Beau durillon de comptoir en formation, se terminant sur un nombril proéminent démesuré qui ressemblait à un pâtisson – de quoi intenter un procès au type qui avait accouché sa mère.

À première vue, aucun tatouage et pas de cicatrices. Pas de roulement macho de mécanique non plus. Rien qu'un mollasson à l'air endormi qui se levait à treize heures vingt.

Elle lui adressa un bref signe de tête.

Il le lui rendit, renifla l'air. Bâilla.

Elle repassa par-dessus le grillage et se dirigea vers lui.

– Vous habitez ici depuis quelque temps ?

Il répondit trop doucement et Petra se rapprocha encore un peu.

– Pardon ?

– Seulement pour l'été.

– Depuis quand êtes-vous installé ici ?

Le type regarda Petra, qui exhiba alors son badge. Il bâilla à nouveau. Par la porte laissée ouverte, elle aperçut une pièce à moquette grise, un coin de canapé bleu, un sac de couchage orange. Une valise en cuir démesurée était posée sur le canapé. Les stores étaient baissés devant la fenêtre. Des bouffées de l'odeur de moisi montant de la moquette se diffusaient dans l'air stagnant de juin.

– Depuis le premier mai, répondit-il. Pourquoi ?

– Pourquoi mai ?

– C'était la fin des cours.

– Au collège ?

– À Cal State Northridge.

Il remonta son bermuda. Lequel redescendit aussitôt.

– Qu'est-ce qui se passe ?

Petra louvoya avec un sourire.

– Qu'est-ce que vous étudiez ?

– La photographie. Le photojournalisme. J'habite dans la Valley, je me suis dit que je pourrais prendre des vues intéressantes à Venice. Pour mon portfolio.

Il fronça les sourcils.

– Qu'est-ce qui se passe ?

Petra se tourna vers le ciel.

– Le brouillard ne vous gêne pas, pour photographier ?

– Avec les bons filtres, on peut faire des choses intéressantes. (Nouveau froncement de sourcils.) Il y a des problèmes ? Je ne m'étais pas rendu compte à quel point le quartier était pourri.

– Des problèmes ?

– Je ne laisse pas mon matériel à la maison.

– Des voisins louches ?

– Tout le quartier, oui. J'évite de sortir le soir. Je vais sans doute partir à la fin du mois.

– Pas de bail ?

– Je loue au mois.

– Qui est le propriétaire ?

– Une société. Je l'ai trouvée par une petite annonce sur le panneau de la fac.

– Bon marché ?

– Très.

– J'essaie de retrouver la trace d'une jeune fille du nom de Marcella Douquette, dit alors Petra.

– Celle qui habite à côté ?

– Il y a une jeune fille qui habite là ?

– Il y avait. Ça fait un moment que je ne l'ai pas vue.

– Un moment ? C'est-à-dire ?

Il se gratta le menton.

– Disons quinze jours.

Soit exactement depuis la fusillade du Paradiso.

– Pouvez-vous me donner votre nom, monsieur ?

– Mon nom ?

– Oui.

– Ovid Arnaz.

– Je voudrais vous montrer une photo, monsieur Arnaz. Pas du genre des vôtres. Elle vient de l'Institut médico-légal. D'accord pour la regarder ?

– J'ai été à l'Institut, répondit Ovid Arnaz. Pour un cours. Nous avons rencontré les photographes.

– Des trucs pas faciles.

Arnaz étira le cou.

– C'était intéressant. (Il jeta un coup d'œil en direction de la maison voisine.) Elle est morte ?

Petra lui montra la photo la plus présentable de la fille aux tennis roses.

Ovid Arnaz l'étudia sans manifester d'émotion.

– Ouais, c'est bien elle.

Petra contacta la division Pacific, expliqua la situation à un sergent sympathique ; en moins de cinq minutes, trois voitures de patrouille arrivaient sur place. Le van de l'équipe technique mit vingt minutes de plus et, en l'attendant, les policiers en uniforme tournèrent en rond pendant que Petra posait encore quelques questions à Arnaz.

Du genre tranquille, celui-ci s'avéra cependant une source de renseignements de premier choix. Mémoire de photographe, l'œil pour les détails.

Il se souvenait des tennis roses de Marcella Douquette – elle les portait tout le temps – et décrivit son visage et sa silhouette avec précision. Plus important, il apprit à Petra qu'elle habitait avec deux autres personnes : une autre fille, jolie, mince, blonde, qui devait être Sandra. Et un type plus âgé à l'allure bizarre avec sa coupe de cheveux buissonnante et son trait de barbe au menton.

Lyle le Mec Leon.

Pour confirmation, Petra lui montra la photo de l'identité judiciaire.

– C'est lui. Habillé comme un pirate.

– Que voulez-vous dire ?

– Une chemise de soie à manches bouffantes. Comme celles que portaient les pirates.

Il fut moins utile lorsqu'il s'agit de décrire des émotions ou des comportements. Non, il n'avait jamais été témoin d'un conflit entre les trois habitants de la maison. Non, il n'avait aucune idée s'ils s'entendaient ou non, ni de ce qu'ils faisaient de leur temps libre.

Aucune de ces trois personnes ne lui avait beaucoup parlé. Elles s'occupaient de leurs affaires, et lui des siennes.

– Je passe le plus clair de mon temps à prendre des photos pendant la journée. Si je sors le soir, c'est plutôt dans la Valley, parce que c'est là qu'habitent tous mes amis. J'y passe même parfois la nuit.

– Chez vos amis.

Arnaz détourna un instant le regard.

– Oui, ou chez mes vieux.

Effrayé par le voisinage, il retournait dormir chez papa-maman.

– Ils n'aiment pas l'idée que j'habite par ici. Je leur ai dit qu'il n'y avait pas de problème.

– Tout à fait judicieux, dit Petra. Ça vous évite de rentrer le soir.

– Voilà. Et chez eux mon matos est en sécurité.

XXIV

Mac Dilbeck étudia la photo de Marcella Douquette.

– Notre victime.

– Et peut-être la principale, dit Petra. Elle n'a pas de casier, mais elle vit avec un membre d'une entreprise criminelle connue. Il se pourrait que les autres gosses aient eu simplement le malheur de se trouver dans le parking au mauvais moment.

Ils prenaient un café au Musso & Frank, dans l'un des box à dossier raide de la salle en façade. Fréquenté par les vieux de la vieille d'Hollywood, mais les gens de l'âge de Petra y venaient aussi de temps en temps. Petra avait commandé une tarte aux pommes, Mac une tarte à la rhubarbe avec une boule de glace à la vanille. Luc Montoya, pris par sa nouvelle enquête – des coups de couteau dans Selma Avenue –, n'était définitivement plus sur l'affaire du Paradiso.

Avec sa fourchette, Mac découpa un triangle équilatéral de tarte et l'enfourna avec appétit. Il était dix-sept heures et cela faisait un jour et demi qu'il était sur la brèche, ce qui n'empêchait pas son costard d'être impeccable et sa chemise d'avoir l'air parfaitement repassée. Petra avait laissé un message à l'intention d'Isaac pour repousser leur rendez-vous. Elle était surexcitée à l'idée d'avoir réussi à identifier Douquette, mais proche de la déprime tant il restait à faire pour trouver les coupables.

Encore onze jours avant le 28 juin, mais le Paradiso était plus important, le Paradiso était l'actualité.

– Tu as fait un boulot sensationnel, lui dit Mac, en essuyant sa bouche pourtant impeccable avec la petite serviette en tissu. Réussir à identifier une victime à partir de pratiquement rien...

– Abracadabra, lui renvoya Petra en agitant une baguette magique imaginaire.

Il sourit.

– Tu penses donc que ce type, ce... Lyle, est notre homme.

– Sandra Leon, Marcella et lui habitaient ensemble à Venice. Le propriétaire nous a dit qu'ils avaient payé six mois d'avance en liquide. Le type a donné comme nom Lewis Tiger.

– *León* veut dire lion en espagnol, non ? Lion, Tigre. Astucieux.

– Si c'est lui le coupable, c'est un sacré salopard. Les Players n'ont pas la réputation d'être violents, mais il se peut qu'il en aille autrement dans leurs petites affaires internes. Il n'est pas exclu que le vieux Robert régisse tout ça d'une main de fer depuis sa cellule de Lompoc. Sandra ne lui a jamais rendu visite, mais Marcella si, une fois l'an dernier. Et devine quoi : c'est la seule femme à l'avoir fait.

– Et tu te dis qu'elle a offensé le boss.

– D'après le légiste, elle venait de subir un avortement. Elle a peut-être violé une règle du groupe.

– En tombant enceinte ou en se faisant avorter ?

– Ça pourrait être aussi bien l'un que l'autre, répondit-elle. Le père était peut-être étranger aux Players. Ou bien Lyle. Il habitait avec les deux filles dans une maison minuscule. Tout a pu arriver. Pour ce que nous en savons, tomber enceinte était peut-être encouragé, le rôle des femmes du groupe étant d'enfanter et, en mettant un terme à sa grossesse, elle aurait gravement attenté aux règles du groupe.

– Renouveler les effectifs du clan, dit Dilbeck. Ça fait un peu secte. Et Sandra ?

– Sandra est malade. Hépatite A. Ce qui pouvait l'empêcher de concevoir, ou bien Lyle le savait et ne l'a pas touchée. À moins que ce soit lui qui la lui ait filée.

Elle lui répéta ce que Katzman lui avait appris sur la question.

Dilbeck découpa et mangea un triangle de tarte plus petit que le premier.

– Il y a une certaine ironie à l'idée qu'elle a simulé le cancer alors qu'elle souffrait d'une autre maladie.

– Le groupe a peut-être toujours su qu'elle avait une hépatite et en a profité pour monter cette arnaque médicale.

– Un peu dangereux, non ? J'ai toujours cru que l'hépatite était quelque chose de très grave.

– Pas la A. Elle disparaît toute seule, en général au bout de six mois.

Dilbeck reposa sa fourchette et fit courir un doigt le long de la photo prise après la mort de l'adolescente.

– En supposant que ce soit Lyle ou un autre des Players qui ait fait le coup, penses-tu que Sandra était au courant ?

– Quand je l'ai interrogée, elle ne paraissait pas être sous le choc. Elle était nerveuse et c'est pour ça que je l'ai remarquée. Elle a peut-être appris à ne rien manifester.

– Les Players, dit Dilbeck, songeur. Je n'en avais jamais entendu parler.

– Ils sévissent surtout dans la partie nord du Nevada.

– Et c'est Isaac qui t'a dégotté tout ça ?

Elle fit oui de la tête.

– Le petit génie, dit Mac. (Il repoussa son assiette, la tarte réduite à un polygone.) C'est un progrès, mais je ne suis pas certain que ça suffira à tenir en respect nos petits camarades du centre.

– Ils ne seront pas contents, alors que nous leur donnons une identification et un mobile probable ?

– Tu sais comment ça fonctionne, Petra. C'est peut-être mieux. C'est D'Ambrosio le patron. S'il veut cinq hommes, il a cinq hommes. Il en veut dix, il en a dix. C'est peut-être de ce genre de couverture que l'affaire a besoin.

– Génial, dit Petra.

– Non, évidemment, mais… (Il plia sa serviette en un rectangle.) Je ferai de mon mieux pour qu'on sache que c'est grâce à toi qu'on a avancé.

– Ne t'inquiète pas de ça.
– Il faut être correct.
– Sur quelle planète ?
– Désolé, dit-il. J'aurais préféré qu'on ait le choix.
– Je comprends, répondit Petra.
Mais elle pensait : « Il y a peut-être un choix. »

XXV

L'arme ne pesait pas très lourd, mais Isaac n'en sentait pas moins la différence dans son porte-documents.

Il avait emmailloté le calibre vingt-deux dans un bandana bleu acheté dans une boutique « Tout à quatre-vingt-dix-neuf cents », non loin de la Cantina Nueva, et fourré le tout sous son ordinateur portable.

La panoplie complète.

L'université n'étant qu'à une courte distance du bar en bus, il arriva à temps pour son rendez-vous avec le Dr Leibowitz.

Un vrai tonton pour lui, ce Dr Leibowitz. Trop beau pour être vrai, s'était dit Isaac lors de leur première rencontre. Il avait constaté par la suite que Leibowitz se comportait ainsi avec tous ses étudiants. À un an de la retraite, l'homme était en paix avec lui-même.

L'entretien se passa bien, comme toujours ; Leibowitz souriait et jouait avec sa pipe (vide) de bruyère. Il avait arrêté de fumer depuis des années, mais avait gardé ses pipes et toute une gamme de fournitures pour fumeurs pour se consoler.

– Alors, comment vous vous en sortez avec vos multi-variables ?

– Certaines de mes hypothèses initiales me font l'effet de se démultiplier. Le processus paraît vouloir s'étendre à l'infini : chaque progrès engendre une nouvelle hypothèse.

En réalité, il n'avait pas jeté un seul coup d'œil à ses calculs depuis plus d'une semaine. Trop pris par le 28 juin. Le tempo de la salle des inspecteurs, le bruit, la colère, les frustrations.

Petra.

Leibowitz hocha sagement la tête

– Ainsi va la science.

Fouetté par le thé de Leibowitz, Isaac dut passer par les toilettes du bout du couloir, rarement utilisées. Adossé à la porte, il posa le porte-documents par terre, en retira l'arme, la sortit du foulard et la soupesa dans sa main.

La braqua sur la glace et fronça les sourcils.

Gros dur.

Ridicule.

Des bruits de pas dans le couloir le firent paniquer. Il laissa tomber arme et bandana dans le porte-documents. L'arme y atterrit avec un son mat.

Les bruits de pas s'éloignant, il se pencha pour remballer le calibre vingt-deux. Le glissa même, pour mieux le cacher, dans le sac en papier brun que Mama avait utilisé pour emballer son déjeuner.

Si jamais quelqu'un avait jeté un coup d'œil dans le porte-documents, il y aurait vu un sac en papier graisseux empestant le chili et les tapas au maïs.

Amour maternel.

Introduire l'arme dans le commissariat n'avait pas été un problème. Depuis le 11-Septembre, on avait renforcé la sécurité à l'entrée du bâtiment, mais de manière erratique. La plupart du temps, on se contentait de l'examen oculaire des personnes qui se présentaient. Quand le niveau d'alerte passait au rose on installait un détecteur de métaux et tous les flics entraient par la porte de derrière, côté sud du bâtiment.

Les relations politiques d'Isaac lui avaient permis d'obtenir un badge à son nom et un passe pour ouvrir cette porte secondaire. Le commissariat était ancien, sa climatisation inefficace et on laissait en général cette porte ouverte pour permettre à l'air de circuler.

Il grimpa l'escalier, tout au plaisir qu'il aurait à retrouver Petra.

Quatre inspecteurs de sexe masculin étaient là, mais pas elle.

Une heure plus tard, il dut accepter le fait qu'elle n'allait pas se montrer.

Il rangea ses affaires, descendit au rez-de-chaussée et trouva la porte secondaire fermée. Il l'ouvrit et passa dans le parking en bitume éclairé *a giorno*. Nombreuses voitures noir et blanc, quelques berlines banalisées.

Nuit chaude. Il se demanda pourquoi elle lui avait posé ce lapin. Elle avait paru prendre le 28 juin au sérieux.

Ce n'est pas un lapin, espèce d'idiot. Elle est inspecteur de police, quelque chose d'urgent est arrivé.

Il allait rentrer chez lui, arriver à l'heure pour dîner, faire plaisir à Mama. Demain matin, il se rendrait tout droit au campus. Irait se planquer à sa table habituelle, tout au fond du recoin le plus reculé de la bibliothèque Doheny, au troisième sous-sol. Encoconné par les murs jaunes, le plancher ambré et les empilements poussiéreux de vieux ouvrages de botanique.

Il s'assiérait.

Réfléchirait.

Trouverait quelque chose.

Il devait trouver quelque chose pour le montrer à Petra.

XXVI

Mardi 18 juin, quatorze heures deux,
bureau du capitaine Schoelkopf

Quand le salopard appela Petra, elle était prête. Elle savait très bien ce qu'elle avait fait et s'était blindée pour l'attaque.

Si elle avait respecté la procédure, elle aurait dû informer le lieutenant de service, obtenir de lui la permission de parler au capitaine, obtenir du capitaine la permission de contacter le bureau des relations publiques du LAPD, déposer une requête téléphonique auprès de ce service, la faire suivre d'une barbante demande écrite en bonne et due forme qui l'aurait obligée à révéler trop de détails de l'affaire – et attendre le feu vert.

Sa méthode, pour obtenir ce qu'elle voulait, avait consisté à contacter cinq journalistes qu'elle connaissait personnellement – des chasseurs de scoops auprès desquels elle avait accumulé quelques bons points en échangeant discrètement des infos sous le couvert de l'anonymat.

Patricia Glass, du *Los Angeles Times*, et quatre correspondants de chaînes de télé. Personne des stations de radio, parce qu'ils ne lui auraient été d'aucune utilité dans ce cas précis.

Tous les cinq ayant manifesté de l'intérêt, elle leur avait faxé la meilleure des photos de Marcella Douquette ainsi que celle du casier de Lyle Leon. Elle avait épicé l'envoi d'une allusion à une « cabale » et un « crime rituel mystérieux », en leur demandant de ne pas en rajouter.

– Un crime rituel, hein ? Comme dans l'affaire Charles Manson ? lui avait dit Leticia Gomez, de Canal Cinq.

Le commentaire de Burt Knutsen, de On The Sport News, avait été pratiquement identique.

Le journaliste frais émoulu de l'Université qui travaillait pour ABC lui avait dit :

– Ah, la cabale, comme le truc de Madonna ?

Petra avait chaque fois botté en touche, sans rien nier. À ce stade, ce qui comptait, c'était que les photos soient diffusées.

Les quatre stations d'infos locales les avaient fait passer à l'antenne au bulletin de vingt-trois heures, et avaient recommencé ce matin. Rien dans le *Los Angeles Times*, mais le quotidien était une grosse machine, alors peut-être demain.

À quatorze heures, Schoelkopf la convoquait dans son bureau.

Elle s'attendait à tomber en enfer, mais n'eut droit qu'à un modeste passage au purgatoire. Schoelkopf, enfoncé dans son fauteuil en cuir, se contenta de proférer les reproches appropriés à ce genre de situations. Mais dépourvus de leur vitriol habituel, à croire qu'il les faisait pour la forme. Distrait, le capitaine, comme si tout cela était sans importance.

Son ancienne manière manquait presque à Petra. Est-ce qu'il se sentait bien ?

Quand il s'interrompit pour reprendre sa respiration, elle lui posa la question.

Il bondit vers elle, la foudroya du regard et lissa ses cheveux noirs brillantinés.

– Pourquoi ? Je devrais me sentir mal ?

– Vous avez l'air… fatigué.

– Je m'entraîne pour le marathon. Me suis jamais senti aussi bien. Et pas la peine de me baratiner, Connor. Et de changer de sujet. Le fait est que vous avez déconné en ne suivant pas la voie hiérarchique, que vous faites perdre leur temps à des tas de gens et que vous avez probablement foutu une affaire en l'air.

– Je reconnais avoir agi un peu à la hâte, mais pour ce qui est de faire perdre…

– Oui, perdre, répéta-t-il. La spéciale reprend le dossier.

– Première nouvelle, dit-elle en mentant. Je…

Il la coupa d'un geste de la main. Ses ongles, d'ordinaire impeccablement manucurés et courts, étaient trop longs. Son costume beige imitation couturier était froissé et son col de chemise paraissait trop grand. Perte de poids due à l'entraînement pour le marathon ?

Il avait sans conteste l'air fatigué.

Puis Petra remarqua une autre anomalie. La photo encadrée où on le voyait avec sa troisième femme et ses enfants en vacances à Mazatlán avait disparu du bureau. Il n'y avait rien à la place.

Problèmes domestiques ?

– Je suis désolée, chef…

Nouveau geste impatient de la main.

– Ne recommencez pas ce genre de conneries, sans quoi il y aura des suites. Il y a une limite aux droits que votre statut vous confère.

– Mon statut ?

Schoelkopf eut un sourire ironique.

– À propos de traitement spécial… qu'est-ce que fabrique votre petit génie ?

– Sa recherche.

– C'est-à-dire ?

– Il prépare sa thèse et ne cherche pas les ennuis.

Les yeux de Schoelkopf se rétrécirent.

– Pas de problème de ce côté-là ?

– Aucun. Pourquoi ?

– Le pourquoi était inutile, Connor.

– En effet.

– Vous le gardez bien à l'œil, ce jeune Alberto Einstein ?

– Je ne sais pas très bien ce que je dois…

– Votre responsabilité est d'être sa baby-sitter, pigé ? Ne salopez pas non plus ce boulot.

Il changea de position dans son fauteuil.

– Et qu'est-ce que votre battage médiatique vous a rapporté ?

– Nous avons eu des appels…

– Épargnez-moi les conneries.

– Rien de concret, mais des appels continuent à…

Au grand étonnement de Petra, Schoelkopf hocha la tête et dit :

– Eh puis merde, hein ? Qui sait ? Quelque chose sortira peut-être de votre connerie. Sinon, ce sera juste une connerie.

À seize heures, elle avait reçu trente-cinq messages relatifs à la diffusion de la photo, tous bidons. À seize heures trente-deux, Patricia Glass, la journaliste du *Los Angeles Times*, l'appela.

– De toute évidence, vous n'avez plus besoin de nous, dit-elle.

– Nous avons besoin de toute l'aide possible, se défendit Petra.

– Dans ce cas, vous auriez dû attendre. Mon article était fini et prêt à partir. Puis mon rédac' chef a vu les informations hier au soir et l'a annulé. Nous ne faisons pas dans l'histoire ancienne.

Petra pensa : « As-tu au moins lu ton journal ? »

– Ce n'est pas une histoire ancienne, Patricia, l'affaire n'a pas encore été résolue.

– Une fois que les autres comiques s'en sont emparés, elle est ancienne. La prochaine fois, avertissez-moi si vous vous adressez à eux. Me faites pas perdre mon temps.

– Je suis désolée de vous avoir mise dans une situation…

– Exactement.

Clic.

À dix-sept heures trente, vingt appels supplémentaires plus tard – cinq de voyants extralucides, apparemment, deux de types manifestement cinglés et le reste provenant de citoyens pleins de bonne volonté mais n'ayant rien à offrir, elle n'avait toujours pas avancé d'un pouce.

Elle avait provoqué une crise sans en récolter le moindre bénéfice.

Elle se sentit mal un moment, puis se dit : la belle affaire, dans un monde où des débiles fanatiques se font exploser…

Mais elle avait du mal à se justifier à ses propres yeux. Se sentant abattue, elle était sur le point de déclarer la journée terminée lorsque le téléphone sonna. C'était Eric.

– Je suis à New York, avec un vol pour Los Angeles prévu à vingt heures. Si nous sommes à l'heure, je devrais arriver à vingt-trois heures.

– De retour pour de bon ? Ou en route pour ailleurs ?

– Pas d'autres projets.

– Et le Maroc ? Et la Tunisie `

– Annulés.

– Tu vas bien ?

– Oui.

– Tu es en état de voyager ? Avec ta jambe ?

– J'ai envisagé un temps de laisser la jambe sur place, mais j'ai changé d'avis.

– Très drôle, dit-elle.

Puis elle se rendit compte que ça l'était. C'était aussi la première fois qu'il s'essayait à l'humour avec elle. Et elle l'avait rembarré ! Seigneur...

– Je vais aller te chercher, dit-elle. Quelle compagnie ?

– Je vais prendre un taxi.

– Non. Je viens te chercher. Quelle compagnie ?

Il hésita.

– Tu préfères que je tourne autour de l'aéroport ?

– American Airways.

Elle raccrocha, le cœur battant – qu'est-ce qui lui arrivait ? – rangea ce qu'il fallait ranger, éteignit l'ordinateur, rassembla ses affaires et quitta la salle des inspecteurs.

Il était temps qu'elle s'occupe un peu d'elle avant de prendre la direction de l'aéroport. Un dîner léger dans un endroit sans prétention et tranquille comme le restaurant mongol de La Brea, tenu par une famille qui la traitait toujours royalement. Puis elle prendrait un grand bain en parfumant l'eau avec ces trucs de fille que son frère lui avait envoyés pour son anniversaire et qu'elle n'avait encore jamais utilisés. Après, elle se maquillerait avec soin et mettrait même du mascara – ce qu'elle détestait car elle n'arrivait jamais à l'étaler sans s'en mettre dans les yeux. Un peu de fond de teint – ses pommettes étaient toujours élégantes. La partie de son visage qu'elle préférait.

Nick s'était montré un grand admirateur de ses pommettes pendant la première année de leur mariage, quand il remarquait encore les choses.

Eric ne lui en avait jamais parlé, non plus que du reste de son physique. Il ne lui avait jamais vraiment adressé de compliments, sinon quand ils faisaient l'amour et que toutes sortes de sons plus ou moins articulés s'échappaient de sa bouche comme autant de petits oiseaux.

Après, couverts de transpiration et haletants, ils partageaient le silence…

Elle non plus ne lui adressait jamais de compliments.

Remarquerait-il ses efforts ? Peu importe, elle sentirait la différence.

Mascara, blush, se changer pour mettre quelque chose de féminin et – oserait-elle se l'avouer ? – de sexy.

Après une telle journée, aurait-elle l'énergie de se montrer sexy ?

Elle verrait bien.

Elle emprunta l'escalier qui conduisait au parking et faillit entrer en collision avec Isaac qui venait de pousser la porte et montait.

Il n'avait pas de voiture. Pourquoi entrait-il par là ?

Probablement parce qu'ils passaient par l'arrière quand ils partaient ensemble. La surprise passée, il la salua, se tenant tout raide, le dos droit. Il affichait un sourire… provocateur ?

– Salut, répondit-elle.

– J'espérais vous attraper. Vous avez travaillé très tard, hier soir.

Hier soir ? Oh, merde, leur rendez-vous.

– Je suis désolée, il y a eu un imprévu.

– La tuerie du Paradiso ?

– Oui, dit-elle en mentant.

Il attendit qu'elle en dise davantage et comme rien ne venait il commença à balancer son porte-documents contre sa jambe. Petit garçon déçu. Fini, la provoc.

– Et il faut que je parte tout de suite, ajouta-t-elle.

– Je comprends. Quand vous aurez le temps…

Ce qui aurait été sympa : remonter avec lui et l'écouter dire ce qu'il avait à dire. Mais elle était trop fatiguée.

– Voyez-vous, il y a une bibliothécaire à Doheny, la bibliothèque de l'université, qui vérifie les références historiques pour moi.

– Quel genre de références ?

– Les faits divers anciens dans les ouvrages épuisés, les journaux. Tout ce qui peut avoir un rapport avec le 28 juin.

– Tu penses qu'il y a un type qui a étudié l'histoire et qui la rejoue ?

– C'est tout ce que j'ai pu trouver, répondit-il d'un ton qui était tout sauf assuré.

Elle réfléchit. Isaac dut interpréter son attitude comme du scepticisme, car il rougit.

– Je ne lui ai pas expliqué pourquoi je m'y intéressais, je lui ai juste demandé de se focaliser sur les dates. Elle a accès au cabinet des livres rares ; autrement dit, elle est bien placée pour trouver quelque chose qui n'est pas sur Internet.

– Je croyais que le Net balayait tout.

– C'est exactement ça, il balaie. C'est un énorme cyber-aspirateur qui ramasse tout ce qui est sur son passage au petit bonheur la chance. Mais il ne passe pas dans les coins. Malgré tous les détritus qu'il ingurgite, il y a des arcanes, des références obscures qu'on ne trouve sur aucun site. Il nous est arrivé une fois, dans un cours d'anthropologie, alors qu'il était question de rituels tribaux pour sceller des unions et qu'on aurait pu penser que tout avait été couvert par les sources principales et secondaires, de…

Il s'interrompit de lui-même. Se donna un coup de pied.

– J'ai aussi consulté les microfilms des principaux journaux de Los Angeles, mais seulement sur les trente dernières années. Si j'ai le temps, je pousserai plus loin. Évidemment, si la source n'est pas de la région, j'aurai un problème.

– J'apprécie que tu consacres autant de temps à ça, lui dit-elle.

– Ça ne mènera sans doute à rien.

– Tu ne vas pas te mettre à parler comme moi !

Il eut un sourire mal assuré.

– Bon, ben, passez une bonne soirée.

– Tu restes ici ? demanda-t-elle.

– Comme j'ai un bureau, autant y travailler un peu, dit-il en se mordillant la lèvre. Bien entendu, si vous êtes libre pour dîner ou…

– Je ne demanderais pas mieux, Isaac. Malheureusement, je dois filer… on se voit demain ?

– Sans doute. (Il avait répondu d'une voix tendue.) Je ne sais pas quand je pourrai venir. J'ai une ou deux réunions et je voulais retourner consulter les microfilms…

– Tu vas t'épuiser à ce rythme, Isaac.

On aurait dit la Mama.

– Je vais très bien.

On aurait dit un ado.

Elle sourit, mais il regardait une nouvelle fois ailleurs. Sans un mot de plus, elle poussa la porte et s'avança d'un pas pressé dans le parking.

La nuit était chaude et humide. Deux inspecteurs qu'elle ne reconnut pas marchaient vers le fond, bavards et rieurs. L'un d'eux se tourna pour la regarder, puis revint aux plaisanteries de son collègue.

Elle courut à sa voiture en s'efforçant d'oublier la mine déconfite d'Isaac.

Il était temps de se recentrer – moi, moi, moi. La potée mongole, ils me traitent bien, je mérite d'être bien traitée.

Elle prendrait une revue et la lirait en mangeant. Un truc qui ne lui prendrait pas la tête.

Elle jouerait avec ses baguettes. Mimerait la satisfaction.

Un bain avec sels de bains.

Puis elle irait chercher Eric.

XXVII

Crétin !

Isaac courbé sur son bureau, face à un mur pisseux. Le front brûlant, du sable dans les yeux, confus, seul dans la salle des inspecteurs, mis à part le vieux Barney Fleischer qui paraissait être toujours là mais pas vraiment travailler.

Fleischer, sa petite radio branchée volume très bas sur un programme musical anodin, n'avait même pas levé la tête à l'entrée d'Isaac. Plus personne ne prêtait attention à ses allées et venues. Pour eux tous, il faisait partie des murs.

Y compris pour Petra.

L'inviter à dîner alors qu'elle se précipitait pour une urgence ! Mais qu'est-ce qu'il s'était imaginé ?

Contrairement à Fleischer, Petra travaillait ; ce qu'elle faisait était important pour elle. En dépit de toutes les frustrations, elle s'acharnait à remonter des pistes qui n'aboutissaient pas toujours.

Une femme comme elle avait besoin d'organiser son temps avec parcimonie. Comment croire qu'elle aurait seulement pu envisager de perdre son temps pour un dîner ?

Avec lui en plus !

Aux yeux de Petra, il n'était qu'une mission qu'on lui avait confiée.

Et cependant, elle lui avait généreusement consacré du temps. Elle l'avait pris avec lui sur l'enquête en cours. Lui avait donné des détails.

Cette peau, ces yeux… La manière dont sa chevelure noire se remettait en place…

Arrête ça, crétin !

Il se mit de nouveau à avoir des doutes sur les meurtres du 28 juin. Son hypothèse n'était-elle pas le fruit stupide de sa présomption ?

Il s'était senti tellement sûr de lui ! L'excitation de la découverte, à l'instant où il avait eu la révélation de cette série de crimes récurrents, l'avait quasiment fait bondir au plafond.

Eurêka !

Tu parles !

Il avait cru avoir pris toutes ses précautions pour ne pas aller trop vite aux conclusions ; il avait calculé et recalculé, soumis son hypothèse à de multiples tests de cohérence. Les données semblaient claires. Il y avait quelque chose.

Et s'il s'était simplement convaincu qu'une curiosité mathématique prenait un sens parce qu'il était aveuglé par sa propre connerie ?

Parce qu'il avait voulu à tout prix produire quelque chose pour Petra ?

Tout cela ne se ramenait-il pas bêtement aux ridicules rituels d'accouplement des coqs de bruyère ?

Seigneur, il espérait bien que non !

Non, il n'avait pas déliré. Petra était une pro, et elle l'avait cru.

L'aurait-il eue à l'usure ?

Toute sa vie durant – toute sa vie d'étudiant –, on lui avait répété qu'il était fait pour réussir. Que la combinaison d'un cerveau comme le sien et de la persévérance ne pouvait pas échouer.

Mais la persévérance pouvait aussi être pathologique, non ?

Il avait ça en lui : le besoin compulsif d'aller jusqu'au bout, l'entêtement irrationnel.

Barney Fleischer regarda par-dessus son épaule, étudia Isaac un instant et l'interpella.

– Hé, toi !

– Salut, inspecteur Fleischer.

– On fait le quart de minuit ?

– On n'y est pas encore.

– Elle est partie, tu sais. Il y a quelques minutes.

– Je sais, dit-il.

Fleischer l'étudia à nouveau et dans les yeux du vieil homme Isaac ne vit que la froideur d'un regard qui le jaugeait. Enquêteur un jour…

– Je peux faire quelque chose pour toi, fiston ?

– Non, merci. J'ai de quoi m'occuper. Pour ma recherche.

– Ah, dit Fleischer.

Il monta le son de sa radio et reprit ses propres occupations.

Isaac ouvrit son ordinateur portable, fit monter une page de calculs à l'écran et prit un air concentré. Pour retourner une fois de plus à la torture du doute.

Prends du recul, sois objectif.

Six victimes et rien en commun, sinon la date. Ses calculs disaient que ce n'était pas un hasard, mais pouvait-il se faire confiance ?

Non. Aussi biscornues qu'aient été ses motivations, il avait vu juste. Il avait refait ses calculs trop souvent : ça ne pouvait être que vrai.

28 juin. On était aujourd'hui le 18.

S'il avait raison, une personne innocente prise au hasard et ne soupçonnant rien allait sortir dans la nuit, toute au bonheur de ce qu'elle s'apprêtait à faire, et vivre l'expérience atrocement douloureuse de se faire assommer et réduire le crâne en bouillie.

Puis rien.

Tout d'un coup, il aurait bien voulu s'être trompé. Cela ne lui était jamais arrivé jusque-là.

XXVIII

Mercredi 19 juin, une heure vingt,
terminal 4, LAX

Le vol était annoncé avec deux heures de retard et une forte odeur d'incertitude régnait dans le secteur des carrousels à bagages.

Là, tous les proches fatigués, les uns assis, les autres faisant les cent pas, consultaient le tableau des arrivées, hochaient la tête, juraient parfois en voyant les chiffres empirer.

Petra passa le temps en relisant un vieil exemplaire de la revue *People*.

Le bain qu'elle avait pris trois heures auparavant lui avait fait du bien, mais elle avait été trop excitée pour en profiter vraiment.

Elle en était sortie au bout de cinq minutes, s'était séchée et avait passé un temps fou à se maquiller, puis à s'habiller, finissant par choisir un corsage noir qui la moulait et un pantalon de lin gris. Son soutien-gorge sans couture lui donnait un port de poitrine qui n'était pas celui de la nature.

Elle s'était rapidement rendue à l'aéroport, avait trouvé une place où se garer après avoir fait deux fois le tour du parking et était tout de même arrivée en avance.

Puis elle avait attendu.

Quand l'heure d'arrivée du vol fut enfin annoncée, ayant une heure devant elle, elle quitta le terminal pour aller se dégourdir les jambes dans les halls presque déserts de l'étage inférieur.

Une femme seule. Son arme était dans son sac à main. Pas le moindre détecteur de métal dans le coin de la livraison des bagages. Un manquement certain aux règles de sécurité qui l'arrangeait, ce soir.

À son retour, le secteur venait d'être envahi par les passagers d'un vol en provenance de Mexico. Au moment où les derniers d'entre eux s'en allaient, le signal d'arrivée du vol d'Eric se mit à clignoter sur le panneau ; elle se posta près des portes battantes, au pied de la rampe, scrutant celle-ci à travers le vitrage.

Maigre vol : juste une poignée de zombies qui vacillaient sur la rampe. Eric fut parmi les derniers à apparaître et elle le repéra bien avant qu'il arrive à la porte.

Sweat-shirt bleu marine, jean délavé, chaussures de sport, son petit sac à dos d'alpiniste à l'épaule.

Une canne légère en bois à la main gauche.

Il boitait.

Il se redressa quand il la vit et agita la canne en l'air, comme si elle était superflue.

Il franchit les portes ; elle se jeta sur lui et l'étreignit dans ses bras, sentant la tension de ce corps tout en os et en tendons. La canne heurta sa jambe.

– Excusez-moi ! lança une femme d'un ton agacé.

Ils bloquaient le passage. En s'écartant, Petra eut droit au regard meurtrier d'une espèce de mégère toute de noir vêtue, apparemment décidée à se lancer dans un combat oculaire en règle. Petra sourit et serra de nouveau Eric dans ses bras.

– J'ai une valise, dit-il.

Ils se dirigèrent vers le carrousel. Petra voulut le décharger de son sac à dos.

Il le retint.

– Non, ça va.

Et il lui tendit la canne pour le prouver.

Ils restèrent silencieux pendant que les bagages dégringolaient du toboggan.

On ne peut plus romantique.

Elle se plaça entre lui et le tapis, sur lequel tournaient les bagages, et l'embrassa de toutes ses forces.

Sur le chemin du retour, il lui dit :

– Merci d'être venue me chercher.

– J'ai eu du mal à me décider...

Il posa la main gauche sur le genou de Petra, la retira.

– Ça me fait du bien de te voir, dit-elle.

– Moi aussi, ça me fait du bien.

– Comment va ta jambe ? Dis-moi la vérité.

– Bien. C'est la vérité.

– Combien de temps vas-tu devoir utiliser ce machin ?

– Je pourrais probablement déjà m'en débarrasser.

Elle prit par Century jusqu'à la 405e Nord. Peu de circulation sur la voie rapide. Le moment idéal pour titiller la limite de vitesse.

– On va chez toi ? demanda-t-elle.

Mais elle n'avait pas très envie de rouler jusqu'à Studio City.

– On peut aller chez toi.

– On peut.

Une fois arrivé, il déclara qu'il se sentait « puant » et qu'il allait prendre une douche. Elle commença à faire couler l'eau et, en attendant qu'elle soit chaude, lui prépara un café. Quand il enleva son sweat-shirt, elle vit la peau blanche et la fine couche de muscles sous laquelle saillaient ses os. Pas tout à fait décharné. Il avait un pansement à l'épaule.

Il la vit qui le regardait.

– J'ai été égratigné par un fragment. Ce n'est rien.

Il enleva son jean et son caleçon. Un bandage épais lui enserrait tout le mollet gauche.

– Tu peux aller sous la douche avec ?

– Les chairs sont encore enflammées, mais il n'y a pas d'infection. Dans deux jours, j'irai faire changer le pansement.

Petra le suivit lorsqu'il se dirigea vers la salle de bains. Elle se tint dans l'encadrement de la porte tandis qu'il boitillait jusque sous la douche et réglait le jet à la puissance maximale. L'eau se mit à crépiter contre le verre cathédrale.

Petra voyait sa silhouette brouillée.

Et puis zut !

Elle se déshabilla et alla le rejoindre.

Un manque d'égards frisant la cruauté, les positions qu'elle lui fit prendre. Un blessé ! Il gémit de gratitude et lorsqu'ils eurent terminé et qu'ils se retrouvèrent allongés sur le lit, nus et en sueur, il lui dit qu'elle lui avait manqué. Il lui effleura un sein. La pointe s'en durcit.

– Toi aussi, tu m'as manqué, dit-elle.

Ils s'embrassèrent et il se remit à bander. Était-ce vraiment elle qui lui avait manqué ? Ou seulement ça ?

Y avait-il une différence ?

Elle interrompit leur étreinte.

– Tu n'as pas faim ?

Il réfléchit avant de répondre.

– J'irai peut-être faire un tour dans ton frigo.

Elle posa une main sur la poitrine plate et chaude d'Eric.

– Ne bouge pas. Je vais te préparer quelque chose.

Il fit un sort au sandwich à la dinde, aux chips et à la salade presque fraîche qu'elle avait préparés à la hâte. Il mangeait comme d'habitude : en silence et avec détermination. Mâchait sans se presser, la bouche poliment fermée. Pas la moindre miette égarée, pas la moindre trace de gras sur ses lèvres.

Elle étudia ses mouvements de poignets. Ces derniers étaient minces pour un homme et il avait des doigts longs et délicats. Il aurait dû jouer d'un instrument. Elle prit conscience de ne jamais l'avoir entendu fredonner, chanter, ou manifester de l'intérêt pour la musique.

La douche lui avait fait perdre le pansement de son épaule et il avait traité la blessure avec un cicatrisant qu'il avait dans son sac, puis avalé un antibiotique. Petra jugeait que l'estafilade de près de dix centimètres n'était pas exactement « rien ». La plaie était déchiquetée et ourlée, les chairs enflammées et gonflées autour. Horrible. À quoi sa jambe ressemblait-elle ?

– Pourquoi as-tu annulé la suite du voyage ?

– Pour venir te voir.

– Si seulement c'était vrai…

– C'est vrai, protesta-t-il.

– En partie, peut-être. Raconte-moi tout.

Voici comment les choses s'étaient passées : Eric, un officier de sécurité israélien et trois autres flics étrangers – un Anglais, un Australien et un Belge – étaient attablés devant des cafés glacés, des boissons non alcoolisées ou des bières (beaucoup de bières, dans le cas de l'Anglais) à la terrasse d'un café, dans la rue Hayarkon. Trente degrés à Tel-Aviv, quatre-vingt-dix pour cent d'humidité. On se douchait, on se séchait et on était moite de sueur cinq minutes après.

Les cinq hommes avaient suivi leur formation toute la journée – regardé des films, consulté des informations d'Interpol, étudié des documents déclassifiés. Les collègues d'Eric se sentaient mal et détestaient Tel-Aviv.

La ville ne déplaisait pas à Eric. Il y était déjà venu deux fois, quelques années auparavant, pour le compte de l'ambassade des États-Unis. Service de courrier entre Riyad et Israël via Amman. De petits paquets soigneusement ficelés, aucune idée de ce qu'ils contenaient, mais toujours est-il qu'il avait à chaque fois franchi la douane sans avoir à donner d'explications. Il s'était ensuite promené dans cette même rue Hayarkon faite d'hôtels de plage bon marché, de bars, de boîtes de nuit et de restaurants, où des prostituées thaïlandaises et roumaines arpentaient les trottoirs.

Beaucoup d'ambassades non loin de là. Tapins et diplomates, ça se complétait bien.

Lorsque l'officier israélien s'était levé pour aller chercher une autre tournée, les collègues d'Eric avaient recommencé à se plaindre de ce foutu pays. Trop humide, trop bruyant. Nourriture trop épicée. Et les Israéliens étaient grossiers.

– Et trop vous savez quoi, avait dit le Belge.

D'un naturel déjà détestable, l'homme était en outre antisémite par choix et ne demandait qu'à étaler ses préjugés dès que leur collègue israélien avait le dos tourné. Ricanements, grimaces, le doigt mimant un nez crochu. Des commentaires *mezza voce* sur le fait que Juifs et Arabes étaient tous de la même farine, il n'y avait qu'à les laisser s'entretuer, non ?

Tel était le type que Bruxelles avait envoyé dans le cadre de la collaboration internationale pour la sécurité. Ancien bureaucrate de la police, ancien officier de l'armée.

Officier dans l'armée belge... mais quand les Belges s'étaient-ils battus pour la dernière fois ? Probablement dans les années cinquante, lorsqu'ils avaient massacré les Congolais.

La veille, alors que le Belge s'était retrouvé seul avec Eric dans les toilettes des locaux de la police, sur la Colline française, à Jérusalem, l'homme avait pointé sa quéquette hors de l'urinoir et aspergé le plancher. « Je leur pisse tous à la raie ! »

Lorsque le premier porteur de bombe s'était présenté, l'officier israélien n'était pas encore revenu avec les boissons. Eric était prêt à jurer qu'il avait senti l'enfoiré avant même de le voir. Qu'il avait senti sa peur, qu'elle avait instantanément alerté une fibre nerveuse primitive en lui.

Toujours est-il qu'il avait été le premier à le repérer.

Pivotant sur lui-même, jetant des coups d'œil dans toutes les directions, le type s'était avancé entre les tables. Jeune, rondouillard, les cheveux hérissés, la pointe décolorée pour ressembler aux dons Juans de plage israéliens.

Sauf que ça ne collait pas du tout. Le long manteau noir, alors qu'il faisait trente degrés. Sa transpiration abondante, ses yeux qui se déplaçaient à toute vitesse.

– Des emmerdes en vue, avait dit Eric.

Il s'était redressé et préparé à bouger.

– Tout ce foutu pays n'est fait que d'emm... avait lancé le Belge.

Eric s'était levé. Sans se presser, normalement. Son verre vide à la main, comme s'il allait en chercher un autre.

Le trouduc au manteau s'était rapproché.

L'Australien et le Belge ne faisaient pas attention, mais l'Anglais avait suivi la direction du regard d'Eric et tout de suite pigé. Il s'était levé lui aussi, le message tacite étant : chacun d'un côté, on le jette à terre ensemble.

Mais l'alcool avait quelque peu émoussé ses réactions ; il s'était pris le pied dans sa chaise et avait fait une embardée.

Le Belge avait éclaté de rire et dit quelque chose en français.

Eric avait pivoté lentement, en prenant bien soin de ne pas regarder le kamikaze dans les yeux.

Moins de dix mètres entre eux. Il se rapprochait. Un mètre cinquante. Eric avait compris ce que faisait ce salopard : il cherchait à se placer au milieu de la foule pour faire un maximum de victimes.

Il était au coude à coude avec lui, à présent. Et sentait réellement l'odeur putride que dégageait le type à l'idée de ce qu'il s'apprêtait à faire.

Yeux fous, lèvres qui bougent, un genre de prière silencieuse.

De l'acné au front et au menton, de la crasse dans les plis du cou. Un gosse, vingt ans tout au plus.

Le Belge avait fait une autre réflexion. Eric connaissait assez bien le français pour le comprendre.

– Il fait une chaleur d'enfer et ce crétin s'habille comme un réfugié polonais.

Le type au manteau noir avait peut-être senti le dédain dans le commentaire du Belge, car il s'était immobilisé. Avait foudroyé l'homme du regard. Et fait passer une main dans son manteau.

Cette fois, le Belge avait compris. Blêmi, cligné des yeux tout en les écarquillant. S'était pissé dessus.

Eric avait bondi, frappé Manteau noir de toutes ses forces à la gorge de la main droite, se servant de la gauche pour lui tordre le bras. Vers l'arrière et vers le haut. Très en arrière, très haut. Il avait entendu un os casser. Les yeux du type qui s'exorbitent, le type qui hurle.

Tombe.

Son manteau qui s'ouvre. Une veste noire, grande et épaisse, lui entourait le buste. Des fils en sortaient par le bas.

En essayant de les atteindre, Eric avait déboîté l'épaule du trouduc et lui avait écrasé la main du pied. Et lui avait piétiné la poitrine. Bruit de côtes cassées.

Le kamikaze avait tourné de l'œil.

– Qu'est-ce qui se passe ? s'était écrié quelqu'un.

Les hurlements avaient noyé la fin de la question.

Panique, sauve-qui-peut général au milieu des chaises et des tables renversées, des verres brisés et des assiettes de nourriture allant s'écraser au sol.

Le kamikaze ne bougeait pas.

Grâce au ciel, c'était terminé.

Puis l'Anglais avait dit : « Merde… » et, cette fois-ci, c'est Eric qui avait suivi son regard.

Là-bas, à la périphérie de la foule qui s'égaillait. Une autre silhouette en manteau long, même âge approximatif, plus petit, plus mince, cheveux noirs. Manteau couleur olive, venu des surplus de l'armée israélienne.

Trop de gens entre eux pour pouvoir faire quoi que ce soit.

Numéro Deux avait hurlé quelque chose et passé la main dans son manteau.

Eric s'était jeté par terre.

Et l'enfer s'était déclenché.

XXIX

Eric avait fait un récit rapide du ton de voix monocorde que Petra trouvait autrefois si bizarre.

Il se leva, gagna la cuisine, en revint avec deux verres d'eau, lui en tendit un.

Elle avait encore la tête pleine d'horreur.

– Désolé de t'avoir poussé à...

– En principe, je suis en route pour le Maroc. Toute cette histoire de coopération internationale des services de sécurité est bidon. Les Européens étaient des clowns. Pour eux, c'était juste une histoire de relations publiques. Après l'attentat, on nous a tous fait venir à l'ambassade des États-Unis. Tout un tas de types, des représentants de chacun des pays concernés, costards sur mesure, sourires à bouffer de la merde, qui nous couvrent de compliments. L'Américain était une espèce de crétin, genre diplômé de Harvard, qui nous a informés qu'on allait faire de l'événement le résultat d'un effort de collaboration entre services. L'équipe internationale aux rouages parfaitement huilés œuvrant de concert.

– Le Belge y compris ? dit Petra.

– Le Belge exhibait déjà la médaille que son représentant lui avait donnée. Boîte doublée de velours, tout le bazar. Ils doivent en avoir en réserve.

– Tout ça pour avoir pissé dans son pantalon.

Il roula vers elle dans le lit.

– J'ai quitté la cérémonie avant que ce soit mon tour. J'ai fait ma valise et j'ai pris le premier vol. Et me voilà.

– Quand vas-tu le dire aux autorités ?

– Je ne sais pas si ce sera nécessaire.

Elle le regarda.

– Ça fait un moment que j'envisage de laisser tomber. En dehors de toi, je ne suis pas heureux. Longtemps, j'ai cru que je ne le serais jamais plus, mais je commence à penser que ce n'est plus impossible.

Il l'embrassa sur la bouche, très légèrement.

Elle lui passa un bras autour des épaules et l'obligea à appuyer la tête contre ses seins.

– C'est même plus que possible, dit-elle.

– Si je démissionnais, tu m'en voudrais ?

– Et pourquoi je devrais t'en vouloir ? Qui mieux que moi sait ce que ce boulot représente pour toi ?

Il réfléchit en silence.

– Une idée sur ce que tu voudrais faire ? demanda-t-elle.

– Entrer dans le privé.

– Dans la sécurité ?

– Je sais pas. Le détective de base, peut-être. J'en ai jusque-là de la politique.

– Je ne peux pas te le reprocher.

– Tu crois que je suis cinglé ?

– Bien sûr que non, répondit-elle.

Mais elle était secouée. La surprise. Plus de travail en équipe avec lui. Plus de contacts quotidiens dans le cadre du boulot.

L'insatisfaction d'Eric ne concernait-elle que son travail ?

– Si j'arrive à m'en sortir, reprit-il, je pourrais acheter une maison.

– Ce serait génial.

– Ce serait sympa d'avoir un peu plus d'espace.

– Très sympa.

– Je n'aurai sans doute pas les moyens de m'offrir mieux que la Valley. Mais je pourrais peut-être trouver un endroit avec une bonne lumière naturelle. T'installer un atelier dans une pièce. Ça te dirait ?

– J'adorerais ça.

– Tu as un réel talent. Je ne te l'ai jamais dit ?

Non, il ne lui avait jamais dit.

– Souvent, mon chéri, répondit-elle.

Elle le serra doucement contre elle et il poussa du museau entre la mâchoire et la clavicule de Petra. Le réveil indiquait trois heures dix-huit. Elle allait être crevée le lendemain.

– C'est peut-être idiot, dit-il.

– Fais ce qui doit te rendre heureux, Eric.

– C'est ce que je veux.

– Bonne nuit, mon chéri.

Il dormait déjà.

La sonnerie du téléphone la fit s'asseoir brusquement dans son lit, où elle eut la surprise de voir Eric. Ah oui, l'aéroport, le retour, le récit d'horreur…

Le foutu appareil continuait à lui corner aux oreilles. Les yeux d'Eric s'ouvrirent et il se redressa sur les coudes.

Parfaitement réveillé – l'entraînement. Petra se sentait encore dans le coltar.

Cinq heures quinze.

Elle décrocha le récepteur.

– Quoi ?

– Oh, merde, je t'ai réveillée. C'est Gil.

Gilberto Morales, un des inspecteurs de service de nuit. Un type qu'elle aimait bien – sauf maintenant.

– Je pensais tomber sur ton répondeur, dit-il pour s'excuser.

Elle poussa un grognement.

– Je me sens péteux, Petra. Normalement, je n'aurais même pas pris la peine de te laisser le message, mais le type du standard était complètement surexcité. Il est monté ici en s'attendant à te trouver. Tu es bien toujours de nuit, non ?

– On m'a confié le Paradiso vingt-quatre heures sur vingt-quatre.

– Et j'ai foutu en l'air ton rythme biologique… Désolé, recouche-toi.

Mais elle était réveillée.

– Et pourquoi le type du standard avait-il le feu aux fesses ?

– Justement, l'affaire du Paradiso.

Et quand Gil lui donna le contenu du message, elle le remercia. Sincèrement.

Lyle Mario Leon, le spécialiste de l'escroquerie aux personnes âgées, le colocataire de Marcella Douquette et de Sandra Leon la dernière fois qu'on avait entendu parler de lui et le premier suspect dans l'affaire du Paradiso, avait tenté de l'appeler par trois fois.

Toutes les heures entre deux et quatre heures du matin. Il avait besoin de lui parler. Refusé de dire pourquoi au type du standard, mais insisté sur le fait que c'était crucial.

Finalement, lors de son appel de cinq heures, il avait mentionné le Paradiso et Mister Standard l'avait branché sur le poste de Petra. N'obtenant pas de réponse, il était monté à la salle des inspecteurs. Et avait demandé à Gil d'essayer de la joindre chez elle.

– Qu'est-ce qui se passe ? voulut savoir Eric.

Trop fatiguée pour répondre, elle contemplait le numéro de portable laissé par Leon. Sans doute un appareil de location, impossible à retrouver. Elle composa le numéro et eut droit à un message enregistré :

« Vous êtes bien à A-1 ventes aux enchères. Nos bureaux sont fermés pour le moment, mais… »

Super-urgent, tu parles ! Probablement un dérangé, un allumé mis en branle par ce qu'il avait vu aux infos…

À moins qu'elle n'ait fait un mauvais numéro.

Elle essaya à nouveau, tomba sur le même message, attendit qu'il soit terminé et dit :

– Ici l'inspecteur Connor..

– Ah, c'est vous, l'interrompit une voix masculine. Merci de me rappeler.

Voix douce, mais pas douce comme celle du Dr Katzman. Ce type donnait l'impression d'avoir suivi la formation voix douce, travaux pratiques y compris. Une voix jeune, aussi. Or Lyle Leon avait quarante et un ans.

Tendue par la méfiance, Petra demanda :

– Qui est à l'appareil ?

– Lyle Leon, inspecteur. Vous avez fait passer ma photo sur toutes les chaînes de télé et du coup, il est indispensable que je vous voie.

– Maintenant ?

– Vous avez failli me tuer.

– Vous m'avez pourtant l'air bien vivant, monsieur.

– Je ne plaisante pas. Vous ne comprenez pas.

– Instruisez-moi.

– Je sais qui a tué Marcella… Qui a tué tout le monde.

Il refusa de donner davantage de détails, insista pour la rencontrer et devint de plus en plus nerveux à mesure que se prolongeait la conversation. Elle finit par lui demander de le retrouver au commissariat dans une heure.

– Pas question, y'a trop de monde. Je ne peux pas courir ce risque.

– Quel risque ?

– D'être la prochaine victime.

– De qui ?

– C'est compliqué. Maintenant qu'ils savent qui je suis, je suis devenu une cible. Je suis mort de trouille, je n'ai pas honte de vous le dire. J'ai fait des trucs pas nets dans ma vie, mais ça… ce n'est pas du tout la cour dans laquelle je joue. Je veux vous voir dans un endroit tranquille. Avec beaucoup d'espace tout autour. Un parc, par exemple.

– Tiens, pardi ! répondit Petra. Je vais aller faire un tour dans un parc plongé dans les ténèbres à cinq heures du matin parce que vous prétendez détenir des informations.

– J'ai plus que des informations, inspecteur. J'ai toutes les réponses.

– Mettez-moi au moins sur la voie.

– Je ne peux pas prendre ce risque. Je dois d'abord être sûr que vous me protégerez.

– De qui ?

Long silence.

– Inspecteur, je peux vous permettre de résoudre cette affaire, mais il faudra s'y prendre à ma manière. Que dites-vous de Rancho Park, non loin de…

– Impossible, monsieur.

– D'accord, d'accord, dit Lyle Leon. Ailleurs, alors. Faites-moi une suggestion. Venez avec des collègues, si vous voulez, je m'en fiche. Je ne veux surtout pas être vu au commissariat de Wilcox, car ils surveillent peut-être l'endroit, pour ce que j'en sais.

– Qui ça, ils ?

Silence.

– Vos petits copains des Players ?

Leon se mit à rire.

– Je voudrais bien. Avec eux, je pourrais m'entendre.

Qui, alors ?

– Bon, d'accord, pas dans un parc. Mais ni à Hollywood ni à Venice.

– Pourquoi pas à Venice ?

Leon ignora la question.

– La Valley, ça vous irait ?

– À la rigueur. Il y a une cafétéria ouverte jour et nuit dans Ventura, près de Lankershim.

– Trop public… Encino, ça vous va ?

– Si vous étiez plus précis sur ce qui vous fait peur, je pourrais…

– Vous étiez sur place. Dans le parking, après le massacre. Tous ces corps… et vous me demandez ça ?

– Donnez-moi un nom, monsieur. Je ferai en sorte que…

– C'est ma dernière proposition : il y a un concessionnaire Jaguar-Land Rover à Encino, dans Ventura, à l'ouest de Sepulveda. Tout à côté, on trouve un petit resto à falafels. Il est fermé à cette heure, mais ils laissent les bancs dehors, fixés au sol. Le parking du concessionnaire est éclairé et une partie des bancs profite de la lumière. J'attendrai dans l'ombre. Quand je vous verrai approcher, je m'avancerai les mains en l'air pour que vous puissiez voir que ce n'est pas une embuscade.

– Ça fait pas un peu mélo ?

– La vie est un théâtre, inspecteur. On dit dans une heure ?

Petra connaissait l'endroit : elle y avait même mangé. Pas d'approche possible par une allée latérale ou sur l'arrière. Et même avec des hommes en soutien, il y avait des limites aux précautions qu'on pouvait prendre.

Un café qui donnait sur la rue. La ressemblance avec Tel-Aviv était inquiétante. Mais l'occasion lui paraissait trop belle. Elle trouverait bien comment s'y prendre.

– Entendu, dans une heure, dit-elle.

XXX

– Il pourrait très bien s'agir d'un piège, fit observer Eric.

– Si j'appelle la cavalerie en renfort à une heure pareille, tout va dérailler.

– C'est peut-être ce qu'il faut.

Il l'avait regardée s'habiller sans faire de commentaires, jusqu'au moment où elle lui avait demandé ce qu'il pensait de ce coup de téléphone. Il sortit du lit, boitilla jusqu'à la chaise et prit ses vêtements.

– Qu'est-ce que tu veux faire ?

– La cavalerie.

– Depuis combien de temps n'as-tu pas dormi normalement ?

– Une fois que je suis réveillé, je suis réveillé.

Il la regarda de ses yeux noirs.

– Ce n'est pas nécessaire, dit-elle. Mac Dilbeck est le responsable de l'enquête. Je vais l'appeler et il décidera.

– C'est toi qu'attend ce type.

– Seulement parce que mon nom a été cité aux infos.

Infos qu'elle avait fournies elle-même.

Eric finit de s'habiller.

– Où est ta deuxième arme ?

– Reste ici et repose-toi. Je peux avoir tous les renforts que je veux.

– Qui, par exemple ?

– Qu'est-ce que tu dirais du Belge ?

Il éclata de rire. Et se dirigea vers le placard où, comme il le savait, était rangé son neuf millimètres de rechange.

– Je vais vraiment appeler Mac.

Elle tendit la main vers le téléphone pour montrer qu'elle était sérieuse.

– Mac est un type bien.

Il trouva l'automatique sur l'étagère du haut, dans une boîte rigide placée entre deux chandails noirs. Il trouva aussi l'étui en nylon noir qu'elle préférait, en régla la bretelle et se l'ajusta.

– Tu n'as aucune raison de faire ça, dit-elle.

– Non, mais c'est marrant.

Elle composa le numéro de Mac.

À cinq heures quarante-trois du matin, Ventura Boulevard était une artère obscure et fantomatique. Les Jaguar et les quatre-quatre, derrière les barrières du concessionnaire, se réduisaient à des monticules grisâtres. Un moment de grâce avant le lever du soleil, mais pas tant que ça. L'affaire pouvait tourner mal.

Mac Dilbeck arriva dans sa vieille Cadillac DeVille et se gara deux rues plus loin, comme prévu, devant un centre médical en sommeil. Il portait un sweat-shirt bleu marine, un pantalon noir, des chaussures sombres. Première fois que Petra le voyait autrement qu'en costume-cravate. Il s'était donné un coup de peigne, mais un chaume blanc lui hérissait le menton. Luc Montoya arriva dans le véhicule banalisé avec lequel il était rentré chez lui. Il n'était plus sur l'affaire, en principe – sauf ce matin. Tendu, mais souriant ; c'était plus marrant qu'un homicide foireux.

La présence d'Eric provoqua un haussement de sourcils chez les deux hommes, mais ils ne firent aucun commentaire.

Le règlement exigeait la présence de policiers en tenue, mais telle était l'équipe : quatre inspecteurs qui faisaient rarement usage de leur arme et passaient l'essentiel de leur temps à parler au téléphone et à remplir des dossiers. La fusillade du Paradiso avait été une sale affaire. S'il y avait embuscade, les choses risquaient de tourner au vinaigre.

Petra, qui était passée deux fois en voiture devant la baraque à falafels, côté nord du boulevard, se sentait détendue. Ni elle ni

Eric n'avaient remarqué quoi que ce soit de suspect près du petit kiosque. Et Eric avait l'œil.

Si l'homme qui prétendait être Lyle Leon n'avait pas menti et était réellement mort de trouille, il n'avait qu'un endroit où se cacher : derrière la frêle construction. Pas facile de s'échapper par là : un mur de quatre bons mètres de haut s'élevait au sud et, un peu plus loin, s'alignaient les voitures anglaises dans le parking du concessionnaire.

Aucun véhicule n'étant garé à proximité du kiosque, si Leon attendait vraiment Petra il n'avait aucun moyen simple de prendre la fuite.

Mac passa leur stratégie en revue. Brièvement, avec sérieux, dans son style militaire habituel. Petra traverserait Ventura Boulevard en venant du nord, l'automatique tiré mais tenu près du corps pour ne pas attirer l'attention d'un automobiliste qui passerait. Une fois à la hauteur du kiosque, elle se collerait contre le mur en stuc blanc avant de s'annoncer. Quiconque se tiendrait derrière la construction devrait en faire le tour et se montrer, au moins partiellement. Les trois autres inspecteurs convergeraient de l'est et de l'ouest, prêts à intervenir.

Pas de signal codé d'alerte. Il n'y aurait même pas le temps de crier.

Le grand point d'interrogation, de l'avis de Petra, était le risque de se faire canarder depuis une voiture passant dans Ventura. Eric y avait aussi pensé et elle voyait que ça l'inquiétait. Il garda le silence. Elle se sentait mieux à l'idée qu'il surveillerait le boulevard.

– Ça va ? demanda Mac.

– Allons-y, répondit-elle.

À l'aise et sûre d'elle-même, Petra s'avança d'un pas vif vers le kiosque. Avant même qu'elle y arrive un homme sortit de derrière le bâtiment, les bras levés, remua les doigts et alla s'appuyer à une table, les jambes écartées.

Mac et Montoya vinrent le tenir en respect pendant qu'Eric procédait à la fouille initiale.

– Ah, un comité d'accueil, dit-il de la voix mélodieuse qu'il avait eue au téléphone. Comme c'est agréable d'être apprécié…

Une fois le type menotté, Eric le fouilla à nouveau. Du Eric tout craché, ça.

C'était bien le long visage aux plis profonds de la photo de l'identité judiciaire.

– C'est lui, dit-elle.

Lyle Leon portait une chemise jacquard marron, passée dans un pantalon à nombreuses poches en synthétique noir, pincé à la taille ; le pantalon tombait sur des bottes à lacets dotées de talons d'une hauteur généreuse. La tenue de pirate revue Hollywood…

Il avait changé de coiffure pour adopter une coupe en brosse classique, s'était rasé l'embryon de barbe sous sa lèvre inférieure et avait un minuscule trou noir dans le lobe de l'oreille, à la place du diamant en toc qui y avait brillé naguère.

La chemise était une œuvre d'art. Petra regarda l'étiquette. Stefano Ricci. Elle en avait remarqué une semblable dans une boutique chic de Melrose Avenue. Cinq cents billets.

Leon lui sourit. Bien bâti, tenue relativement sobre. Dépourvu de ses affectations cosmétiques, il n'était pas si mal, ce type.

Eric lui tendit le gros portefeuille qu'il avait trouvé au fond d'une des multiples poches du pantalon. Il contenait un permis de conduire californien qui paraissait authentique et quinze cents dollars en billets de cinquante et de vingt. L'adresse, sur le permis, était celle de la boîte à lettres d'Hollywood Boulevard, que Petra connaissait déjà.

– On peut parler, maintenant ? demanda Leon.

XXXI

Les quatre policiers et Leon s'entassèrent dans la Cadillac de Mac, qui alla tourner au carrefour suivant pour se garer dans une rue résidentielle. Rien que de belles maisons bien entretenues, les prémices de l'aube jetant sur toutes des reflets lilas. C'était presque joli.

Petra imagina un résident repérant la vieille voiture et téléphonant à la police, et la division Hollywood obligée de s'expliquer à un flic nerveux de la Valley.

Lyle Leon était assis à l'arrière, pris en sandwich entre Petra et Luc. Eau de Cologne de qualité, subtile, avec une pointe de cannelle. Il essayait de sourire, mais sa bouche ne suivait pas.

Incontestablement terrifié.

Motivé. Petra était ravie.

– Racontez-nous votre histoire, monsieur Leon.

– Marcella était ma nièce. Sandra est une cousine issue de germains. J'étais supposé m'occuper d'elles, mais j'ai perdu le contrôle de la situation.

– Où sont leurs parents ? demanda Petra.

– Le père de Marcella est mort il y a quelques années et sa mère est partie.

– Elle a quitté les Players ?

– On ne peut pas les laisser hors du coup ? demanda Lyle.

– Tout dépend de la suite.

– Ce n'est pas là qu'elle mène, dit Leon. Nous sommes des voleurs, d'accord, mais on ne s'en est jamais pris physiquement à quelqu'un.

– Pour quelle raison la mère de Marcella est-elle partie ?

– Elle disait manquer d'air. Elle s'est retrouvée sur le trottoir à Las Vegas. Marcella était la plus jeune de ses quatre enfants. Une de mes cousines les a tous pris chez elle. Mais au bout d'un moment c'était trop pour elle et j'ai pris Marcella.

– Et Sandra ?

– Son père est en prison dans l'Utah. Encore deux ans à tirer. Et sa mère a des problèmes psychologiques. Qu'est-ce que ça change ? On me les a confiées toutes les deux, et j'ai merdé. Le problème, c'était Venice. Nous y sommes allés l'été dernier, et encore cette année. Notre accord était qu'on devait bosser deux heures par jour sur la promenade d'Ocean Front, après quoi elles avaient le reste de la journée pour profiter de la plage. Les filles adoraient ça.

– Bosser… vous faisiez quoi ?

– On vendait des trucs. Des chapeaux, des lunettes de soleil, des objets pour touristes.

Depuis l'avant, Mac lança .

– Vous vendiez vos merdes aux touristes pendant qu'elles leur faisaient les poches, c'est ça ?

Petra sentit Leon se tendre contre son épaule. Mac était expérimenté, mais il venait de choisir une mauvaise approche. Il provoquait. Leon était une fripouille et peut-être plus, mais il fallait le laisser parler.

– Donc, vous vous êtes installés à Venice l'été dernier ? le relança Petra.

Leon resta tendu.

– Faire les poches est une méthode grossière, monsieur. Nous préférons la grande tradition américaine. Acheter à bas prix, revendre au prix fort.

Il s'était fait prendre pour vente de produits ménagers inutilisables à des personnes âgées. Petra imagina des chaînes en or tombant en poussière, des lunettes de soleil fondant au soleil californien.

– Les filles adoraient aller à Venice, mais en fin de compte c'est devenu un problème, dit Petra.

– Marcella a rencontré un type… elle est tombée enceinte.

– Et s'est fait avorter.

– Vous êtes au courant ?

– Par l'autopsie.

– Je ne savais pas qu'on pouvait le voir à l'autopsie… Bon, au moins, vous savez que je dis la vérité.

– Sur la grossesse de Marcella ? Oui, bien sûr.

– C'est avec l'avortement que les problèmes ont commencé. Paraît-il. Ce n'est pas ce que le type a dit la première fois. Tout le contraire. Il était furieux qu'elle n'ait pas pris de précautions. Je l'ai payé, et tout avait l'air arrangé. Puis il s'est pointé cet été. Il voulait savoir où était le bébé. Je lui ai dit qu'il n'y avait pas de bébé, et il a pété les plombs.

– Il a un nom, ce type ?

– Omar Selden. Un méchant de première. Il est dans un gang. À le voir, on dirait pas. Moitié blanc, moitié mexicain, un truc comme ça. Vous devez l'avoir dans vos archives, il a fait de la prison pour vol. Mais jamais pour ce qu'il a vraiment fait.

– C'est-à-dire ?

– Il a tué des gens. Beaucoup, s'il faut croire ce qu'il a raconté à Marcella. Même s'il n'a fait que la moitié de ce qu'il lui a raconté, ce type est un monstre.

– Il s'est vanté d'être un assassin auprès de Marcella ?

– Pour l'impressionner. Cette gourde !

– Et qui ce Selden a-t-il tué ?

– Il prétendait être la gâchette de son gang. Les VVO. Il a dit aussi avoir fait des piges pendant qu'il était en taule. Cent dollars, et il descendait un type. J'ai dit à Marcella que c'était rien que des conneries… je le croyais, à l'époque. Je me trompais.

VVO : Venice Vatos Oakland. Un gang de cinglés de bas étage aux liens étroits, censément inactifs jusqu'à l'année précédente, où ils s'étaient remis à canarder les gens en plein jour.

Petra se souvenait d'une affaire sur laquelle Milo Sturgis avait travaillé. Un père de famille, employé dans un magasin de la chaîne Good Guys, pris pour un renégat des VVO et abattu pendant qu'il se promenait avec son fils de deux ans près d'Ocean Park. Le bambin couvert de sang, les yeux écarquillés, muet. Le tireur, un gosse de quatorze ans, attardé mental. Et myope – personne n'avait jamais pensé à lui faire passer un examen de la vue.

– Après l'avoir payé, continua Lyle Leon, je croyais qu'on en était débarrassés. Ça faisait un an que je n'avais pas entendu parler de lui et j'ai cru qu'on pouvait retourner sans problème à Venice… les filles aimaient vraiment y aller l'été. Et cette gourde de Marcella qui aperçoit Selden sur la promenade. Je tourne la tête une seconde et elle lui fait de l'œil. Et lui, pareil. Bientôt, ils se retrouvent sur la plage et parlent. Et deux jours plus tard – deux soirs plus tard – il rapplique. (Il hocha la tête.) Vous avez vu Marcella. Grosse, chialeuse, et ces foutues tennis qu'elle voulait tout le temps porter. Sandra, elle, c'est un corps de rêve ; toujours en bikini ficelle, rollers aux pieds, tous les mecs se retournent sur elle. Mais qui Selden va draguer ? Marcella. Et Marcella tombe dans le panneau.

Les ados, pensa Petra. Même des champions de l'embrouille n'arrivent pas à les contrôler. Puis elle repensa à la description graveleuse de Sandra et se demanda si Lyle n'avait pas eu aussi la tête qui tournait. Hépatite A. Pratiques sexuelles malsaines.

Il régnait une certaine tension dans la voiture. Mac et les autres se posaient les mêmes questions.

– Un corps de rêve, Sandra, dit-elle.

– Hé, je suis juste objectif, protesta Leon. Sandra n'avait pas de mal à attirer l'attention, si elle en avait envie.

Ou si lui en avait envie. Se servant de la gosse comme diversion pendant que lui et Marcella faisaient l'escamotage du jour. Mais Marcella avait choisi le mauvais admirateur.

– Sandra a une hépatite.

Leon garda le silence.

– Vous le saviez. Vous l'avez accompagnée à la clinique. Est-ce que vous vous êtes sérieusement occupé de la faire soigner ?

– C'est une maladie autolimitante, comme disent les médecins. Elle disparaît toute seule, autrement dit.

– Et vous êtes médecin, vous aussi.

– Écoutez. Je me suis bien occupé de ces filles. Pendant dix ans, elles ont presque tout le temps vécu chez moi, elles ont mangé correctement, elles ont appris à lire et je ne les ai jamais touchées. Pas une fois.

Petra repensa aux pièces minuscules du chalet de Brooks Avenue. Un adulte et deux gamines en pleine effervescence hormonale.

Et la médaille d'or du meilleur papa est attribuée à...

– En d'autres termes, Selden et Marcella ont repris leur liaison, dit Petra.

– Ce n'était pas une liaison. Le premier été, elle sortait en douce pour le retrouver et il la baisait à mort. Ce crétin ne mettait pas de capotes et il s'étonne de l'avoir foutue enceinte. Pour ce que j'en sais, il la partageait peut-être avec ses copains, il n'était même pas le père. En tout cas, y'a un truc qu'il nous a sacrément bien fait comprendre : il n'était pas question qu'il soit le père. Il m'a menacé jusqu'à ce que je le paie et que je promette de financer l'avortement. Mille dollars, de ma propre poche. Un an plus tard, Marcella lui fait de l'œil et il rapplique. La semaine avant le meurtre, je suis tout seul à la maison, j'ai laissé les filles aller à un concert, un nouveau groupe qui passait au Troubadour. Je les avais lâchées à dix heures et je devais les reprendre à deux heures du matin. À onze heures, je suis de retour à Venice, je commence à me détendre et à onze heures et demie, voilà que la porte explose et que Selden se jette sur moi. Ouais, il enfonce la porte d'un coup de pied, il est là debout devant moi et il me demande où est son fils. Cet abruti était persuadé que c'était un garçon, toutes ces conneries de macho. Je lui explique qu'il n'y a pas de bébé, que j'ai fait exactement ce qu'il voulait. Il dit jamais de la vie, mec, j'ai jamais dit ça. J'essaie de le raisonner.

Il inspira à fond. Un tic agitait sa joue.

– Au début, j'ai l'impression qu'il m'écoute, puis tout d'un coup il se met à enfler... – ouais, je vous jure que je l'ai vu littéralement enfler, comme s'il était branché sur une pompe à vélo. Il devient tout rouge, ses veines ressortent, il hurle que je suis un assassin.

Tel un serpent, un frisson lui zigzagua du front jusqu'au menton. Ses lèvres tremblaient.

– C'est à ce moment-là que j'ai compris qu'il était cinglé. L'été précédent, il flippait parce qu'elle était enceinte et qu'il voulait que la gamine s'en débarrasse au plus vite. Et maintenant il hurle qu'il veut son môme. J'essaie de le calmer, il m'agrippe par les cheveux et me repousse la tête et tout d'un coup il a un pétard dans l'autre main et il me l'enfonce dans la gorge, en tournant ! Ce que ça peut faire mal ! Il se remet à me parler, ou plutôt à délirer entre ses dents, à dire qu'il va m'exploser la langue pour avoir menti. Finalement, j'ai réussi à le calmer.

– Et quel genre d'accord avez-vous conclu ? demanda Petra.

Leon ne répondit pas.

– Je ne doute pas de vos talents de persuasion, Lyle, mais le charme ne peut sûrement pas suffire à convaincre un type comme ce Selden.

Leon regardait droit devant lui.

– Vous avez fait quelque chose dont vous avez honte, dit Mac. Ça ne doit pas vous empêcher de vivre, si cette triste histoire mène à quelque chose.

Leon se raidit à nouveau.

– L'accord, dit-il enfin, était que je le laisserais de nouveau sauter Marcella. Pour qu'il puisse la refoutre enceinte. Et qu'il ait son con de bébé.

Personne ne dit mot. L'habitacle de la Cadillac rendait claustrophobe. Il y faisait trop chaud. L'eau de toilette à la cannelle de Leon avait tourné, polluée par la sueur de sa peur.

– Je n'ai pas eu un instant l'intention de respecter cet accord, reprit Leon. Nous avons pris rendez-vous pour le lendemain soir et ce crétin est parti. Dès que j'ai été sûr qu'il avait vraiment décampé, j'ai fait les valises, j'ai été chercher les filles au Troubadour et on est partis.

– Où ? demanda Petra.

– Dans un autre endroit.

– Où ?

– Une de nos planques.

– Quel genre de planques ?

– Des maisons, des appartements, des locations temporaires.

– Il faut nous donner une adresse, monsieur Leon, si vous ne voulez pas être accusé d'obstruction à la justice.

– C'est moi qui vous appelle et je fais obstruction ?

– Vous nous appelez pour nous raconter une histoire où vous vous donnez le beau rôle.

– Je vous dis que j'ai foiré et je me donne le beau rôle ?

– Arrêtez de faire l'écho.

– C'est comme ça que font les psys et ça marche.

Petra se tourna vers lui.

– Vous n'êtes pas psy ! Donnez-nous cette adresse tout de suite !

– Très bien, très bien... C'est à Hollywood. (Il donna un numéro dans McCadden Nord.) Vous pouvez y aller, vous ne trouverez rien. Je suis mort de trouille et je couche dans ma voiture.

Il fallait le plaindre, à présent.

– Dans ce cas, je vous conseille de ne pas trop vous éloigner d'ici, dit Petra.

– Écoutez...

Il la toucha au poignet. Elle le foudroya du regard et il retira sa main.

– Selden ne va pas laisser tomber comme ça. Vous avez vu ce qu'il a fait à Marcella. Et aux autres gosses. En plus, je ne sais même pas où Sandy est passée. Elle a disparu le lendemain du jour où Marcella a été butée. Elle n'avait qu'à rester bien tranquille à l'appartement pendant un jour. Mais quand je suis revenu, elle n'y était plus.

– Revenu d'où ?

– J'avais une affaire à régler.

– Quelle affaire ?

– Récupérer un peu de liquide, qu'est-ce que ça change ? Sandy devait m'attendre et on aurait quitté Los Angeles. Au lieu de ça, elle s'est tirée toute seule. (Il ferma les yeux.) Je me demande si Selden ou un de ses types ne l'ont pas repérée.

– Il est partout, ce Selden.

– C'est comme un chien fou sur une piste fraîche. Ce qui me fait le plus peur, c'est que je ne sais pas ce que Marcella lui a raconté exactement. Sur nos planques, sur ce que nous faisons.

– Sandra a peut-être estimé qu'il était plus intelligent de sa part de ne pas rester avec vous.

– Non. Sûrement pas. Elle n'a rien emporté avec elle. Ni ses vêtements ni sa grenouille... une grenouille en peluche que je lui ai donnée quand elle était petite en lui disant qu'elle venait de sa mère. Jamais elle ne serait partie sans elle.

– Elle a de l'argent ?

– Je lui en laissais toujours un peu. Pas beaucoup. Cent, cent cinquante biftons.

Largement de quoi acheter un billet de car.

– J'ai peur qu'elle ne soit sortie un moment et qu'ils l'aient enlevée.

– Sortie faire quoi ?

Leon hésita.

– Sandra a piqué au truc.

– La drogue ?

Il fit oui de la tête. L'air abattu, tout du parent qui se sent coupable. Puis la mémoire revint à Petra. Les Players se prenaient pour des acteurs.

– Quelle drogue ?

– De l'herbe, des pilules.

– Si je comprends bien, vous pensez qu'elle est sortie faire son marché et qu'elle a été repérée par Selden.

– Faut bien. Pour autant que je sache, son dealer était un type qui connaissait Selden. C'est lui qui a dû le tuyauter.

– À vous entendre, on dirait que c'est le Parrain en personne.

– Ça s'est forcément passé de cette façon, insista Leon. Il n'y a pas d'autre explication.

– Sauf si c'est vous qui avez tué Marcella. Et Sandra.

L'accusation ne le hérissa pas.

– Et pourquoi aurais-je fait un truc pareil ? demanda-t-il d'un ton calme.

– Vos relations avec les filles ne sont peut-être pas tout à fait ce que vous nous avez raconté.

– Demandez à n'importe qui ! À tous ceux qui sont au courant.

– À Robert Leon, par exemple ?

– Vous pouvez toujours essayer.

– Ce qui veut dire qu'il ne me parlera pas.

– Il vous parlera, mais vous n'apprendrez rien de plus.

– Vous lui avez rendu visite il y a six semaines, dit Petra. Pour lui faire un rapport sur l'état de vos petites combines ? Pour lui dire que vous vous occupiez bien des filles ?

– Il est de ma famille. Je vais le voir.

– Et que pense Robert du meurtre de Marcella ?

– Il n'est pas content. Personne n'est content.

– Du coup, c'est encore plus dangereux pour vous ?

Leon hocha la tête.

– Pas physiquement. Je vous l'ai dit, nous ne sommes pas violents.

– Pas physiquement, mais…

Leon leva les yeux vers le plafonnier de la Cadillac.

– Financièrement. Je suis ratiboisé. Je vais être obligé de partir.

– De quitter les Players.

– J'ai trop merdé, on ne me permettra pas de rester. C'est pour ça que je couche dans ma voiture. Je ne peux m'installer dans aucune de leurs planques. Ce qui me va très bien. Il est temps de changer. Je ne veux même pas rester en Californie. Y'a trop de monde.

Mac intervint.

– Tu vas certainement rester en Californie, mon vieux, et ici même, à Los Angeles. En tant que témoin dans une affaire de meurtre.

Leon hocha la tête, la laissa retomber.

– Je savais que ça risquait d'arriver, mais il fallait que je parle.

– Dans l'intérêt de la justice, dit Petra.

– Dans l'intérêt de coincer le monstre qui a assassiné ma nièce et peut-être aussi ma cousine.

Avant qu'il t'attrape.

– Si jamais vous le coincez et que vous ayez besoin d'un témoin en vie, ne me mettez pas au trou.

– Arrêtez ce cinéma, Lyle, dit Petra. On vous mettra en lieu sûr.

Là, elle improvisait – elle aussi faisait du cinéma. Elle n'avait aucune autorité pour faire une telle promesse.

– Bien sûr, ricana Leon. Bien sûr, je me sens tout réconforté.

Mac reprit la parole.

– Bon, les salades, c'est fini. Dis-nous plutôt où nous pouvons trouver Selden.

– D'après Marcella, il habitait dans la Valley. À Panorama City. Il faisait la navette entre là et Venice. Si vos types du grand banditisme n'ont pas trop la tête dans le cul, vous devez avoir un casier sur lui.

L'itinéraire entre la Valley et Venice, plus un autre détail mentionné auparavant par Leon, réveillèrent quelque chose dans l'esprit de Petra.

– Selden n'a pas l'air d'un type de gang. Comment ça se fait ?

– Pas de tatouages. C'est un gros lard. Un douillet. Il a raconté à Marcella qu'il est allé au moins un an en fac, avec une bourse du gouvernement, un programme de rééducation. C'est pas impossible. Il n'a pas l'air idiot quand on le rencontre pour la première fois.

– Il n'est pas dans la photographie ? demanda Petra.

Leon se tendit encore plus. S'efforça de croiser le regard de Petra.

– Vous l'avez chopé ?

– Parlez-nous de la photographie.

Leon se passa la langue sur les lèvres.

– C'est lui. Il se balade toujours avec un appareil, il raconte qu'il prend des photos. C'est de cette façon qu'il a dragué Marcella la première fois. Il lui a dit qu'elle était belle, qu'il la voulait comme modèle. Si elle avait eu un peu de jugeote, elle se serait rendu compte qu'il lui bourrait le mou. Avec Sandy, j'aurais pu comprendre. Elle a une plastique sensationnelle. Et en noir et blanc on n'aurait pas vu ses yeux jaunes.

Ils ramenèrent Leon au commissariat, le mirent en cellule et allèrent chercher le trombinoscope.

Un seul regard, et il confirma.

Omar Arthur Selden, alias Omar Ancho, alias Oliver Arturo Rudolph. Sobriquets de gang : Zippy, Heavy O, Shutterbug. Membre de longue date du VVO.

Petra le connaissait aussi sous un nom qui ne figurait pas au dossier.

Ovid Arnaz.

Le jeune homme tranquille qu'elle avait rencontré dans Brooks Street. Sur la photo datant de son arrestation pour vol avec effraction, photo vieille de quatre ans, il avait un air parfaitement quelconque. L'accusation avait été ramenée à celle de vol simple, et Selden avait purgé trois ans.

Un an après sa remise en liberté, il avait rencontré Marcella Douquette sur la promenade d'Ocean Front.

Petra grinça des dents en se rappelant avec quel aplomb il lui avait raconté qu'il louait le cabanon pour l'été, dans le cadre de son projet photo. Comment il avait prétendu craindre de sortir le soir dans un environnement pareil.

Vérifier le nom auprès du propriétaire. Elle l'avait fait pour Leon et les filles, mais pas pour Arnaz/Selden.

Si bien qu'il n'avait peut-être jamais habité là-bas.

Ce qui signifiait qu'il l'avait vue arriver du cabanon voisin. Où il avait probablement passé la nuit – le truc était vide et puait le moisi – pour pouvoir surveiller la turne de Marcella. Avec l'espoir de surprendre Lyle Leon et de terminer le boulot.

Elle avait eu ce salopard sous la main !

Elle n'avait pas oublié la réaction de Selden devant la photo *post mortem* de Marcella. Pas la moindre trace d'émotion.

Il avait raconté qu'il en avait déjà vu. À la morgue, soi-disant dans le cadre de son cours de photojournalisme.

Elle avait tout avalé, avait à peine jeté un coup d'œil à son permis, à l'adresse de la Valley qu'il lui avait donnée. Le numéro correspondait à un magasin fermé non loin du quartier d'artistes en pleine renaissance de NoHo. Nombreuses galeries. Peut-être faisait-il réellement de la photo. Elle ne s'en sentait nullement mieux pour autant.

Mac lui fit remarquer qu'elle n'aurait jamais pu deviner.

Mais elle avait vu des expressions plus joyeuses à des funérailles.

XXXII

Jeudi 20 juin, quinze heures,
troisième sous-sol, bibliothèque Doheny

– Ce serait plus facile, dit Klara Distenfield, si vous pouviez être plus précis sur ce que vous cherchez et pour quelles raisons.

De la table où il était assis, Isaac lui sourit.

– Désolé, c'est tout ce que je peux dire.

– Diable, vous en faites, des mystères !

Klara Distenfield, bibliothécaire responsable du service des recherches, comptait quarante et un ans ; intelligente et raffinée, elle avait des mollets de campeur, une poitrine imposante, des cheveux longs d'une rousseur flamboyante qu'elle retenait sur le côté par des barrettes et un teint de pêche à maturité.

Klara avait un faible pour les étudiants en doctorat. La réputation d'Isaac l'avait précédé et cette maman divorcée de deux gamins doués faisait toujours tout pour satisfaire ses demandes d'ouvrages de référence.

Isaac fantasmait follement sur elle depuis la première fois qu'il l'avait vue.

Ces derniers temps, le visage de Petra avait remplacé celui de Klara ; malgré tout, dès qu'il apercevait cette dernière, avec son corps épanoui tendant une de ses robes à fleurs…

Celle qu'elle portait aujourd'hui, vert pâle, ornée de pivoines et de papillons jaunes, était coupée dans un tissu qui la moulait mais n'était pas de la soie, même s'il s'efforçait d'en donner l'impression…

– La Terre appelle Isaac, dit-elle en découvrant une généreuse rangée de dents blanches.

– Désolé. Je sais que ça paraît un peu tordu, mais je ne peux vraiment pas vous en dire plus.

– Travail officiel pour la police, c'est ça ?

Ne lui avait-elle pas adressé un clin d'œil ?

– Rien de bien passionnant, dit-il.

– Est-ce qu'ils vous traitent bien, au moins ?

– Très bien.

– Le contraste doit être violent avec ici, non ?

Elle eut un geste du bras qui englobait toutes les étagères couvertes de livres.

– C'est différent.

Elle se pencha vers la table en mordillant la gomme au bout de son crayon. Ses seins se balançaient, opulents, prêts à se libérer…

Ah, ces femmes d'un certain âge, il adorait la manière dont… qu'est-ce qui clochait chez lui ?

Ce qui clochait, c'était qu'il était sexuellement en retard. Mis à part deux rencontres peu concluantes avec des tapins organisées par Flaco Jaramillo, il était pratiquement vierge.

– Vous vous sentez bien, Isaac ? Je vous trouve une petite mine.

– Non, je vais très bien.

– Puisque vous le dites. (Elle fit rouler le crayon contre sa hanche.) Eh bien, c'est tout ce que j'ai pu trouver pour le moment.

Elle braqua ses yeux mordorés sur la sortie d'imprimante qu'elle avait posée sur la table. Des centaines d'événements historiques ayant un rapport avec le 28 juin. Mais rien qu'il n'ait déjà vu.

La clef du mystère se trouvait peut-être là-dedans, cachée au milieu de tous ces événements… et si c'était lui qui n'arrivait pas à la repérer ?

– J'apprécie vraiment tout ce que vous faites pour moi, Klara.

– À votre service.

Elle se rapprocha encore un peu plus de lui et les narines d'Isaac se remplirent d'un parfum délicat de savon. Une expression d'inquiétude agrandit les yeux de la bibliothécaire et effaça les petites rides du sourire au coin de ses yeux.

– Vous avez vraiment l'air fatigué. En particulier ici.

D'une main pâle, elle montra le dessous de ses yeux. Un index frôla la joue droite du jeune homme et une décharge électrique lui traversa les cuisses. Il croisa les genoux, espérant que Klara n'avait pas remarqué son érection.

Elle sourit.

Et si elle l'avait remarquée ?

– Je suis au sommet de ma forme, dit-il. Jamais eu autant d'énergie.

– Voilà qui est bien. Ça fait plaisir de vous entendre faire des confidences. Vous autres, étudiants en doctorat, vous vous divisez en deux groupes : les fumistes et les esclaves. Vous appartenez au second, Isaac. Vous êtes tout le temps fourré ici. Seul.

Sa table se trouvait dans le coin le plus reculé du troisième sous-sol, entourée d'antiques ouvrages de botanique. Depuis que la bibliothèque Leavy avait ouvert ses portes, tous les étudiants allaient y travailler. Doheny, énorme, majestueuse, qui venait d'être admirablement restaurée, était réservée aux thésards et aux professeurs, mais tout le monde faisait ses recherches par Internet maintenant.

Parfois quelqu'un s'aventurait jusqu'ici, à la recherche d'un texte obscur, mais Isaac avait la plupart du temps la salle à lui tout seul. C'était très différent de chez lui, où il devait partager une piaule minuscule avec ses frères, où il y avait le vacarme de la rue…

– J'aime la solitude, dit-il.

– Je sais.

Elle repoussa une vague de cheveux cuivrés de son visage. Un visage sans beauté, à vrai dire, plutôt… agréable. Avec quelque chose de net.

– Ma fille Amy veut devenir médecin. Chirurgien, pas moins. Certes, elle est intelligente, mais je lui dis toujours qu'à douze ans elle a tout le temps de décider. Elle n'a que d'excellentes notes en tout. Alors pourquoi pas ?

– Vous devez être fière d'elle.

– Oui. Et de son frère, aussi.

Elle eut un sourire différent. Ouvert, maternel. Soudain, Isaac ne put chasser la vision dans laquelle il tétait ces mamelles... puis elles furent sous son nez, emplissant son champ visuel tandis que Klara se penchait.

Lui tendait ses lèvres.

Comme s'il se jetait dans un précipice, il s'abandonna. Elle avait une bouche au goût de citron, de citron sucré de bonbon. Avait-elle calculé tout ça ? Cette idée ne fit que l'exciter davantage et il eut l'impression qu'il allait faire exploser sa braguette.

Elle s'installa sur les genoux du jeune homme, pesante et douce. Les mains d'Isaac trouvèrent son dos, ses seins, passèrent sous la robe, touchèrent sa peau satinée. Ses cuisses tendres, chaudes et humides se soulevèrent et l'accueillirent, elle ne voulait pas l'arrêter.

Puis elle prit sa main et la posa sur le tissu soyeux. Les papillons papillonnèrent. Alors même qu'elle le guidait, elle dit :

– Oh, Isaac, je suis désolée. Ce n'est pas bien.

Il essaya de se dégager, mais elle le retint fermement. Prit l'autre main du garçon en sandwich entre ses cuisses. Le regarda droit dans les yeux et dit :

– Ça ne se reproduira pas.

Avec des mouvements maladroits des hanches, les yeux rivés au plafond, elle se dégagea de sa petite culotte.

XXXIII

Vendredi 21 juin, quinze heures quarante-neuf,
salle des inspecteurs, division Hollywood

Pas de baisse de pression à la perspective du week-end pour Petra. Assise à son bureau, elle se demandait pourquoi elle n'avait vu Isaac ni la veille ni l'avant-veille.

Elle alla poser la question à Barney Fleischer.

– Tu n'as pas vu le gosse ?

– Pas depuis hier soir. Il est resté jusque vers huit heures.

– Tout seul ?

– Non, j'étais là. Tu es au courant pour Schoelkopf ?

– Non, quoi ?

– Il vient de quitter sa femme. La troisième, dit le vieux policier avec un sourire serein.

– C'est Los Angeles.

– Ça l'a toujours été.

Elle regagna son bureau. Épuisée par la réunion dont elle sortait.

Très marrant, d'enquêter

Avec un Omar Selden comme premier suspect dans l'affaire du Paradiso, l'étape suivante, logiquement, aurait dû consister à tout mettre en branle pour retrouver le quadruple assassin. Au lieu de cela, Petra avait reçu l'ordre de faire son rapport et notamment de préciser comment elle avait mis la main sur son témoin, Lyle Leon. Et de rester ensuite les bras croisés jusqu'à ce que la brigade spéciale Homicides lui dise de bouger.

Le coup de téléphone était arrivé la veille, jeudi. Grande réunion le lendemain à quatorze heures.

Elle avait duré une heure. Elle et Mac Dilbeck s'étaient retrouvés avec trois golden boys du centre-ville. Ils avaient même écrit le programme sur le tableau blanc : procédures d'interface entre services.

Les trois enquêteurs de la brigade spéciale Homicides s'étaient montrés décontractés et n'avaient eu que des compliments à adresser à la division Hollywood pour la manière dont elle avait identifié Selden. Pur baratin, aux yeux de Petra, mais elle avait tout de même souri complaisamment. La réunion avait surtout consisté en un échange d'informations à sens unique – Mac-Petra vers les cadors –, ces derniers leur récitant de leur côté tout ce qu'ils savaient sur le VVO et d'autres gangs du Westside et de la Valley. Ils avaient apporté leur matos : un chevalet, des plans, des graphiques, des stats. La dernière feuille était un agrandissement du visage mou, grêlé et furibond d'Omar Selden.

Devant une telle image, on ne pouvait voir en lui qu'un authentique Grand Méchant. En pensant à quel point elle avait été proche de ce maudit, Petra dut faire un effort pour ne pas frissonner.

À quatorze heures cinquante-huit, le patron des cadors leur avait présenté sa stratégie, manifestement conçue d'avance : la toute nouvelle unité antigang de la San Fernando Valley se chargerait de rechercher Selden parce que, même si ce dernier avait été le tireur, des membres de sa bande l'avaient accompagné et que leur arrestation exigeait la présence de spécialistes. La brigade spéciale Homicides s'occuperait d'assurer les liaisons officielles avec l'unité et rappellerait Mac pour une réunion qui impliquerait « tous les services concernés ».

Ne nous appelez pas, nous vous appellerons.

Petra avait soulevé la question de la disparition de Sandra Leon. Le patron des cadors lui avait répondu :

– Elle est sans doute morte, vous ne croyez pas ? Si on arrête Selden vivant, il pourra peut-être nous donner des détails. C'est pour ça qu'il est important de bien s'y prendre.

Elle avait quitté la réunion plus épuisée que si elle avait fait le tour de la ville à la recherche d'Omar.

Et maintenant, assise à son bureau, elle repensait aux cas du 28 juin, puisqu'elle n'avait plus à s'occuper du Paradiso. Il ne restait que sept jours avant la date, et cela faisait un moment qu'elle et Isaac n'en avaient pas parlé.

Elle avait un peu laissé tomber. Mais le Paradiso avait eu la priorité, elle était pardonnable.

Sept jours… Le ciel vienne en aide à la prochaine victime. Sauf si Isaac s'était trompé.

Ce qui paraissait difficile : la date, le mode opératoire identique…

La sensation familière d'oppression se manifesta sous son sternum. Elle reprit le dossier du 28 juin et passa une fois de plus les cas en revue.

À commencer par celui de Marta Doebbler, la femme qui avait été attirée hors du théâtre. Et parce qu'elle avait rencontré Kurt Doebbler et que l'homme était bizarre.

Elle passa ensuite au vieux Solis et au faux réparateur de la télé câblée. Puis à Coral Langdon, la femme au chien. Plus elle pensait à un scénario dans lequel l'assassin se promenait aussi avec un chien, plus il lui paraissait plausible.

Rien en commun entre les victimes, sinon le côté calculateur et dément des meurtres. Quelqu'un d'extrêmement habile, tacticien, variant volontairement ses approches… un vrai caméléon.

Des victimes hétérogènes. Pas de connotations sexuelles. Ou alors le type était bisexuel ?

Ou s'agissait-il simplement de relever un défi ? De l'excitation de la chasse ?

Mais, même dans ce cas, quelque chose reliait les six affaires entre elles.

Elle se creusa la tête pour trouver ce qu'était ce quelque chose.

Une demi-heure après, le score était toujours : tueur six, enquêteur zéro.

Encore sept jours. Ce salopard avait-il déjà sélectionné son gibier ? Quels étaient ses critères ? Quel était le marqueur ?

Pourquoi leur défoncer le crâne ? C'était beaucoup plus risqué qu'une arme à feu ou même un poignard. Cela voulait sans doute dire quelque chose.

Alex Delaware lui avait parlé de cannibales consommant la cervelle de leurs victimes pour s'approprier leur énergie. S'agissait-il d'un cas de cannibalisme à la mode new age ?

Ou était-ce un tueur vaniteux, genre je-suis-le-cerveau ?

Se prenait-il pour un génie ? Nombre de psychopathes ont un ego surdimensionné. Celui-ci s'en était toujours tiré, depuis six ans, et peut-être était-il vraiment intelligent.

Dans ce cas, l'arme la plus efficace de Petra était d'avoir aussi une grosse tête avec elle. D'ailleurs, elle l'avait déjà. Mais où était-il passé ?

Pourquoi gardait-il ses distances après toutes ces manifestations d'exubérance juvénile, après l'avoir harcelée comme un jeune chien ? Parce qu'elle l'avait négligé ? Quelque chose à voir avec l'hématome sur son visage ? Elle n'avait pas cru un instant qu'il était rentré dans un mur.

Comme baby-sitter, y a mieux...

Et s'il avait des ennuis ? Elle imagina toutes sortes de scénarios catastrophe, des manchettes et des photos dans les journaux, son nom associé au terme « négligence », le conseiller municipal Reyes lui demandant de restituer son badge.

Son estomac était à présent un sac d'acide clapotant.

Arrête un peu, il va très bien. Il bosse sur sa thèse, il décrochera un jour ses deux doctorats. Pourquoi traînerait-il ici ? Tu ne lui as donné aucune raison de le faire.

À moins qu'Isaac ne se fasse rare parce qu'il n'arrivait pas à expliquer le 28 juin ? Si un génie n'arrivait pas à y voir clair là-dedans, comment pouvait-elle espérer le faire ?

Elle rangea le classeur aux six dossiers dans un tiroir. Essaya de se raisonner en se disant qu'elle avait tout de même réussi à débusquer Omar Selden.

De la manière traditionnelle. Inefficace pour le 28 juin...

Elle tourna ses pensées vers Eric.

Elle ne l'avait pas vu depuis le mercredi matin, lorsqu'il avait quitté discrètement le commissariat – en boitillant – alors que

Lyle Leon était mis en détention provisoire. Il avait entraîné Petra dans l'escalier, lui avait donné un baiser léger et avait filé.

Un seul coup de fil depuis. Le message l'avait accueillie ce matin à son arrivée.

Je te contacte bientôt. Eric.

Il était quelque part, en train de faire ses trucs, quels que soient les trucs en question. Cela signifiait-il une retraite dans une de ses longues périodes de silence ténébreux ?

Elle essaya de retrouver l'effet des lèvres d'Eric sur les siennes. Échoua. La satisfaction d'avoir identifié Selden commençait à s'émousser. Cravater ce salopard ne ramènerait pas Marcella Douquette et les autres victimes de la fusillade.

Elle téléphona au département de Biostatistiques de l'université pour s'entendre dire qu'on y voyait rarement Isaac, mais qu'elle pouvait laisser un message.

Au diable tout ça. Elle allait tuer le temps à patrouiller en voiture dans les rues et à faire semblant d'étudier son terrain. Non, il valait mieux marcher, évacuer l'énergie nerveuse.

Elle prit son sac et quitta le commissariat. Deux types traînaient dans le parking, à côté de sa voiture.

Deux policiers qu'elle ne reconnut pas sur le coup. Costumes sombres, badges sur la pochette. Puis la mémoire lui revint. Les deux types qui bavardaient et riaient au même endroit deux soirs plus tôt.

Ce soir-là, ils l'avaient ignorée.

Aujourd'hui, ils l'attendaient.

Elle se dirigea droit sur eux. Chacun une moustache, l'un la peau très claire, l'autre basané. Cravate bleue, cravate bleue.

– Inspecteur Connor ? demanda Peau-Claire. Lew Rodman, de l'antigang.

Ça ne rigolait plus. La moustache, au-dessus de ses lèvres pâles, était de la couleur du foin. Celle de son collègue se réduisait à un trait tellement fin qu'elle aurait pu être tracée au crayon gras.

Les types de l'antigang désireux de lui parler directement de Selden sans passer par la hiérarchie ? C'était elle qui l'avait identifié. Sympa de se sentir estimée.

Elle sourit.

– Ça me fait plaisir de vous rencontrer. Alors, qu'avez-vous prévu pour Omar ?

– Omar ? Qui ça, Omar ? demanda Trait-de-Crayon.

Ce n'était pas de l'estime qu'on lisait dans leur regard.

– On aimerait vous parler dans un endroit tranquille, dit Rodman.

– Si vous pouvez me dire à quel sujet...

Rodman regarda Trait-de-Crayon. C'est le basané qui répondit.

– C'est à propos d'un stagiaire que vous supervisez. Isaac Gomez.

– Isaac ? Il lui est arrivé quelque chose ?

– C'est ce que nous essayons de vérifier.

Leur Crown Victoria couleur bronze était garée à l'autre bout du parking. Il faisait une chaleur à crever dans la voiture, ce qui signifiait qu'ils étaient arrivés depuis un moment. Petra monta à l'arrière et Rodman et Trait-de-Crayon – Bobby Lucido, inspecteur de classe II – s'installèrent à l'avant et baissèrent un peu leurs vitres. Celle de Petra ne fonctionnait pas et ils ne firent aucun effort pour lui donner un peu d'air.

– On crève de chaud là-dedans, dit-elle. Vous pourriez pas mettre la clim ?

Rodman appuya sur un bouton et, au bout d'un instant, elle put respirer.

Lucido l'étudia un instant par-dessus le dossier de son siège. Ses cheveux qui se raréfiaient étaient collés par un gel ; des bandes de crâne alternaient avec des mèches noires et épaisses.

– Bon. Qu'est-ce que vous pouvez nous dire sur Gomez ?

– Rien, tant que je ne saurai pas ce que vous voulez savoir.

Lucido prit une mine dégoûtée et lui montra sa nuque. Elle l'entendit soupirer. Il se tourna de nouveau vers elle.

– Vous êtes son cornac.

Elle garda le silence.

Lucido lui sourit. Un gecko moustachu.

– La situation est la suivante : on a vu Gomez en compagnie d'un dealer de drogue connu, un type des moins recommandables.

L'hématome au visage. Le gosse avait vraiment des ennuis.

– Vous n'avez pas l'air surprise, dit Lucido.

– Bien sûr que si, vous plaisantez.

– Ouais, on a un numéro de duettistes, répliqua Rodman. On est à l'Usine à rires ce soir, à la Maison de glace demain.

– Et qui est le prétendu des moins recommandables ?

– Vous l'ignorez ?

Elle sentit son visage s'échauffer.

– Je suis chargée de m'occuper de lui dans le cadre des affaires de police officielles. Ce qui signifie qu'il vient traîner ici, qu'il m'accompagne en patrouille et qu'il fait joujou avec son ordinateur le reste du temps. Ce que je sais, c'est que ce gamin est un génie, qu'il a passé brillamment son examen d'entrée en fac de médecine et qu'il va décrocher un doctorat à vingt-trois ans, juste pour le plaisir. Si vous voulez me dire de quoi il retourne, très bien. Si vous voulez du drame, allez prendre des leçons de théâtre.

La ligne noire qui coupait le visage de Lucido en deux plongea et se redressa.

– Un doctorat, juste pour le plaisir.

– Voyez-vous ça ! ajouta Rodman.

Petra les regarda, mais ne réagit pas.

– Eh bien, reprit Lucido, il aime varier ses plaisirs, peut-être.

Il exhiba de nouveau sa nuque et Petra entendit des bruits de papier. Quelque chose passa par-dessus le dossier.

Une vingt par trente noir et blanc, brillante, sur laquelle on voyait Isaac assis en compagnie d'un maigrichon. Très maigrichon même, les joues creuses et les paupières tombantes du drogué. Assis côte à côte dans ce qui semblait être un box de restaurant. En contreplaqué. Pas d'assiettes devant eux. Un bistrot quelconque. Le drogué était habillé de noir et avait une ombre pitoyable de moustache au-dessus de la lèvre. Une coupe de cheveux agressivement bizarre : rasé sur le haut du crâne, des bandes sur le côté, et une tresse serpentine retombant sur son épaule droite.

Isaac ressemblait à Isaac : impeccable sur lui, chemise entièrement boutonnée. La différence était dans le regard.

Jamais elle ne lui avait vu cette intensité. En colère ?

Isaac et Shooté étaient assis très près l'un de l'autre. L'objectif les avait surpris au milieu de quelque chose de sérieux.

– Qui c'est, ce maigrichon ? demanda Petra.

– Un certain Flaco Jaramillo, répondit Lucido. *Flaco* veut justement dire maigrichon en espagnol. Flaco Jaramillo, alias Mousy, alias Kung Fu... à cause de la tresse. Son vrai nom est Ricardo Isador Jaramillo. Dealer de drogue bien connu et le bruit court qu'il aurait tué pour de l'argent, mais il n'a jamais été inculpé pour ça.

– Quel gang ?

– Il n'appartient à aucun, dit Rodman, mais il fait des affaires avec ceux de Los Angeles est et de Central.

Omar Selden s'était vanté devant Marcella de faire ce genre de boulot pour différents gangs. Y aurait-il un rapport ?

Petra étudia la photo de plus près.

– Où a-t-elle été prise ? demanda-t-elle.

– Toutes ces questions, dit Lucido.

– Si ce sont des réponses que vous voulez, vous avez frappé à la mauvaise adresse.

– Comment en êtes-vous venue à travailler avec Gomez ?

– C'est le capitaine qui me l'a confié. Il tenait ses ordres du chef adjoint Randy Diaz, lequel les tenait du conseiller municipal Reyes.

– Ouais, ouais, on a lu toutes ces conneries dans le dossier. Ce que nous aimerions savoir, c'est comment il a connu cette petite ordure de Flaco.

– Eh bien, demandez-le-lui. Je ne connais qu'un côté de ce garçon, inspecteur : un étudiant bien élevé.

– Appelez-moi Bobby. Et lui, c'est Lew. Le troquet où la photo a été prise se trouve dans la Cinquième. La Nueva

Cantina. Dealers, passeurs de frontière, voyous free-lance, le truc classique.

Petra donna une chiquenaude à la photo.

– Et vous avez un type à vous là-bas ?

– Disons simplement que nous avons la possibilité de prendre des photos, répondit Lew Rodman. Et Flaco est un de nos sujets de prédilection. Si bien que lorsque votre gars s'est pointé, tout propre sur lui, on l'a remarqué. En particulier lorsqu'on l'a vu se rendre directement vers le box de Flaco, comme quelqu'un qui le connaîtrait déjà... un associé connu. Ça nous a rendus curieux et on l'a filé. On pensait suivre une voiture. En fait, il n'en avait pas et il a pris le bus. On a fait la filature la moins rapide de notre vie, qu'est-ce qu'on s'est marrés... On a trouvé l'adresse de son domicile, on est remontés jusqu'à son père et on a identifié le gosse hier. Mais on n'avait pas fait le rapprochement. Puis un type de chez nous a vu la photo. Il a reconnu le nom de Gomez qu'il avait vu dans un article de journal. Quand Reyes lui avait décerné un genre de récompense parce qu'il était intelligent.

– Il est évident qu'il connaît ce Jaramillo, mais ça ne veut pas dire que ce soit un associé.

– On les voit ensemble, ils sont associés, répondit Rodman. On ne s'amuse pas à décrocher des doctorats, nous, mais on sait faire une addition. Votre petit gars fait copain-copain avec une crapule dans un des box du fond de la Nueva Cantina.

– Des preuves que Gomez serait impliqué dans une activité criminelle ?

– Il a parlé à Flaco, répondit Lucido, Flaco s'est levé et est passé derrière le bar, puis il est revenu s'asseoir. Quelques minutes plus tard, Gomez repartait avec un porte-documents.

– Il a toujours un porte-documents avec lui.

– Tiens, pardi.

Petra sentit son estomac se nouer.

– Et qu'est-ce que vous attendez de moi ?

– Pour le moment, rien. Continuez comme avant. Mais gardez l'œil pour tout ce qui pourrait paraître curieux. Si la situation change, nous vous contacterons.

– Parce que voilà que tout d'un coup je travaillerais pour vous ?

– Vous travaillez pour le LAPD, lui renvoya Lucido. Comme nous. Si ça vous pose un problème, vous êtes libre d'aller vous plaindre.

Petra sentit brusquement le besoin de changer d'air et tourna la poignée. Rien ne bougea. Évidemment : elle occupait la place du suspect.

Avant qu'elle ait pu dire quelque chose, Lew Rodman appuyait sur un bouton en riant.

Au moment où elle sortait, Lucido lui demanda :

– Et qui est Omar ?

Petra se pencha à la fenêtre. Trait-de-Crayon eut un mouvement de recul et rentra la tête à l'intérieur.

– Vous êtes de la Valley, tous les deux ?

Lucido hocha la tête.

– Non. À l'antigang de la division centrale.

– Dans ce cas-là, ça ne vous regarde pas.

XXXIV

Petra regarda la Crown Victoria quitter le parking.

Isaac s'était mis dans de sales draps.

Elle renonça à sa marche, décida plutôt d'aller prendre ses affaires et de partir avant l'heure. Au moment où elle arrivait à la porte, à l'arrière du poste, quelqu'un l'appela par son nom.

Elle se tourna.

Et qui vit-elle ? Justement Mister Double-Vie, la saluant de la main qui ne tenait pas le porte-documents. Il portait les mêmes vêtements que ceux qu'il avait mis pour aller à la Nueva Cantina.

L'avait-il vue en train de bavarder avec les antigangs ? Aurait-il pu piger ?

Il trotta vers elle. L'hématome avait pâli, mais l'endroit était encore enflé et recouvert d'une épaisse couche de fond de teint.

– Hé, dit-elle, ça fait une paye.

– Désolé, mais j'ai bossé tard.

Tu m'en diras tant.

– Ta thèse ?

– Surtout. Et aussi des recherches pour le 28 juin. Malheureusement, je n'ai rien trouvé de neuf. La bibliothécaire continue à fouiller dans ses archives. (Il fronça les sourcils.) Pour être honnête, je me demande si je n'ai pas rêvé. Si je n'ai pas fait toute une histoire pour ce qui est en réalité un accident statistique.

– Non, tu n'as pas rêvé, répondit-elle en regardant ostensiblement sa pommette enflée.

Isaac y porta la main, la laissa retomber.

– Pour vous, il y a donc vraiment quelque chose ?

– On dirait bien.

Elle lui montra sa montre. Les petits chiffres noirs du calendrier indiquaient 21.

– Je sais, dit-il.

Il fit passer le porte-documents dans sa main gauche. Ses épaules retombèrent.

– Tu as une petite mine, dis-moi, lui lança-t-elle.

– Mon bus n'arrivait pas et j'ai dû en prendre un autre, mais du coup il me restait pas mal de chemin à faire à pied.

À pied ?

– Ça doit être dur, sans voiture.

– Question d'habitude. J'ai entendu dire que la tête d'un des Leon était passée à la télé. Mon père l'a vue aux informations. J'ai dit à mes parents que vous vous occupiez de l'affaire. J'espère que ce n'était pas indiscret.

– Non, mon nom était mentionné dans le sujet.

– C'est donc Leon le tueur ?

Elle hocha la tête, ne sachant trop ce qu'elle pouvait ou non lui confier… maintenant.

Un bruit de moteur la fit regarder par-dessus son épaule. Un quatre-quatre noir venait d'entrer dans le parking ; il s'engagea agressivement dans le premier emplacement libre. Un des cadors du quartier général était au volant. Large d'épaules et l'air aussi sûr de lui qu'un flic de cinéma. Son coéquipier, à côté de lui, avait la même allure. Lunettes noires réfléchissantes l'un et l'autre. Le moteur ronfla, puis se tut.

– On se reparlera plus tard, dit Petra en tenant la porte pour Isaac.

Courtoisie à l'envers, songea-t-il, tandis qu'ils entraient dans le commissariat. Pour elle, je ne suis qu'un gamin.

Cador n° 1 lança :

– Salut, prête pour la réunion ?

– Quelle réunion ?

– Dans cinq minutes. On a appelé.

– Quand ça ?

– Il y a un quart d'heure.

Pendant qu'elle se faisait interviewer dans la voiture de Lucido et Rodman. À la dernière minute, comme si elle était leur domestique.

– Et qu'est-ce qui se passe ? demanda-t-elle.

– Commençons la réunion et voyons ça, répondit Cador n° 2.

Isaac installa son ordinateur sur le bureau de son coin habituel. Deux autres inspecteurs se trouvaient dans la salle, Barney Fleischer et un flic corpulent qu'Isaac ne connaissait pas ; l'homme était harnaché d'un holster en cuir, en forme de X, qui s'enfonçait dans son polo vert trop serré.

Isaac alluma son portable, se connecta sur la base de données de la bibliothèque Doheny et fit semblant d'être très occupé.

Comme si rien ne s'était passé avec Klara.

Or il s'était passé quelque chose et il avait tout gâché, tant personnellement que professionnellement.

Il avait profité d'une femme vulnérable, ce qui en soit était déjà répugnant. Mais le plus grave était qu'en mélangeant travail et… plaisir, il avait pris le risque de faire échouer son enquête sur le 28 juin.

Il essaya de se justifier en se disant que Klara, elle aussi, avait profité de lui. L'étudiant impressionnable qui ne désire que la paix et le calme dans un coin de bibliothèque avec ses livres moisis, pas l'étreinte des cuisses, pas les gémissements…

Sensationnel, ce qui s'était passé. Pas la première fois, la seconde. La première avait été terminée avant qu'il ait pu digérer sa surprise et intégrer le fait qu'il avait eu un orgasme. Klara avait continué de s'agiter et il était resté dur. Elle lui avait pris le visage à deux mains et murmuré :

– Oui, continue, continue..

Ce qui, bien entendu, n'avait fait que le survolter.

La seconde fois lui avait laissé une impression fantastique. À Klara aussi, si ses contorsions et les miaulements qu'elle avait été obligée d'étouffer de sa propre main signifiaient quelque chose.

Après, elle était restée à califourchon sur lui, emprisonnant sa détumescence, l'avait embrassé dans le cou, griffé dans le dos avec ses ongles, par-dessus la chemise. Des mèches de cheveux roux étaient venues chatouiller le visage d'Isaac et au bout d'un moment il n'y avait plus tenu et avait tourné la tête. Elle avait interprété cela comme de la fatigue.

– Mon pauvre ami. Tout ce poids sur toi, je suis si grosse.

Elle souriait, mais paraissait sur le point de pleurer.

– Non, pas du tout, avait-il répondu.

Il l'avait embrassée et prise par ses hanches rebondies, sous la robe aux papillons.

– Seigneur, ça me chatouille encore, avait-elle dit. (Puis les larmes étaient venues.) Je suis désolée, Isaac. Comme si tu avais besoin d'une vieille dondon hystérique !

Ce qui l'avait conduit à la rassurer, à la caresser. À l'embrasser encore, bien qu'à ce moment-là ses émotions se soient autant ratatinées que son pénis et que le contact de leurs deux corps ait été la dernière chose dont il avait envie.

Oui, elle était lourde.

– Tu es trop mignon, avait-elle enchaîné. Mais cela ne doit pas se reproduire. Vraiment. OK ?

– Entendu.

– Tu as été d'accord bien vite.

Ne sachant que répondre, il avait dit :

– Je veux juste ce que vous voulez.

– Ah oui ? Si ça ne tenait qu'à moi, on baiserait cent fois plus. Mais il faut garder la tête froide.

Elle lui avait embrassé le menton.

– C'est une honte, non ? C'est si compliqué, la vie. Je pourrais être ta mère.

Elle avait froncé les sourcils à cette idée. Isaac avait eu honte. Avait lutté pour chasser ce sentiment en se concentrant sur les papillons et les fleurs. Changé de position pour lui faire comprendre qu'il était mal à l'aise.

– Cependant…, avait-elle dit en se détachant enfin de lui en levant haut la jambe comme pour éviter son contact.

Elle avait aussi évité de croiser son regard pendant qu'elle remontait sa culotte, remettait ses chaussures et arrangeait sa chevelure flamboyante.

Isaac avait remonté son pantalon, fermé sa braguette et était resté assis, attendant la fin de la phrase. Et n'avait eu droit qu'à un sourire embarrassé. À un frémissement de lèvres.

– Cependant quoi ? avait-il demandé.

– Quoi, cependant quoi ?

– Vous avez dit « cependant » et vous n'avez pas continué.

– Oh...

Elle avait laissé retomber sa main, effleurant au passage l'entrejambe d'Isaac du bout des ongles.

– Cependant, c'était fantastique. Même si je suis assez vieille pour être ta mère. On peut rester amis, n'est-ce pas ?

– Bien sûr, avait-il coassé en ne sachant pas trop à quoi il s'engageait.

Klara avait eu un sourire en coin difficile à interpréter.

– On peut donc aller prendre un café ensemble ? En amis ?

– Bien sûr.

– Tout de suite ?

– Tout de suite ?

– Tout de suite.

Ils avaient quitté la bibliothèque ensemble pour se rendre dans un café de Figueroa, de l'autre côté de la rue qui longe le campus à l'est. Des étudiants et des profs passaient ; des gens marchant en compagnie de gens de leur âge.

Dans leur balancement, les hanches de Klara touchaient parfois Isaac. Il avait essayé de mettre un peu plus d'espace entre eux – assez pour conjurer toute image d'intimité, mais pas trop pour qu'elle ne s'en rende pas compte. Elle ne cessait cependant de le heurter.

Au restaurant, elle l'avait conduit dans un box et avait commandé un thé à la menthe et une salade avec assaisonnement Thousand Island à part. Isaac, se sentant soudain mort de soif, avait demandé un Coca.

– Après, j'ai toujours faim, avait dit Klara sur un ton confidentiel une fois la serveuse partie.

Le rose lui était monté au cou.

Au cours de l'heure suivante, elle avait entrepris de lui raconter sa vie, son enfance, ses études, son mariage alors qu'elle était toute jeune et son couple qu'elle avait cru éternel, ses deux enfants doués, sa merveilleuse maman, parfois autoritaire mais toujours avec les meilleures intentions du monde, son père avocat d'affaires qui n'était à la retraite que depuis un an lorsqu'il avait été emporté par un cancer de la prostate.

– Vous savez vraiment écouter, Isaac, avait-elle dit lorsqu'elle en eut terminé. Mon ex en était incapable. Vous n'avez jamais pensé à devenir psychiatre ?

Il avait fait non de la tête.

– Comment ça ?

– Je n'ai pas encore envisagé quelle spécialité je prendrai. C'est trop loin dans l'avenir, pour le moment.

Elle lui avait effleuré le bout des doigts.

– Vous êtes un jeune homme superbe, Isaac Gomez. Vous finirez par devenir célèbre. J'espère que vous penserez à moi avec tendresse, ce jour-là.

Il avait ri.

– Je suis sérieuse.

Il l'avait raccompagnée jusqu'à son bureau de la section des ouvrages de référence, puis s'était tourné pour partir lorsqu'elle avait commencé à bavarder avec son assistante, Mary Zoltan, une femme à tête de taupe de dix ans plus jeune que Klara mais qui, des deux, avait l'air de la vieille toupie. Lorsque Klara l'avait vu s'éloigner, elle lui avait couru après, l'avait rattrapé à hauteur de la porte et lui avait touché l'épaule en lui disant à voix basse mais d'un ton féroce qu'il était superbe, que ça avait été superbe, que c'était bien dommage que ça ne puisse se reproduire.

Mary Zoltan les regardait. Aucune chaleur dans ses yeux de rongeur.

Klara lui avait serré l'épaule.

– D'accord ?

– D'accord.

Il s'était dégagé et avait quitté la bibliothèque. Trop secoué pour se concentrer sur sa thèse, ou sur ses recherches sur le 28 juin, ou sur n'importe quoi d'autre. Une fois dehors, il avait eu conscience du poids de ce qu'il avait entre les jambes, de l'odeur de Klara qui adhérait à sa peau, à sa gorge, à ses fosses nasales. Il s'était rendu dans les toilettes messieurs du bâtiment voisin et s'était lavé la figure, mais en vain. Il empestait le sperme et Klara.

Impossible de se retrouver face à Petra.

Il n'avait de toute façon rien à lui offrir.

Pourquoi avait-il le sentiment de lui avoir été infidèle ?

Il était retourné dans Figueroa, avait pris le bus 81 jusqu'à Hill & Ord, changé pour le 2 au croisement de Cesar Chavez et de Broadway, mais avait sauté l'arrêt de Sunset-Wilcox, celui du commissariat. Il avait continué jusqu'à La Brea, puis à pied jusqu'à Pico Boulevard. Là, il avait emprunté un bus de la Blue Line de Santa Monica jusqu'à la plage.

Il était presque dix-huit heures lorsqu'il était arrivé à la jetée ; il avait acheté un épi de maïs grillé, des frites et un autre Coca, marché un peu, observé les vieux Japonais qui pêchaient à l'extrémité. Il avait traîné. Sa tenue d'étudiant et son porte-documents avaient attiré l'attention des touristes, des ados à la mine rébarbative et des vendeurs.

Ou bien le regardaient-ils pour autre chose ?

Le type qui ne cadre pas dans le tableau, qui n'y cadrera jamais.

Si seulement ils avaient su ce qui tressautait au fond de son porte-documents !

Il avait quitté la jetée pour descendre sur la plage, sans prêter attention au sable qui passait dans ses chaussettes, et il avait continué jusqu'aux limites du ressac, où il avait remonté son pantalon pour patauger dans l'eau froide.

Il était resté là jusqu'à ce qu'il ne sente plus ses pieds, ne pensant à rien.

Ça faisait du bien.

Puis il était brusquement revenu au 28 juin.

Petra pense que j'ai raison, mais je pourrais encore me tromper. Ça ne me ferait pas de mal de me tromper de temps en temps.

Revenu sur le sable sec, il avait remis ses chaussettes et ses chaussures sans se soucier de se sécher les pieds.

Le temps de rentrer chez lui, il n'était pas loin de vingt-deux heures et sa mère faisait la tête parce qu'il avait manqué le repas qu'elle avait préparé. Une soupe aux *albóndigas* et aux herbes, des *tamales* au bœuf, une grande potée de haricots au petit salé. Pendant que Mama lui tournait autour et comptait ses bouchées, il avait enfourné autant de nourriture que pouvait contenir son estomac. Lorsqu'il s'était senti sur le point d'exploser, il s'était essuyé le menton, avait déclaré à sa mère que c'était sensationnel, l'avait embrassée sur la joue et avait gagné sa chambre.

Isaiah dormait déjà, sur la couchette du haut, allongé sur le dos, ronflant comme un sonneur, le bras gauche devant les yeux. Au cours de l'année passée, le frère aîné d'Isaac, apprenti couvreur, était passé d'un chantier de construction à un autre, gagnant à peine plus que le salaire minimum et s'imprégnant d'une odeur de goudron devenue permanente. Isaac n'y faisait pas attention, d'habitude, mais la pièce minuscule, ce soir-là, était saturée des remugles d'une route qu'on vient d'asphalter.

Isaiah avait soufflé, roulé sur lui et repris sa position initiale. À cause de son travail, il devait se lever à cinq heures du matin s'il voulait être à l'heure à l'endroit où le chef d'équipe passait avec son camion pour prendre les ouvriers de la journée.

Isaac avait enlevé ses chaussures et les avait posées doucement par terre. La couchette de son cadet, Joel, était vide, le lit encore fait. Étudiant en fac à temps partiel et employé en même temps au Solario Spanish Market d'Alvarado, Joel avait pris l'habitude de rentrer tard sans donner d'explications. Le même genre de transgression de la part des deux autres fils Gomez aurait provoqué une tempête parentale. Mais Joel, genre beau gosse avec son sourire à la Tom Cruise, s'en tirait toujours.

Isaiah avait soufflé à nouveau, plus fort. Marmonné dans son sommeil. Était redevenu silencieux. Isaac s'était déshabillé en silence, avait posé ses vêtements pliés sur une chaise et s'était glissé sur la couchette inférieure.

Un « hummm » embrumé lui était parvenu de dessus et le cadre de bois avait craqué.

– C'est toi, frangin ?

– Oui, c'est moi.

– Où t'étais passé ? Mama était furax.

– Je travaillais.

Isaiah s'était mis à rire.

– Qu'est-ce qu'il y a de drôle ?

– Ça se sent jusqu'ici.

– Mais de quoi tu parles ?

– T'as l'odeur d'un mec qui a baisé comme un malade, vieux. Bravo, frangin ! C'est bien, ça.

Le lendemain, il était retourné à la bibliothèque, bien déterminé à ne pas baisser les yeux devant Klara.

D'adulte à adulte.

Elle n'était pas à son bureau.

– Souffrante, lui avait expliqué Mary Zoltan.

– Rien de sérieux, j'espère ?

– Elle n'avait pas l'air d'aller fort quand elle a appelé, ce matin.

– Elle a attrapé froid ?

– Non, plutôt, comment dire…

Mary l'avait regardé fixement et il s'était senti le visage en feu. Il avait pris une douche prolongée, mais si son frère à demi endormi avait pu le sentir…

– Peu importe, avait repris Mary. Est-ce que je peux vous aider ?

– Non, merci.

Elle avait eu un petit sourire ironique.

Souffrante. Plus sérieux qu'un rhume.

Une femme déjà pas très solide et lui l'avait fait basculer.

C'était déjà assez moche en soi, mais il y avait en plus le 28 juin.

Tandis qu'il gagnait son troisième sous-sol, des scènes de cauchemar lui étaient dégringolées du cerveau comme les pièces d'une machine à sous.

Klara, se rendant compte qu'elle avait été sexuellement exploitée par un jeune homme ambitieux, avait plongé dans une profonde dépression.

Et l'avait traitée en se soignant elle-même.

Avait pris trop de médicaments.

Ou bien elle avait noyé son chagrin dans les pilules et l'alcool – les pilules et le vin blanc.

Oui, ça cadrait : un cocktail de tranquillisants et de chardonnay. Ivre, elle monte en titubant dans son minivan. Un autre véhicule arrive en face, mais c'est trop tard.

Deux enfants surdoués orphelins.

S'ensuivait une enquête de police : qu'est-ce qui avait poussé la bibliothécaire entre deux âges à se comporter de cette manière ?

Quelle était la dernière personne avec laquelle elle s'était trouvée ?

Mary le savait, elle. À la manière dont elle l'avait regardé, il était clair qu'elle le savait.

Il s'était arrêté entre deux étages. Et s'ils n'avaient pas été aussi discrets qu'ils croyaient ? Si quelqu'un, un spécialiste de botanique, un foutu verdurophile, attiré dans le coin sombre et tranquille d'Isaac par un vieux texte tout moisi sur les champignons ou les œillets d'Inde avait tout vu ?

Un coup à briser une carrière.

Il pouvait dire adieu à la fac de médecine.

Et à son doctorat, tant qu'il y était. Il se lèverait à cinq heures avec Isaiah pour aller refaire des toits.

La honte. Ses parents… et M. et Mme Lattimore… Tous les profs de la Burton Academy… L'université…

Gilbert Reyes, le conseiller municipal !

Le temps d'atteindre son coin, il voyait la scène comme s'il y était : Reyes convoquant une conférence de presse pour se désolidariser de l'enfant prodige.

Il avait regardé autour de lui. Il n'y avait personne dans la section botanique. Comme d'habitude. Mais qu'est-ce que cela prouvait ? Pendant toute l'affaire – les quinze minutes orgiaques ou plus que cela avait pris –, il avait gardé les yeux fermés.

Il les referma à nouveau, comme pour revivre ces instants. Les rouvrit et vit les étagères croulant sous les livres. Des couloirs sombres et vides.

Mais rien ne paraissait normal ; l'air lui-même lui semblait chargé de reproches.

Il avait fait volte-face et couru jusqu'à l'escalier. Trébuché, failli tomber, réussi à garder l'équilibre. Ou quelque chose qui y ressemblait.

Impossible de rester là aujourd'hui. La plage ! Il allait retourner à la plage ; la veille, elle lui avait fait du bien. Il s'empiffrerait de bouffe de merde, jouerait à des jeux vidéo comme le premier crétin venu, s'engourdirait les pieds et tout ce qui avait besoin d'être engourdi dans l'eau glacée du Pacifique, vaste et impitoyable.

Ce qu'il avait fait. À midi, il n'avait plus qu'une envie, retourner au commissariat.

XXXV

La deuxième réunion avait été pire pour Petra.

Elle avait commencé depuis cinq minutes lorsque était arrivé un représentant de l'antigang de la Valley : un sergent en uniforme, corpulent, la bouille ronde, le crâne rasé, le regard glacial et tout le charme d'un virus. Il s'était mis à inspecter ses ongles tandis que Cador n° 1 poursuivait son cours sur le comportement des bandes.

La recherche d'Omar Selden et de ses affidés était dorénavant officiellement dévolue à une équipe spéciale.

Mais Schoelkopf avait décidé d'être présent.

Il n'était pas beaucoup intervenu pour autant. Il avait l'air endormi et paraissait avoir rapetissé ; Petra, au courant pour sa troisième femme, se sentait désolée pour lui et le baratin soporifique de Cador n° 1 l'endormait. Le type avait enfin refermé ses notes et fait signe à son pote de démonter le chevalet.

– Donc, avait-il conclu en resserrant son nœud de cravate, nous sommes tous dans le même bateau.

Petra avait regardé le gros sergent de l'antigang.

– Il y a une chose qui vaut peut-être la peine d'être vérifiée. Notre suspect prenait des cours de photo et quand je l'ai vu à Venice il avait du matériel de photographe avec lui. Il m'a donné une fausse adresse à NoHo, mais le rapprochement est tout de même intéressant.

– Une fausse adresse, avait répété Schoelkopf. C'est tout l'intérêt de mentir, inspecteur Connor. Pour vous fourvoyer.

Ce qui était parfaitement absurde. Les criminels manquent d'imagination et ne cessent de faire des erreurs stupides. S'ils n'en commettaient pas, la police travaillerait en vain.

Personne ne l'avait soutenue.

– Pourtant… avait-elle commencé.

Le sergent de la Valley s'était redressé de tout son mètre quatre-vingt-dix.

– Jamais vu des types des gangs à NoHo, sauf quelques-uns qui viennent les jours de braderie. Et pas de déballage de rue avant un mois.

Il avait quitté la salle.

Cador n° 1 avait déclaré la réunion terminée.

Isaac l'attendait lorsqu'elle regagna la salle des inspecteurs. Elle avait besoin de marcher, maintenant, et c'est ce qu'elle lui dit. Ils quittèrent le commissariat et prirent vers le sud, par Wilcox. Isaac eut l'intelligence de ne pas lui adresser la parole tandis qu'elle fonçait d'un pas de sapeur en direction de Santa Monica. Au bout d'un moment, elle commença à se calmer et remarqua que le jeune homme se tenait à distance. Elle lui fichait probablement la frousse. Il était temps de lui adresser un sourire.

– Bon, le 28 juin, dit-elle. Cette date a forcément un sens… un anniversaire quelconque, quelque chose de personnel pour ce type. Ou alors, un événement historique qui le branche particulièrement. J'ai vérifié les infos sur tous les acteurs principaux des dossiers. Aucune des victimes n'est née un 28 juin. Notre gaillard est peut-être un fan d'histoire, en fin de compte.

Elle attendit un commentaire, mais il n'en fit aucun.

– Une idée ?

– Tout ce que vous dites paraît raisonnable.

Perdait-il son intérêt pour l'affaire ? Était-il préoccupé par ce qui se passait dans son autre vie ?

– L'image qui me vient constamment, reprit-elle, est celle d'un tueur extrêmement séduisant. Un type subtil, qui élabore ses coups avec un soin extrême. Marta Doebbler attirée hors du théâtre, Geraldo Solis peut-être victime d'un faux réparateur de télé… Si le réparateur de la télé câblée est bien notre suspect, il a eu l'intelligence de repérer les lieux et de revenir plus tard. Il a peut-être eu aussi celle de se servir d'un chien comme appât.

Elle lui parla des poils de deux chiens différents retrouvés sur Coral Langdon et lui raconta son scénario d'une rencontre amicale entre voisins promeneurs de chiens.

– Préparer le meurtre pourrait l'exciter tout autant que le meurtre lui-même.

– Un metteur en scène.

– C'est une bonne manière de voir les choses. Alors, qu'est-ce que tu en penses ?

– Vous avez raison, il est subtil.

– Oui, jusqu'au moment où il attaque les victimes par-derrière et leur défonce le crâne. Ça, c'est tout sauf subtil, Isaac. Pour moi, c'est synonyme, petit *a*, de couardise : il redoute de les regarder dans les yeux et évite donc le recours à la strangulation, habituel chez les tueurs psychopathes ; et, petit *b*, il est habité par une violente rage intérieure qu'il est capable de contrôler le reste du temps. Qu'il fait même mieux que contrôler : il fonctionne normalement jusqu'à ce que le mécanisme se déclenche. Nous savons que la date fait partie des éléments déclencheurs, mais il doit y avoir aussi quelque chose chez les victimes.

Ils marchèrent pendant un moment en silence avant qu'elle ajoute :

– N'importe quel commentaire sera le bienvenu, Isaac.

Il hocha la tête.

– Tu vas bien ?

Il sursauta. Elle venait de le tirer de quelque rêverie.

– Oui, bien sûr.

– Tu parais un peu distrait.

– Désolé.

– Inutile de t'excuser. Je veux simplement m'assurer que tout va bien, dit-elle avec un sourire. En ma qualité de mentor, même si je ne t'ai pas beaucoup mentoré euh… ça se dit ?

– Non, répondit-il en souriant lui aussi.

– Bref, sens-toi libre de spéculer sur ce que je viens de dire.

– Tout ce que vous venez de dire tient debout. J'aimerais bien avoir quelque chose à ajouter, mais ce n'est pas le cas.

Une centaine de mètres plus loin, toutefois, il reprit la parole.

– Mais il y a un détail qui m'intrigue. Le cas Marta Doebbler n'est pas cohérent avec les autres. Admettons que le tueur ait été capable de se faire passer pour un réparateur du câble : M. Solis, de toute évidence, ne le connaissait pas. Si la théorie du chien est la bonne, on pourrait dire la même chose de Coral Langdon : elle rencontre un homme qui promène son chien dans le quartier, bavarde avec lui, se tourne pour repartir et se fait massacrer. Le tueur a pu répéter en se promenant le jour précédent avec un chien, pour repérer les lieux. Cela dit, il pouvait être un parfait inconnu pour Langdon. Mais c'est impossible pour Marta Doebbler. Elle n'aurait pas quitté le spectacle sans savoir qui était le type qui l'avait appelée. Sans compter qu'un inconnu n'aurait pas pu savoir que Marta devait aller au théâtre.

– Ni connaître son numéro de portable. C'était quelqu'un en qui elle avait confiance, continua Petra. Retour au mari. Kurt, le bizarroïde.

– Il y a autre chose qui ne colle pas par rapport aux autres cas. Marta a été tuée dans la rue, puis placée dans sa voiture. On peut y voir la manifestation d'une sorte de respect pour la victime. Ce qui serait aussi cohérent avec le fait qu'elle connaissait bien le tueur.

Il fit la grimace.

– J'aurais dû penser à tout ça.

J'avais la tête ailleurs... Klara... mes doutes... le pétard de Flaco... mon pétard... Est-ce que je serais capable de m'en servir ?

– C'est à ça que servent les séances de brainstorming, Isaac.

Ils venaient d'arriver dans Santa Monica Boulevard. Circulation, vacarme, piétons, prostitués masculins à chaque coin de rue.

– Autre trait distinctif du cas Doebbler, reprit Petra : elle a été la première. Après avoir rencontré l'inspecteur Ballou, qui avait trouvé la réaction à chaud de Kurt Doebbler étrange, et après avoir moi-même rencontré Kurt, j'ai commencé à me dire : et si notre coupable n'avait jamais eu l'intention de commettre des meurtres en série ? S'il avait tué Marta pour des raisons personnelles et avait découvert qu'il aimait ça ? Un type qui se trouve un passe-temps. Ce qui nous ramène à Kurt.

– Mais un passe-temps seulement un jour par an, lui objecta Isaac.

– Un anniversaire. Et si le 28 juin était devenu une date importante pour Kurt parce qu'il a tué Marta un 28 juin ? Ça lui permet de revivre la chose.

Il la regarda.

– Génial.

Retour de son exubérance juvénile. Bizarrement, ce fut l'enthousiasme de Petra qui se refroidit.

– Loin de là. Ce n'est qu'une théorie. Mais au moins, nous nous resserrons.

– Sur Marta Doebbler ?

– Faute de mieux.

Il porta une main à son hématome d'un geste distrait.

– On devrait peut-être se renseigner, sur les personnes qui savaient qu'elle allait au théâtre ce soir-là, dit-il. Elle était avec des amies, n'est-ce pas ?

Il la regardait avec son visage dépourvu de rides et innocent d'enfant précoce. Elle eut envie de l'embrasser.

Ils retournèrent au commissariat et Petra ouvrit le dossier Doebbler. Marta était sortie avec trois amies et l'inspecteur Ballou avait dûment consigné leurs noms et le fait qu'il en avait contacté deux, Melanie Jaeger et Sarah Casagrande, « par téléphone ». La troisième, Emily Pastern, n'était pas à Los Angeles.

D'après les notes de Ballou, ni Jaeger ni Casagrande ne savaient avec certitude qui avait attiré Marta hors du théâtre.

> *Le témoin Casagrande déclare que la victime Doebbler a paru agitée par l'interruption téléphonique et que la victime Doebbler a réagi vivement à ladite interruption, qu'elle a « bondi de son siège et est partie. Comme s'il*

s'agissait d'une urgence. Elle ne s'est même pas excusée d'avoir gardé son portable allumé. Ce qui ne ressemblait pas à Marta, qui était une personne toujours attentionnée ». Mêmes remarques de la part du témoin Jaeger, interrogé indépendamment.
Le mari de la victime, Kurt Doebbler, nie avoir appelé la victime à quelque moment que ce soit ce soir-là et nie posséder un téléphone portable. K. Doebbler a accepté sans hésiter le principe d'une recherche dans ses abonnements téléphoniques, laquelle a été faite ce matin à 11 heures 14 via Pacific Bell et a confirmé ses déclarations.

Dans sa note suivante, Ballou identifiait l'origine du coup de fil : il provenait d'une cabine téléphonique située à deux pas du théâtre.

Isaac, qui avait lu par-dessus l'épaule de Petra, fit remarquer :

– Doebbler aurait pu venir à Hollywood, appeler Marta de la cabine et l'attendre à côté de sa voiture. Il a aussi très bien pu accepter la vérification de ses abonnements téléphoniques parce qu'il savait qu'on n'y trouverait rien d'incriminant.

– Je me demande si M. Doebbler a jamais possédé un chien.

Elle appela la SPCA de la Valley. Aucun chien enregistré au domicile des Doebbler, mais des tas de gens ne déclaraient pas leurs animaux familiers.

Elle tenta ensuite d'appeler les témoins Melanie Jaeger et Sarah Casagrande, mais les numéros laissés par Ballou avaient été réattribués.

L.A., la ville transitoire.

Le service des Immatriculations n'avait rien au nom de Jaeger pour toute la Californie, mais il y avait une Sarah Rebecca Casagrande rue J, à Sacramento. Petra obtint le numéro via les renseignements et le composa.

Elle tomba sur la réceptionniste d'une clinique de médecine familiale. Le Dr Casagrande était en consultation.

– Quelle est sa spécialité ?

– Psychiatrie. En fait, elle est assistante.

– Vous voulez dire… comme infirmière ?

– Non, le Dr Casagrande est diplômée depuis peu. Elle travaille sous la supervision des Drs Ellis et Goldstein. Si vous souhaitez prendre rendez-vous..

– Je suis l'inspecteur Connor, de la police de Los Angeles. Pouvez-vous lui demander de me rappeler ?

Elle donna son numéro.

– La police ?

– Oh, rien qui doive l'inquiéter. C'est une vieille affaire.

Elle essaya ensuite Emily Pastern, la seule amie de Marta que Ballou n'avait pu joindre à l'époque.

Un répondeur se déclencha à la cinquième sonnerie et une voix féminine guillerette déclara :

– Vous êtes bien chez Emily, Gary et Daisy. Nous ne sommes pas là pour le moment, mais si vous voulez bien…

Petra laissa le message se dévider. Ne faisant plus attention aux paroles parce qu'un bruit de fond venait de retenir son attention.

Un commentaire canin, en quelque sorte, pendant que pépiait Emily Pastern.

Des aboiements de chien.

Alors qu'elle raccrochait, Mac Dilbeck passa à côté de son bureau, lui jeta un long regard malheureux, mais poursuivit son chemin en direction des toilettes.

Elle le suivit et attendit dans le couloir jusqu'à ce qu'il en ressorte. Il ne fut que peu surpris de la voir là.

– Un truc qui te tracasse, Mac ?

– Je tiens à ce que tu saches qu'à mon avis ta remarque sur la photographie était pertinente.

– Merci.

– C'est au moins quelque chose, Petra. Plus, en tout cas, que tous ces guignols avaient à nous offrir. (Ses yeux brillèrent.) Je viens d'avoir un coup de fil de la mère d'une des victimes. Tu sais, le petit Dalkin, le môme aux taches de rousseur qui essayait d'avoir l'air d'un punk ? La pauvre femme pleurait. Elle me suppliait de lui dire que l'enquête avançait. Qu'est-ce que je pouvais lui dire ?

Il frappa dans ses mains, si fort, une vraie détonation, que le bruit faillit la faire sursauter.

– Tu as compris ce qui va se passer, n'est-ce pas ? enchaîna-t-il. Nous leur avons apporté le suspect numéro un sur un plateau d'argent, ils l'ont pris, mais ne sont pas foutus de bouger leur cul pour le trouver, ces crétins. (Il regarda autour de lui, comme s'il cherchait où cracher.) « Détachement spécial », tu parles ! Tout ce qu'ils vont être foutus de faire, ce sont des réunions, avec leur petit chevalet et leurs petits graphiques. Comme pour une partie de football. Et ils vont se coller un joli petit nom, genre opération Alligator, une connerie comme ça.

Il hocha la tête. Ses cheveux gominés ne bougèrent pas, mais ses paupières battirent comme des voiles de crêpe.

– Ils prendront tout leur temps, continua-t-il, jusqu'au moment où Selden finira par apprendre qu'ils sont sur sa piste et prendra la poudre d'escampette. Si ce n'est pas déjà fait.

Il avait tout d'un coup l'air vieux, fatigué, malheureux. Petra se garda de paroles de consolation. Un homme comme Mac ne les aurait pas bien prises.

– C'est la merde.

– La super-merde, oui. On se croirait dans *Saccage aux folles*. (Il eut un sourire nerveux, fugitif. Les tendons de son cou saillirent et des boules se formèrent sous ses oreilles.) C'était un jeu de mots, au fait.

Elle sourit.

– Je fais le même à la maison, tout le monde trouve que c'est déplacé. Crois-moi si tu veux, mais j'étais un marrant, autrefois. À l'armée, je faisais partie de la troupe de théâtre… c'était à Guam… on avait monté une petite revue avec les moyens du bord. On a eu droit à quelques rires.

– Une revue musicale ?

– On avait des ukulélés, tout ce qui nous tombait sous la main. (Il reprit des couleurs.) Personne n'était déguisé en femme, rien de tel, c'était pas ce que je voulais dire. Simplement que je savais comment tourner une plaisanterie. Aujourd'hui ? Je suis un vieux chnoque sans humour. Déplacé.

Son air déconfit la mit mal à l'aise. Elle rit, plus pour elle-même que pour lui.

– Viens me raconter tes blagues quand tu veux, Mac, dit-elle.

– Ouais, répondit-il en s'éloignant. C'est ce qu'on appelle bosser dans la police, hein ?

Petra le regarda disparaître au bout du couloir. Les gens. Ils vous réservent toujours des surprises.

De retour dans la salle des inspecteurs, elle vit Isaac penché sur son ordinateur portable.

Elle retourna au dossier Doebbler et l'étudia comme si c'était la Bible.

Vendredi, dix-sept heures trente : ni Emily Pastern ni le Dr Sarah Casagrande n'avaient rappelé. Elle essaya de nouveau, sans plus de succès. Tout le monde était parti pour le week-end.

Soudain, toute l'énergie suscitée par la séance de brainstorming avec Isaac s'était évaporée. Elle s'approcha du bureau du jeune homme. Il s'arrêta de pianoter et ferma le fichier sur lequel il travaillait. Un économiseur d'écran avec la tête d'Einstein vint prendre sa place. Le génie avec un nœud papillon marrant. Échevelé. Mais quels yeux, le vieil Albert…

Isaac ferma le portable. Préférait-il qu'elle ne voie pas quelque chose ?

– On va dîner ? lui proposa-t-elle.

– Merci, mais ce n'est pas possible. (Il regarda le lino et Petra s'attendit à un mensonge.) J'ai promis à ma mère de ne pas rentrer trop tard.

– C'est gentil, ça.

– Elle prépare des repas monstrueux et se sent profondément blessée si personne n'est là pour manger. Mon père fait ce qu'il peut, mais ça ne lui suffit pas. Il faut qu'on soit tous là. Mon petit frère a tendance à rentrer tard le soir et mon frère aîné mange parfois sur le chantier, si bien qu'il va souvent directement au lit en arrivant.

– Reste Isaac.

Il haussa les épaules.

– C'est le week-end.

– Je pense sincèrement que c'est gentil de ta part, Isaac. Les mères, c'est important.

Il fronça les sourcils. Klara, ses gosses…

– Ça ne va pas ? demanda Petra.

– Je suis fatigué.

– Tu es trop jeune pour être fatigué.

– Des fois, je ne me sens pas si jeune que ça.

Petra le regarda s'éloigner, le pas lourd, tenant le portable d'une main, le porte-documents de l'autre. Indiscutablement, il y avait quelque chose qui lui pesait. Le drogué, Jaramillo, lui mettrait-il la pression sous une forme ou une autre ? Elle envisagea de désobéir aux types de l'antigang de la division centrale et de lui en parler.

Non, mauvaise pioche. Vraiment mauvaise.

N'empêche, ils l'avaient placée dans une situation impossible : on l'avait forcée à prendre – et pour le même salaire – la responsabilité de surveiller le gosse sans lui avoir pour autant donné l'autorité d'intervenir.

Du baby-sitting, rien de plus depuis le début.

Pouvait-elle le mettre en garde ? Pouvait-elle ne pas le faire ?

En attendant, elle s'était servie de lui dans le dossier du 28 juin.

La patate chaude qu'il lui avait refilée, pour commencer.

Elle avait mal à la tête. Il était temps d'aller casser la croûte. Encore une soirée solitaire. Eric appellerait peut-être à un moment ou un autre, pendant le week-end.

Il téléphona, comme alerté par télépathie, alors qu'elle rangeait son bureau.

– Libre ?

– À l'instant. Qu'est-ce qui se passe ?

– Je fais des trucs. J'aimerais t'en parler, répondit-il.

– J'adorerais.

Ils se retrouvèrent un peu après dix-huit heures dans un restaurant thaï de Melrose, près de Gardner, repaire favori des branchés faux déprimés et des aspirants acteurs. La qualité du menu compensait l'atmosphère artificielle du lieu.

Petra avait l'impression qu'elle et Eric se fondaient dans ce cadre, au moins superficiellement. Il portait un t-shirt blanc à col en V, un jean noir qui pendait sur ses hanches maigres, les Oxford noires à semelles de crêpe qu'il préférait pour les filatures et sa montre militaire surdimensionnée à multizones horaires.

Eric n'avait strictement rien du type branché. Mais avec ses vêtements, sa coupe de cheveux ultracourte, son teint de navet, ses yeux enfoncés dans leurs orbites et son visage ne laissant transparaître aucune émotion, il avait tout de l'artiste incompris.

Elle, avec son costume-pantalon Donna Karan noir et ses chaussures assorties, pouvait passer pour une élégante faisant une carrière quelconque – dans le showbiz, peut-être.

Ah !

Le restaurant commençait à se remplir, mais ils purent avoir une table tout de suite et être servis rapidement ; ils dégustèrent leur salade à la papaye et leur curry panang dans un enthousiasme silencieux.

– Alors, dit-elle enfin, qu'est-ce que tu as fabriqué ?

Il reposa sa fourchette.

– Je me suis sérieusement attelé à trouver un boulot dans le privé. Les qualifications exigées ne sont pas bien extraordinaires.

– Je n'aurais jamais pensé qu'elles l'étaient.

Il avait appartenu à des unités d'opérations spéciales dans l'armée et fait un trimestre comme inspecteur dans la police militaire, avant d'entrer au LAPD. Tout cela lui avait appris à faire preuve d'une patience inépuisable dans la surveillance. Parfait pour un boulot de privé.

– La question est de savoir si je m'établis à mon compte ou si j'entre dans un cabinet de détectives privés déjà existant.

– Si je comprends bien, tu es décidé ?

– Je ne sais pas.

– Quoi que tu fasses, c'est OK pour moi.

Il se mit à jouer avec sa fourchette.

Le système d'alerte de Petra, déjà au rouge avec toutes les frustrations accumulées dans la journée, réagit sur-le-champ.

– Quelque chose d'autre te tracasse ?

La froideur de sa voix lui fit relever la tête.

– Pas vraiment.

– Pas vraiment ?

– Tu es fâchée ?

– Pourquoi serais-je fâchée ?

– Contre moi. Parce que je démissionne.

Elle éclata de rire.

– Sûrement pas. Peut-être même que je te suivrai.

– Mauvaise journée ?

Une démangeaison se manifesta au coin de son œil. Elle le frotta.

– Le Paradiso ?

– Ça, et autre chose.

Il attendit.

Elle n'était pas d'humeur à parler. Puis elle déballa tout : comment elle avait été mise sur la touche dans l'affaire du Paradiso, Schoelkopf la traitant par le mépris devant les autres. Aucun progrès dans les dossiers du 28 juin alors que la date fatidique était dans huit jours.

– Quelqu'un va mourir, Eric, et je ne peux rien y faire.

Il hocha la tête.

– Aucune idée ? demanda-t-elle.

– Pas là-dessus. En ce qui concerne Selden, je pense que tu as raison pour la photographie.

– Vraiment ?

– Vraiment.

– Tu poursuivrais dans cette voie ?

– Si j'étais sur le coup, oui.

– Eh bien, va donc dire ça aux petits génies qui ont pris les commandes.

– Les génies sont rarement aux commandes.

Ses yeux se réduisirent à une fente et il piqua sa fourchette dans une feuille de salade. Petra se demanda s'il pensait à l'Arabie saoudite. Ou à une terrasse de café à Tel-Aviv.

Une expression nouvelle apparut sur la figure d'Eric. Il était mal à l'aise.

– Qu'est-ce qu'il y a ? demanda-t-elle.

Il la regarda sans répondre.

– Tu me caches quelque chose, Eric.

Il joua encore quelques instants avec sa fourchette et Petra se prépara à subir une nouvelle avanie.

– Si je crée ma propre boîte, cela signifiera moins de rentrées d'argent. Jusqu'à ce que je me sois constitué une clientèle. Je ne suis pas resté assez longtemps au LAPD pour avoir droit à une retraite de la Ville ; tout ce que j'ai, c'est celle de l'armée.

– C'est déjà pas mal.

– Oui, mais pas assez pour acheter une maison.

Il retourna à son assiette, prit une bouchée et mâcha lentement – abominablement lentement, comme il faisait toujours. Petra, qui avalait à toute vitesse, habitude contractée pour avoir grandi au milieu de cinq frères toujours affamés, passait en général la fin du repas à attendre qu'il finisse. La plupart du temps, cela l'amusait. Ou bien elle se disait qu'elle devrait faire comme lui. Mais en ce moment, elle aurait bien aimé appuyer sur le bouton marche rapide et lui arracher un semblant d'émotion.

– D'accord, une maison, ce serait chouette, mais ce n'est pas indispensable.

Il posa la fourchette sur la table. Repoussa son assiette. S'essuya la bouche.

– Ton appart est petit. Le mien aussi. Je me suis dit… si tous les deux…

Il haussa les épaules.

Une chaleur envahit la poitrine de Petra. Elle le toucha au poignet.

– Tu as envie que nous habitions ensemble ?

– Non, dit-il, ce n'est pas le bon moment.

– Pourquoi ?

– Je sais pas, répondit-il, l'air d'avoir douze ans.

Elle pensa à l'ampleur de tout ce qu'il avait perdu. À l'effort qu'il lui fallait faire pour s'exprimer sur le plan des émotions, même à ce niveau. Et s'entendit dire :

– Moi non plus, je ne sais pas.

XXXVI

Vendredi 21 juin, vingt heures vingt-trois,
appartement des Gomez, Union District

Il faisait chaud dans la cuisine qui embaumait – pas la plus petite trace de l'odeur de goudron d'Isaiah ne venait gâter l'appétissante vapeur.

Sa mère lavait les plats. Elle pivota pour recevoir le baiser d'Isaac sur la joue.

– Tu rentres de bonne heure. (Faux : ça sonnait comme une accusation.) Plus de travail ?

– C'est le week-end, Ma.

– Tu n'es pas trop occupé pour manger avec nous ?

– J'ai senti ta cuisine à deux kilomètres.

– Oh, ça ? C'est juste des tamales et de la soupe.

– Peu importe, ça sent merveilleusement bon.

– J'ai mis une nouvelle variété de haricots. Noirs, mais plus gros. Je les ai vus au marché, le Coréen m'a dit qu'ils étaient bons. (Elle haussa les épaules.) Il a peut-être raison.

– C'est fichtrement recherché, dis-moi.

– Quand l'un de vous se mariera, je préparerai un vrai repas. (Elle retourna à la cuisinière.) Il y a aussi du riz aux oignons et un peu de poulet. Cette fois, j'ai mis un peu plus de bouillon et j'ai ajouté des carottes. J'ai fait cette recette pour le Dr Marilyn et c'était bon. Je me suis servie d'un poulet entier pour préparer le bouillon et j'ai mis les blancs dans les tamales. Le reste est au frigo. C'est surtout de la peau, mais tu peux le prendre, si tu as trop faim.

– J'attendrai. Où est Papa ?

– Il va arriver. La Toyota s'est remise à faire des siennes, il l'a apportée à Montalvo. Avec un peu de chance, il ne va pas se faire dévaliser.

– C'est une panne sérieuse ?

– D'après Montalvo, c'est une sorte de filtre, j'y connais rien dans ces trucs. (Elle se précipita vers le réfrigérateur et lui prépara un verre de limonade.) Tiens, bois ça.

Il but le liquide glacé et trop sucré.

– Prends-en un autre.

Il s'exécuta.

– Joel ne rentrera pas, reprit-elle, il a un cours du soir. Un vendredi ! Tu te rends compte ?

Isaac se rendait surtout compte que Joel avait dû mentir. Si ça continuait de cette façon, il allait devoir lui parler. Il vida le second verre de limonade et se dirigea vers sa chambre.

– Ne fais pas de bruit, Isaiah dort.

– Il a déjà mangé ?

– Il a pris quelque chose, mais il se remettra à table avec nous. (Petit sourire.) Il adore mes tamales. Surtout ceux aux raisins.

– Moi aussi, Ma.

Elle s'interrompit et se tourna vers lui. Elle avait la bouche pincée et il se prépara à une petite virée à Culpabiland.

– C'est agréable de t'avoir à la maison, mon docteur. (Elle se tourna de nouveau vers ses fourneaux.) Pour une fois.

Il enleva ses chaussures et ouvrit la porte avec le plus grand soin, mais Isaiah s'assit dans sa couchette.

– Vieux... dit-il, se frottant le front comme s'il avait du mal à accommoder. C'est toi ?

– Désolé, dit Isaac. Rendors-toi.

Isaiah se laissa tomber sur les coudes et jeta un coup d'œil au store craquelé qui jaunissait l'unique fenêtre de la pièce. La lumière du puits de jour brillait à travers. Une ampoule de sécurité, d'un jaune pisseux. L'odeur de goudron était forte.

– Hé, t'es là, frangin, reprit Isaiah.

– Suis sorti en avance.

Isaiah eut un petit rire mouillé. Toussa, s'essuya la bouche du dos de la main. Isaac se demanda pour ses poumons, les alvéoles qui se bouchaient avec tout ce…

– Sorti en avance ? On dirait un taulard qu'a eu une remise de peine.

Isaac fourra son porte-documents loin sous le lit, enleva sa chemise et enfila un t-shirt propre. Puis il souleva le store et regarda dans le puits de jour. Plusieurs étages plus bas, des détritus jonchaient le sol.

Isaiah s'abrita les yeux.

– Referme ça, vieux.

Isaac laissa retomber le store.

– Je pue. Tu le sens pas ?

– Non.

– Tu mens, frangin.

– Rendors-toi.

Alors qu'Isaac se tournait vers la porte, Isaiah lança :

– T'as eu un coup de fil. Une daaa-me.

– L'inspecteur Connor ?

– J'ai dit une dame.

– L'inspecteur Connor est une femme.

– Ouais ? Elle est mignonne ?

– Qui a appelé ?

– Pas quelqu'un de la police, répondit Isaiah avec un sourire.

– Qui ?

– Ah, ça t'excite, hein ?

– Et pourquoi ça m'exciterait ?

– Parce qu'elle paraissait excitée, frangin.

– Mais qui ? demanda Isaac.

Il le savait. Le redoutait.

– Tu veux pas deviner ?

Isaac ne bougea pas.

Isaiah se mit à jouer des sourcils.

– Elle s'appelait Klara.

Jamais je ne lui ai donné mon numéro. Elle a dû l'obtenir auprès du personnel de BioStats. Ou dans les dossiers de la fac. Ça commence à devenir…

Il se força à parler d'un ton calme.

– Qu'est-ce qu'elle voulait ?

– Te parler, frangin, ricana Isaiah. J'ai collé le numéro sous ton oreiller. Indicatif 808… tu te fais une fille de la Valley ?

Isaac récupéra le bout de papier et fit une nouvelle tentative pour partir.

– Elle est mignonne ? Elle est blanche ? Au téléphone, elle avait l'air d'une vraie Blanche.

– Merci d'avoir pris le message, dit Isaac.

– Tu peux me remercier, frangin. Elle était en chaleur.

Isaiah se rassit. Il avait le regard plus clair.

– C'est celle que tu t'es faite l'autre soir, pas vrai ? J'ai l'impression qu'on peut se marrer avec elle… Elle suce bien ?

– Ne sois pas idiot, dit Isaac.

Isaiah resta un instant la bouche ouverte, l'air soudain plus vieux. Puis il se laissa brutalement retomber sur le dos et se mit à contempler le plafond. Une de ses mains pendait par-dessus le bord de la couchette. Noircie par le goudron, les ongles craquelés, encrassés au-delà de toute possibilité de récupération.

– Ouais, je suis idiot.

– Désolé, vieux, je suis juste fatigué.

Isaiah roula sur lui et fit face au mur.

XXXVII

Samedi 22 juin, quatorze heures,
Lankershim Boulevard, galerie Flash Image,
NoHo Arts District

Ils n'abordèrent pas à nouveau la question d'une éventuelle cohabitation. Le vendredi soir, après le dîner, Eric et Petra s'étaient rendus au Jazz Bakery, à Venice. Chacun dans sa voiture.

L'attraction principale était un groupe de quatre musiciens mélancoliques, aux yeux endormis, qui martyrisaient les vieux standards et avaient un certain goût pour l'atonalité. À onze heures, Petra en avait eu assez. Ils étaient retournés chez elle – dans son « petit » appart – pour s'endormir dans les bras l'un de l'autre.

Ils s'étaient réveillés le lendemain matin en pleine forme et émoustillés.

Les quelques heures suivantes avaient été délicieuses. Et maintenant, ils écumaient les galeries de NoHo à la recherche de quelque chose qui les mettrait sur la voie de Selden.

Une idée d'Eric.

– Tu es sûr ? avait-elle demandé.

– Pourquoi pas ? avait-il répondu.

Pourquoi pas, en effet. Enquêter – même si l'enquête n'avait pas été autorisée et avait toutes les chances de ne rien donner – était plus facile que de penser à l'autre truc.

Les deux ou trois kilomètres carrés que comptait Lankershim, juste au sud de Magnolia, avaient été la terre d'élection de la petite criminalité pendant des années. Transformé par des individus imaginatifs et des promoteurs obligeants en un quartier d'artistes, le secteur mélangeait joyeusement le pimpant et le délabré. Petra y était venue plusieurs fois pour les foires de rue et faire le tour des galeries. On pouvait goûter à des cuisines exotiques sensationnelles pendant les foires, comme y trouver des babioles kitchissimes pour touristes. Les galeries offraient un mélange de talents réels et de fumisteries.

Par un samedi sans foire, NoHo était gris et calme, rehaussé ici et là par les enseignes colorées des clubs, des cafés et des expositions. Ce n'était pas la grande foule et la plupart des gens avaient l'air heureux.

Ils avaient pris la voiture de Petra, s'étaient garés dans une rue latérale et mis en chasse. Huit galeries étaient consacrées à la photographie ; cinq étaient fermées. Sur les trois restantes, l'une présentait les paysages au Polaroid bricolés à la main – des horreurs – d'un émigré lituanien, la deuxième faisait voisiner des photomontages de femmes asiatiques et des peintures à l'huile d'inspiration vaguement cubiste.

Flash Image, dont l'étroite vitrine jouxtait un ancien cours de théâtre, ne proposait que des photos en noir et blanc. La salle exiguë et lumineuse avait un plancher disjoint. Des traces d'anciens dégâts des eaux brunissaient le faux plafond. L'excellent éclairage et les légendes manuscrites sur les cloisons mobiles disaient un réel effort pour donner une certaine allure à ce qui avait dû être un trou sordide. L'odeur de moisi gâchait un peu cette impression.

L'exposition du mois s'intitulait : « i-mage : artistes locaux inspirés par l. a. »

La première cloison de séparation comportait une liste d'une douzaine de photographes.

Premier sur la liste : Ovid Arnaz.

Le tueur avait le déclencheur aussi facile que la détente.

Sa contribution : une demi-douzaine de scènes de rue, sans cadre, montées sur support de bois. Bâtiments, trottoirs, ciel, arbres dénudés, absence de gens. Lumière froide, ombres tranchées, arbres sans feuilles : les clichés avaient été pris l'hiver. Le manque d'activité humaine suggérait le matin de bonne heure.

Un oiseau de nuit patrouillant les rues vides de la ville avec son Nikon ?

Vrai sens de la structure, Omar, composition correcte.

Les photos étaient datées et signées OA, en lettres carrées. La date les faisait remonter à six mois ; c'était bien l'hiver. Les prix indiqués allaient de cent cinquante à trois cents dollars. Les deux meilleurs tirages – une vue générale du Sepulveda Basin et du Carnation Building, dans Wilshire, pris à l'objectif fish-eye – étaient marqués d'une pastille rouge.

Afin de passer inaperçus, ils allèrent consciencieusement regarder les autres photos de l'exposition avant de retourner à celles de Selden.

Petra avait dissimulé ses cheveux bruns sous la perruque blonde qu'elle utilisait à l'époque où elle s'occupait d'autos volées, jouant un personnage pouvant laisser penser à une tapineuse discrète à la recherche d'une Mercedes à un prix abordable. Une perruque en vrais cheveux, d'excellente qualité, offerte par le LAPD. Après l'avoir retrouvée au fond de son placard sous une pile de vêtements d'hiver, elle avait dû en secouer la poussière et repeigner les mèches emmêlées.

Elle portait un haut noir en jersey à manches longues sous une veste en toile de jean noire, un jean noir moulant, des mocassins et des Ray-Ban à monture épaisse. Les lunettes faisaient partie des rebuts de son mariage – l'une des vingt paires de Nick. Elle avait déchiré les vêtements qu'il avait laissés chez elle et s'était toujours demandé pourquoi elle n'avait pas marché sur les lunettes de soleil.

Le karma : tout a une raison.

Eric, lui, avait pris des lunettes de soleil réfléchissantes de skieur, remis son jean noir et ses chaussures souples, enfilé un t-shirt noir à col en V à la place du blanc et son blouson noir de baseball comportant une poche spéciale pour son arme.

Il boitait moins, mais n'avait pas encore tout à fait retrouvé sa démarche habituelle. Il avait refusé de prendre la canne. Il lui restait encore quelques jours à passer sous antibiotiques.

La fille aux cheveux roses qui occupait le bureau métallique couturé d'égratignures, dans un coin de la galerie, avait adressé plus d'un sourire à Eric. Petra le prit fermement par le bras pendant qu'ils contemplaient tous les deux la même photo.

Le parking du Paradiso.

Une étendue plate d'asphalte, sans voitures, limitée par des poteaux et des chaînes.

Lumière différente. Ombres plus longues que sur les autres.

Remontant à une semaine avant le meurtre.

Le titre : *Club*.

On pouvait l'emporter pour deux cents dollars.

Cheveux-Roses s'approcha d'eux. Elle portait une robe verte courte qui jurait avec ses cheveux – mais qu'est-ce qui aurait pu aller avec du bubble-gum ? Une perruque, manifestement, de moins bonne qualité que celle de Petra – sans doute une Darnel. Pour quelque obscure raison, elle lui donnait de l'assurance.

– Ovid a le coup d'œil, n'est-ce pas ? lança-t-elle.

– Cadrage parfait, lui concéda Petra. D'où est-il ?

– Ovid ? D'ici.

– De Los Angeles ?

– D'ici même, la Valley.

– Comment l'avez-vous découvert ?

– Il suivait un cours de photographie à Northridge. Mais c'est le seul que nous avons pris. Bien meilleur que tous les autres.

Eric s'était penché sur la photo et en étudiait les détails.

– Vous êtes intéressés ? demanda Cheveux-Roses.

– Qu'est-ce que tu en penses, chéri ? dit Petra.

– Hmmm, fit Eric.

– Ce qui me plaît, reprit Cheveux-Roses, c'est qu'il n'y a que des lignes et des ombres, aucune trace d'humanité.

– Qu'a-t-on besoin d'avoir des gens ? dit Petra.

– Exactement.

La fille sourit, espérant partager une même vision des choses.

Eric passa à la photo suivante. Plein cadre sur un des théâtres du centre, dans Broadway. Une antiquité, ornée et tarabiscotée, sur la marquise de laquelle on lisait maintenant : « Bijoux ! Or ! Prix de gros ! »

Oui, Selden avait le coup d'œil.

Petra n'en avait que pour la photo du Paradiso.

– J'aime vraiment celle-ci, mon chéri.

Eric haussa les épaules. Recula d'un pas, se posta à mi-chemin entre les deux épreuves.

– Nos prix sont tout à fait raisonnables, dit Cheveux-Roses.

– Nous désirerions avoir une signature personnalisée, dit Petra.

Le petit front lisse de Cheveux-Roses réussit à former un léger pli.

– Je vous demande pardon ?

– Il n'y a que ses initiales. Nous souhaitons quelque chose de plus personnel. Après avoir rencontré l'artiste. Nous le faisons pour toutes les pièces de notre collection. (Elle adressa un sourire froid à la jeune femme.) L'art, c'est autre chose que d'acheter et de vendre. C'est une question d'alchimie.

– Bien sûr, mais...

– Je me demande si je n'aime pas mieux ce tirage, dit Eric en montrant la photo du théâtre.

– Non, moi, c'est celui-ci, chéri.

– Vous pouvez prendre les deux, dit Cheveux-Roses.

Silence.

– Je crois que je pourrais demander à Ovid. Pour la signature personnalisée. En particulier si vous achetez les deux.

– Nous commençons toujours une collection par une pièce unique, dit Petra. Pour prendre le temps de voir si nous pouvons vivre avec. Ensuite...

Elle regarda Cheveux-Roses de la tête aux pieds.

– Oui, bien sûr... donc, laquelle...

– Je suppose qu'on peut discuter le prix.

– Heu... par courtoisie, nous pourrions vous faire dix pour cent.

– Jusqu'ici, nous avons toujours obtenu vingt. Sur celui-ci on aimerait bien avoir plutôt vingt-cinq.

– Je ne suis pas la propriétaire de la galerie, objecta Cheveux-Roses. Vingt-cinq pour cent cela fait...

– Cent cinquante, la coupa Eric en gardant le dos tourné.

– Ce que je voulais dire, c'est que ça fait beaucoup. Plus que ce que nous faisons d'habitude.

– Comme vous voudrez, dit Petra en commençant à s'éloigner.

– Heu… je pourrais peut-être appeler le propriétaire.

– Faites toujours. En attendant, nous allons jeter un coup d'œil dans les autres galeries et nous reviendrons peut-être si…

– Attendez, attendez. Le propriétaire est mon compagnon. Je suis sûr qu'il comprendra.

Grand sourire. Une petite mèche de faux cheveux dépassait au-dessus d'une de ses oreilles, parée d'un halo par l'éclairage subtil de la galerie.

– Vous avez l'air de collectionneurs sérieux tous les deux ; c'est d'accord.

Eric pivota. Tourna vers elle un regard de robot. Petra eut l'impression que la fille allait s'évanouir.

– Cent cinquante, dit-il.

– Oui, d'accord, génial.

– Quand pourrons-nous rencontrer le photographe ? demanda Petra.

– Hum, c'est un peu le problème, je ne sais pas… Je vais essayer d'arranger ça. Si vous pouviez laisser un acompte…

– Cinquante dollars, dit Eric, en sortant deux billets de vingt et un de dix.

Cheveux-Roses prit l'argent.

– Génial. Donnez-moi votre numéro de téléphone et je vous appellerai… Moi, c'est Xenia ?

On aurait dit une question, comme si elle n'était pas très sûre de son identité.

– Moi, c'est Vera, dit Petra en arquant un sourcil tandis qu'elle griffonnait son numéro de portable. Et lui, c'est Al.

– Vera et Al, génial, balbutia Cheveux-Roses. Vous ne le regretterez pas. Quelque chose me dit qu'un jour Ovid sera célèbre.

De nouveau dans Lankershim, marchant d'un pas nonchalant au milieu de la foule grandissante du samedi, Eric se tourna vers Petra.

– Al et Vera…

– Parce que nous avons la douceur de la soie.

Eric sourit.

– Le vera-soie ?

– Tu as été très bon, Eric.

– En quoi ?

– Comme comédien.

– Je pourrais peut-être trouver un boulot de serveur… Ça nous ferait quelques rentrées de plus.

Elle lui serra le bras un peu plus fort.

– Tu as un petit matelas, avec la retraite de l'armée, et une fois que tu auras commencé dans le privé, tu doubleras probablement tes revenus.

– Si j'y arrive.

– Et pourquoi tu n'y arriverais pas ?

Il garda le silence.

– Eric ?

– Avoir une clientèle privée, ça veut dire lui cirer les pompes. Faire du charme.

– Tu peux être charmant. (Il regarda droit devant lui et continua de marcher.) Quand tu veux.

Soudain, il obliqua au milieu de la foule et conduisit Petra près de l'entrée d'une boutique. Il lui posa les mains sur les épaules ; il y avait quelque chose de nouveau dans son regard.

– Parfois, j'ai l'impression de rouler à sec. L'aiguille dans le rouge. Avec toi, je me sens… plus plein.

– Mon chéri… dit-elle en lui passant un bras autour de la taille.

Il pressa sa joue contre celle de Petra et prit la jeune femme par la nuque.

– Toi aussi, tu me fais du bien, dit-elle.

Ils restèrent ainsi en marge des gens qui déambulaient, ayant droit à quelques froncements de sourcils, à quelques sourires, mais surtout à de l'indifférence. Leurs lunettes de soleil s'entrechoquèrent. Puis leurs armes, à travers le tissu.

Le cliquetis leur fit interrompre leur étreinte.

Petra défroissa sa veste de la main, mit de l'ordre dans sa perruque.

– Si la petite Rosette nous téléphone vraiment pour un rendez-vous avec Omar, il faudra que je le notifie à la brigade spéciale. Ce qui va engendrer toutes sortes de complications.

– La brigade spéciale devrait t'être reconnaissante.

– Oui, et je devrais aussi être riche et célèbre. (Elle fronça les sourcils.) Tout ce cirque, c'est de la folie. Je leur livre leur suspect, je leur mâche le travail, et ces messieurs font la fine bouche. Sous prétexte qu'ils doivent procéder prudemment afin de coincer les acolytes de Selden. Mais avec Omar sous les verrous, on aurait encore plus de chances d'y arriver.

– Exact.

– Sandra est probablement déjà morte, non ?

– Je parierais plutôt là-dessus, dit-il.

– Quelle idiote, cette gosse. Et quelle affaire idiote.

Le portable se mit à piailler dans son sac.

– Vera ? C'est Xenia, de la galerie. Figurez-vous que j'ai réussi à joindre Ovid. Il n'est pas loin d'ici. Il peut se trouver à la galerie dans une demi-heure pour signer votre tirage.

– Génial, dit Petra en réfléchissant à toute vitesse.

– Vous ne voudriez pas en prendre deux ? Al a vraiment aimé *Théâtre*, n'est-ce pas ? Moi, c'est mon préféré. Mon – euh… le propriétaire a dit qu'il vous le laisserait pour le même prix que *Club*.

– C'est une affaire, on dirait.

– Une affaire sensationnelle, oui !

– Je vais demander à Al. Je vous rappelle pour vous dire quand nous arrivons.

– D'accord, répondit Xenia. Mais à votre place, je réfléchirais sérieusement à la proposition. Ovid a vraiment du talent.

XXXVIII

Le cœur cognant dans sa poitrine, elle s'efforça de ne pas laisser voir son affolement tandis qu'elle parcourait Lankershim des yeux ; de l'autre côté du boulevard, elle aperçut un café mexicain avec une vue dégagée, bien qu'en diagonale, sur l'entrée de la galerie. Ils eurent la chance de trouver une table libre à côté de la fenêtre et commandèrent des plats (qu'ils n'allaient pas toucher) et du café.

Elle fouilla dans son sac, retrouva les numéros que le chef de l'antigang de la division centrale lui avait donnés et tenta de le joindre. Répondeur au bureau, rien sur le portable. Elle attendit la fin du message et laissa le sien d'une voix claire et posée dans l'espoir qu'on ne sente pas sa peur. Un appel au Parker Center ne donna pas de meilleurs résultats, même lorsqu'elle eut réussi à convaincre le standardiste qu'elle était de la boutique. Cador n° 1 était injoignable.

Idem pour ses acolytes ; les trois cadors avaient tiré le rideau pour le week-end.

Idem pour le sergent, le mastodonte hautain : message enregistré sur la principale ligne de l'antigang de la Valley.

L'auteur présumé de plusieurs meurtres courait dans la nature et tous les spécialistes se la coulaient douce pour la fin de semaine. Tu parles d'un détachement spécial ! Ah, si Joe le Contribuable savait…

Elle appela Mac Dilbeck. Louise, sa femme, répondit :

– Ah, mon chou, il est parti avec les enfants à Disneyland sans prendre de téléphone. Vous vouliez lui dire quelque chose ?

– Ce n'est pas important, répondit Petra. On en parlera demain.

Et ensuite ? Pas question pour elle de suivre la procédure et d'informer Schoelkopf. Il ferait capoter l'affaire, lui collerait un blâme pour insubordination et Omar s'en tirerait. Pire : ne pas venir à la galerie risquait de rendre l'assassin soupçonneux et de le pousser carrément à se planquer.

En arrivant dans le quartier, elle avait relevé la présence de trois flics en tenue : deux dans une voiture de patrouille près d'un parking fermé, à une centaine de mètres de là, et une femme en patrouille à pied près de Chandler Boulevard. Elle avait des cheveux courts, des lèvres fines et un short réglementaire qui exposait des genoux à fossettes. Un t-shirt du LAPD dissimulait sa ceinture de matos, très discret.

Faire appel aux uns ou à l'autre était trop hasardeux. En vingt-cinq minutes à peine, elle n'aurait pas le temps de leur expliquer le minimum de ce qu'ils auraient dû savoir et elle ne pouvait courir le risque de voir Omar repérer les flics et détaler.

Sans compter qu'il n'y avait rien de pire qu'une opération bricolée à la hâte.

Restaient donc elle et Eric. Assis en face d'elle, celui-ci paraissait calme. Serein, même. Elle éteignit le portable et le glissa dans sa poche.

Essaya de prendre exemple sur lui et de se calmer.

Par n'importe quel bout qu'on prenne l'affaire, elle était dans la merde. Autant foncer et capturer le tueur.

Tel fut leur plan : Omar Selden ne connaissait pas Eric ; Eric retournerait donc seul à la galerie, jouerait celui qui a tout son temps, parlerait peu. Petra resterait au café mexicain, sans quitter un instant des yeux l'entrée de Flash Image. Dès qu'elle aurait repéré Selden, elle appellerait Eric sur son portable, laisserait sonner deux fois et raccrocherait.

Après quoi, improvisation totale.

Vingt minutes après le coup de fil de Xenia, Eric abandonna son *burrito* réduit de deux bouchées sur la table, vida sa tasse de café et sortit.

Petra le suivit des yeux pendant qu'il traversait Lankershim. La foulée redevenue fluide. Gracieuse. Dans un autre univers, il aurait fait un grand danseur de ballet.

Eric en collant de danse. Elle sourit. Sourire, elle en avait besoin parce qu'elle avait l'estomac qui se retournait, les tempes qui pulsaient, les mains qui se glaçaient.

Elle les frotta l'une contre l'autre. Elle se sentait les extrémités engourdies. Elle glissa la main droite dans la poche contenant son automatique, en suivit les contours du bout des doigts.

La serveuse, une Hispanique maternelle et souriante, s'approcha d'elle et vit qu'elle avait à peine touché à son plat.

– Tout va bien ? demanda-t-elle.

– C'est parfait, répondit Petra en attaquant son propre *burrito*. On vient d'appeler mon compagnon. C'est moi qui vais vous régler.

– Vous êtes sympa, comme copine.

Mon compagnon.

De nouveau seule, Petra poussa du bout de sa fourchette riz, haricots et *enchilada* de poulet dans son assiette. Ferma les yeux et respira fort.

Rouvrit les yeux pour voir la silhouette trapue d'Omar Selden se diriger vers la galerie, venant du côté sud du boulevard.

Il était à une vingtaine de mètres de la porte. Accompagné d'une fille qu'il lui cachait presque complètement.

Elle composa le numéro mémorisé du portable d'Eric et laissa sonner deux fois sans quitter Omar des yeux. Il avançait d'un pas assuré et tranquille, l'air parfaitement décontracté.

Une coupe de cheveux récente – il était presque rasé – lui donnait l'air d'un gangster. Son t-shirt brun, trop ample, arborait XXXXL en grandes lettres blanches dans le dos. Il portait un short kaki, encore plus ample, qui lui tombait sur les genoux, et il avait des chaussures de sport marron aux pieds.

Un tueur qui accordait les couleurs.

Petra ne distinguait guère que les jambes de la fille. Fichtre, une complication.

L'effort lui faisait plisser les yeux. Puis Omar précéda un instant sa compagne et Petra put la voir partiellement.

Petite, longs cheveux blonds, joli visage. Un débardeur noir à laçage dans le dos laissait voir une peau lisse et bronzée. Des jeans serrés à taille ultrabasse mettaient en valeur des hanches minces mais bien dessinées et des fesses trop fermes et rondes pour ne pas appartenir à une toute jeune femme.

Sandales à talons hauts. La petite nana en chaleur qui se promène par un beau samedi après-midi.

Le bras mince de la jeune fille se glissa dans le large dos d'Omar et vint le prendre par la taille.

Au moment où le couple arrivait à hauteur de l'entrée de Flash Image, la fille se retourna.

Eut un mouvement de tête pour rejeter ses cheveux en arrière et rit à quelque chose que venait de lui dire Omar.

Sandra Leon.

Petra jeta un coup d'œil à la note, jeta de l'argent sur la table et sortit du café en glissant la main dans la poche contenant son Glock.

Une voix l'interpella et elle sentit sa poitrine se serrer.

La serveuse se tenait dans l'entrée de l'établissement, un sac en papier blanc à la main.

– Vous n'avez rien mangé ! Je vous l'ai empaqueté !

Petra se précipita, prit le sac.

– Merci, vous êtes un chou.

– Mais non, c'est normal. Je vous souhaite une très bonne journée.

Dès que la femme fut retournée dans le café, Petra posa le sac dans le caniveau et continua vers la galerie. Non sans se dire que ce serait du plus haut comique si la femme flic qu'elle avait remarquée arrivait maintenant et la verbalisait pour avoir posé des déchets sur la voie publique.

Il était temps de ne penser qu'au boulot qui l'attendait.

Omar Selden était penché sur le bureau métallique et signait *Club*. Entouré d'un Eric stoïque et d'une Xenia souriante.

Pas trace de Sandra. Sans doute aux toilettes. Bien, les choses allaient peut-être pouvoir se passer en douceur.

Petra avança vers eux. Omar leva les yeux.

– Pour finir, j'ai décidé de prendre les deux, dit Eric.

Omar sourit. Ne regarda Petra qu'un bref instant. Rien n'indiqua qu'il l'avait reconnue.

Pas très bon, mon vieux. Un artiste devrait avoir un meilleur coup d'œil.

– Voilà, dit-il, c'est signé.

Essayant de prendre l'air indifférent, mais ravi de ce début de célébrité.

– Génial, dit Xenia. J'adore ta signature, Ovid.

Petra n'était qu'à deux pas du groupe lorsqu'une voix s'éleva derrière elle.

– Hé !

Sandra Leon qui, sortant de derrière l'une des cloisons mobiles, dévisageait Petra.

Ses yeux étaient moins jaunes, mais pas encore parfaitement blancs.

De près, on voyait qu'elle était beaucoup trop maquillée. Impossible à ne pas remarquer.

Petra leva la main en signe d'apaisement.

Sandra hurla.

– Les flics, Omar, c'est les flics !

Selden lâcha son stylo, leva la tête, resta pétrifié quelques secondes. Puis une lueur rusée brilla dans ses yeux et il passa une main sous son t-shirt trop ample.

Petra avait déjà sorti son arme. Sandra lui donnait des coups de poing dans le dos, hurlait toujours. Petra repoussa brutalement la fille de son autre main, faisant de son mieux pour garder le Glock braqué sur Selden.

– Du calme, Omar.

L'homme jura. Xenia se mit à hurler à son tour. On se serait cru dans un film d'horreur de série B.

Omar sortit la main de son t-shirt et braqua un automatique noir, également un Glock mais en plastique : un modèle qu'ignorent les détecteurs de métaux.

Directement sur la figure de Petra. Eric était passé derrière Omar. Le visage vide d'expression.

Petra vit un bref tressaillement de son épaule, mais pas d'autre mouvement.

Puis le bras d'Eric bougea… à peine.

Toujours aucune expression.

Pop pop pop.

Omar se raidit. La douleur déforma ses traits et la surprise arrondit sa bouche en un petit *o* stupéfait. Puis le sang se mit à couler de son nez et de ses oreilles. Et à jaillir de sa bouche pendant qu'il s'effondrait.

La tête la première sur le bureau. Sur son chef-d'œuvre.

La photo était en couleur, à présent.

Xenia avait reculé et se tenait adossée au mur. Elle se couvrait la bouche de la main, sans effet notoire sur la hauteur et le volume de ses hurlements suraigus. Une flaque dorée d'urine se mit à grandir entre ses pieds. Elle se laissa lourdement glisser dedans.

La bourrade avait fait tomber Sandra Leon, mais elle s'était relevée et jetée à nouveau sur Petra. Des ongles très longs, laqués de noir, vinrent agripper la manche de l'inspecteur.

Sandra essaya de porter un coup de boule, mais Petra la gifla sèchement avant. La claque l'étourdit et donna à Petra le temps de faire pivoter la fille sur elle-même, de lui tordre les bras et de la frapper derrière les genoux. Facile, elle ne pesait rien. Elle aplatit alors Sandra sur le sol, pesa du genou sur son joli dos lacé de noir et sortit ses menottes. Prenant bien garde de rester hors de portée des dents de Sandra, de toute cette salive qui grouillait de virus.

– Salope, connasse, assassin ! hurla Sandra. Salope, assassin !

D'une voix à demi comateuse, Xenia lança :

– J'appelle la police.

XXXIX

Plusieurs voitures de patrouille arrivèrent dans le hurlement de leurs sirènes. Puis l'équipe des techniciens de la police, les médecins légistes,

Le truc habituel, mais vécu différemment par Petra. Elle était au centre.

Avec Eric. Il n'avait pas bronché un instant pendant qu'il tirait, ni depuis.

Un homme sur qui on pouvait compter.

N'empêche, ça la mettait mal à l'aise.

Le premier patron sur les lieux, un lieutenant de la Valley, ne tarda pas à être supplanté par un capitaine. Les deux hommes commencèrent par traiter Petra et Eric comme des criminels, puis finirent par se calmer.

Les derniers à faire leur apparition furent les représentants de la police des polices ; deux inspecteurs doués d'autant de sensibilité que des statues. Ils interrogèrent Eric et Petra séparément, Eric le premier.

Petra les regarda, attendant à quelques mètres. Elle savait ce qu'il leur racontait : l'histoire qu'ils avaient préparée d'avance. L'idée de se lancer sur la piste de Selden avait été l'idée d'Eric ; il avait dû surmonter les hésitations de Petra. Une fois le rendez-vous pris, elle avait fait de multiples tentatives pour appeler les renforts pour conclure qu'elle n'avait pas le choix et décider d'aller jusqu'au bout.

Que ce soit Eric qui avait tiré renforçait cette présentation des faits.

Devant un danger manifeste et imminent, il avait protégé une collègue.

Dans le meilleur des cas, il s'en tirerait avec une suspension avec salaire, pendant le temps nécessaire pour monter le dossier. Si les médias entendaient parler de l'affaire – un crétin de pigiste du *Times* ou l'un des hebdos à scandale avides d'histoires raciales ou de brutalités policières – ça pouvait mal tourner et prendre plus de temps, avec intervention d'avocats, du syndicat de la police, voire une suspension sans salaire.

Petra avait essayé de le convaincre de ne pas jouer les boucs émissaires.

Il avait répondu :

– C'est ce que je vais déclarer. Tu confirmeras.

Il lui avait sèchement serré le bras, un bref instant, et l'avait laissée pour aller affronter les vagues.

Elle regardait les deux inspecteurs tenter de le faire se contredire. Se heurter au mur de son stoïcisme et commencer à échanger des coups d'œil.

Elle se doutait de ce qu'ils se disaient : c'est bizarre.

Quand un flic – même avec une longue expérience – brûle la cervelle d'un homme, il manifeste en général un minimum d'émotion. À voir Eric, on aurait pu croire qu'il venait de se faire les ongles.

Parce qu'il le fallait. Parce qu'il devait la protéger. Elle n'aurait su dire quand quelqu'un l'avait protégée la dernière fois.

À quinze heures quarante, la scène du drame toujours entourée de bandes jaunes et active, le chef des cadors de la division centrale fit son apparition, en costume impeccable et cravate. Autrement dit, il se trouvait à la piscine, ou au golf, ou ailleurs, lorsqu'on avait fini par le joindre, et il s'était précipité chez lui pour se changer.

Avant de s'avancer sur la scène, il regarda autour de lui. Vers les véhicules des médias massés au-delà du ruban jaune.

Il avait espéré être remarqué ; il ne le fut pas, fronça les sourcils, repéra Petra et vint vers elle.

Elle lui raconta son histoire. Il répondit par un « moche » laconique et alla s'entretenir avec les techniciens.

Cela faisait maintenant des heures que Sandra Leon attendait, sous bonne garde, dans un local de rangement de la galerie. Petra mourait d'envie de l'interroger, mais savait qu'elle n'en aurait jamais l'occasion.

Deux flics en tenue escortèrent enfin l'adolescente vers une voiture de patrouille et la firent asseoir à l'arrière. Le cador s'approcha, ouvrit la portière, dit quelque chose et recula, une expression de stupéfaction et de colère sur le visage. Il venait de se faire rembarrer, et sans doute dans les termes les plus grossiers.

Il donna l'ordre au conducteur de partir et le véhicule noir et blanc s'éloigna, passant pour cela devant Petra. Sandra Leon la fusilla du regard par la vitre latérale, se contorsionnant même pour continuer à la mitrailler par la vitre arrière.

Petra ne détourna pas les yeux. Eut droit à un « va te faire foutre » clairement articulé pendant que la silhouette de la gamine s'amenuisait. Puis disparaissait.

XL

Lundi 24 juin, dix heures douze,
salle des inspecteurs, division Hollywood

Finalement autorisée à reprendre ses activités par la police des polices, Petra trouva, en arrivant à son travail, le petit cul de Kirsten Krebs posé sur un coin de son bureau. Carrément sur le sous-main. Elle avait froissé quelques papiers.

À l'autre bout de la salle, Barney Fleischer lui adressa un sourire de sympathie. Ce type-là quittait-il jamais son poste ?

Krebs se cambra comme pour prendre la pose devant un photographe de *Playboy*. S'enroula une mèche de cheveux autour des doigts. Qu'est-ce qu'elle fabriquait à l'étage ?

Elle grimaça un sourire lorsqu'elle aperçut Petra. Dents jaunies à la nicotine.

– Le capitaine Schoelkopf veut vous voir.

– Quand ça ?

– Tout de suite.

Petra s'assit à son bureau. À quelques centimètres de la cuisse de Krebs.

– Vous avez entendu ce que je viens de dire ?

– Bien installée, Kirsten ?

La standardiste quitta sa position et partit, vexée. Puis adressa un regard entendu à Petra. Comme si elle savait quelque chose de drôle.

Pour quelle raison Schoelkopf envoyait-il la fille du standard lui remettre personnellement ce message ? Krebs aurait-elle eu des liens particuliers avec le capitaine ?

Est-ce qu'elle et le capitaine... était-ce possible ?

Pourquoi pas ? Deux misanthropes faisant cause commune.

Le troisième mariage de Schoelkopf venait de sombrer. À cause d'une femme plus jeune ?

Le capitaine et Krebs, voilà qui serait gratiné... Elle regarda en direction de Fleischer, mais le vieil homme lui tournait le dos et composait un numéro du bout de son crayon, côté gomme. Il rata un chiffre, raccrocha, recommença.

Petra s'éclaircit la gorge, mais Fleischer n'y prit pas garde.

On allait s'amuser un peu.

Schoelkopf trônait dans le fauteuil en similicuir, derrière son bureau. Les deux chaises habituellement disposées devant pour les visiteurs avaient été repoussées dans un coin. Une odeur de jus d'ananas régnait dans la pièce, mais il n'y avait pas la moindre trace du produit. Dérangeant.

Petra voulut aller prendre une chaise, mais Schoelkopf l'arrêta.

– Laissez ça, dit-il.

Elle resta debout.

– Vous avez merdé, reprit-il sans autre préambule.

Il n'y avait rien sur son bureau : ni photos ni papiers, seulement le sous-main, quelques stylos et une horloge numérique qui donnait l'heure et la date des deux côtés.

Il tira un cigare encore dans son emballage de cellophane d'un des tiroirs et le tint entre le pouce et l'index.

Il était interdit de fumer dans l'enceinte du commissariat, mais il continua à jouer avec un instant. Elle ne savait pas que Schoelkopf fumait. Kirsten clopait comme une malade. Un cadeau de miss Nicotine ?

– Vous avez merdé, Connor.

– Que voulez-vous que je vous dise, capitaine ?

– Vous pouvez dire : j'ai merdé.

– Nous sommes dans un confessionnal, capitaine ?

Il découvrit ses dents.

– La confession est bonne pour l'âme, Connor. Vous le sauriez si vous en aviez une.

La colère lui serrait la gorge.

– Vous n'avez aucune morale, n'est-ce pas ?

Petra serra les poings. Surtout, ne pas répondre à la provoc.

Schoelkopf eut un geste de la main, comme pour signifier que le contrôle dont elle faisait preuve ne l'impressionnait pas.

– Vous avez enfreint des ordres précis et foutu en l'air la stratégie soigneusement pensée de la brigade spéciale.

– Désolée.

– Ne vous imaginez pas que vous allez tirer gloire de l'affaire Paradiso. Ou vous faire de la pub.

– De la pub ?

– Être interviewée à la télé, toutes ces conneries.

– Ça me va très bien.

– Tiens pardi ! Nous savons tous les deux ce qui vous fait courir.

– Avoir ma tête à la télé ?

– Tout ce qui peut vous faire remarquer. Vous êtes une droguée à l'exhibitionnisme, Connor, vous ne rêvez que des médias. Vous tenez ça de Bishop. Votre Mister Cheveux-Teints syndiqué aux intermittents du spectacle. Lui et vous, Ken et Barbie. Un vrai défilé de mode, pas vrai ? Ce qui est bien dommage, c'est que vous ayez mis dans le coup un bon enquêteur comme Stahl. Il est dans la merde jusqu'au cou à cause de vous.

Stu Bishop avait été le premier inspecteur avec lequel Petra avait fait équipe. Classe III, brillant, photogénique, dont tout le monde pensait qu'il prendrait du galon. Il l'avait bien formée. Il possédait une carte du syndicat des professions du spectacle parce qu'il tenait parfois des petits rôles dans des séries policières.

Il avait pris sa retraite pour s'occuper d'une tripotée de mômes et de sa femme atteinte d'un cancer ; évoquer son souvenir de cette façon était pour Petra quasiment sacrilège. Elle sentit son visage brûler aussi fort que du piment mexicain, ses yeux la piquer et devenir secs. Mais son cœur battait au ralenti. Passé en mode attaque, son corps mobilisait toutes ses ressources.

Eric avait raison. Ne dis rien, ne montre rien.

Mais elle ne put y résister.

– La couleur des cheveux de l'inspecteur Bishop était naturelle, chef.

– Exact, reconnut Schoelkopf. Vous êtes amorale et sournoise, Connor. Vous commencez par refiler en douce la photo de Leon aux médias au lieu de suivre la voie hiérarchique. Puis vous vous contrefichez des instructions de la brigade spéciale et vous vous lancez en douce dans votre grand numéro. C'est cuit pour vous, Connor, pigé ? Suspendue. Sans salaire, si ça ne tenait qu'à moi. Vous rendrez votre badge et votre arme de service au sergent Montoya.

Petra essaya de lui faire baisser les yeux. Il ne mordit pas à l'hameçon ; il venait d'ouvrir un autre tiroir et s'affairait à en manipuler le contenu.

– Ce n'est pas juste, chef, dit-elle.

– Bla-bla-bla. Disparaissez.

Au moment où elle se tournait pour partir, elle remarqua la date sur l'horloge de bureau. 24.

Plus que quatre jours jusqu'au 28 juin, et elle n'allait avoir accès ni à ses dossiers, ni à son téléphone, ni à ses banques de données.

Ni à Isaac.

Très bien, elle s'adapterait. Elle ferait transférer ses appels à son domicile. Prendrait ce dont elle avait besoin dans son bureau et travaillerait chez elle.

Petra Connor, détective privé. Absurde. Puis elle pensa à Eric, lui aussi livré à lui-même.

– Salut, lança-t-elle au capitaine.

Il leva les yeux en entendant son ton joyeux.

– Quelque chose de drôle ?

– Non, rien, chef. Savourez votre cigare.

De retour à son bureau, elle s'aperçut qu'il n'y avait plus rien dessus. Même le sous-main sur lequel Krebs avait posé ses fesses avait disparu.

Elle voulut ouvrir un tiroir. Bouclé.

Sa clef ne fonctionnait plus.

Puis elle comprit : une nouvelle serrure en laiton, flambant neuve.

– Qu'est-ce que…

Barney Fleischer éleva la voix.

– Schoelkopf a fait venir un serrurier pendant que vous étiez chez lui.

– Le salopard.

Le vieil inspecteur se leva, regarda autour de lui et vint jusqu'à elle.

– Retrouvez-moi en bas, près de la porte qui donne sur le parking. Dans deux ou trois minutes.

Il retourna à son bureau. Petra quitta la salle des inspecteurs et prit l'escalier jusqu'au rez-de-chaussée. Moins d'une minute plus tard, elle entendit un pas lent et lourd et Barney apparut, affublé d'une veste de sport trop ample, un vêtement long enroulé sur un bras.

Un imperméable, un truc gris et tout plissé qui restait en général roulé en boule au fond de son placard. Il arrivait de temps en temps que l'imperméable soit accroché au dos de son fauteuil, mais jamais elle ne l'avait vu avec ce truc sur le dos. Encore moins aujourd'hui ; ce matin-là, la chaleur avait fait s'évaporer la fraîcheur venue de la mer et la température avoisinait déjà les trente degrés.

Le vieil homme avait l'air de se préparer pour l'hiver.

Il s'arrêta trois marches avant le niveau du sol, jeta un coup d'œil derrière lui dans la cage d'escalier et finit de descendre. Dépliant l'imperméable, il exhiba une demi-douzaine de classeurs bleus.

Doebbler, Solis, Langdon, Hochenbrenner… tous les six.

– Je me suis dit que ça pourrait vous être utile.

Petra prit les dossiers. Et déposa un baiser sur les lèvres parcheminées de Barney. Il sentait l'oignon.

– Vous êtes un saint.

– C'est ce qu'on me dit tout le temps, répondit-il avant de repartir par l'escalier en sifflotant.

De retour chez elle, elle rangea son chevalet et ses couleurs et s'installa un bureau sur la petite table de sa kitchenette.

Elle y empila les dossiers, disposa son bloc-notes, des feuilles de brouillon, ses stylos.

Eric avait laissé un mot sur le comptoir :

P,
Suis au Parker jusqu'à ???
Je t'aime, E.

Je t'aime… voilà qui mettait toutes sortes de choses en branle.

Il était temps de se concentrer sur quelque chose qu'elle puisse contrôler. Elle commença par appeler la compagnie du téléphone, demanda qu'on procède au transfert d'appel. L'opératrice, tout d'abord amicale, eut une attitude radicalement différente quand elle reprit la parole.

– Le numéro dont vous demandez le transfert est une extension de la police, dit-elle. Ce n'est pas possible.

– Je suis inspecteur au LAPD, lui objecta Petra en lui récitant son numéro de badge.

– Je suis désolée, madame.

– Il n'y a personne à qui je pourrais parler ?

– Si, ma chef de service.

Une femme à la voix froide, apparemment plus âgée, prit la communication. Elle avait des manières tellement rigides que Petra l'aurait presque soupçonnée d'être un robot.

Même message : rien à faire.

Elle raccrocha en se demandant si elle ne s'était pas fait un peu plus de tort avec cette tentative.

Un signe du destin ? Peu importe, rien ne pourrait l'empêcher de travailler sur les dossiers du 28 juin. Sans quoi elle deviendrait folle.

Elle alla se chercher un Coca qu'elle sirota en feuilletant ses notes. Les appels du vendredi précédent.

Les amies de Marta Doebbler. Le Dr Casagrande, à Sacramento, Emily Pastern non loin d'ici, dans la Valley.

Emily, la femme au chien qui aboyait en fond sonore.

Cette fois, ce fut elle qui décrocha. Pas de bruit de fond. Mais toujours le ton joyeux, jusqu'au moment où Petra lui donna les raisons de son appel.

– Marta ? Mais… ça fait des années.

– Six ans, madame. Nous reprenons l'affaire à zéro.

– Comme dans l'émission à la télé, Affaires classées ou je ne sais quoi ?

– En quelque sorte, oui.

– Eh bien, personne ne m'a rien demandé quand c'est arrivé. Comment avez-vous eu mon nom ?

– Il apparaît dans le dossier et il est précisé que vous faisiez partie des amies qui accompagnaient Marta Doebbler ce soir-là.

– Je vois… et vous dites vous appeler ?

Petra répéta son nom et son titre, commettant ainsi une nouvelle irrégularité de procédure : utilisation frauduleuse de prérogatives dont elle ne jouissait plus.

– Qu'est-ce que vous attendez de moi, aujourd'hui ? demanda Emily Pastern.

– Je souhaite simplement parler de l'affaire.

– Je ne vois pas ce que je pourrais vous dire.

– On ne sait jamais, madame. Si nous pouvions nous voir juste quelques minutes, à votre convenance… dit Petra en sortant elle aussi son meilleur ton enjoué et priant le ciel que la femme n'ait pas l'idée d'appeler la division Hollywood pour vérifier ses dires.

– Ça devrait être possible.

– Merci beaucoup, madame Pastern.

– Quand ?

– Le plus tôt sera le mieux.

– Je dois aller chercher les enfants à l'école à trois heures. Dans une heure, ça vous va ?

– Parfait, répondit Petra. Dites-moi où.

– Chez moi... non, disons plutôt Chez Rita. C'est un café dans Ventura Boulevard, côté sud, à deux rues de Reseda. Ils ont une terrasse. Je vous y attendrai.

Elle préférait un autre endroit que son domicile. Un endroit neutre, public, mais dans le périmètre de son territoire.

– On se retrouve là-bas, dit Petra.

Ne sois donc pas si soupçonneuse, Emily.

Elle décida de se changer et enleva son costume-pantalon noir pour quelque chose de plus... accueillant.

Elle pensa tout d'abord à une de ses robes ; en soie grise et à manches courtes, elle avait un motif presque invisible de tortillons lavande. Trop collante, beaucoup trop cocktail. Celle en jersey de Max Mara, noire, avec les manches à rabats, convenait encore moins.

Retour aux classiques. Un tailleur-pantalon bleu ardoise, sans revers, rehaussé de faux points d'ourlet retenant de minuscules sequins. Lorsqu'elle l'avait acheté deux saisons auparavant, lors de la braderie d'été de Neiman's, elle l'avait trouvé beaucoup trop sexy. Mais sur elle, l'effet était plus subtil et lui donnait un petit air habillé.

Emily Pastern serait peut-être impressionnée.

Elle partit en avance pour la Valley, tourna en rond dans le secteur et vint se garer devant Chez Rita à l'heure dite.

L'établissement combinait deux jolis bungalows à toit de tuiles ; il faisait partie d'un ensemble d'édifices de style hispanique regroupés autour d'un petit carré de végétation et séparés du trottoir par une série de marches. Au centre de la verdure gargouillait une fontaine. Des bâtiments anciens, datant du début du XXe siècle ou même de la fin du XIXe.

Tarzana était à l'époque une région agricole et Petra se demanda si les maisons du secteur n'avaient pas eu pour fonction de loger des travailleurs agricoles saisonniers. Aujourd'hui, elles abritaient de petites boutiques à la mode.

Salon de beauté Giovanna, boutique Cuir et Dentelles, opticien Allusions – même l'entrée de Zoë, Conseiller psy, était avenante.

La terrasse était sur la droite, entourée d'une barrière en bois avec portail. Une femme, que Petra ne voyait qu'à partir du buste, y était installée.

Jolie, cheveux blond-roux retenus en un petit chignon serré par des épingles, environ trente-cinq ans ; elle portait une tunique arachnéenne sans manches, couleur d'aube.

Derrière elle, par les portes-fenêtres grandes ouvertes, on apercevait des groupes de femmes bien mises qui riaient et consommaient. Il faisait plus chaud de quatre ou cinq degrés dans West Valley. Torride. Mais Emily tenait à une rencontre en plein air.

Petra grimpa les quelques marches et la femme la regarda pousser le portail.

– Madame Pastern ?

La femme fit oui de la tête et lui adressa un petit salut.

Jusque-là, tout allait bien.

Emily Pastern avait choisi la table la plus éloignée du restaurant. Portant sous sa tunique un jean couture et des chaussures blanches, elle avait une peau laiteuse, beaucoup de taches de rousseur et des yeux de la couleur du thé glacé – si c'en était – qui remplissait son petit verre à brandy.

À ses pieds était étendue la raison pour laquelle elle avait choisi la terrasse. Ou plutôt, été obligée de la choisir.

La montagne de chair canine la plus énorme que Petra ait jamais vue. Bleu tacheté, structure osseuse massive, oreilles taillées en demi-lune. Sa tête acromégalique aux multiples replis de peau – quasiment un mufle d'hippopotame – reposait sur le sol dallé de pierre.

Aussi gros qu'un hippopotame.

Petra s'arrêta lorsque le chien leva les yeux. Il bavait. Il l'observa de ses yeux minuscules bordés de rouge. Des yeux intelligents. Bon Dieu, quel bestiau ! Il étira sa babine supérieure. Des dents de requin.

Emily Pastern se pencha vers le chien et murmura quelque chose. Les yeux de l'animal se refermèrent et il reprit son somme – ou se mit dans l'état de veille de tout bon chien de garde quand il n'est pas en alerte.

Petra n'avait pas bougé.

– Tout va bien. Asseyez-vous simplement de ce côté, dit Pastern en indiquant le siège le plus éloigné du chien. Aucun problème si vous n'essayez pas de faire ami-ami trop vite avec elle.

L'animal entrouvrit un œil.

– Non, je vous assure, il n'y a pas de problème.

Faisant un large détour, Petra alla s'asseoir sur la chaise qui lui avait été conseillée.

– Bonne petite, murmura Pastern à son monstre.

Petra lui tendit la main.

– Petra Connor.

– Emily.

Elle avait de longs doigts fins, une poignée de main molle.

Le chien resta inerte. Se tenant les pieds le plus loin possible de la gueule du mastodonte, Petra essaya de trouver une position confortable.

– C'est Daisy ? demanda-t-elle.

– Non, Daisy est restée à la maison.

Quoi, vous en avez deux comme ça ?

– Comment êtes-vous au courant pour Daisy ? Ah oui, le répondeur. Non. Elle, c'est Sophia, la petite sœur de Daisy.

– Petite ?

– C'est une façon de parler. Par l'âge. Daisy est un épagneul Cavalier King Charles de dix ans et pèse sept kilos.

– Un peu plus légère que Sophia.

Pastern sourit.

– Sophia est plus gourmande.

– Elle est de quelle race ?

– C'est un mâtin napolitain.

– Elle vient de loin, dites-moi.

Pastern acquiesça.

– Nous l'avons importée. C'est une gardienne sensationnelle.

– Et Daisy joue avec elle ?

– Non, mais mes enfants, si.

Cette conversation canine avait détendu Emily Pastern. Il était temps de passer aux affaires sérieuses.

– Merci d'avoir accepté de me rencontrer, Emily.

– Pas de problème.

Emily regarda par la porte-fenêtre. Un serveur mince, androgyne, s'approcha. Petra commanda un café.

– Le mélange du jour ?

– Volontiers.

Il partit, l'air intrigué.

– Ils ne sont pas habitués à ça, dit Pastern. Vous ne lui avez rien demandé. La plupart des gens qui viennent ici ont des goûts très précis en matière de café.

– Un cinquième kenyan, quatre cinquièmes jamaïcain pour le café, moitié fèves de soja et un soupçon de quatre-épices de Zanzibar ?

Pastern exhiba des dents ravissantes.

– Exactement.

– Moi, ça m'est égal, pourvu qu'il me réveille, dit Petra.

Le serveur arriva avec une tasse énorme, contenant un liquide noir et chaud. Il mit un certain temps à poser la tasse en équilibre sur la table. Ce n'était pas facile : le plateau était fait de carreaux de mosaïque montés à la main. Des fragments bleus, jaunes et verts disposés en corolles gracieuses et scellés avec soin. Petra fit courir un doigt dessus. Joli travail, mais guère pratique.

– Ça vous plaît ? Ces motifs, je veux dire, demanda Pastern.

– Ils sont très jolis.

– C'est mon œuvre.

– Vraiment ? C'est ravissant.

– Je ne mets plus tellement le nez dans mon atelier, reprit Pastern. Trois enfants et un mari orthodontiste…

Le premier fait paraissait explicatif, mais pas le second.

– De quoi s'occuper, dit Petra.

– Pensez donc… Pouvez-vous me dire, inspecteur, comment il se fait que personne ne m'ait contactée il y a six ans ? Mes amies, les autres femmes qui étaient au théâtre, ont été interrogées.

Parce que l'inspecteur responsable de l'affaire était un ivrogne qui ne faisait pas de deuxième tentative quand la première échouait.

– Mlle Jaeger et le Dr Casagrande ?

Les sourcils en trait de pinceau de Pastern s'arrondirent.

– Sarah est médecin à présent ?

– Psychiatre à Sacramento.

– En voilà une nouvelle ! s'exclama Pastern. Elle parlait toujours de devenir thérapeute, mais je n'aurais jamais cru qu'elle y arriverait. Sacramento a dû lui faire du bien.

– Depuis combien de temps y habite-t-elle ?

– Elle et son mari ont déménagé il y a un bon moment... pas très longtemps après l'assassinat de Marta. Alan est lobbyiste et ses clients voulaient qu'il soit à plein temps dans la capitale. Comment va-t-elle ?

– Je n'ai pas encore pu lui parler. Pas plus qu'à Melanie Jaeger.

– Mel est en France. Elle a divorcé et elle est partie là-bas il y a environ deux ans. Pour se trouver. (Elle remua son thé.) Pas d'enfants, elle peut aller où elle veut.

– Pour se trouver ? répéta Petra.

Pastern repoussa une fine mèche de cheveux roux de son visage.

– Elle se prend pour une artiste. Elle peint.

– Aucun talent, c'est ça ?

Petra caressa le dessus de la table. Contrairement à vous, Emily, suggérait-elle.

– Je n'ai pas envie d'être mauvaise langue, nous étions amies, mais... je crois être la seule à habiter encore la Valley... Alors, pourquoi ne m'a-t-on pas parlé ?

– D'après ce que j'ai compris, l'inspecteur n'a pas réussi à vous joindre.

– Il a appelé alors que je n'étais pas à la maison et a laissé un numéro. Je l'ai rappelé.

Petra haussa les épaules.

– Six ans, soupira Pastern. Pour quelle raison a-t-on rouvert le dossier ?

– Rien de bien spectaculaire, j'en ai peur. Nous voulons simplement être sûrs d'avoir fait tout notre possible.

Pastern fronça les sourcils.

– Vous êtes d'ici ?

– Non, je suis originaire de l'Arizona, dit Petra.

L'entretien prenait une tournure personnelle. Pastern se sentait-elle seule ? Où était-ce une façon de ne pas répondre ?

– J'ai des cousins à Scottsdale... (Pastern s'interrompit toute seule.) Mais ça ne vous intéresse pas. C'est pour Marta que vous êtes ici. Avez-vous une hypothèse sur son meurtrier ?

– Non, pas encore. Et vous ?

– Bien sûr. J'ai toujours pensé que c'était Kurt. Mais personne ne m'a demandé mon avis.

Petra étreignit la tasse épaisse. La céramique était brûlante et elle la lâcha vivement.

– Qu'est-ce qui vous le fait croire, Emily ?

– Je ne prétends pas savoir de science certaine que c'est lui, c'est juste un sentiment. Il y a toujours eu un côté bizarre dans leur couple.

– En quel sens ?

– Ils se tenaient à distance. On aurait presque dit une relation platonique. Comme si Marta et Kurt n'étaient jamais passés par le stade initial de passion avec lequel commencent la plupart des couples. Vous voyez ce que je veux dire ?

– Tout à fait.

– Les choses finissent par se calmer, mais on avait l'impression qu'eux n'avaient jamais vécu ça. Même si Marta n'en a jamais parlé. Elle était allemande, elles avait une réserve typiquement européenne.

– À distance, répéta Petra en se rappelant le diagramme plat de Kurt Doebbler en matière d'affectivité.

Deux personnes réservées. L'une d'elles avait terminé le crâne en bouillie.

– Je ne les ai jamais vus s'embrasser, reprit Pastern. Ni même se toucher, d'ailleurs. Je n'ai jamais vu Kurt manifester la moindre émotion. Même à la mort de Marta. (Elle se pencha sur Sophia et se mit à lui malaxer les plis du cou.) Il habite toujours là, dans cette maison, vous savez. À dix minutes d'ici. Après la mort de Marta, je lui ai apporté un repas tout prêt et je lui ai offert de l'aider de toutes les manières possibles. Il a pris le plat à la porte sans m'inviter à entrer, sans même me remercier.

– Charmant.

– L'avez-vous rencontré ?

Petra acquiesça.

– Alors vous voyez ce que je veux dire. Je ne peux pas prouver qu'il l'a fait, c'est juste une impression... une impression que j'ai toujours eue. Comme les autres, Sarah et Mel. Et pas seulement parce que Kurt était bizarre. À cause de la manière dont c'est arrivé. Ce soir-là, au théâtre, Marta a bondi si brusquement quand son téléphone a sonné qu'elle a failli trébucher contre mes jambes. Puis elle s'est précipitée dehors sans donner d'explication, comme si sa vie en dépendait. (Pastern eut un sourire écœuré.) Le mot est malheureux.

– A-t-elle ouvert le portable pour regarder le numéro de celui qui l'appelait ? demanda Petra.

Pastern réfléchit.

– Je n'ai pas l'impression... non, je suis sûre qu'elle ne l'a pas ouvert. Il me semble d'ailleurs que son portable n'avait pas de couvercle rabattable ; à l'époque, le mien n'en avait pas non plus. Non, elle l'a juste coupé avant de partir en courant. Nous n'en revenions pas. En général, Marta était la politesse même. Sarah voulait sortir voir ce qui se passait, mais Melanie lui a fait remarquer que c'était peut-être une affaire de famille et que Marta était peu portée sur les confidences. L'incarnation même de la réserve. On n'a jamais su grand-chose d'elle. Nous faisions du bruit à discuter de ça toutes les trois, et les autres spectateurs se sont mis à protester. Nous nous sommes tues et nous avons attendu l'entracte.

– Combien de temps ?

– Dix minutes, peut-être un quart d'heure. Je me rappelle que, comme Marta ne revenait pas, au bout de deux minutes, je me suis retrouvée incapable de me concentrer sur le spectacle. Puis je me suis dit qu'elle ne voulait pas gêner à nouveau tout le monde en revenant à sa place pour si peu de temps, qu'elle nous attendait probablement dans le hall. Le rideau à peine tombé, nous nous sommes précipitées pour la chercher, mais elle était introuvable. Nous l'avons appelée sur son portable. Elle n'a pas décroché et c'est à partir de ce moment-là que nous avons commencé à nous inquiéter. Nous nous sommes séparées pour la chercher dans le théâtre, ce qui n'était pas facile : le Pantages est grand, et les gens allaient et venaient dans tous les sens. (Elle fronça les sourcils.) Il me revenait d'aller vérifier dans les toilettes-dames. Je me suis penchée pour regarder les chaussures sous les portes des cabines. Pas de Marta. Elle n'était nulle part. Nous nous sommes alors demandé ce que nous devions faire. Nous étions d'accord pour dire qu'on l'avait appelée pour une affaire personnelle. Que c'était sans doute Kurt. Peut-être quelque chose à voir avec Katya ; ça devait être sérieux puisqu'elle n'était pas revenue et qu'elle ne nous avait rien dit. Elle avait peut-être aussi besoin de garder sa ligne libre et nous avons décidé de ne pas la rappeler. Finalement, nous sommes retournées voir le reste du spectacle. Je n'en ai pas vraiment profité.

– Vous étiez inquiète pour Marta ?

– Sur le moment, je l'étais surtout pour la raison qui avait pu la pousser à partir aussi brusquement, répondit Pastern. Vous avez des enfants ?

Petra fit non de la tête.

– C'est toute une vie d'angoisse, inspecteur. Bref, après le spectacle, nous avons regagné ma voiture ; c'était moi qui faisais le chauffeur. Sauf pour Marta, qui était venue avec sa voiture.

– Pourquoi ?

– Elle avait eu auparavant un rendez-vous en ville et n'avait pas voulu retourner à la Valley pour en repartir ensuite. Elle était arrivée en même temps que nous et s'était garée juste à côté de ma voiture. La sienne n'y était plus, ce qui nous a paru logique, étant donné ce que nous imaginions.

– Où était ce parking ?

– Tout de suite en face du théâtre.

On avait retrouvé le véhicule de Marta Doebbler à deux rues du théâtre, dans une voie secondaire. Ballou n'avait pas mentionné qu'il avait été déplacé.

Elle serait donc partie avec le tueur. Qui l'avait attirée dans un coin sombre et tranquille. Après lui avoir enfoncé le crâne sur le trottoir, il l'avait remise derrière le volant.

– C'était quoi, ce rendez-vous que Marta avait en ville ? demanda Petra.

– Elle ne l'a pas dit. (Elle changea de position. Étudia le décor de la table – son travail.) Marta allait souvent en ville. J'ai d'abord cru qu'elle s'ennuyait dans la Valley. Elle a passé son enfance à Hambourg, qui est une belle ville, paraît-il, où les gens sont raffinés. En Allemagne, elle était mathématicienne ou ingénieur, je ne sais pas exactement. C'est là qu'elle a rencontré Kurt ; il concevait des fusées, en tout cas il travaillait dans les fusées pour le gouvernement sur une base militaire en Allemagne. Ils se sont mariés là-bas ; Katya est née et ils se sont installés aux États-Unis tout de suite après.

Longue réponse pour une question aussi simple ; Pastern remuait son thé rapidement, comme pour le faire évaporer. Parler des activités de Marta la rendait nerveuse.

– Vous avez commencé par parler d'ennui, dit Petra. Aurait-elle eu une autre raison de se rendre souvent en ville ?

Emily Pastern rosit sous ses taches de rousseur.

– Je ne peux pas affirmer sans preuve.

– Affirmer quoi, Emily ?

– Êtes-vous mariée, inspecteur ?

– Je l'ai été.

– Oh, désolée d'avoir été indiscrète.

– Pas de problème.

– C'est amusant, dit Pastern, la manière dont nous parlons… comme deux copines. Je suis contente que les femmes aient des responsabilités importantes dans la police, aujourd'hui.

Vautrée par terre, Sophia bougea. Pastern plongea le doigt dans son verre et le frotta sur la truffe et la gueule de la chienne.

– La chaleur ne lui convient pas trop, mais elle est très robuste. En Italie, ce sont des chiens qui vivent dehors, ils gardent les propriétés.

– Les Doebbler avaient-ils un chien ?

– Non, ils n'en ont jamais eu. Marta y a pensé à un moment donné, pour Katya. Kurt a dit qu'il n'en était pas question. C'est un abus de pouvoir, non ? Les animaux, c'est génial pour les enfants. Ils leur en apprennent beaucoup sur le don et le partage.

– Tout à fait, reconnut Petra. Si je comprends bien, Kurt n'aimait pas les animaux ?

– Il a expliqué à Marta qu'ils faisaient trop de saletés. Ce que je vous ai dit tout à l'heure… que j'ai toujours pensé que c'était lui qui l'avait fait. Cela ne lui reviendra pas, n'est-ce pas ? Parce que ce n'est pas une accusation, c'est juste une impression. Et il habite à côté.

– Jamais de la vie, Emily.

– J'ai envie de vous croire. Je n'ai pas trop le choix.

– Pourrions-nous revenir sur ce que Marta allait faire en ville ?

Pastern répondit légèrement trop vite.

– Elle aimait courir les boutiques, profiter des soldes.

Laisser de côté pour le moment.

– OK… voyez-vous une raison qui aurait pu pousser Kurt à assassiner Marta ?

– Ah, vous le soupçonnez ?

– À ce stade, je n'en sais pas assez pour soupçonner qui que ce soit, Emily. C'est justement pour ça qu'il est important que vous me disiez tout ce que vous savez.

– C'est ce que j'ai fait.

Elle eut un sourire mal assuré.

Petra le lui rendit néanmoins. Goûta son café spécial du jour. Dégueu. Elle allait donner une dernière chance à Pastern et si celle-ci continuait à lui résister, elle la rappellerait demain. Voire ce soir même.

Emily Pastern défit ses épingles et secoua ses cheveux. L'austérité du chignon donnait à son visage quelque chose d'ascétique qui disparut aussitôt.

– Les virées en ville, dit Petra.

– Très bien. Autant vous le dire, puisque vous vous intéressez à l'affaire après toutes ces années. Et que vous avez l'air consciencieuse.

Elle humidifia de nouveau la truffe de la chienne. Inspira profondément.

Elle aimait la mise en scène ; Petra se demanda ce qu'elle pouvait prendre au sérieux dans tout ce que cette femme lui avait déclaré.

– Très bien, répéta Emily. Je suis à peu près sûre que Marta avait une liaison.

Petra attendit que la respiration de la femme ralentisse.

– Avec qui ?

– Je l'ignore, inspecteur. Mais elle en présentait tous les signes.

Petra leva une main d'un geste interrogatif.

– Elle s'habillait mieux, marchait avec plus de vivacité. Elle était plus sexy. Des couleurs aux joues. Elle restait réservée, mais il se passait quelque chose sous la surface. Elle irradiait. Il y avait un feu en elle.

Les joues de Pastern se colorèrent aussi. Ah, la banlieue...

– Elle était plus heureuse que d'habitude.

– Mieux que ça. Plus vivante. Et ce n'était pas à cause de Kurt, croyez-moi. Il était toujours aussi sinistre.

– Mais Marta, elle, avait changé.

– C'était évident pour tous ceux qui la connaissaient. Soudain, elle était tout le temps partie. Tout le temps à se précipiter ici, à se précipiter là. Ce qui ne lui ressemblait pas du tout. Quand je vous ai dit qu'elle s'ennuyait, c'était vrai. Elle m'avait dit une fois qu'elle trouvait la Valley trop endormie. Pour le supporter, elle s'était lancée dans des trucs qu'on fait chez soi : l'association des parents d'élèves, les collections – des figurines en verre, des petites théières japonaises. Elle se rendait régulièrement au marché aux Puces. Puis tout ça s'est arrêté, elle a rangé ses collections dans des cartons et s'est mise à aller régulièrement en ville en voiture.

– À peu près à la même époque où elle a commencé à s'habiller et à marcher plus sexy ?

– Exactement à la même époque. Vous êtes une femme. Vous savez que j'ai raison.

– Vos arguments sont solides, Emily.

– Kurt l'a peut-être découvert. Et c'est peut-être pour ça qu'il l'a fait. Sûrement pas parce qu'il aurait eu une histoire de son côté. Il ne s'est pas remarié et s'il a eu une liaison depuis, je n'en ai pas entendu parler.

– Vous en auriez entendu parler ? demanda Petra. Étant donné le fait qu'il est réservé et tout le bazar ?

– Oh, oui. Nos enfants fréquentent la même école, West Valley Prep. C'est toujours la banlieue, Petra.

Petra regarda Emily s'essuyer les lèvres à petits gestes délicats. Comédienne ou non, elle lui avait donné du grain à moudre. Elle lui demanda si elle n'avait rien d'autre à ajouter, mais Emily hocha la tête. Petra la remercia, prit un billet de dix dans son sac et se leva.

Sophia grogna.

Pastern la calma d'une caresse et ouvrit son sac à main.

– Non, c'est moi qui offre.

– C'est contre le règlement, dit Petra avec un sourire.

Miss Scrupules, ah !

– Vous êtes sûre ? Bon. Ça m'a fait plaisir de vous rencontrer. J'espère que vous l'aurez.

Alors que Petra commençait à s'éloigner, Emily lui lança une question :

– Pourquoi m'avez-vous demandé si Kurt et Marta avaient un chien ?

– Simple curiosité. C'est une façon de situer un peu mieux les gens.

– Lui est sinistre. Elle était sympathique. Je vais vous dire qui aimait les chiens : Katya. Elle adorait jouer avec Daisy. C'était évident qu'elle aurait aimé avoir un chien. Mais Kurt ne voulait pas en entendre parler.

– Trop de saletés.

– C'est un obsessionnel grave. Mais la vie n'est pas comme ça.

– Certainement pas, reconnut Petra. De quelle couleur est Daisy ?

– Un magnifique roux acajou. C'est une bête de concours.

Ce qui ne correspondait pas aux poils trouvés sur Coral Langdon. À la poubelle, le scénario compliqué qu'elle avait élaboré. De la fille au papa à la...

– Je vous crois volontiers, répondit-elle. Savez-vous comment va Katya ?

– D'après ma fille, qui est de la même année mais pas dans la même classe, elle est très silencieuse, très réservée. À quoi voulez-vous qu'on s'attende quand on grandit à côté d'un père comme ça ? Sans compter qu'une fillette a besoin d'une maman. C'est de la psychologie de base, non ?

Petra lui adressa un sourire en simili, marmonna quelque chose. S'échappa.

XLI

De Ventura Boulevard, Petra regagna la ville en empruntant l'itinéraire sinueux et verdoyant qui passait par Laurel Canyon. Elle adorait ce site et ce mélange de constructions – les unes faites de bric et de broc, les autres ultramodernes, quelques-unes royales. Un endroit sensationnel où, dans le cas improbable où elle aurait assez d'argent, elle aurait aimé habiter.

Elle passa devant ce qui restait de la vieille propriété d'Houdini. Les talents du magicien lui auraient été bien utiles pour l'aider à confirmer que les soupçons d'Emily Pastern étaient justifiés.

Marta infidèle, Kurt assassin par vengeance.

Dans ce cas, il avait méticuleusement préparé son coup, en attirant Marta hors du théâtre avec leur fille comme appât. Après quoi, il avait encore exploité Katya en en faisant son alibi.

Le témoignage d'Emily ne faisait que renforcer ses propres impressions : Kurt avait tout du pisse-froid. Un de ces types qui fonctionnent comme des machines et voient tout sous forme d'équations.

Tu m'humilies, je te tue ?

Les choses avaient parfaitement pu se dérouler ainsi. Elle refit passer le scénario dans sa tête : Kurt appelle Marta de la cabine téléphonique, puis il va l'attendre dans le parking. Marta arrive. C'est lui qui se met au volant. Il s'engage dans une petite rue et se gare. Lui dit pour quelle raison il est venu. Il sait tout sur ses sorties en ville.

Peut-être une confrontation se produit-elle. Ou alors, Marta, prise de court, essaie de le baratiner. Mais plus rien ne peut l'apaiser. Il a apporté une arme.

Ou l'a planquée dans le coffre. Ou il utilise un objet qui s'y trouvait déjà, un cric, un démonte-pneu.

Non, d'après le médecin légiste, l'objet était plus gros et plus lisse.

Marta tente de s'enfuir, bondit hors de la voiture. Il la rattrape.

La fait pivoter, se retrouve derrière elle. Un type de sa taille n'aurait eu aucun problème à porter un coup assez violent pour lui enfoncer le crâne.

Elle tombe, il continue à lui écrabouiller la cervelle. En pleine rue. Tu t'es comportée comme une pute, tu crèves comme une pute.

Avait-il eu l'intention de l'abandonner sur place ? S'était-il souvenu que la chose sanglante qui gisait là était sa femme et avait-il flanché ? L'avait-il alors installée dans la voiture ? Ou bien s'était-il simplement agi d'une tentative de dissimuler le corps pour se donner le temps de retourner chez lui, de se glisser entre les draps et de plonger dans ses rêves de meurtrier ?

On n'avait retrouvé Marta Doebbler que le lendemain matin. Kurt, pendant qu'il préparait sa fille pour l'école, aurait eu tout le temps d'être « surpris ».

En traversant Canyon Market, Petra envisagea une troisième possibilité. Replacer Marta derrière le volant prenait un autre sens : Ah, tu prenais ta voiture pour aller retrouver ton amant ? Eh bien maintenant, prends-la pour aller en enfer !

Détruire son humanité, s'en prendre à son âme. Un pisse-froid comme Kurt Doebbler croyait-il à l'immortalité de l'âme ? Ou ne voyait-il dans les gens que la somme de leurs cellules ?

J'ai pulvérisé ta matière grise, je t'ai réduite à néant.

Emily Pastern avait traité Kurt d'obsessionnel grave. Cette attitude froide, flegmatique, dissimulait peut-être une rage volcanique.

Il descend Marta et s'en tire. Et se rend compte qu'il a aimé ça. Et décide de fêter l'anniversaire.

Qu'est-ce qu'un anniversaire, sinon l'évocation de souvenirs ? Et les souvenirs, les tueurs psychopathes adorent en garder.

Joli, le petit profil qu'elle mettait en place. Le seul problème était que beaucoup trop de choses ne cadraient pas. Comme les poils de chien sur Coral Langdon – Kurt détestait les chiens. Sans compter que Kurt, l'homme le plus dépourvu de charme que Petra ait jamais rencontré, était bien le dernier avec qui Coral aurait pris le temps de parler chiens.

Aurait-il eu des talents d'acteur insoupçonnés ?

Elle se dit qu'elle se focalisait trop sur cette histoire de poils de chien. Langdon aimait les chiens, rencontrait d'autres amateurs de chiens, quelques poils restaient sur elle, point.

Et le faux réparateur de la télévision câblée passé chez Geraldo Solis ? Comment Doebbler cadrait-il avec ça ?

Il avait peut-être travaillé dans la télé câblée avant de devenir concepteur de missiles – un boulot d'étudiant, par exemple. Même ainsi, s'il avait voulu commémorer l'assassinat de sa femme, pourquoi ne pas choisir une victime similaire ? Au moins une femme, en tout cas, et non pas un vieil ex-marine bougon comme Solis.

À moins que Solis ait eu affaire auparavant aux Doebbler. Mais alors, pourquoi attendre un an avant de le tuer ?

Solis était un vieux solitaire acariâtre, de trente ans plus âgé que Marta. D'accord, les gens ont parfois des goûts étranges, mais cela ne collait vraiment pas.

Elle parcourut encore une fois la liste des victimes. Langdon, Hochenbrenner, le jeune marin. Jewell Blank et Curtis Hoffey, deux gosses des rues.

Où étaient les points communs dans tout ça, bordel ?

Le temps d'atteindre Sunset, elle avait mal à la tête et conclut qu'elle donnait des coups d'épée dans l'eau.

Le téléphone sonna au moment où elle arrivait au carrefour de Fairfax et de la Sixième. Mac Dilbeck l'appelait depuis son portable.

– Je viens juste d'être mis au courant, Petra, dit-il. Désolé.

– Je ne pouvais pas m'attendre à autre chose, Mac.

– Ils ont la tête tellement enfoncée dans le cul qu'ils sont pas foutus de voir la lumière de la vérité, ces cons.

– Merci, Mac.

– C'est moi qui devrais te remercier. D'avoir résolu l'affaire. Et de nous avoir épargné des tonnes de paperasses et d'avoir évité un procès à la Ville. Y'en a qui valent pas la corde pour les pendre et celui-là était du lot, non ?

– Tout juste.

– Et Eric ? Où en est-il ?

– Convoqué à Parker Center.

– Quand la poussière sera retombée, tout ira bien pour lui. Il a fait ce qu'il fallait.

– Et comment !

– Je t'appelle pour te tenir au courant, pour Sandra Leon. Les dieux de l'Olympe ont condescendu à ce que j'assiste à son interrogatoire. Comme elle refusait de parler, en dépit de tous leurs efforts, ils sont sortis « conférer ». (Il eut un reniflement de mépris.) J'en ai profité pour lui sortir mon numéro du bon grand-papa et devine quoi ? Elle s'est mise à tout balancer.

– Oh, yeah ! dit Petra.

– Exactement. Oh yeah ! J'ai bien vérifié que le magnéto tournait toujours. Le temps qu'ils reviennent avec un plan, un bon gros plan estampillé brigade spéciale, elle était lancée et ils ont eu le bon sens de la fermer et d'attendre dehors. D'après Sandra, elle et sa cousine Marcella ne s'entendaient pas très bien. Grosse jalousie remontant à loin. Cette ordure de Lyle Leon se les tapait toutes les deux depuis des années et elles en étaient arrivées à se bagarrer pour ses beaux yeux. Quand Marcella s'est fait draguer par Omar Selden, Sandra a trouvé ça injuste – c'était elle, la jolie fille. Elle a donc fait des incursions dans le territoire de Marcella. Elle lui en voulait aussi – écoute bien ça – parce qu'une fois, alors que Sandra attendait de consulter pour son hépatite, Marcella l'avait laissée toute seule pendant deux heures pour aller jouer à des jeux électroniques sous les arcades du boulevard. C'était un truc qui la mettait en boule, la petite Sandra.

– C'est un bon mobile de meurtre, non ?

– Tu aurais dû l'entendre, Petra. Glaciale. C'est elle qui a dit à Omar que Marcella s'était fait avorter et en avait même plaisanté, disant que le bébé n'était qu'un déchet, rien de plus.

– Seigneur ! s'exclama Petra, mais c'est un vrai guet-apens qu'elle a tendu à Marcella !

– Elle a fait mieux. Elle a raconté à Omar qu'elles devaient aller toutes les deux au Paradiso, elle lui a dit précisément quand elles sortiraient et où elles se trouveraient.

– Omar a photographié le parking une semaine avant le concert. Le coup était sacrément bien monté.

– Bon Dieu ! s'écria Mac.

– C'est ce qui explique que Sandra était aussi peu émue après le massacre. Elle est restée sur place pour jouir du spectacle et n'est devenue un peu nerveuse que quand j'ai commencé à l'interroger. Mais aucun chagrin, elle se régalait. C'est une gosse vraiment dérangée. De quoi est-elle accusée ?

– Le substitut du procureur ne sait pas trop encore. Je pousse pour complicité active d'assassinat, mais la seule preuve est l'enregistrement de ses aveux, si bien qu'ils plaideront peut-être dans le cadre des lois sur les mineurs. Elle est tout à fait contente d'elle-même et pense s'en sortir parce qu'elle a dix-sept ans. Si ça se trouve, elle a raison. Un avocat genre petit malin s'est pointé cet après-midi. Il n'a pas voulu dire qui l'avait engagé, mais je suis sûr qu'il est payé par les Players. Il a déjà commencé à parler de faire annuler les aveux parce que je n'ai pas récité ses droits à Sandra avant qu'elle parle. Mais les types de la division centrale l'avaient fait au tout début – j'étais dans la pièce – et le substitut, considérant que je faisais partie de l'équipe chargée de l'interrogatoire, a estimé que le premier avertissement suffisait.

– Ainsi fonctionne le système, dit Petra.

– Rien de neuf, hein ?

– Et Lyle ? Une bonne grosse mise en accusation pour pédophilie l'attend, celui-là.

– Lyle a pris la poudre d'escampette dès qu'on l'a libéré. Ce qui n'aurait pas manqué de poser des problèmes si on avait été jusqu'au procès avec Omar. Si bien que ça arrange nos affaires qu'il n'y en ait pas. Pour ça aussi, on peut te remercier.

– Y'a pas de quoi.

– Sinon, tu vas bien ?

– J'en profite pour ne rien faire. Et toi ?

– Je vais aller jouer au golf miniature avec mon petit-fils. Ne te laisse pas bouffer par ces mecs, Petra. Tu es une fille solide.

Les psys faisant des heures de quarante-cinq minutes, à seize heures quarante-cinq Petra appela la clinique où travaillait le Dr Sarah Casagrande ; et se trouva renvoyée à une boîte vocale sur laquelle elle laissa un message vigoureux. Comme on ne la rappelait pas, elle recommença à dix-sept heures quarante-cinq et cette fois-ci une femme lui répondit.

– Ici le Dr Casagrande. (La voix était douce, essoufflée, hésitante.) J'étais sur le point de vous appeler.

– Merci, dit Petra. Comme je vous le disais dans mon message, docteur, c'est à propos de Marta Doebbler.

– Après toutes ces années… quelque chose a changé ?

– En termes de…

– À l'époque, l'inspecteur avec qui j'ai parlé m'a laissé entendre que l'affaire avait peu de chances d'être élucidée.

– Il vous a dit ça ?

– Oh, oui. Je suppose que c'était par honnêteté, mais j'avoue que c'était dur à entendre, sur le moment.

– Vous rappelez-vous les raisons qu'il invoquait ?

– Il disait qu'il n'avait aucune preuve matérielle. Seulement des soupçons, rien de plus.

– Et qui soupçonnait-il ?

– Kurt. Moi aussi. Nous le soupçonnions toutes les trois.

– Vous le lui avez dit ?

– Bien sûr.

Un détail que Ballou avait négligé de lui rapporter. Ou de noter dans son rapport.

– Et vous, pourquoi soupçonniez-vous Kurt ?

– Il me mettait mal à l'aise. Très mal à l'aise, même, parfois.

– Dans le genre libidineux ?

– Non, ce n'est pas ça. Je ne pourrais même pas dire qu'il avait l'air de s'intéresser à moi. C'était juste le contraire, un manque d'émotion. Je le voyais qui me regardait pendant un barbecue ou une réunion quelconque, puis je me rendais compte qu'en fait il ne me voyait pas, qu'il regardait à travers moi. Je l'ai dit à mon mari ; il l'avait remarqué, lui aussi. Tout le monde le trouvait bizarre, personne ne l'invitait à une partie de poker.

– Vous êtes psy. Ça vous ennuie de proposer un diagnostic ?

– Je suis seulement assistante, répondit Casagrande. J'ai encore un an à faire avant de me présenter à la licence d'exercice.

– Essayez tout de même. Vous en savez davantage que la moyenne des gens. Comment classeriez-vous Kurt Doebbler ?

– Je n'ai aucune envie de vous répondre. L'analyse à distance, ça ne vaut pas grand-chose.

– Entre nous, docteur.

– Entre nous et si je devais absolument me prononcer, je dirais qu'il manifeste des tendances schizoïdes. Ce qui ne signifie pas qu'il soit fou. Mais qu'il a une personnalité asociale. Aucune émotion, manque de contact avec les autres.

– Cela peut-il conduire à tuer ?

– Là, vous me demandez de franchir les limites de…

– Toujours entre nous, docteur.

– La plupart du temps, les personnalités asociales ne sont pas violentes, mais quand elles passent à l'acte… quand leurs tendances schizoïdes se combinent avec des pulsions agressives, ça peut faire de gros dégâts.

Une planification méticuleuse suivie d'une explosion de violence…

– Le cas qui vient à l'esprit est celui d'Unabomber, reprit Casagrande. Un type resté solitaire toute sa vie et qui haïssait les gens. Il a pris un prétexte écologique pour justifier ses meurtres, mais tout ce qu'il voulait, c'était détruire.

Unabomber avait été lui aussi du genre machine à penser. Docteur en mathématiques. Méticuleux. Calculateur. Combien d'années avait-il fallu pour le coincer ?

– Je ne prétends pas que Kurt soit comme Unabomber. Unabomber était un tueur en série. Avec Kurt, nous parlons de quelqu'un qui aurait tué sa femme.

Si seulement elle avait su…

– Si c'est bien Kurt qui a tué Marta, demanda Petra, quel mobile aurait-il eu ?

Casagrande partit d'un rire nerveux.

– Tout ça, ce sont des spéculations.

– L'inspecteur Ballou pensait que l'affaire n'avait aucune chance d'être résolue. Il avait peut-être raison, docteur. Moi, j'essaie de prouver le contraire et j'ai besoin de toute l'aide possible.

– Je comprends ce que vous voulez dire… un mobile. Je dirais… la jalousie.

– Et de qui aurait-il été jaloux ?

– Il est possible, et là ce sont vraiment des spéculations, que Marta ait vu quelqu'un d'autre.

– C'est ce qu'on m'a déjà dit.

– Qui donc ?

– Emily Pastern.

– Ah, Emily, dit Casagrande. Oui, c'est Emily qui y a fait allusion la première, mais je pensais comme elle. Melanie aussi. On était toutes les trois du même avis parce que le comportement de Marta avait changé. Elle paraissait plus heureuse. Plus affirmée physiquement. La manière dont elle bougeait, dont elle s'habillait.

– Sa garde-robe était devenue plus sexy ?

– Non, Marta était quelqu'un de très réservé et même après avoir changé, elle était encore loin d'être vraiment sexy. Mais elle avait commencé à porter des choses plus féminines, des robes, des bas, des parfums. Elle avait une silhouette superbe qu'elle cachait tout le temps sous des trucs amples. Bien arrangée, avec juste ce qu'il fallait de maquillage, elle était tout à fait séduisante.

– Combien de temps avant le meurtre cette transformation s'est-elle produite ?

– Je dirais… plusieurs mois. Quatre ou cinq. Il aurait pu y avoir d'autres raisons.

– Par exemple ?

– Insuffler une passion nouvelle dans son couple. Mais je n'ai constaté aucun changement dans ses relations avec Kurt.

– Des relations que vous décririez comment ?

– Platoniques.

Le terme même qu'avait employé Emily Pastern. Ce qui pouvait ne traduire que le consensus né d'une conversation entre les trois amies. Par ailleurs, il s'agissait de femmes intelligentes, sensibles, qui avaient beaucoup mieux connu Marta que Petra ne pourrait jamais espérer le faire.

Elle insista encore auprès de Casagrande, n'obtint rien de plus, seulement des refus polis de donner d'autres détails. Le récit qu'elle fit de la soirée au théâtre concordait avec celui de Pastern.

– Merci, docteur.

– J'espère que vous réussirez à l'attraper, dit Casagrande. Si c'est lui… avez-vous pensé à son travail, à la manière dont il gagne sa vie ?

– Il conçoit des missiles, répondit Petra. Des systèmes de guidage.

– Pensez-y. Un type qui imagine des systèmes pour détruire les choses.

XLII

Jeudi 25 juin, quinze heures quarante-sept,
bibliothèque publique de Los Angeles,
630 Ouest 5e Rue, département d'Histoire et de Généalogie,
niveau – 4, section Tom Bradley

La vue d'Isaac avait commencé à se brouiller vingt minutes auparavant, mais il attendit, pour souffler un peu, d'avoir fini la consultation des archives du *Herald Examiner.*

La tâche qu'il s'était assignée ce jour-là : remonter jusqu'à la création de tous les journaux de Los Angeles qu'il pourrait trouver et lire tous les numéros datés du 28 juin. Et, dans le cas du *Herald,* croiser l'info avec le service photo de la morgue chaque fois que sortait quelque chose d'intéressant.

Les doublons étaient multiples entre les journaux et toute cette histoire se résumait à des centaines de délits et de crimes, avant tout des vols, des cambriolages, des agressions et, au fur et à mesure que l'automobile prenait le contrôle de la ville, à des arrestations pour conduite en état d'ivresse.

Il ne considéra que les homicides qui n'étaient ni le résultat d'une querelle de bar ou de famille, ni liés à des cambriolages ayant mal tourné. Certains de ceux qui restaient étaient clairement le fait de psychopathes : une série de prostituées de Chinatown poignardées au début du XXe siècle, des morts violentes restées inexpliquées y compris des cas de crânes défoncés. Mais rien ne correspondait au mode opératoire ou à l'esprit des six cas du 28 juin.

Aucune grande surprise ; lorsqu'il était tombé sur ce qui avait à ses yeux l'apparence d'une série – avant d'aller en parler à Petra, avant de faire ses calculs statistiques –, il avait couvert la même période dans les archives du *Los Angeles Times.* Il était cependant prudent de tout vérifier : quelque chose lui avait peut-être échappé.

Trois jours seulement avant le 28 juin et au bout de près de sept heures d'un travail fastidieux qui lui avait rompu le dos et fait pleurer les yeux, il n'avait rien trouvé. La veille avait été tout autant stérile ; il l'avait passée au troisième niveau du Goodhue Building, au département des Livres rares, où, arrivé plein de bonnes intentions, il avait appris qu'il fallait prendre rendez-vous. Ce qui était logique : il s'agissait d'objets de collection, qu'est-ce qu'il s'était imaginé ?

Il avait exhibé sa carte d'étudiant en troisième cycle, concocté une vague histoire de rendez-vous qui aurait été pris par le département des Biostatistiques et le bibliothécaire, un vieux monsieur frêle arborant une moustache blanche hérissée, avait eu pitié de lui.

– Qu'est-ce que vous cherchez ?

Lorsque Isaac s'était expliqué – restant dans l'ambiguïté, mais comment ne pas prononcer le mot meurtre ? –, l'homme l'avait regardé différemment. Il s'était cependant montré serviable, lui avait fait remplir un formulaire et l'avait éclairé sur les catalogues.

Histoire de la Californie, Courses de taureaux mexicaines, Ornithologie, Exploration du Pacifique…

– Je suppose que c'est le premier qui vous intéresse, monsieur Gomez, vu que les taureaux et les oiseaux ne commettent pas de meurtres.

– En fait, si, avait répondu Isaac en se lançant dans un petit cours sur le comportement violent chez les animaux.

Le membre atypique du troupeau ou du vol qui se montre antisocial. Des comportements qui le laissaient parfois songeur.

– Hum, avait fait le bibliothécaire avant de le diriger vers le catalogue Histoire.

Cinq heures plus tard il quittait les lieux, bredouille et épuisé. On ne manquait pas d'êtres humains devenus criminellement antisociaux pendant l'histoire sanglante de la Californie, mais rien ne présentait le moindre rapport avec sa série du 28 juin.

Sa série. Comme s'il la possédait et en était fier.

Avoue-le, tu l'es. Tu étais excité quand tu es tombé dessus.

Mais ce jour-là, il aurait volontiers renoncé à sa paternité... Petra avait probablement raison. La date était un élément personnel, pas historique. Si bien qu'il n'avait rien à lui offrir.

Il n'avait plus eu de ses nouvelles depuis vendredi. Arrivé au commissariat plus tôt que d'habitude, le lundi matin, prêt pour une nouvelle séance de brainstorming, il ne l'avait pas trouvée. Son bureau était vide. Complètement nettoyé.

Trois inspecteurs étaient dans la salle. Fleischer, Montoya et un troisième qu'il ne connaissait pas, debout devant le tableau de service.

– Quelqu'un sait-il où se trouve l'inspecteur Connor ? avait-il demandé à la cantonade.

Les épaules de Fleischer s'étaient soulevées, mais il n'avait pas répondu. Montoya avait froncé les sourcils et quitté la salle. Qu'est-ce que cela voulait dire ?

Puis le troisième homme avait dit : « Elle n'est pas là » et s'était détourné. Costume sombre, cheveux noirs qui se raréfiaient, moustache en trait de crayon. Un petit côté souteneur. Un type des Mœurs ?

– Et savez-vous quand elle doit revenir ?

L'homme s'était rapproché. Inspecteur de classe II Robert Lucido, division centrale.

Pourquoi était-ce lui qui avait répondu à sa question ?

– Je la cherche moi aussi, avait dit Lucido. Vous êtes... ?

– Un stagiaire. Je fais une recherche supervisée par l'inspecteur Connor.

– Une recherche ? avait répété Lucido en jetant un coup d'œil au badge d'Isaac. Eh bien, elle n'est pas là.

Il lui avait adressé un clin d'œil et était sorti.

Restait Fleischer. Il avait décroché son téléphone, mais ne composait aucun numéro. Qu'est-ce qu'il pouvait bien fabriquer toute la journée ?

Isaac avait griffonné un mot à l'intention de Petra et l'avait laissé sur le plateau vide. Il se dirigeait vers son propre bureau lorsque Fleischer avait reposé le combiné et lui avait fait signe.

– Ne perds pas ton temps.

– Que voulez-vous dire ?

– Elle ne viendra pas. Elle a été suspendue.

– Suspendue ? Petra ? Au nom du ciel, pourquoi ?

– Non-respect de la procédure et usage d'arme à feu, Hollywood Nord, samedi. (Les sourcils broussailleux du vieil inspecteur s'étaient incurvés en arceaux de croquet.) C'était aux infos, fiston.

Isaac ne les avait pas regardées. Trop occupé.

– Mais elle va bien ?

Fleischer avait acquiescé.

– Qu'est-ce qui s'est passé ?

– Petra et un autre inspecteur filaient un suspect. Il y a eu un affrontement et le type a mal réagi.

– Il est mort ?

– Tout à fait mort.

– Le suspect dans l'affaire du Paradiso ?

– Oui, celui-là.

– Et c'est pour ça qu'on l'a suspendue ?

– Question de procédure, fiston.

– Ce qui veut dire ?

– Je te l'ai dit, elle n'a pas respecté le règlement.

– Et combien de temps doit durer la suspension ?

– On ne me l'a pas dit.

– Où est-elle, à présent ?

– N'importe où, mais pas ici.

– Je n'ai pas son numéro personnel.

Fleischer avait haussé les épaules.

– Il est important que je puisse la contacter, inspecteur Fleischer.

– Elle a ton numéro ?

– Oui.

– Alors je ne vois pas où est le problème, fiston.

Elle n'avait pas appelé et on était mardi.

Prise par ses propres problèmes, elle avait sans doute oublié le 28 juin.

De toute façon, il n'avait rien de neuf à lui offrir.

L'ambiance du commissariat lui manquait.

Soudain, son cou se mit à lui faire mal et il se leva et s'étira. Il en avait assez de scruter le catalogue de cette bibliothèque.

Il y avait une certaine justice poétique à se retrouver abandonné à son propre sort. Au cours des derniers jours, il avait ignoré la douzaine de messages téléphoniques que lui avait laissés Klara. Ne s'était pas montré sur le campus et avait fait de la bibliothèque publique son poste de travail précisément pour l'éviter.

La décision de couper toute communication avec elle avait un prétexte charitable : étant donné la fragilité affective de Klara, la contacter lui ferait plus de mal que de bien, non ? Si ce qui s'était passé au sous-sol était regrettable, ce n'était pas un crime. Deux adultes se livrant aux activités auxquelles se livrent les adultes, simple conjonction de temps, de lieu… et d'hormones.

Il n'arrivait pas à croire qu'il avait fait ce qu'il avait fait. Tant d'impulsivité…

Quelle que soit la complexité des émotions de Klara, elle devait comprendre…

– Monsieur ? fit une petite voix derrière lui.

Il regarda par-dessus son épaule, puis dut baisser les yeux pour voir une femme, une Noire âgée, qui lui souriait. Elle tenait un sac trop grand pour elle d'une main et avait un volume vert de référence coincé sous l'autre bras. Minuscule, voûtée, l'air d'être nonagénaire, elle avait une peau d'une superbe nuance prune. Un chapeau de feutre vert était posé sur ses cheveux permanentés d'un blanc neigeux.

– Vous avez terminé, monsieur ?

Il se rendit soudain compte que tous les autres ordinateurs de la salle étaient pris. Tous ces drogués à la généalogie qui jouaient de la souris… Au feu qui brûlait dans les yeux de la vieille dame, on pouvait penser qu'elle en faisait partie.

Il avait encore quelques années du *Herald* à parcourir, mais il lui répondit tout de même que oui et s'écarta.

– Merci, jeune monsieur latino.

Elle avait une élocution claire, avec une pointe chantante évoquant les îles. Se glissant devant lui, trotte-menu, elle se laissa choir dans le siège, vida l'écran des références de journaux, cliqua, trouva ce qu'elle cherchait et commença à parcourir les bases de données.

Les archives du centre d'immigration d'Ellis Island, 1911.

Sans doute sentit-elle qu'Isaac regardait par-dessus son épaule, car elle se tourna et lui sourit à nouveau.

– Vous recherchez aussi vos racines, monsieur ? Le Mexique ?

– Oui, répondit Isaac trop fatigué pour dire la vérité.

– C'est merveilleusement amusant, vous ne trouvez pas ? Le passé est fascinant !

– C'est génial, dit Isaac.

Son total manque d'enthousiasme fit s'évanouir la jubilation de la vieille dame, qui cligna des yeux. Il quitta la salle. Rapidement, avant de gâcher la journée de quelqu'un d'autre.

XLIII

Petra consacra une bonne partie de son lundi à essayer de localiser Melanie Jaeger, le dernier membre du groupe de femmes qui avaient accompagné Marta Doebbler au théâtre. Elle habitait elle ne savait où dans le sud de la France.

Elle reprit contact avec Emily Pastern qui lui parut moins encline à parler, et elle dut l'aiguillonner un peu avant de pouvoir apprendre que Mel était installée « quelque part du côté de Nice, je crois ». À l'aide d'Internet et de cartes, elle entreprit de téléphoner à tous les hôtels et pensions enregistrés dans cette région.

Besogne fastidieuse, qui prenait du temps. Ne plus avoir accès aux bases de données officielles ni à l'annuaire inversé, ne disposer d'aucun moyen de pression sur les compagnies aériennes, tout cela lui rappelait qu'elle n'était plus qu'un pékin comme un autre.

Elle s'entretint avec une kyrielle de réceptionnistes français tour à tour indifférents ou étonnés, mentit, essaya le charme et finit par toucher le jackpot dans un établissement, La Mer, où le concierge, qui parlait un anglais excellent, la mit en relation avec la chambre de Mme Jaeger.

Tout ça pour apprendre que celle-ci n'avait rien de nouveau à lui dire. Elle aussi avait la certitude que Kurt Doebbler était le meurtrier de Marta.

– Pourquoi ?

– Parce que c'est un sale con qui vous fiche les boules et qui ne sourit jamais. J'espère que vous l'attraperez et que vous lui couperez les couilles.

À vingt-trois heures, Petra était toujours sans nouvelles d'Eric. Elle avala deux Benadryl et s'enfonça dans un tunnel de dix heures de sommeil de plomb, pour se réveiller prête à se remettre au travail, le mardi matin.

Elle rouvrit l'ordinateur. Les détectives privés expérimentés avaient leurs propres façons de s'y prendre, empruntant parfois des voies interdites à la police. Son ignorance de telles méthodes l'agaçait. Eric apprenait vite ; il ne tarderait pas à maîtriser toutes ces techniques.

S'il se décidait à franchir le pas.

Elle se prit à rêver qu'ils faisaient équipe, qu'ils étaient associés dans un cabinet de détectives privés de grande classe : superbes bureaux dans Wilshire ou Sunset, ou peut-être près de la plage. Décontraction, meubles design, clientèle fortunée…

Écris le scénario, je me charge de la presse.

Il appela à midi, à l'instant même où elle terminait un repas pris sur le pouce – pain grillé, pomme verte, café fort. Elle mâcha vite et avala.

– Où es-tu ?

– Au Center.

– Deuxième jour. T'en as encore pour longtemps ?

– C'est peut-être le dernier.

– Comment ça se passe ?

– Disons qu'ils sont… méticuleux.

– Tu n'es pas libre de parler.

– Je préfère écouter.

– Très bien. Je suis vraiment désolée, Eric.

– De quoi ?

– De t'avoir impliqué dans cette affaire parce que…

– C'est pas grave. Faut que j'y aille.

Et d'un ton plus doux :

– Ma chérie.

Résultat de Google sur Kurt Doebbler : zéro. Un exploit dans le genre, le moteur de recherche étant un aspirateur monstrueux.

Elle supposa que l'absence de site Internet reflétait la personnalité asociale de l'ingénieur. Son nom apparaissait cependant sur la page d'accueil de Pacific Dynamics, parmi ceux, nombreux, placés sous la rubrique cadres supérieurs.

Kurt avait le titre d'ingénieur en chef et concepteur technique d'un projet baptisé « Advent ». Aucun détail sur la nature de ce projet. Sa bio signalait qu'il avait été un temps en détachement auprès du 40e bataillon du génie à la base militaire de Baumholden, en Allemagne. Qu'il avait fait sa scolarité comme fils de militaire près de Hambourg et qu'il parlait couramment l'allemand – cette mission était donc faite pour Kurt Doebbler, concluait la bio.

Ce qui semblait bizarre : *a priori* les ingénieurs de l'armée américaine parlent l'anglais.

Kurt travaillerait-il dans des domaines classés secrets ?

Encore un truc pour lui pourrir un peu plus la vie ?

Elle continua à lire. Diplômé de Cal Tech, doctorat de l'université de Californie du Sud. L'*alma mater* d'Isaac.

Ce qui lui rappela qu'elle n'avait pas vu son stagiaire depuis le vendredi précédent. N'ayant rien trouvé de nouveau, elle n'avait pas de raison d'aller l'embêter. D'après sa bio, Kurt Doebbler était considéré comme un excellent concepteur de systèmes ; il travaillait pour Pacific Dynamics depuis quinze ans. Ce qui signifiait qu'il y était entré peu après avoir été diplômé. Pas d'allusion à un emploi dans la télé câblée. Mais cela ne prouvait rien, n'est-ce pas ?

Elle imprima l'info et la relut. La piste allemande l'envoyant dans une tout autre direction, elle consacra l'après-midi à passer des appels internationaux jusqu'à ce qu'elle ait joint la bonne personne, à la police de Hambourg.

L'inspecteur-chef Klaus Bandorffer. Il était très tôt le matin en Allemagne, le jour n'était pas encore levé ; elle se demanda de quel bois était fait cet inspecteur. D'autant plus qu'il semblait de bonne humeur, aimable tout en étant professionnel, et simplement intrigué d'être appelé par une collègue américaine. En outre, il parlait un anglais correct.

Ajoutant une infraction de plus à la liste déjà longue de son ardoise, elle lui expliqua que l'enquête était officiellement rouverte sur les dossiers du 28 juin et qu'elle en avait la responsabilité.

– Encore un, dit Bandorffer.

– Encore un quoi, inspecteur ?

– Un tueur en série, inspecteur, euh… c'est bien Connor ?

– Oui, monsieur. Vous en avez beaucoup à Hambourg ?

– Pas d'affaire en cours, mais nous avons notre lot. Il semble que les États-Unis comme l'Allemagne soient des terrains d'élection pour ce genre de malades mentaux.

Inquiétante réflexion.

– À moins que nous soyons doués pour les repérer.

Le policier eut un petit rire.

– Efficacité, intelligence – c'est une explication qui me plaît. Si je comprends bien, vous avez un suspect qui a peut-être habité Hambourg ?

– C'est possible.

– Hum. À quelle époque ?

Kurt Doebbler avait quarante ans.

– Pendant qu'il faisait ses études secondaires.

Ce qui voulait dire entre vingt-deux et vingt-cinq ans avant. Petra communiqua ces paramètres à son collègue, ainsi que les détails du mode opératoire.

– Nous avons eu un meurtre de ce genre l'an dernier, dit Bandorffer. Deux ivrognes qui se sont tabassés dans une *Bierstube*. Celui qui a défoncé le crâne de l'autre est charpentier, illettré, et n'a jamais été aux États-Unis… Le nom de famille de votre suspect est Doebbler, son prénom Curtis ?

– Non, juste Kurt. Avec un K.

Clic, clic, clic.

– Non, je ne vois rien sous ce nom dans mes dossiers, mais il faut que je fasse une recherche en amont. Ça peut me prendre un jour ou deux.

Petra lui donna les numéros de son fixe et de son portable, puis le remercia vivement.

Bandorffer eut à nouveau son petit rire.

– Par les temps qui courent, nous autres, policiers intelligents et efficaces, devons coopérer.

Elle appela toutes les sociétés du câble des comtés de Los Angeles, Orange, Ventura, San Diego et Santa Barbara, ayant affaire à des ronds-de-cuir de DRH, mentant quand il le fallait.

Aucune trace d'un Kurt Doebbler employé à l'installation du câble ou à autre chose. Ce qui ne signifiait pas grand-chose : elle ne s'attendait pas à ce qu'ils gardent des archives si anciennes.

Et ce fut tout.

Doebbler restait cependant le seul élément auquel elle avait une raison de se raccrocher. En particulier à cause de l'assassinat de sa femme.

Au stade où elle en était, elle pouvait surveiller sa maison, le 28 juin. Espérer un miracle et se préparer à une déception.

Il était peut-être temps de faire appel à Isaac. Il avait eu quelques jours pour réfléchir. Un QI comme le sien pouvait peut-être accomplir le prodige dont son propre cerveau de piaf était incapable.

Il était sans doute passé au commissariat la veille et avait appris qu'elle était suspendue. Quelle que soit l'histoire à laquelle il était mêlé avec ce foutu Jaramillo, entendre parler de ce qui lui était arrivé avait dû le bouleverser. Trop obsédée par son triste sort, elle avait négligé cet aspect des choses. Comme baby-sitter, il y avait mieux.

Il était dix-huit heures quinze. L'université avait fermé ses portes. Elle composa le numéro du domicile des Gomez et ce fut Isaac qui décrocha et lui répondit d'une voix endormie. Il faisait la sieste, maintenant ?

– Isaac, c'est...

La suite fut noyée dans un bâillement monstrueux, un vrai hennissement de cheval. Plutôt grossier. Un aspect du jeune homme qu'elle ne connaissait pas.

– Ah, c'est encore vous ? dit-il.

– Quoi, encore moi ?
– C'est bien Klara, c'est ça ? Écoutez, mon frère…
– Je suis l'inspecteur Petra Connor. Vous êtes le frère d'Isaac ?
Silence.
– Oh, désolé, je dormais. Oui, je suis son frère.
– Désolée de vous avoir réveillé. Isaac n'est pas là ?
Nouveau bâillement. Puis le garçon s'éclaircit la gorge. Il avait une voix qui ressemblait beaucoup à celle d'Isaac. Mais plus grave, plus lente. Comme un Isaac qui aurait pris des tranquillisants.
– Il est pas là.
– Encore à la fac ?
– J'sais pas.
– S'il vous plaît, dites-lui que j'ai appelé.
– D'accord.
– Allez vous recoucher, frère d'Isaac.
– Isaiah… ouais, c'est ce que je vais faire.
À vingt heures, elle rejeta son envie d'ouvrir quelques boîtes de conserve en guise de dîner de célibataire et sortit. Si on la forçait à vivre comme dans le civil, qu'elle profite au moins des avantages.

Elle tourna un moment dans le quartier de Fairfax, envisageant d'aller au Grove ou dans l'un des nombreux établissements de Melrose. Elle se retrouva finalement dans un petit restaurant de poisson casher, dans Beverly, où elle venait manger de temps en temps, à l'époque où elle faisait équipe avec Stu Bishop. Le père du propriétaire, un médecin, connaissait le père de Stu, qui était ophtalmologue. Petra y retournait parfois parce que ce n'était pas loin de chez elle, qu'il y avait de la sciure par terre, que le poisson y était d'une grande fraîcheur et goûteux et qu'on allait prendre ses plats soi-même au comptoir, ce qui évitait les échanges oiseux avec le personnel.

Ce soir-là, le propriétaire n'était pas là et deux Hispaniques en casquette de base-ball assuraient le service. Il y avait du monde et du bruit. Parfait.

Elle commanda un saumoneau grillé avec une pomme de terre vapeur et du chou après avoir réussi à s'emparer de la dernière table vacante et se retrouva assise à côté d'un couple de Juifs hassidiques et de leur remuante marmaille. Le père, costume noir, barbe complète, fit semblant de ne pas la remarquer, mais lorsque le regard de Petra croisa celui de la maman, une jolie femme qui portait perruque, celle-ci lui sourit timidement et s'excusa pour le bruit.

Comme si sa progéniture était responsable du tapage qui régnait.

Petra lui rendit son sourire.

– Ils sont très mignons.

Le sourire de la femme s'agrandit.

– Merci… ça suffit, Shmuel Yakov ! Laisse Yisroel tranquille !

Elle était de retour chez elle à vingt et une heures quarante-cinq. La Jeep d'Eric était garée dans Detroit et lorsqu'elle entrouvrit la porte il quitta le canapé du séjour et vint la serrer dans ses bras. Il portait un costume couleur ambre, une chemise bleue et une cravate jaune. C'était la première fois qu'elle le voyait habillé de couleurs claires et sa peau en prenait des nuances terre de Sienne.

– Tu n'étais pas obligé de t'habiller pour moi, gros dur.

Il sourit et enleva sa veste.

– Houla, dit-elle.

Ils s'embrassèrent légèrement.

– Tu as mangé ?

– J'en viens. Tu avais l'intention de sortir ?

– Dedans, dehors, ça m'est égal.

Il tendit de nouveau les lèvres vers elle, mais elle détourna la tête.

– J'ai l'haleine parfumée au poisson, dit-elle.

Il lui prit le visage entre les mains, vint effleurer ses lèvres, puis y glissa la langue, l'obligeant à ouvrir la bouche.

– Hmmm… de la truite ?

– Du saumon. On peut ressortir, si tu veux. Je prendrai un café en te regardant manger.

Il passa dans la cuisine et ouvrit le frigo.

– Je vais me débrouiller avec ce qu'il y a.

– Laisse-moi te préparer quelque chose.

Le temps qu'elle le rejoigne, il avait déjà sorti des œufs et du lait du frigo et une miche de pain de la panetière.

– Du pain perdu, dit-elle. Je fais ça très bien.

Elle cassa les œufs et coupa le pain. Il versa le lait et dit :

– Tu n'es pas au courant pour Schoelkopf ?

– Qu'est-ce qui lui est arrivé ?

– C'était aux infos.

– Ça fait deux jours que je n'ai pas regardé la télé. Quoi donc ?

– Il est mort, répondit Eric. Il y a trois heures. Sa femme l'a tué.

Elle quitta la cuisine et alla s'asseoir à la petite table.

– Mon Dieu... sa femme ? Laquelle ?

– L'actuelle. Il en a eu combien ?

– C'était la troisième. Elle le quitte puis décide de le tuer ?

– D'après ce que j'ai compris, c'est lui qui l'a quittée.

Personne, au commissariat, n'avait pensé à la mettre au courant.

– Comment ça s'est passé ?

– Schoelkopf a quitté leur domicile, il y a quelques semaines, et loué un appartement, pas loin du commissariat. Dans un des gratte-ciel d'Hollywood Boulevard, à l'ouest de La Brea. Il s'y trouvait avec sa petite amie, une employée civile. Ils s'apprêtaient à aller déjeuner en ville et sont descendus dans le parking souterrain pour prendre sa voiture. Sa femme l'attendait et lui a tiré dessus. Schoelkopf en a pris trois dans le bras et une ici. (Eric se tapa le milieu du front de l'index.) La fille a aussi pris une balle, mais elle était encore en vie quand les ambulances sont arrivées. Puis sa femme a retourné l'arme contre elle-même.

– La petite amie de Schoelkopf ne s'appellerait pas Kirsten Krebs, par hasard ? Blonde, vingt-cinq ans, travaille en bas, au standard ?

Eric acquiesça.

– Tu étais au courant ?

– Je m'en doutais. Krebs était insolente avec moi. Quand Schoelkopf m'a convoquée, c'était elle la messagère. Je l'ai trouvée les fesses sur mon bureau, comme si elle était chez elle. Et la femme ?

– En assistance respiratoire, mais on ne pense pas qu'elle survivra. Krebs est mal en point, elle aussi.

Petra se leva, alluma la télé et trouva un bulletin d'information sur Canal 5. Une Hispano à la mine joyeuse en faux costard Chanel donnait les mauvaises nouvelles :

« … enquêtent sur le meurtre d'un capitaine de police du LAPD ayant eu lieu ce soir. Edward Schoelkopf, quarante-sept ans, vingt ans de service, aurait été abattu par sa femme, Meagan Schoelkopf, trente-deux ans, avec qui il était brouillé et qui s'est elle-même ensuite mortellement blessée, dans le cadre, d'après les enquêteurs, d'un classique triangle amoureux. Une jeune femme qui n'a pas encore été identifiée a elle aussi été blessée au cours de la fusillade… »

Au deuxième plan, l'image – le contour à la craie d'un corps sur le sol, barré d'un « homicide » tremblotant – laissa place à une photo où on voyait le couple en des temps meilleurs, le jour du mariage.

– Le quartier résidentiel et habituellement calme d'Hollywood où les choses se sont passées est en émoi et les collègues de Schoelkopf, au LAPD, sont sous le choc. D'autres nouvelles locales, à présent…

Petra éteignit la télé.

– Je ne pouvais pas le sentir et Dieu sait qu'il me méprisait… pourquoi, je n'ai jamais su… mais ça, tout de même…

– Il haïssait les femmes, dit Eric.

– Tu dis ça comme si tu en étais certain.

– Au cours du premier entretien que j'ai eu avec lui, il a essayé de me sonder. Sur les minorités et sur les femmes. Surtout sur les femmes. Il était clair qu'il ne les aimait pas. Il les trouvait hypocrites et voulait savoir si j'étais de son avis.

– Qu'est-ce que tu as dit ?

– Je l'ai fermée. Du coup, il a cru qu'il pouvait me parler librement et m'a sorti sur les femmes des plaisanteries absolument ignobles.

– Tu ne m'en as jamais parlé.

– Ç'aurait servi à quoi ?

– À rien, je suppose.

Elle se rassit. Eric passa derrière elle et lui massa les épaules.

– J'ai constaté que dans la plupart des situations, fit-il observer, moins on en dit, mieux ça vaut.

Mais pas dans toutes, mon cher, pas dans toutes...

– Schoelkopf mort... Qu'est-ce qui va se passer pour nous, en termes de suspension ?

– Jusque-là, je pensais qu'ils n'allaient pas avoir la main trop lourde, ni pour toi ni pour moi. Ça va probablement retarder nos projets.

– Pas pour toi. Tu t'en vas.

Ses mains s'immobilisèrent.

– Peut-être.

Elle se tordit le cou pour le regarder.

– Je réfléchis encore, dit-il.

– Tu as raison, c'est une décision importante.

– Déçue ?

– Bien sûr que non. C'est ta vie.

– On pourrait tout de même s'acheter une maison. Avec nos deux salaires, nous devrions trouver assez vite quelque chose de correct.

– Sans doute, répondit-elle, surprise de s'entendre réagir aussi froidement.

– Il y a un problème ?

– Je me sens un peu débordée en ce moment. Sans trop savoir où j'en suis. Et tout ça parce que j'ai contribué à éliminer un salopard de première.

Elle se dégagea, se leva et passa dans la cuisine.

– En plus, il y a cette affaire du 28 juin. Il reste trois jours et je ne suis pas plus avancée.

– Et le mari... Doebbler ?

– Tout le monde pense qu'il a tué sa femme, mais il n'y a aucune preuve. Ça concorde par certains côtés, mais pas par d'autres.

– Par exemple ?

Elle s'expliqua. Il écouta. Elle vit les œufs, le pain et le lait qui attendaient sur le comptoir. Il était temps d'être utile à quelque chose. Jetant un peu de beurre dans une poêle, elle alluma le gaz, trempa le pain dans le lait et, lorsque le beurre commença à se colorer, y mit deux tranches.

Bruit agréable, ce grésillement. Les occupations machinales ont quelque chose de bon.

– Tu pourrais surveiller Doebbler, le 28. S'il bouge, c'est ton homme, dit Eric.

– Et s'il ne bouge pas, quelqu'un d'autre meurt...

Il haussa les épaules.

– Monsieur le blasé.

Il ne répondit pas.

Le pain perdu était prêt. Elle le disposa sur une assiette qu'elle posa devant lui.

Eric ne bougea pas.

– Désolé de t'avoir agressé, dit-elle.

– Je ne voulais pas faire le malin.

– Tu n'as rien fait de mal.

– Je ne t'ai pas assez prise au sérieux, dit-il. Tu es dans cette histoire de merde jusqu'au cou.

Il la regarda bien en face. Avec les yeux les plus doux qu'elle ait jamais vus.

Elle passa un bras autour de son cou et lui glissa une fourchette entre les doigts.

– Mange tant que c'est chaud.

XLIV

Mercredi 26 juin, dix heures, bus 7,
ligne de Santa Monica, croisement de Pico et Overland

Isaac faillit partir de chez lui en oubliant le sac de papier.

Travaillé toute la nuit par l'insomnie, il ne s'était réveillé qu'à neuf heures moins vingt. Ses parents et ses frères étaient déjà partis et il avait dû reconnaître, non sans une certaine honte, que ce silence inhabituel était merveilleux.

Disposant de la salle de bains pour lui tout seul, il avait pris son temps pour se doucher et se raser, se promenant tout nu. Il avait aussi retiré son porte-documents de dessous sa couchette. Et vérifié que, sous les papiers, l'automatique n'avait pas bougé.

Mais pourquoi l'aurait-il fait ?

Il le prit et visa la glace.

– Pan !

Une idée stupide, cette arme. Qu'est-ce qu'il s'était imaginé ? Il la remballa, la remit dans le casier du fond et toucha ce qui restait de l'hématome, sur sa joue. Renflement résorbé, encore un peu sensible. Ces gosses n'étaient que de petits garnements stupides, sa réaction avait été disproportionnée.

Il se demanda s'il n'allait pas rendre le pistolet à Flaco.

Il souleva un coin du store, regarda dehors et aperçut un pan de ciel au-dessus du puits de jour. Bleu, strié de blanc.

Il enfila un pantalon kaki et une chemisette jaune. La chaleur qui régnait déjà et avait envahi l'appartement annonçait une journée à chemisette.

Même à la plage, où il faisait toujours un peu plus frais.

Développait-il une dépendance au sable et à l'océan ?

Il y avait pire, comme drogue.

Pendant la nuit, incapable de dormir, il s'était complu à s'imaginer vivant là-bas un jour. Médecin, riche, une femme ravissante, des gosses brillants, habitant une de ces grandes maisons du côté de Palisades.

Ou bien, si le destin lui était vraiment favorable, quelque chose directement sur la plage.

Les rouleaux, les mouettes, les pélicans, les dauphins. Une promenade quotidienne, le grondement de l'océan en fond sonore… Autant de chances que de se réveiller un jour la peau claire et blond.

En attendant, il pouvait aller traîner une journée de plus du côté de la jetée.

Il avait travaillé dur, il le méritait bien.

Enfant gâté ! Ça n'avait rien à voir avec le mérite.

La clef de la réussite n'était pas la vertu, mais la connaissance : la connaissance, synonyme de pouvoir.

L'adage qu'il ne cessait de se répéter depuis si longtemps lui vint à l'esprit : Reste concentré, instruis-toi. Doctorat en sciences, puis en médecine. Choisis une spécialité, décroche un poste universitaire, publie à tour de bras, deviens professeur jeune, bâtis-toi une réputation que tu pourras négocier contre de juteux honoraires.

Peut-être même un diplôme commercial, une situation dans une société pharmaceutique.

Un jour, il serait le Dr Gomez. En attendant, il s'était mis dans une situation délicate vis-à-vis de Klara.

Elle n'arrêtait pas de l'appeler. Combien de temps cela allait-il durer ?

Il allait devoir faire quelque chose et mieux valait tôt que tard. Mais aujourd'hui… la plage.

Il s'était rendu dans la cuisine, avait posé le porte-documents sur le comptoir et s'était préparé un verre de lait. Avait changé d'avis. Il retournerait à la bibliothèque, utiliserait les outils dans lesquels il avait confiance : les banques de données exhaustives, le raisonnement par déduction et induction, le travail méticuleux. Les problèmes ont toujours une solution ; celui-là devait avoir la sienne.

Il avait avalé le lait en deux ou trois rasades et pris la direction de la porte. Avait vu le sac sur la minuscule tablette à la droite de l'entrée.

Papier kraft soigneusement plié – l'estampille maternelle. Son prénom au crayon rouge. En lettres tremblotantes ; elle n'avait jamais eu confiance dans son écriture.

Exactement comme elle faisait quand il était encore à Burton. Tous les autres gosses mangeaient à la cafétéria du lycée – un endroit merveilleux, plaques chauffantes en acier, serveuses les cheveux retenus dans des filets, légumes d'un vert émeraude ou d'un jaune solaire, tranches de bœuf roses ou de dinde blanches, sans parler d'aliments qu'il n'avait jamais vus avant : *succotash ? Welsh rarebit*[1] ?

Ces nourritures exotiques avaient effrayé sa mère. C'est du moins ce qu'elle avait prétendu. Plus tard, il avait découvert que les boursiers n'avaient pas droit à la cafétéria – la générosité de l'établissement n'allait pas jusque-là.

Il avait eu honte des sacs en papier de ses casse-croûte jusqu'au jour où ses camarades avaient trouvé ses tamales et ses haricots noirs « géniaux ». Certes, il y avait eu quelques ricanements – on était dans le secondaire, n'est-ce pas ? Mais les élèves de Burton avaient été correctement initiés aux vertus de la diversité et la plupart d'entre eux paraissaient impressionnés par la cuisine d'Irma Gomez.

Isaac n'avait pas eu de peine à échanger ses préparations maison avec ce que les gosses de riches avaient sur leurs plateaux. Aliments qu'il dévorait avec un aplomb forcé, faisant semblant d'aimer des trucs qui n'avaient aucun goût, tant il désirait désespérément se fondre au milieu des autres.

Cela faisait un moment que Mama ne lui avait pas préparé un panier-repas. Il allait peut-être le jeter et s'acheter une saucisse-frites chez le vendeur de rue, près de la bibliothèque.

1. *Succotash* : plat amérindien à base de haricots de Lima et de maïs. *Welsh rarebit* : genre de croque-madame.

Sûrement pas, il se sentirait trop coupable. Il avait fourré le sac dans son porte-documents, était sorti et avait descendu l'escalier en courant.

La culpabilité était une composante importante de sa personnalité. Donc éliminer le MBA et la société pharmaceutique.

Et la maison sur la plage.

Une fois dans la rue, il changea à nouveau d'avis. Deux jours d'épluchage d'archives à la bibliothèque n'avaient rien donné. Que pouvait-il espérer trouver ? Il se rendit à pied jusqu'à Pico, prit le 7 qui l'amènerait à Overland ; à un moment donné, les arômes de la nourriture de sa mère, qui montaient du sac en papier, se mirent à le faire saliver et il ouvrit le sac pour voir ce qu'il contenait.

Sur les portions entourées de feuilles d'alu était posé un papier plié. Il le prit, lut dessus « FRANGIN » en grosses capitales maladroites. L'écriture d'Isaiah.

Il déplia le mot.

TA FLIC T'A APPELÉ HIER AU SOIR.

Juste ça, pas de numéro.

Il se leva de son siège, sonna et descendit à l'arrêt suivant.

La porte, à l'arrière du commissariat, était fermée à clef. Ce n'était arrivé que deux fois depuis qu'il l'empruntait, quelqu'un ayant oublié de l'ouvrir. Il prit son passe.

La clef ne rentra même pas dans la serrure. Aurait-on changé celle-ci ? Puis il remarqua la caméra de surveillance au-dessus de la porte. La peinture s'écaillait là où on l'avait installée. L'objectif était dirigé droit sur lui. Il se sentit comme un suspect et lui tourna le dos.

Nouvelles mesures de sécurité dues à une alerte terroriste ?

Il réfléchissait à la situation lorsqu'il vit une Cadillac ancienne, gris métallisé, entrer dans le parking et se garer. L'inspecteur Dilbeck, l'homme qui lui faisait penser à un adjudant de compagnie.

Isaac s'approcha de la voiture et Dilbeck abaissa sa vitre.

– Bonjour, inspecteur.

– Bonjour, Gomez.

– La porte est fermée et ma clef ne fonctionne pas.

– La mienne non plus, répondit Dilbeck. Tout le monde doit passer par-devant jusqu'à ce que les choses se calment.

– Jusqu'à ce que les choses se calment ?

Dilbeck découvrit ses dents.

– Le capitaine Schoelkopf a été assassiné hier.

– Oh, non !

– Alors en ce moment, c'est la parano. Pourtant, ce qui est arrivé au capitaine ne risque pas tellement d'arriver aux autres. Il trompait sa femme et toutes les fureurs de l'enfer, à côté, etc. Vous n'avez pas irrité une excitée, ces derniers temps, par hasard, monsieur Gomez ?

Isaac sourit. Son estomac se noua.

Dilbeck descendit de sa Cadillac et commença à se diriger vers la sortie du parking. Isaac ne bougea pas.

– Rien à faire aujourd'hui, monsieur Gomez ?

Isaac n'avait écouté qu'à moitié. Il se disait que des mesures de sécurité renforcées étaient synonymes de détecteur de métaux. Le pistolet…

– En fait, j'allais à la fac, j'étais juste passé pour demander le numéro de téléphone de l'inspecteur Connor. Elle m'a appelé hier soir ; c'est mon frère qui a répondu et il n'a pas pensé à le prendre.

– Elle est chez elle, dit Dilbeck. Vous savez ce qui lui est arrivé ?

– Oui, monsieur. Mais c'est assez important que je puisse lui parler. Elle essayait de m'appeler pour une affaire sur laquelle nous… elle travaillait.

– Eh bien, elle ne travaille plus sur quoi que ce soit, à présent.

– Cependant, je voudrais bien pouvoir la rappeler…

Dilbeck lui posa fermement la main sur l'épaule et le regarda dans les yeux.

– Vous êtes un jeune homme tout à fait sympathique, monsieur Gomez, mais nous sommes pointilleux sur ce genre de choses, ici. Si vous voulez, je peux appeler l'inspecteur Connor et lui dire que vous êtes passé. Donnez-moi un numéro où elle pourra vous joindre.

Isaac lui donna celui du bureau des Biostatistiques. Cette fois, il allait devoir retourner au campus. De l'art de se compliquer la vie, songea-t-il.

Arrivé quarante minutes plus tard à l'université, il fit un grand détour pour éviter la bibliothèque Doheny et se rendit directement à sa boîte à lettres. Cela faisait plusieurs jours qu'il ne l'avait pas vidée et elle débordait. Circulaires, mémos du département, pubs.

Cinq messages de Klara, tous de son écriture incurvée. Les trois derniers, assortis de points d'exclamation, dataient de la veille.

Entre eux, une simple feuille de papier avec le nom de Petra et un numéro. Préfixe 933, sans doute celui de son domicile.

Il demanda à la secrétaire s'il pouvait se servir du téléphone du département pour un appel local.

– On ne vous a pas beaucoup vu ces temps derniers, dit-elle.

Il haussa les épaules.

– Je travaillais sur ma thèse.

– Pauvre chou… Pas celui-ci. Allez plutôt prendre l'extension, dans la salle de la photocopieuse. Composez le huit pour avoir une ligne extérieure, et pas d'appel en Europe.

La porte de la salle de la photocopieuse était ouverte. Il était sur le point de la franchir lorsqu'une main s'abattit sur son épaule.

Main légère, des plus légères. Il fit volte-face et se trouva nez à nez avec Klara Distenfield. Elle portait une robe bleu roi avec une impression de minuscules poissons jaunes ; son rouge à lèvres venait d'être refait, elle avait les yeux maquillés et était parfumée. Son parfum. Elle laissa sa main posée à côté du cou d'Isaac.

Elle sourit et dit :

– Enfin.

Il la fit passer dans la salle.

– Tu es insaisissable.

– Klara, je suis désolé.

– Tu peux.

– Aucune rancœur dans sa voix. Cela le rendit réellement anxieux. Il se prit à la regarder de la tête aux pieds, puis s'interrompit, non sans avoir enregistré ce qu'il avait vu. Cheveux roux retenus par des épingles, des mèches folles s'en échappant. La robe bleue épousait son ventre rond, ses hanches pulpeuses. Ses seins. Son parfum. Oh, merde, il bandait déjà.

Les yeux verts pailletés d'or de Klara se rétrécirent.

– Sais-tu combien de fois j'ai essayé de te joindre ?

– Je n'étais pas là. Des problèmes de famille...

– Tout le monde a une famille. (Elle fit la moue et de petites rides se creusèrent au-dessus du rouge.) Je ne sais pas quels sont ces problèmes de famille, mais ils ne doivent pas être si graves que ça. J'ai parlé à ton frère et il ne m'a rien dit. Vos voix se ressemblent, au fait.

Il était épuisé à la seule perspective d'inventer un nouveau mensonge.

– Rien de grave, répondit-il, mais ça a pris du temps.

– Alors tu vas bien ?

– Très bien. Et vous ?

– Moi ? (Elle rit.) Fort bien. Pourquoi ?

– J'avais l'impression que vous étiez... troublée.

– À cause de quoi ?

– De ce qui est arrivé.

– Moi ? (Elle posa une main gracieuse au-dessus de l'un de ses seins.) Je me suis sentie un peu... déconcertée. Nous avons pris un café ensuite, tu t'en souviens ? Et j'étais très bien. Je n'avais pas l'air très bien ?

– Le lendemain, vous n'êtes pas venue travailler. Mary Zoltan m'a dit que vous étiez souffrante. Elle avait l'air de sous-entendre que c'était plus grave qu'un rhume. (Il hocha la tête.) J'ai peut-être mal interprété les choses.

– Mary est une gourde. Je n'ai jamais été souffrante. J'ai pris deux jours parce que ma fille était malade. Forte fièvre, cou raide. On redoutait...

– Une méningite. Elle va bien ?

– Très bien. Un simple virus. Mais j'étais affolée. (Elle se rapprocha de lui.) Ainsi donc, tu as cru que je faisais je ne sais quelle réaction névrotique à notre petite partie de jambes en l'air ? C'est touchant, au fond. (Elle eut un sourire moqueur.) Sauf que la tienne, de réaction, a été de m'éviter.

– Non, pas névrotique, dit-il. J'ai pensé...

Il hocha la tête.

– Tu as cru avoir traumatisé la pauvre bibliothécaire affamée de sexe et qu'elle allait te rendre la vie impossible.

Elle rejeta la tête en arrière et rit. Un rire suave. Sexy. Elle porta la main à l'entrejambe d'Isaac.

– Tu n'es pas si inquiet que ça.

– Ce qui s'est passé, Klara...

– Était génial. Voilà comment tu dois voir les choses et pas autrement.

Elle serra, le relâcha et lui adressa un clin d'œil.

– Klara, je...

– Les phéromones sont les phéromones, Isaac. Ça ne peut pas s'expliquer rationnellement. Ce qui ne signifie pas que nous devons nous abandonner à nos impulsions. (Sourire ironique.) Même s'il pourrait y avoir pire. (Elle lui caressa le visage.) Tu es un très beau jeune homme, Isaac. J'admire ton cerveau et j'adore ton corps, mais il ne pourra jamais s'agir que de parties de jambes en l'air entre nous. Ce qui n'est déjà pas si mal, non ? Tu as le potentiel pour devenir un amant fantastique et, comme prof, je me défends bien.

Nouveau coup d'œil vers le bas.

– Ne t'inquiète pas, ce n'est pas une invitation pour le deuxième épisode. Car pour le moment il y a des choses plus importantes dont nous devons parler. Et c'est pour ça que j'essaie de te joindre depuis plusieurs jours, petit sot. Pour commencer, un flic est venu fouiner dans le coin et a posé des questions sur toi. Il vient juste de quitter la bibliothèque, au fait. Raison pour laquelle je venais ici t'apporter un nouveau message.

– Un flic ? Il s'appelle comment ?

– Inspecteur Robert Lucido.

Le type qui étudiait le tableau de service au commissariat.

– Moustache en trait de crayon ?

– Exactement. Je croyais qu'il n'y avait plus que John Wayne qui en portait encore.

– Qu'est-ce qu'il voulait ?

– Il m'a raconté qu'il faisait une enquête de routine sur les stagiaires du LAPD à cause de nouveaux règlements de sécurité après le 11-Septembre. Il voulait savoir quel genre de personne tu étais, avec qui tu traînais. Puis il a allégrement franchi la barrière de la légalité et m'a demandé quels livres tu lisais. Bien entendu, j'ai refusé de répondre.

– Comment se fait-il qu'il se soit adressé à vous ?

Elle eut un coup d'œil vers la porte.

– Il a commencé par venir ici, au département, et on lui a dit que tu passais le plus clair de ton temps à faire des recherches en bibliothèque. Cette histoire d'enquête de routine, c'est du pipeau, non ?

– Probablement.

– Qu'est-ce qui se passe vraiment, Isaac ?

– Je ne sais pas. C'est la vérité. Je viens juste du commissariat et ils ont changé les serrures. C'est peut-être parce que leur capitaine a été assassiné…

– J'en ai entendu parler.

– Ou c'est peut-être vraiment relié au terrorisme.

– Voilà, dit Klara, qui me ficherait vraiment la frousse. Tu sais à quel point le campus est ouvert. Tu es triste pour le capitaine ?

– Je ne le connaissais pas très bien.

– Tromper sa femme… Il faut faire attention quand on baise. Et avec qui on baise.

Sa main retomba et Isaac s'attendit à ce qu'elle lui reprenne la queue. Mais c'est sa main qu'elle saisit. Il était comme cloué sur place. Toutes ces questions, et son érection n'avait pas flanché ! Couché, petit con !

– Et Lucido vient de partir ?

– Il y a dix minutes, répondit Klara. J'ai vérifié qu'il ne me suivait pas en venant ici.

– Merci.

– Remercie-moi avec un baiser.

Il s'exécuta.

– Houla. C'est vrai que tu as un réel potentiel, mais les choses sérieuses d'abord. La principale raison pour laquelle j'essayais de te joindre n'était pas Lucido. C'était parce que j'ai fini par trouver quelque chose sur ces meurtres de juin.

– Quoi ?

Elle se pressa contre lui, lui prit les mains et les lui fit placer sur ses fesses. Appuya pour qu'il serre. Quand elle parla, ils étaient si près l'un de l'autre que leurs lèvres s'effleurèrent.

– Je pense avoir résolu ton énigme, Isaac.

XLV

Klara sortit la première du bâtiment, pour être bien sûre que Lucido était parti. Isaac attendit quelques instants dans le hall, puis passa le nez par la porte. Elle lui adressa un signe de son pouce levé. L'aventure l'amusait.

Ils se rendirent ensemble à Doheny, se mêlant aux étudiants qui allaient et venaient. Une fille en short et soutien-gorge de bikini prenait un bain de soleil sur la pelouse en lisant de la philo, devant le bâtiment de cinq étages. Deux étudiants passèrent au petit trot, portant des sweat-shirts sur lesquels on lisait *« LSU Sucks, Tenn. Swallows »*.

Klara arborait un sourire béat.

Une fois dans la bibliothèque, au lieu de descendre au sous-sol, ils montèrent au deuxième étage.

La salle des livres rares. Une série de pièces fermées à clef, des couloirs courts et silencieux. Klara avait toutes les clefs.

Le hall d'accueil était une salle confortable, calme, superbement lambrissée de chêne teinté sang-de-bœuf et éclairée avec discrétion par des lampes à verre translucide et des lustres qui pendaient d'un plafond à caissons blancs et bordé d'une frise turquoise. Fauteuils de cuir verts, tables en chêne. Sur la gauche, les bureaux de l'administration.

Personne en vue. L'heure du déjeuner ?

Klara le conduisit dans la salle de lecture. On y trouvait une table de conférences pour une vingtaine de personnes, une photocopieuse et un petit bureau avec son fauteuil.

– C'est pour la surveillance des étudiants, expliqua-t-elle. Il y a toujours quelqu'un qui reste assis ici pendant qu'on consulte les ouvrages particulièrement rares et précieux. Je lui ai dit d'aller déjeuner de bonne heure.

– J'y suis déjà venu une fois, lui répondit Isaac. Pour une recherche sur Lewis Carroll, en cours d'anglais. Que des crayons, aucun stylo, gants blancs quand c'est nécessaire…

– Nous possédons une merveilleuse collection Carroll. Installe-toi. Nous avons une heure.

Il alla s'asseoir à la table, s'attendant à la voir partir, puis revenir avec quelque chose. Au lieu de cela, elle s'assit à côté de lui. Ouvrit son sac à main.

Et en sortit un livre -- un ouvrage de petit format à couverture brune, portant un titre en lettres noires grossières. Il était dans une enveloppe en plastique à fermeture à glissière.

– C'était très vilain de ma part de le sortir d'ici, dit-elle. Je l'ai fait au cas où Lucido aurait encore traîné dans le secteur et t'aurait empêché de revenir.

Il lui prit la main et l'embrassa.

Elle rit, lissa le plastique de la main et en retira délicatement le petit livre.

– Parle-moi d'ésotérisme ! Je l'ai trouvé dans la collection Graham. Il ne figurait même pas au catalogue général. Seulement dans un supplément.

Toujours de son sac, elle sortit une paire de gants blancs et doux.

– Puisque tu en parlais, dit-elle en faisant pivoter l'ouvrage pour le présenter à l'endroit devant lui.

Il enfila les gants. Et lut.

Les Péchés d'un artiste fou
récit des actes horribles
d'Otto Retzak
Rapportés par T. W. Joseph Teller, Esq.
Ancien directeur du pénitencier de l'État
du Missouri et publié par lui à Saint Louis
A.D. MCMXXII

La couverture marron était en carton, comme brûlée à l'acide sur les bords et cassante. Isaac la souleva avec précaution, la tourna et commença à lire.

Au bout du premier paragraphe, il se tourna vers Klara.

– Vous êtes géniale.

Elle eut un sourire éclatant.

– Je me le suis déjà laissé dire.

Otto Retzak était le fils d'immigrants bavarois, des fermiers venus en Amérique en 1888 ; ils s'étaient retrouvés sur un lopin de terre caillouteux du sud de l'Illinois, région connue sous le nom de Petite-Égypte. Sixième de neuf enfants et le plus jeune garçon, Otto était né sur le sol américain.

Le 28 juin 1897.

Cent ans, jour pour jour, avant l'assassinat de Marta Doebbler.

Les mains d'Isaac se mirent à trembler. Il serra les poings et se pencha sur le texte grossièrement imprimé.

Retzak avait huit ans lorsque son ivrogne de père abandonna la famille. Considéré comme extrêmement brillant mais impossible à éduquer à cause « d'un tempérament d'une violence et d'une hyperactivité terrifiantes », Otto avait manifesté des dons précoces pour « manier le fusain de manière à créer des images fidèles ». Talent que n'appréciait pas son ivrognesse de mère, laquelle le battait régulièrement avec un fouet ou des ustensiles de cuisine alors qu'il était déjà le souffre-douleur de ses aînés. Avec enthousiasme et en équipe, ceux-ci avaient en outre abusé sexuellement de lui.

À neuf ans, illettré, Otto avait volé dans une ferme voisine vingt-neuf cents, cachés dans un pot de farine, et une « grosse poule pondeuse ». Il avait échangé l'argent contre un canif rouillé auprès d'un autre petit fermier. On avait retrouvé le volatile non loin du chemin creusé d'ornières qui conduisait à la ferme décrépite des Retzak, éventré, les yeux désorbités et la tête arrachée à la main.

Mis devant les preuves de ses actes, Otto reconnut sa culpabilité mais sans manifester « de honte enfantine, se vantant tout au contraire de son exploit ». Battu avec une sévérité particulière par sa mère, on l'avait confié aux voisins qui, non contents d'appliquer leurs propres coups de fouet sur son tendre dos, l'employèrent comme garçon de ferme pendant un mois, quatorze heures par jour.

Le lendemain de son retour chez sa mère, il donnait un coup de couteau au visage de sa petite sœur, sans provocation apparente. Comme le racontait Joseph Teller, « c'est un œil froid, et même un sourire torve, qu'il tourna vers toute l'assistance, tandis que la fillette hurlait, pleurait et saignait ».

Appelé, le shérif du lieu enferma Otto dans une cellule en compagnie d'autres scélérats adultes. Deux mois plus tard, couvert de bleus et boitant bas, on présentait le garçon à un magistrat itinérant qui déclara qu'on était en face d'un cas de « dégénérescence caractérologique considérable » et qui le condamna à passer cinq ans dans une maison de redressement de l'État. Là, Otto prétendit avoir appris que « l'humanité n'est ni glorieuse, ni bonne, ni faite à l'image de Dieu. C'est plutôt un tas de fumier puant de péchés et d'hypocrisie. La haine qui devait m'animer pendant toute ma maudite vie est née et s'est enracinée dans ce lieu sinistre. Les outrages dont ma personne et mon esprit ont été les victimes, au nom d'un traitement spirituel, m'ont été bénéfiques d'une manière que l'on n'aurait pu prédire. Mon ventre est devenu de fer et mon esprit ne pensait plus qu'à la vengeance ».

Condamné à deux ans de plus à cause de problèmes chroniques de discipline, c'est un Otto robuste et musclé qu'on rendit à la liberté alors qu'il avait seize ans. « Ayant un aspect étonnamment agréable quand il n'était pas pris d'une de ses rages, Retzak avait le comportement réfléchi d'un jeune homme sérieux. Mais tout cela pouvait changer en un instant. »

Pendant son séjour en maison de redressement, le garçon s'était pris d'amitié pour l'épouse de l'un des gardiens, une femme du nom de Bessie Arbogast. Impressionnée par les talents de dessinateur d'Otto, elle lui avait procuré du fusain et du papier et c'est vers sa maison qu'il s'était dirigé en son premier jour de liberté.

« Une fois libéré de ses fers, l'incorrigible garçon rendit ses bontés à Mme Arbogast en entrant dans sa chambre par une fenêtre ouverte. »

Ce qui se passa ensuite serait la description qu'en aurait donnée Retzak, mais Isaac se demanda, devant le langage fleuri employé par Teller, si celui-ci n'avait pas pris de considérables libertés littéraires.

« Dans la chambre où ils se faisaient leurs petits câlins, enivré par le plaisir de violer son vermisseau de mari, ainsi que sa molle personne et son âme pusillanime, je me suis servi d'une brosse à cheveux en bois, sous ses yeux, pour le frapper énergiquement sur la tête. Me sentant tout à fait satisfait de moi, j'ai pris mes aises avec elle de différentes manières d'autant plus plaisantes qu'elles étaient indicibles. »

William Arbogast survécut à la correction, mais se retrouva infirme. Traumatisée, sa femme resta « virtuellement muette ».

Retzak s'enfuit à pied et échappa à ses poursuivants. Il traversa le pays en sautant d'un train de marchandises à l'autre, se nourrit d'animaux domestiques et d'aliments qu'il chapardait ou de ce que lui donnaient des femmes au foyer charitables. Il les remboursait souvent en faisant quelque corvée avant de repartir. Il leur laissait parfois des dessins qui étaient « universellement appréciés. Le jeune homme était capable de saisir des scènes de jardin et de représenter le mobilier avec la plus grande précision. Seul le portrait de la figure humaine lui posait des problèmes techniques ».

« Détail intéressant, poursuivait Teller, pendant cette période Retzak choisit de ne pas infliger à ces femmes altruistes le même genre de punition qu'à Mme Arbogast. Quand je lui en ai demandé la raison, Retzak a paru sincèrement étonné.

« "Je ne sais pas pourquoi je fais ce que je fais. Parfois j'en éprouve le besoin, d'autres fois non. Parfois ma tête reste froide et d'autres fois elle bouillonne comme un chaudron de lard. Je ne contrôle pas mes impulsions comme la plupart des hommes et ne regrette pas l'absence d'entraves de mon âme. J'ai reçu l'onction de Satan ou de celui en qui vous voyez l'Ange du Mal pour me comporter comme je le fais, et j'obéis à mon maître avec la même stupidité mécanique que les fous et les vermisseaux qui gaspillent leur pitoyable petite existence à s'agenouiller devant l'autel d'une divinité ne débitant que des sornettes." »

Ce fut, ajoutait Teller, « un grand mystère pour la médecine et la caractérologie que de constater que toute l'anatomie de Retzak, son cerveau y compris, étudiée par de savants médecins, a été trouvée tout à fait ordinaire. L'examen incluait des mesures détaillées de son crâne, prises par des spécialistes de la discipline qu'on appelle "phrénologie", dont le mérite scientifique est à l'heure actuelle remis en cause par certains, mais employée ici dans l'espoir de déterminer des vérités fondamentales concernant ce démon. L'analyse n'a rien détecté qui sortît de l'ordinaire, comme toutes les autres. On ne peut qu'espérer que la relation des œuvres sinistres de cette âme monstrueuse, telles que présentées par cet humble ouvrage, bénéficiera à l'humanité. Tel était, en fait, l'objectif de l'Auteur ».

À dix-huit ans, Retzak arriva à San Francisco où il fut engagé comme matelot à bord du steamer *Grand Tripoli*, à destination de l'Orient. Le bateau fit escale à Hawaï, où Retzak, ayant eu la permission de descendre à terre, abandonna son poste.

« À Honolulu, il se lança dans une existence d'ivrognerie et de débauche en compagnie de nombreuses femmes de mauvaise vie. Il ne tarda pas à se mettre en ménage avec une prostituée, une fille perdue d'origine alsacienne du nom d'Ilette Flam, blême et spectrale comme le sont souvent ces femmes, qui se droguait à l'opium. Retzak se fit son souteneur et, pendant une période de près d'un an, vécut de l'argent sordidement gagné par Ilette. »

« Pour le dix-neuvième anniversaire de Retzak, Ilette organisa une fête dans un boui-boui au bord de l'eau. Au cours de la soirée, elle fit en passant une remarque qui déplut à Retzak et une dispute éclata lorsqu'ils furent de retour à leur appartement. Retzak prétendait ne pas se souvenir précisément de ce qui, dans les propos d'Ilette, avait offensé sa sensibilité. Toutefois, lorsque je le poussai sur cette question, la mémoire lui revint : "C'était une réflexion sur ma prétendue paresse. Cette truie était bourrée de drogue et de gnôle et s'imaginait que tout le rhum que j'avais bu m'empêcherait de réfléchir et lui permettrait de m'insulter sans risque. Tout le contraire ! Mes sens étaient aiguisés, et chacune des remarques stupides qui tombaient de ses babines de truie ne faisait que m'irriter davantage ! Et lorsqu'elle proféra encore une provocation – peut-être quelque chose qui mettait mon intelligence en cause –, une pensée définitive a traversé mon champ de vision comme un appel : ta cervelle de truie est celle d'un animal sans esprit." »

Après avoir attendu qu'Ilette fut tombée dans le lourd sommeil de la drogue, « parce que c'était une bonne gagneuse et parce que pour l'essentiel elle n'était pas si mauvaise », Retzak la mit au lit, à plat ventre, prit une pince-monseigneur et lui défonça l'arrière de la tête.

« Le crâne explosa comme un œuf et des morceaux de cervelle en jaillirent, tout d'abord accompagnés d'un liquide clair, puis de sang. Cette vue m'excita comme rien ne m'avait excité jusque-là. Des sentiments nouveaux s'emparaient de mon esprit et je continuai à me concentrer sur les coups que je portais à son crâne. De minuscules fragments de matière grise étaient projetés comme un fin brouillard et restaient collés sur les murs. Lorsqu'un gros morceau de cervelle glissa dans son cou jusque sur sa robe je le regardai, stupéfait que cet amas gélatineux gris et rosâtre ait pu abriter ce que ces fous de chrétiens considèrent comme le siège de l'âme. Existait-il quelque chose de plus hideux ? Un seul regard à ce mucus opaque suffirait à faire comprendre, à tout homme épris de logique, que la religion est pourrie. Soudain, je fus envahi d'un grand calme et restai assis, contemplant mon œuvre avec ravissement. C'était un sentiment nouveau, qui me plaisait beaucoup. Je pris mon carnet de dessin et quelques crayons que j'avais volés dans le grand magasin Berringer's de Waikiki. Et tandis que la truie gisait là, fuyant de partout et définitivement morte, je la dessinai. Pour la première fois, j'ai été capable de capter la ressemblance humaine avec une certaine précision. »

« Ce fut, concluait Retzak, un très beau cadeau d'anniversaire. »

Isaac avait la gorge sèche. Son front le brûlait. Il se mit à déglutir pour produire un peu de salive.

– Il ne peut s'agir que de ça, lui dit Klara d'une voix sourde.

Il fit oui de la tête. Mais il pensait à autre chose :

Le 28 juin avait représenté un double anniversaire pour Otto Retzak. Celui de sa naissance et celui de son premier meurtre.

Et sa première victime avait été une prostituée.

Le tueur de Los Angeles avait fait ses débuts en 1997. Pour fêter le centenaire de la naissance de Retzak.

Sa première victime, une femme.

Les amies de Marta avaient la certitude que Kurt Doebbler était l'assassin. Parfois, les choses n'étaient rien de plus que ce qu'elles semblaient être.

Isaac tourna la page.

Après avoir fini de dessiner le cadavre torturé d'Ilette Flam, Retzak l'avait enveloppé dans un drap ensanglanté ; puis il avait mis des affaires dans un sac de marin et était allé sur le port d'Honolulu, où il avait trouvé du travail sur un pétrolier en partance pour le Venezuela.

« Pendant tout le trajet, le souvenir de ce que j'avais fait à la truie me brûlait le cerveau comme un sacrement. La capacité d'éteindre la flamme, le pouvoir. Tandis que je lavais le pont et vidais les seaux, je ne pensais pratiquement à rien d'autre. J'étais bien plus qu'un simple matelot. J'avais dansé un pas de deux qu'il est donné à bien peu d'hommes de connaître. Le soir, allongé sur ma couchette au milieu des ronflements de ces porcs, je n'avais qu'une envie, leur défoncer le crâne à tous. Mais mon bon sens m'empêcha de me livrer à une telle folie, car un bateau est une prison flottante dont on ne peut s'évader. Ce fut des mois plus tard, une fois de retour sur la terre ferme, à Caracas, que je m'accordai une deuxième fois ce délicieux plaisir. Le propriétaire d'un débit de boissons, un vieux métis à la langue trop bien pendue, vint à me porter sur les nerfs et je décidai que ce serait lui. Après avoir attendu qu'il fermât sa boutique et se retirât pour la nuit dans son logement au-dessus du bar, je fis sauter la serrure de la porte arrière de son établissement et eus la surprise de le trouver réveillé et attablé devant un plat de porc, de riz et autre rata du même genre. Il se mit à jurer et je pris une poêle à frire qui était sur la cuisinière. Un superbe instrument en fonte, agréablement lourd dans la main et doté d'un manche solide. En quelques secondes, un magma gélatineux rosâtre était venu se mélanger à sa nourriture hispanique. Tout à fait identique à celui de la truie et, pendant que je dessinais la scène, je me pris à penser que toutes les personnes sont autant de lamentables sacs de chairs, de cartilages et de fluides répugnants. Nos illusions de propreté et de noblesse sont les plus ignobles des mensonges, le monde est grouillant d'hypocrisie et de fausseté, et il n'y a pas de plus grande honnêteté que de les dénoncer en libérant les fluides. Mon destin, décidai-je, était de faire briller la vérité. »

Une fois de plus, Retzak sauta dans un bateau en partance et se cacha pendant plusieurs mois en Amérique du Sud. Finalement, de retour aux États-Unis, il parcourut le pays, vivant de vols et de corvées, trouvant des emplois d'homme à tout faire, d'aide-cuisinier ou de veilleur de nuit dans des hôtels minables. Il passait ses heures de liberté à se bagarrer, à s'enivrer, à fumer de l'opium et de la marijuana ou à se droguer avec des médicaments, séduisant et violant des prostituées, commettant toutes sortes de larcins, massacrant des animaux domestiques ou sauvages quand la fantaisie l'en prenait.

Il assassina cinq êtres humains de plus.

Sa troisième victime : une dame d'un certain âge qui promenait son chien à Le Doux, Missouri, la banlieue chic de Saint Louis. C'était le soir et elle avait été surprise par un solide et beau gaillard qui avait un toutou en remorque.

« Je l'avais surveillée pendant des jours, cette grosse truie, et j'admirais sa silhouette et sa manière de marcher, me disant que j'aurais aimé la connaître au sens biblique. Puis le besoin m'envahit d'aller au-delà d'une simple intrusion et je volai un chien jaune dans une cour du voisinage. Un bâtard presque aveugle, tellement vieux qu'il ne m'offrit aucune résistance quand je le fis passer par-dessus la barrière. Improvisant une laisse avec un bout de corde, je vérifiai s'il était prêt à coopérer, ce qu'il fit, même si c'était d'une manière maladroite et ralentie.

Je lui offris une belle tranche de viande et il me regarda comme un imbécile de croyant aurait regardé son sauveur. Ce soir-là, j'allai me poster non loin de la maison de la truie ; dont celle-ci sortit comme toujours à neuf heures pile, son casse-pieds de caniche pomponné relié à elle par un cordon de satin. Tandis qu'elle s'éloignait tranquillement de la maison elle se mit à fredonner un air joyeux, ce qui ne fit que m'irriter encore plus. Je la suivis à une certaine distance, jusqu'à ce qu'elle s'aventure dans un secteur moins éclairé de la rue, puis je pris mon bâtard dans mes bras pour courir après elle. Lorsque je fus assez près, je reposai le chien, la dépassai et m'arrêtai à quelques mètres, faisant semblant d'attendre que la bestiole ait satisfait ses besoins naturels. Mon compagnon canin lui donnant l'illusion que j'étais digne de confiance, elle s'approcha sans la moindre hésitation. Au bout de quelques instants nous échangions toutes sortes de propos stupides et je sentis qu'elle me trouvait bien élevé. Après une dernière salve de politesses, elle se tourna pour partir – et c'est à ce moment-là que retomba le manche de hache que j'avais dissimulé sous mon manteau. La gélatine ! Sa boule de poils pomponnée se mit à gémir et, pour dessert, je le piétinai. Sa gélatine ne me parut pas différente de celle de sa maîtresse, et je trouvai cela tout à fait amusant. Lorsque j'eus fini de relever la scène dans mon carnet, je repris mon bâtard jaune et l'emmenai à un kilomètre de là, au milieu d'un endroit boisé. Il me regardait avec affection lorsque je lui tordis le cou. Après avoir inspecté ses organes vitaux, je l'abandonnai sous un arbre. »

Isaac poussa un profond soupir.

La respiration parfumée à la menthe de Klara était audible. Il hésita avant de tourner la page, sachant ce qui l'attendait.

Numéro quatre : « un nègre, un marin », pris en filature, accosté et assommé dans une ruelle de Chicago.

Cinq : « une prostituée insolente, maigre comme une jeune fille mais syphilitique », massacrée dans un parc de la Nouvelle-Orléans.

Six : « Une abominable tapette qui loge dans le même hôtel que moi à San Francisco m'a adressé une moue d'une manière dégoûtante et a recommencé le lendemain. J'ai fait semblant d'être sensible à ses attentions et attendu une nuit sans lune pour le suivre, lorsqu'il est sorti pour patrouiller les rues et y faire les choses que font ceux de son espèce. Je l'ai accosté dans une ruelle sombre et ai accepté sa requête. Il s'est penché et a levé les yeux sur moi, tout à fait comme l'avait fait le chien jaune. Je lui ai dit de fermer les yeux et me suis mis en mesure d'envoyer efficacement et énergiquement le sodomite *ad patres* à l'aide d'un manche de hache que j'avais volé le matin même. L'intrusion ainsi faite, participant de mon grand dessein, dans ce crâne rempli de perversité a été une joie particulière. Sa cervelle ressemblait à tous points de vue à celle d'un homme normal. »

Ça concordait parfaitement.

Mais Retzak ne s'était pas arrêté à six.

Après s'être rendu en stop de San Francisco à Los Angeles, le tueur itinérant avait décidé qu'il était maintenant capable de dessiner les êtres humains et leur visage. Il disposa un chevalet non loin de la gare centrale et essaya de gagner sa vie en proposant aux touristes de les caricaturer.

« Néanmoins, écrit Joseph Teller, son habileté technique n'arrivait pas à l'empêcher de dépeindre ses sujets comme des créatures libidineuses et saturniennes. La manière dont il rendait leur regard, en particulier, troublait ceux qui posaient pour lui et on refusait souvent de le payer. Retzak conservait les dessins rejetés et ces œuvres ont amplement été utilisées par les aliénistes de l'école de Boston comme de celle de Vienne. »

Sa carrière d'artiste tournant court, Retzak reprit son ancien mode de vie : vols, petits boulots temporaires, terrassier, cuisinier, concierge dans une école et même coursier pour une petite banque indépendante. Alors qu'il prenait bien soin de ne jamais se servir dans les sacoches d'argent, on le surprit à voler du papier et de quoi dessiner dans l'institution financière et il fut renvoyé. C'était l'été et, plutôt que de payer un loyer, Retzak commença à dormir dehors, près des gares ou dans les parcs. Ses incursions le conduisirent jusqu'à l'Elysian Park, où « existait au milieu de cet environnement verdoyant et ombragé, depuis des dizaines d'années, un sanatorium destiné aux orphelins de guerre tuberculeux et à d'autres enfants malades. Retzak, qui veillait à être toujours propre et présentable, attira l'attention du personnel par les dessins qu'il faisait, assis dans un coin de l'endroit où se reposaient les enfants. La curiosité attira le jeune public et ceux qui prenaient soin d'eux, et bientôt Retzak se mit à faire des dessins pour eux. Il était considéré comme un jeune homme amical et simple. Ce qui était, bien entendu, la plus fausse des fausses impressions ».

« J'étais capable de jouer le rôle d'un homme sain, conventionnel, bêtement aimable, riant d'un rien. Tout le temps, même pendant que je souriais et bavardais avec ces porcelets asthmatiques en dessinant pour eux, le feu brûlait dans mon cerveau. J'avais envisagé d'en attirer un loin de sa bauge, d'écraser son petit cerveau sur le sol dur et de regarder le sable absorber la gélatine. Cela faisait plusieurs mois que je ne m'étais pas livré à mon jeu préféré, car il y avait des périodes pendant lesquelles j'essayais de m'abstenir. Pendant ces jours arides, le souvenir de mes exploits servait à m'amuser. Mais depuis peu j'étais devenu las de la simple nostalgie et je compris qu'il fallait me lancer dans quelque chose de nouveau – un autre défi. J'avais appris ce que j'avais pu sur la gelée cervicale, et décidé que je ne pouvais éviter de procéder à une exploration médicale complète, du haut du crâne aux orteils. Un mélange d'humeurs, une véritable inondation, m'élèverait à de nouvelles hauteurs démoniaques. Et pas les humeurs d'un porcelet, mais celles d'un adulte.

« C'est à ce moment-là que mes yeux se posèrent sur les infirmières amidonnées de blanc, tout sourires et roucoulements, qui s'occupaient des petits essoufflés. Une de ces truies avait ma préférence, une espèce de macaroni aux formes opulentes et aux yeux noirs. D'un naturel apparemment froid elle n'avait pas, comme les autres, inspecté mes dessins. Tout au contraire, elle gardait soigneusement ses distances, me regardait avec impudence et semblait n'avoir que mépris pour les beaux-arts.

« Tant de grossièreté n'était pas tolérable. J'étais déterminé à lui donner une bonne leçon. »

Klara s'étira.

– C'est abominable, non ?

– À quand remonte la donation de ce livre à la bibliothèque ?

– À une trentaine d'années. Le Dr Graham était psychiatre et spécialiste de médecine légale. Il est mort en 1971. Ses fils étaient de riches banquiers et ils ont fait don de sa bibliothèque. Déduction des droits de succession.

– Il me faut la liste de tous ceux qui ont consulté cet ouvrage.

– Ce serait une violation des droits constitutionnels.

– Sauf quand le FBI recherche des terroristes.

Elle ne répondit pas.

– S'il vous plaît, dit Isaac, c'est vital.

– Finis de lire.

Quand il referma le mince volume, Klara lui en fit une photocopie et le conduisit hors de la salle de lecture. Il la suivit jusqu'à son bureau, au comptoir des ouvrages de référence. Une femme d'une quarantaine d'années consultait des microfilms, leur tournant le dos. Aucune trace de Mary ni d'autres bibliothécaires.

– Installe-toi dans ce coin, dit Klara en lui indiquant le présentoir des périodiques.

Isaac obéit, prit un exemplaire de *The New Republic* et fit semblant de lire pendant que Klara s'asseyait devant son ordinateur, chaussait ses demi-lunettes, puis tapait pendant quelques instants. Un texte apparut sur l'écran.

Elle fit la moue et porta une main à sa tempe. Regarda autour d'elle. Puis se tourna vers Isaac.

– Oh, mon Dieu, encore ce mal de tête. Il faut que j'aille prendre de l'aspirine avant que ça devienne incontrôlable.

Elle s'éloigna dans le suggestif balancement de ses hanches.

Isaac s'avança.

XLVI

Mercredi 26 juin, appartement de Petra, Detroit Street

– Une infirmière ?

– Maria Giacometti, répondit Isaac. Son assassinat a été différent des autres. Encore plus violent. Encore plus sauvage.

Il ne put s'empêcher de fermer les yeux à l'évocation de ce massacre. Les rouvrit rapidement, ne voulant pas avoir l'air d'une chochotte.

– Ce genre d'escalade est typique, lui fit observer Petra. Ce qui les excite au début arrêtant de leur faire de l'effet, ils se mettent à faire encore pire.

Intellectuellement, Isaac le savait. Il connaissait même le nom qu'on avait donné au phénomène : « saturation sensorielle », mais ne vit pas de raison de le mentionner à Petra.

Ils étaient assis à sa minuscule table pendant qu'elle feuilletait la photocopie du petit livre.

Un appartement impeccable, compact, quelques délicats effluves féminins. Tout à fait ce qu'il avait imaginé.

Elle tourna une page.

– Oh, mon Dieu !

À dix-neuf heures, elle était sortie dîner avec Eric. Puis il était parti pour Camarillo, où il voulait voir ses parents, et avait dit qu'il reviendrait dans la matinée. De retour chez elle juste avant vingt et une heures, elle avait trouvé un message de Barney Fleischer sur son répondeur. Isaac Gomez venait de passer au commissariat ; il paraissait très désireux de lui parler, il était manifestement nerveux. En plus, ajoutait Barney, un comique de l'antigang de la division centrale était venu lui poser des questions sur le jeune homme.

Petra appela chez les Gomez, s'y sentant obligée plus par quelque vague instinct maternel que par autre chose.

Lorsque le téléphone sonna, elle se demanda si elle n'allait pas tirer une fois de plus le malheureux frère du lit. Mais c'est Isaac qui décrocha et quand il comprit que c'était elle, il se mit à parler et crier à toute vitesse.

– Bonté divine ! J'essaie de vous joindre depuis ce matin !

– L'inspecteur Fleischer m'a dit que…

– J'ai la réponse, Petra ! Au 28 juin, le schéma opératoire, le mobile. Qui et pourquoi, tout ! Et qui sera la prochaine victime !

– Qui est-ce ?

Bref silence.

– Doebbler !

Il respirait fort, haletait presque.

– Commence par le commencement, dit-elle.

Elle était passée le prendre au pied de son immeuble à vingt et une heures quarante. Il faisait les cent pas sur le trottoir en balançant son porte-documents à bout de bras et sauta dans la voiture avant même qu'elle soit complètement arrêtée. La lumière des lampadaires dansait dans ses yeux. Intelligents – et surexcités. Elle dut lui rappeler d'attacher sa ceinture de sécurité.

Pendant qu'il continuait à parler, elle revint chez elle. Elle avait tout d'abord pensé se rendre dans un restaurant avant de juger qu'ils avaient besoin d'être tout à fait tranquilles. Une heure auparavant, elle aurait pourtant considéré hors de question de le ramener chez elle. Les choses étaient différentes, maintenant. Il fallait laisser tomber les considérations personnelles : le boulot d'abord.

Elle acheva la lecture des photocopies.

– Où est la liste ?

Isaac tira une feuille pliée de son porte-documents. Une sortie d'imprimante venue de l'ordinateur de Klara.

Teller, T. W. J.
Les Péchés d'un artiste fou
Thèmes : crime, histoire des États-Unis, Retzak, O.
Collection Graham, catal. n° 4211-3

Au-dessous, venait la liste de tous ceux qui avaient demandé à consulter le mince ouvrage.

Elle était courte.

4 septembre 1978 : Pr A. R. Ritchey, Pitzer College.

15 mai 1997 : K. Doebbler.

Doebbler avait utilisé une carte d'abonnement « étudiant » de la bibliothèque et s'était imbibé de ces horreurs un mois et treize jours avant d'assassiner sa femme.

Avait-il cherché l'inspiration ? Ou bien ce salopard était-il tombé par hasard sur l'opuscule et avait-il décidé de devenir l'émule d'Otto Retzak ?

Elle demanda à Isaac ce qu'il en pensait.

– Mon hypothèse est qu'il avait déjà entendu parler de Retzak. Il avait peut-être déjà lu le livre ailleurs et voulait simplement se rafraîchir la mémoire.

– Mais où aurait-il pu prendre connaissance d'un texte aussi obscur ?

– C'est ésotérique, mais pas si obscur que ça, en fait. Avec le nom de Retzak comme clef, je suis retourné sur Internet. Il est venu sur le tapis dans plusieurs groupes de discussion sur l'histoire criminelle, et on trouve le livre dans au moins une vingtaine de bibliothèques universitaires. De plus, dès sa parution, il a été traduit en français, en italien et en allemand. Doebbler a habité en Allemagne pendant son adolescence.

– Ça tient debout, reconnut-elle. Il a pu tomber dessus par hasard, se sentir stimulé et décider d'aller y voir de plus près.

Elle se leva et se mit à aller et venir dans son petit séjour. Isaac commença par la suivre des yeux – puis les baissa brusquement sur le sol.

Elle le remarqua et remarqua en même temps la virilité du jeune homme. Et sa propre tenue. Un sweater ample, couleur chocolat, retombant sur des leggings noirs bien moulants. Le sweater ne lui tombait qu'à mi-cuisse. Une tenue pourtant qui ne cherchait pas à séduire.

Elle croisa le regard d'Isaac. Il restait assis à sa place, l'air d'un écolier penaud.

– Bon, dit-elle, résumons-nous : Marta trompe Kurt, il le découvre, il est pris d'une rage grandissante. Lui qui a toujours été froid, très maître de soi, commence à perdre ce contrôle. Ça bout en lui, l'affaire devient une obsession, il se souvient du livre de Retzak qu'il a lu quand il était un adolescent impressionnable. Ou bien il est fana d'histoires criminelles vraies – c'est le cas de beaucoup de tueurs en série. Au fait, des tuyaux sur ces groupes de discussion ?

– J'ai été y faire un tour pour voir si Doebbler n'en faisait pas partie. Si c'est le cas, je ne l'ai pas repéré.

– Il faut aller voir s'il n'y a pas une piste à remonter.

Il hocha la tête.

– Il n'y en a pas ; ces groupes fonctionnent en temps réel, les échanges ne sont pas mis en mémoire. J'ai vérifié auprès d'un type qui est un vrai magicien en informatique. Il me l'a confirmé.

– Et zut ! dit-elle en faisant craquer ses articulations. Bon, on retourne à notre première piste… D'une manière ou d'une autre, Doebbler connaît l'affaire Retzak et le premier meurtre de la série l'a marqué : celui de sa compagne prostituée qui l'avait irrité. Soudain, Doebbler se retrouve dans le rôle du mari irrité et voici que la saga de Retzak prend pour lui une tout autre signification. En tuant Marta, il fait plus que se venger. Il revit l'histoire, il se met dans la peau d'un super-assassin. (Elle hocha la tête.) Doebbler voulait être Otto le Deuxième et, pour cela, sept personnes innocentes devaient mourir. Plus tordu, ce n'est pas possible, et pourtant ça paraît logique… ça sonne juste.

– Des victimes n'ayant aucun rapport apparent entre elles, cela lui a donné confiance, fit remarquer Isaac. Il ne conçoit même pas qu'on puisse le prendre.

Petra sourit.

– Il ne conçoit pas non plus que quelqu'un comme toi existe.

– C'est un coup de chance.

Il regarda de nouveau par terre. Rougit. Il était bien mignon dans ces moments-là. Si seulement elle pouvait lui trouver une petite amie aussi géniale..

Sept personnes innocentes.

Elle s'assit et reprit les photocopies. En dépit de la délicatesse de ballerine dont Teller avait fait preuve dans le choix de ses mots, le meurtre de Maria Giacometti avait de quoi retourner l'estomac le plus solide.

On avait retrouvé Retzak assis sous un chêne, non loin du sanatorium d'Elysian Park, les entrailles de la jeune femme autour du cou. Une expression paisible sur le visage, assis en tailleur, tel un yogi assassin. Il fredonnait doucement et paraissait en transe.

Un clochard l'avait aperçu en traversant le parc et, horrifié, était parti en courant vers le policier le plus proche. Le travail d'enquête avait été réduit à sa plus simple expression ; la piste sanglante laissée par Retzak allait de l'endroit où il avait tué l'infirmière sur le terrain de jeux jusqu'à l'arbre.

– On dirait qu'il a fini par perdre les pédales, dit Petra.

– Heureusement. On n'ose pas imaginer ce qu'il aurait fait à la victime suivante.

Elle reposa les feuillets. Elle avait l'impression d'avoir la tête trop pleine et son cœur battait fort.

– Sept, pour le sieur Retzak. Six jusqu'ici, pour Doebbler, dit-elle. Nous allons faire ce qu'il faut pour bloquer le compteur à ce chiffre.

Elle prépara du café et parcourut une dernière fois le chapitre final du livre de Teller. Les derniers jours de Retzak ; son arrestation, son procès et son exécution s'étaient étalés sur à peine trois semaines. Heureuse époque.

Retzak n'avait pas tremblé au pied de la potence, défiant la foule, proclamant sa haine de Dieu et de l'humanité : « Je vomis tout ce que vous tenez pour sacré, bande de moutons sans cervelle ! Donnez-m'en l'occasion, et je vous écrabouillerai la tête à tous, je vous boufferai les tripes, je m'offrirai une orgie de sang et de gélatine ! »

– Je me demande, dit Petra, combien d'infirmières pédiatriques d'origine italienne on compte dans le secteur.

– Si Doebbler tient à être fidèle à Retzak, il devrait rechercher une infirmière italo-américaine qui s'occupe d'enfants ayant des problèmes respiratoires.

– Cela réduirait encore leur nombre. Même si c'est sans importance. Prévenir vaut mieux que guérir. Nous allons surveiller Doebbler à partir de demain matin. On ne va même pas le laisser s'approcher du numéro sept.

– Dites-moi simplement ce que je dois faire.

Il s'était avancé jusqu'au bord du canapé. Impatient d'agir, ayant mal interprété le « nous » de Petra.

Oups…

– Quand je dis « nous », je parle de la police, Isaac. Il n'est pas question que je t'implique dans cette affaire.

Son expression se défit. Il essaya tout de même de faire bonne figure et hocha la tête d'un air confiant.

– Oh. Oui, bien sûr, je comprends. Pas d'implication active, je me contenterai de vous suivre et d'observer. Juste au cas où vous auriez besoin d'un coup de main, si je peux me rendre utile à quelque chose…

Elle hocha la tête.

– Désolé. Tu es sans conteste le héros de cette affaire ; sans toi, rien ne serait arrivé. Mais impliquer des civils dans une opération à haut risque est quasiment tabou. En particulier aujourd'hui. J'ai déjà assez d'ennuis comme ça, je ne peux pas me permettre de m'en créer de nouveaux.

– C'est complètement absurde, dit-il avec une soudaine intransigeance dans la voix. Je veux parler de votre suspension. Selden massacre tous ces gosses et la police ne trouve rien de mieux que d'aller vous chercher des poux dans la tête pour des questions de procédure ?

– La police est un organisme paramilitaire, Isaac. J'obéis, donc je suis.

Elle avait pris le personnage du mentor calme et sage alors que son esprit courait la campagne : à qui pensait-elle quand elle avait dit « nous » ?

Elle et Eric, par la force des choses. Désolé, révérend Bob et Mary, pour l'instant j'ai davantage besoin de votre fils que vous.

Eric constituerait un atout majeur. C'était un champion de la surveillance : patience et cœur qui bat au ralenti. Une surveillance à deux, cependant, c'était limite, juste bon pour une situation simple, une planque sans grand enjeu. Et si la maison de Doebbler avait une sortie par l'arrière ? Et si ce salopard prenait un itinéraire compliqué et qu'ils se fassent piéger par les embouteillages ?

Il était hors de question de perdre sa piste. Oui, hors de question – ça ne devait pas se produire.

Trois seraient infiniment mieux que deux. Trois pros…

Elle jeta un coup d'œil à Isaac. Déconfit et essayant de le cacher. Pouvait-elle prendre ce risque ? Jamais de la vie. En particulier avec l'antigang qui le surveillait, lui.

Elle devait peut-être l'interroger là-dessus.

Non, mauvaise idée.

Et pourquoi pas, au fond ?

– Alors, lança-t-elle, comment va Flaco Jaramillo ?

Il blêmit. Faillit tomber du canapé. Quelques secondes passèrent.

– Pourquoi vous me demandez ça ?

– À toi de me le dire, Isaac.

– De vous dire quoi ?

– Ce que sont tes relations avec Jaramillo.

Il garda son calme, mais son visage se durcit. Un visage de prédateur qui a un peu peur. Ses mains se contractèrent et il serra les poings, des nœuds dans les avant-bras, les veines ressortant comme des câbles. Des bras solides. Une musculature non négligeable qu'elle n'avait jamais remarquée. Ses dons intellectuels exceptionnels lui avaient fait oublier qu'elle avait affaire à un jeune homme dans la fleur de l'âge, en pleine forme.

Elle venait de lancer une sonde dans un domaine qui mettait tout cela en jeu. Elle se demanda ce qu'il pouvait lui cacher d'autre.

– Alors c'est ça, dit-il.

– C'est ça quoi ?

– Un type de la police est venu poser des questions sur moi à la fac. Un inspecteur du nom de Lucido.

– Bobby Lucido. Lui et son collègue sont venus me parler, il y a quelques jours.

Un éclair de colère brilla dans les yeux d'Isaac.

– Vous ne me l'avez pas dit.

– Je ne l'ai même pas envisagé un instant, mon ami. Parce que je ne savais pas ce que tu mijotais. Et je ne le sais toujours pas.

– Les idiots, marmonna-t-il. (Il partit d'un rire enroué et haché, dans lequel il n'y avait aucun amusement.) Je ne parle pas de vous. Mais vous travaillez avec une bande de crétins de première.

– Tout le monde ne peut pas être un génie.

– Bon Dieu, ce n'était pas ce que je voulais dire.

Il se porta un coup du revers de la main entre les deux yeux, laissant une tache rouge à son front.

– Ils ont des photos, Isaac.

Ses épaules se raidirent.

– Des photos ? De quoi ?

Cette fois, je me suis grillée.

– De toi en train de faire copain-copain dans un bar louche avec un voyou, un dealer de drogue, peut-être la gâchette d'un gang.

Elle croisa les bras.

Il fit un effort pour se détendre.

Son corps coopéra, mais on lisait encore beaucoup trop de nervosité dans ses yeux. Exactement comme dans ceux d'un suspect. Il avait résolu l'énigme et voilà comment elle le récompensait. Fallait-il que la vie soit aussi dure ?

– Je comprends que cela puisse donner une fausse impression.

– Ne me raconte pas de conneries, Isaac.

Il cilla. Ce n'était plus un gros dur, juste un gosse effrayé. Qu'est-ce qui était réel, qu'est-ce qui ne l'était pas ?

– Je ne vous raconte pas de conneries. Mais je ne suis pas en train de préparer un coup tordu. On se connaît depuis toujours, Flaco et moi. Nous avons grandi ensemble et j'étais son tuteur en classe, avant de partir pour Burton. Depuis, on se rencontre de temps en temps. Je sais qu'il a eu des ennuis, mais je n'ai jamais été impliqué dans quoi que ce soit. Il y a quelques jours, il m'a appelé. Il voulait me voir. Pour l'aider dans une histoire de famille.

– Quel genre d'histoire de famille ?

– Sa mère est malade. Elle a un cancer. Comme c'est une immigrante clandestine, elle n'a pas accès à la Sécurité sociale. Il croyait que j'étais déjà en fac de médecine et s'imaginait que je pourrais l'aider à obtenir des soins gratuits pour elle. C'est tout à fait lui, ça, toujours en train de chercher une combine. Je suis allé le voir parce qu'il se mettait toujours de mon côté quand on était petits. Je lui ai expliqué que je n'étais pas dans le système. Comme il ne voulait rien savoir et qu'il insistait, je lui ai promis de me renseigner. À la fac, j'ai donné quelques coups de fil. Je n'ai rien pu faire. Je le lui ai dit. C'est tout.

– C'est tout ?

– Bon Dieu, oui.

– Tu ne livres pas de drogue pour lui ?

Il écarquilla les yeux.

– Vous délirez !

Elle garda le silence.

– Je vous le jure, Petra, je vous le jure. Je n'ai jamais rien eu à voir avec la drogue. Jamais. Ce n'était pourtant pas les occasions qui manquaient, dans l'environnement dans lequel j'ai grandi. Flaco est un cinglé et un criminel, mais nous ne nous fréquentons pas. Il s'agissait de lui rendre un service, c'est tout, et je trouve dément qu'on me persécute pour ça. Je regrette que vous ne m'en ayez pas parlé plus tôt. J'aurais pu m'expliquer.

– Une mère malade.

– Oui.

– C'est très facile à vérifier.

– Faites-le.

Il soutint son regard de ses yeux sombres. Il ne serrait plus les poings. Il avait soudain l'air fatigué.

– Ils paraissaient s'intéresser à ton porte-documents. Flaco est passé derrière le bar, ils se demandaient s'il ne t'avait pas refilé quelque chose sous la table.

Il rit.

– Mon porte-documents ? M'avez-vous vu une fois sans mon porte-documents ? Tenez, vous voulez vérifier ?

Il prit l'objet et le lui tendit.

Avec une petite prière.

– Non, ça va.

– Je n'ai jamais vendu de drogue, je n'ai jamais fait la mule. Bon Dieu, Petra, pouvez-vous imaginer un instant ce qu'il adviendrait de ma carrière si j'étais pris dans un truc pareil ? (Il fronça les sourcils.) Ce qui pourrait encore m'arriver si cet imbécile continue de me harceler ? (Il se mordilla la lèvre.) Je devrais peut-être prendre un avocat.

– Fais ce que tu as à faire. Mais je ne crois pas que ce genre de publicité puisse t'aider.

– C'est vrai, c'est vrai. (Il hocha la tête.) Quel merdier.

– Si rien ne se passe, il n'y aura pas de problème.

– Mais comment prouver qu'une chose n'existe pas ? demanda-t-il.

– Passe au détecteur de mensonges, s'il faut en arriver là. Une fois notre affaire résolue, je ferai mon possible pour qu'il ne t'arrive rien. Bref, il est important pour toi aussi que je ne perde pas encore d'autres bons points. Y a-t-il autre chose que tu ne m'as pas dit ?

– Non. Votre suspension n'a pas de rapport avec moi, n'est-ce pas ?

– Non, je me la suis gagnée toute seule comme une grande.

Elle se leva, se servit encore un peu de café et lui en proposa.

– Non, merci.

– Pas d'autre vue originale sur Doebbler ?

Il hocha la tête.

– Je vais te raccompagner chez toi.

– Je préfère prendre le bus.

– Pas question, dit-elle. Pas à une heure pareille. Au fait, cette ecchymose à la joue... Qu'est-ce qui s'est vraiment passé ?

– Mon frère et moi on s'est un peu tapés dessus, dit-il. Rien de sérieux, vous savez ce que c'est, entre frères.

– Vous n'êtes pas un peu trop grands pour ce genre de choses ?

– Isaiah n'est pas un mauvais gars, Petra, mais il n'a pas la vie facile. Il travaille comme un chien et manque de sommeil.

– Je l'ai réveillé, le pauvre, la première fois que je t'ai appelé.

Isaac sourit.

– Il me l'a dit.

Il se leva et prit son porte-documents.

– Très bien, dit Petra. Je suis contente que nous ayons mis les choses au clair.

– Moi aussi.

Ils quittèrent l'appartement pour l'air tiède de cette nuit de juin. Encore vingt-cinq heures avant le moment fatidique.

– Quand j'ai dit que tu étais le héros de l'histoire, Isaac, je le pensais vraiment, tu sais.

– D'un autre côté, si je n'avais pas découvert le phénomène récurrent, vous n'auriez jamais eu à vous en soucier.

– Oui. L'ignorance, c'est peut-être le bonheur. Mais j'aime mieux savoir.

XLVII

Jeudi 27 juin, quatorze heures trente, Plexi-Tech Inc., parc des Technologies avancées de Westridge High, Westlake Village

Située à trois kilomètres au nord de l'autoroute, l'usine de plasturgie, une espèce de boîte à chapeau massive, blanche et sans fenêtres, était entourée d'un parking en dur, ouvert, sans gardiennage et à moitié plein de voitures, de camionnettes, de vans. Il y avait des emplacements vides un peu partout. Depuis les deux premières rangées, on avait une vue bien dégagée sur l'édifice plus petit, en brique, construit de l'autre côté de la rue.

De la brique couleur sable. Fenêtres réfléchissantes, environnement paysagé à la spartiate, des lettres noires carrées au-dessus de la porte en verre réfléchissant de l'entrée : Pacific Dynamics.

Le lieu où travaillait Kurt Doebbler était moins accueillant que l'usine de plasturgie qui le dominait. Une grille en fer forgé entourait le périmètre. Une barrière automatique fermait l'entrée. On pouvait passer dessous à pied. Pas entrer en voiture. Il n'y avait aucun parking en façade. Une allée contournait le bâtiment par la gauche puis en longeait le côté ouest. Une fois que l'Infiniti de Doebbler aurait tourné à l'angle, ils la perdraient de vue. Merde.

Petra s'interrogeait encore sur l'éventualité d'une entrée par l'arrière, lorsque la haute silhouette angulaire de Doebbler fit son apparition au début de l'allée ; il marchait lentement, ayant presque l'air d'hésiter, sur ses longues jambes maigres. Il portait une chemisette vert pâle, un pantalon marron et des chaussures de sport blanches. Un sac de donuts à la main, son attaché-case en acier de l'autre. Avec ses lunettes noires et sa démarche déjantée, ce type était une véritable pub ambulante pour Canal Grosses-Têtes.

Rien de bizarre ne prêtait à rire dans ce personnage hautain. Petra le suivit des yeux pendant qu'il gagnait l'entrée de la Pacific Dynamics et disparaissait à sa vue.

Cela se passait à neuf heures trente ; cinq heures venaient de s'écouler, aucun incident ne s'était produit et Eric et Petra, postés aux angles opposés du parking de Plexi-Tech, se rabattaient sur le café et les sandwichs trop secs qu'elle avait préparés. Ils communiquaient par portables, leurs numéros respectifs étant préenregistrés pour aller plus vite.

Elle regrettait de n'avoir pas pu prendre deux de ces radios bien pratiques, difficiles à brouiller, que la police venait d'acheter.

De même qu'il aurait été beaucoup plus agréable d'avoir été officiellement chargés d'enquêter sur Kurt Doebbler.

Journée chaude et ensoleillée dans cet Ouest lointain. Odeurs de produits chimiques dans l'air et, nonobstant le soleil, une couche nuageuse d'un gris malsain qui voilait le ciel. Petra avait téléphoné à Eric chez ses parents la veille au soir, juste avant minuit, après avoir laissé Isaac chez lui. Le garçon était manifestement malheureux d'avoir été exclu, mais il avait pris la chose avec grâce. L'affaire terminée, elle arrangerait la méprise sur ses rapports avec Flaco Jaramillo.

Eric ne décrochant pas tout de suite, elle s'était demandé s'il ne s'était pas couché tôt. Lui aussi était un oiseau de nuit, mais ses parents se retiraient de bonne heure et peut-être avait-il fait comme eux.

Pour se retrouver dans la chambre de son enfance, au fond du modeste ranch de Camarillo. Ornée des fanions et des trophées d'athlétisme auxquels tenaient M. et Mme Stahl. Ainsi que des décorations militaires qu'il avait voulu jeter, mais que sa mère avait disposées sur un panneau en liège.

Elle était sur le point de raccrocher lorsqu'il avait dit ·

– Salut.

– Je t'ai réveillé ?

– Non, je suis debout.

– Désolé de te déranger, mais il y a du nouveau pour le 28 juin.

Elle lui avait parlé d'Otto Retzak et de Doebbler rejouant des meurtres vieux d'un siècle.

– Quand auras-tu besoin de moi ? avait-il demandé.

Ils s'étaient retrouvés à six heures quarante-cinq le lendemain matin, devant un marchand ambulant de tacos de Reseda Boulevard, à cinq minutes en voiture de la résidence de Kurt Doebbler.

Eric, que leur cible ne connaissait pas, était tout désigné pour assurer la filature de près. Il s'était rendu avec sa Jeep jusqu'à la maison traditionnelle gris pâle de Doebbler, avait continué un peu plus loin et fait demi-tour pour aller se poster en observation à l'ombre des arbres. La tête dépassant à peine du volant, il était en outre protégé par des vitres teintées plus sombres que la limite légale autorisée.

Quartier tranquille ; quelques femmes minces passèrent en tenue de jogging, tandis que des voitures étrangères, toutes des modèles récents, sortaient les unes après les autres des allées : ces messieurs en costume allaient au bureau. La Jeep était noire, quelconque, et se fondait parfaitement dans cet environnement. Eric, au cas où, avait plusieurs réponses toutes prêtes. Et sortirait son badge de la police, s'il le fallait.

Pas eu besoin.

Petra était garée juste au sud de Ventura, côté est de la rue, prête à prendre Doebbler en filature s'il se dirigeait vers la 101 ou empruntait le boulevard dans un sens comme dans l'autre. Il tournerait vraisemblablement à gauche ; la Pacific Dynamics se trouvait à vingt-cinq kilomètres à l'ouest.

À huit heures quinze, Eric avait appelé.

– Doebbler et sa fille montent dans l'Infiniti… Il recule dans la rue… prend vers l'est. Sauf si l'école de sa fille est quelque part dans les collines, il devrait passer bientôt devant toi. Je vais jeter un coup d'œil en vitesse derrière la maison et je te rejoins.

Quelques minutes plus tard, la berline couleur champagne de Doebbler franchissait un carrefour au feu vert de Ventura. Petra laissa passer deux voitures avant de le suivre. Doebbler ne prit pas la voie rapide, continua au nord jusqu'à Riverside, tourna à gauche, franchit quatre carrefours puis tourna à droite ; encore trois carrefours et il se rabattait derrière une file de voitures qui avançaient au pas et s'arrêtaient devant l'entrée de la West Valley Comprehensive Preparatory Academy. Un surnuméraire en tenue fluo assurait la circulation. Eric ne s'était pas manifesté. Elle était sur le point de l'appeler pour lui dire où elle se trouvait lorsqu'elle repéra une Jeep noire dans son rétroviseur au moment où elle prenait son portable. Quelqu'un d'autre ? Non, les vitres fortement teintées et la calandre poussiéreuse étaient la signature d'Eric. Il passa sans lui adresser le moindre signe, doubla les véhicules qui faisaient la queue et s'éloigna.

Petra se gara sans lâcher l'Infiniti des yeux. Facile à repérer, la voiture était une des rares berlines normales au milieu d'un défilé de quatre-quatre. Des mamans impeccables et bien coiffées, dans ces mammouths surmotorisés, déposaient des enfants bien nourris, en uniforme d'écolier, l'oreille déjà collée au portable. Chemise ou chemisier blancs pour tout le monde, pantalon vert olive pour les garçons, jupe plissée vert olive pour les filles.

Une rousse passa dans sa Volvo bleue C-70. Emily Pastern était au volant. Deux enfants à l'arrière. Petra s'enfonça dans son siège.

Le flic fit signe à Doebbler, qui avança de quelques mètres.

La West Valley Comprehensive Preparatory Academy, en dépit de son nom à rallonge, était un établissement modeste ; structure de quatre petits immeubles résidentiels des années cinquante reliés entre eux et convertis en école. Une étendue herbeuse maigrichonne s'étendait au milieu, le tout protégé par une haute barrière. Les gosses qui ployaient sous leurs cartables démesurés étaient tous blancs et majoritairement blonds. L'Infiniti arriva à la hauteur du portail et Katya Doebbler, grande pour son âge, cheveux raides et sombres retenus en queue-de-cheval, en descendit et franchit les portes de l'école sans se retourner ni dire un mot à son père.

La gamine avait l'air triste. Elle n'allait pas tarder à l'être bien davantage.

Doebbler déboîta et poursuivit dans la rue. Une seconde plus tard, Eric l'appelait.

– C'est une impasse, je vais passer en deux.

– D'accord, je le prends, dit Petra.

Emily Pastern déposa sa marmaille et descendit de voiture pour parler avec une autre mère. Petra passa une vitesse, prête à s'engager derrière l'Infiniti. Elle aperçut un instant le salopard tandis qu'il passait sans faire attention à elle. Assis bien raide, regardant droit devant lui, lunettes, menton carré. Le visage vide d'expression.

Les deux mains sur le volant – en position dix heures dix parfaite.

En bon citoyen respectueux des lois.

De retour dans Reseda. Un embouteillage matinal paralysait une partie de l'artère, juste au nord de Ventura, mais Eric s'arrangea pour repasser en premier et lorsque Doebbler prit vers l'ouest, la Jeep était trois véhicules derrière lui.

La Jeep et l'Infiniti roulaient dans la file de droite. De son emplacement dans celle du milieu, cinq voitures plus loin, Petra voyait Eric maintenir la distance, discret au point d'être invisible. Dans ce ballet de prédateurs il avait un style coulé, sans effort, et ne perdait jamais sa proie de vue. Il avait de la grâce, son homme.

Son homme.

Elle éclata de rire, mais d'un rire qui ne lui plut pas.

– Oh, la ferme !

C'est dans une balade à un train de sénateur que Doebbler les entraîna pour rejoindre son entreprise de Westlake Village. Restant tout le temps dans Ventura, il donnait le bénéfice du doute à chaque feu orange, se laissait couper la route par les autres automobilistes, s'arrêtait complètement pour permettre à des piétons de traverser.

Ce n'était pas le jour de se faire arrêter pour une infraction au code de la route. Pas quand on avait des plans ambitieux pour la soirée.

À moins d'un kilomètre de son lieu de travail, Doebbler s'arrêta devant un Dunkin' Donuts, descendit, entra et en ressortit avec un sac.

Un casse-croûte ? Oui, pourquoi pas ?

Il retourna à sa voiture, toujours la même expression de robot sur le visage.

Inquiétant. Simple question de câblage défectueux ?

Doebbler regarda brièvement autour de lui, remonta dans l'Infiniti et reprit son exploration paresseuse de la partie ouest, vaste et ensoleillée, de la Valley.

Cinq heures et dix-huit minutes à se faire tartir.

Et pendant ce temps, seulement deux petites interruptions.

À dix heures quarante, Eric avait traversé la rue à pied pour passer sous le bras articulé qui contrôlait l'accès au parking. Suivant le même itinéraire que l'Infiniti, il avait tourné au coin du bâtiment et était resté invisible pendant dix minutes.

Lorsqu'il surgit à la fenêtre de la voiture de Petra, il lui dit :

– Quai de chargement verrouillé de l'extérieur, apparemment plus en service. Parking à deux niveaux, celui du haut à ciel ouvert. Doebbler est garé en haut. S'il repart, il devra passer par où il est venu.

– Et s'il s'en va à pied ?

– De l'autre côté il y a un mur de cinq mètres, sans doute celui d'un entrepôt. À moins qu'il soit alpiniste, il n'y a pas d'autre issue. S'il part, nous le verrons.

À onze heures cinquante, Petra partit à la recherche de toilettes, prise d'un besoin qui devenait urgent. Elle dut pour cela revenir pratiquement dans Ventura avant de trouver un Denny's accueillant. Elle commanda un cornet de frites pour se donner des forces, tant qu'elle y était. Et un deuxième pour Eric ; et prit le risque de piquer un sprint jusqu'à la Jeep pour le lui apporter.

Quelques instants plus tard, alors qu'elle venait à peine de retourner dans sa voiture, trente-trois personnes sortirent de la Pacific Dynamics en petits groupes bavards. Elles allèrent chercher leurs voitures et s'éloignèrent. Vingt-cinq hommes, la plupart en manches de chemise, comme Doebbler. Huit femmes, également habillées sans recherche.

Déjeuner. Le gibier ne se manifestait pas.

– Il bouffe peut-être ses donuts, dit Petra. Il se recharge en hydrates de carbone en vue de ses efforts nocturnes.

Au téléphone, la voix d'Eric était douce.

– Rester pour travailler correspond à un tempérament obsessionnel.

On aurait pu en dire autant d'Eric. Et d'elle-même.

Elle regarda en direction de l'endroit où était garée la Jeep.

– C'est un peu bizarre, non, d'être obligés de se parler ainsi ? Un peu de sexe-au-phone, ça te dirait ?

– D'accord, mais seulement en vue de sexe-au-lit.

À quinze heures vingt, toujours pas de Doebbler. Pour être absolument certain de ne pas avoir commis d'erreur, Eric composa le numéro professionnel de l'ingénieur. Doebbler décrocha.

– Monsieur Doebbler ?

– Oui.

– Dwayn Hickham, de la New Jersey Life. Avez-vous jamais pensé à prendre une assurance…

Clic.

– Sympa, le mec, dit Petra quand Eric le lui raconta.

Eric ne répondit pas.

À quinze heures cinquante-trois, son téléphone couina. Elle avait mal aux fesses, mal à la tête, et la vessie de nouveau archipleine. Le tableau, à travers son pare-brise, était toujours aussi figé qu'une peinture à l'huile.

Elle appuya sur la touche.

– Qu'est-ce qui se passe ?

Une voix joyeuse à l'accent teuton lui répondit.

– Inspecteur Connor ?

– Inspecteur-chef Bandorffer ?

– Oui, c'est Klaus. J'ai pensé que c'était la bonne heure pour vous appeler.

– Tout à fait, monsieur. Que se passe-t-il ?

– Ce qui se passe, c'est que je suis tombé sur quelque chose de curieux dans nos archives. Non pas un tueur en série, ni même un homicide. Une agression. Mais elle a eu lieu un 28 juin et les détails ont de quoi intriguer.

– En quelle année ?

– 1979. Une jeune femme du nom de Gudrun Wiegeland, aide-pâtissière dans une des meilleures pâtisseries de notre ville, a été attaquée alors qu'elle rentrait chez elle à pied. Elle avait été chargée de la décoration compliquée d'un gâteau de mariage et avait quitté son travail peu avant minuit. À deux rues de chez elle, son agresseur lui a passé un bras autour du cou, l'a fait tomber dans la rue, l'a mise à plat ventre et a commencé à lui donner des coups de pied dans les côtes. Puis elle a ressenti une terrible douleur à l'arrière du crâne. Son agresseur étant resté tout le temps derrière elle, elle ne l'a pas vu un seul instant. Blessures graves. Trois côtes cassées, des organes internes touchés et une fracture du crâne. Elle est restée deux jours dans le coma et n'a rien pu dire d'intéressant à la police à son réveil. Elle approche aujourd'hui de la cinquantaine, a peur de tout, habite avec sa vieille maman et vit de sa pension d'invalidité. Elle s'aventure rarement hors de son appartement.

– Pauvre femme.

– Fräulein Wiegeland avait la réputation d'être coureuse et nos hommes, à l'époque, ont soupçonné un amant éconduit, un boulanger qui avait un problème avec l'alcool. Mais l'homme avait un alibi solide et l'affaire n'a jamais été élucidée. J'ai eu la confirmation que votre M. Doebbler et sa famille vivaient sur la base américaine au moment des faits.

– Combien de coups ont été portés au crâne ? demanda Petra.

– Un seul, répondit Bandorffer.

– Notre homme frappe à de nombreuses reprises.

– Il a peut-être paniqué. Il était jeune et inexpérimenté. Si c'était bien lui.

Vingt-quatre ans auparavant, Kurt Doebbler avait dix-huit ans.

Le dingue était tombé sur le livre de Teller pendant son adolescence et sa lecture avait déclenché un truc tordu en lui.

Hormones en folie. Confusion sexuelle.

Un nœud dans quelque fibre nerveuse, ou Dieu seul savait quoi.

Il avait préparé son coup, mais n'avait pas été capable d'aller jusqu'au bout. Dépucelage criminel raté. Avait-il réagi à son échec en se retenant pendant dix-huit ans ?

Ou était-ce juste le contraire ?

Y avait-il d'autres villes ? D'autres juins ? Cette idée la rendait malade. D'une manière ou d'une autre, être cocufié par Marta avait été le catalyseur. Avait allumé – ou rallumé – la flamme.

– Merci, inspecteur, dit-elle.

– Mais de rien, inspecteur Connor. Tenez-moi au courant, si votre enquête aboutit.

L'Allemand raccrocha.

Isaac a mis une fois de plus le doigt dessus, songea-t-elle.

XLVIII

Jeudi 27 juin, vingt heures quarante-cinq,
chambre 19, Casa Figueroa Motor Inn, Figueroa

– Hmm, délicieux, dit Klara.

Elle repoussa les couvertures jusqu'à sa taille, fit courir les doigts sur ses volumineux seins blancs, en pinça les bouts et les regarda durcir avec satisfaction. Puis elle se tourna vers la table de nuit écaillée, prit son verre et but une gorgée.

Une bouteille de chardonnay à quinze dollars ; elle avait tenu à la payer.

Allongé sur le dos à côté d'elle, Isaac contemplait le plafond dont le plâtre grisâtre rappelait un vieux fromage. Il étudiait notamment la souillure brunâtre, près de l'endroit où l'évent du climatiseur avait fui. Une tache d'encre, comme un Rorschach...

– N'est-ce pas ? demanda Klara. (Elle trempa un doigt dans son verre et suivit le contour de la lèvre supérieure d'Isaac avec.) Que c'est délicieux ?

Il répondit d'un hochement de tête. Dans sa position, c'était comme s'il saluait le plafond.

Elle se pencha sur lui et lui mordilla le lobe de l'oreille.

– Tu étais un peu plus enthousiaste il y a cinq minutes, mon cher. Plus qu'enthousiaste... volcanique, oui.

Il sourit. La tache marron avait une forme bien précise. Deux ours, un grand et un petit, se faisaient face. Ou dansaient. Qu'est-ce que cette interprétation disait de son inconscient ?

– Mon petit Vésuve à moi, reprit Klara. (Sa main descendit.) Prêt pour une autre éruption ?

Isaac avait le pénis enflammé et son cou lui faisait mal, mais Klara ne manquait pas de talent et la seconde fois se passa finalement très bien. Après quoi elle déclara qu'il était temps de prendre une douche et alla se couler dans la minuscule salle de bains du motel, s'exposant dans toute son opulence, et nullement gênée par une taille qui s'épaississait, ses seins qui tombaient, les marques de cellulite. Il l'aimait d'autant plus pour cela ; lorsqu'elle l'appela pour qu'il se joigne à elle, il s'exécuta. Et quand elle l'entraîna sous la douche pour un long baiser, il se laissa faire bien volontiers.

La cabine était un préfabriqué en fibre de verre, comme chez lui, mais nettement moins propre. Klara le savonna avec enthousiasme, lui prit les mains et les posa sur ses douces rondeurs delphiniennes, rejeta la tête en arrière et éclata de rire sous l'eau.

– On n'a qu'à s'imaginer que c'est une chute d'eau dans un endroit exotique où nous sommes tout seuls, dit-elle.

Elle se lava les cheveux (elle avait prudemment amené du shampoing), se rinça et serra ses torsades rousses dans une serviette. Puis ils retournèrent s'allonger dans le grand lit, avec vibreur électrique à pièces collé sur le faux bois de la tête de lit.

Ringard. Avec étonnement, il se rendit compte que cela lui plaisait beaucoup.

Sans trop savoir comment s'était faite la transition, il était devenu quelqu'un d'autre. Le personnage qu'il imaginait quand il lui faisait l'amour.

Le fougueux étalon latino qui culbute une rousse flamboyante et consentante. Qui s'envoie en l'air dans une chambre miteuse, avec des brûlures de cigarette aux ourlets des rideaux, dans le remugle de la bière, du péché et du café instantané montant de la moquette usée jusqu'à la corde.

Casa Figueroa. Deux niveaux de stuc couleur de terre sous un faux toit de tuiles. Trente-deux chambres estampillées « Guide

AAA[1] » et donnant sur une piscine en forme de haricot, avec des entrées individuelles. Klara avait payé avec sa carte de crédit, pris la clef avec désinvolture sous l'œil du réceptionniste et fait chalouper ses fesses en montant l'escalier avec Isaac.

Pas trace du moindre complexe. Cela lui rendait les choses plus faciles. Cela dit, si sa mère ou l'un des paroissiens de son église l'avaient vu…

Elle avait tout prévu. Une baby-sitter pour ses enfants si brillants, la bouteille de vin, les préservatifs et les pièces pour le lit vibrant.

Ainsi qu'une barre chocolatée qu'elle rompit.

– Dessert, mon cher ?

Ils mangèrent la confiserie.

– Ça fait grossir, dit-elle en se léchant les doigts. Mais c'est aussi plein de bonnes choses, comme des antioxydants. Nous méritons bien de nous faire plaisir, après avoir résolu une affaire pareille !

Elle l'avait trouvé au fond de la bibliothèque, à dix-huit heures ; il travaillait sur ses fiches en essayant de penser à ce que Petra était en train de faire. Elle était allée droit sur lui, lui avait pris la main et l'avait glissée sous sa robe.

Pas de culotte.

Isaac s'était empourpré. Elle avait su qu'elle le tenait et avait souri.

– Rangez vos livres, monsieur, nous sommes partis !

Ils regardèrent vingt minutes d'une émission atroce sur USA Network pendant que Klara se peignait. Au moment des publicités, elle lança :

– C'est l'heure de retourner à la maison, mon mignon. Obligations domestiques et tout le tralala. On recommencera. (Sa langue barbouillée de chocolat pointa entre ses lèvres.) Et le plus tôt possible.

1. Automobile Club américain.

Pendant qu'il la raccompagnait à sa voiture, elle reprit la parole.

– C'est vraiment fantastique – la manière dont nous avons résolu tous ces meurtres. Tout de même, Isaac, penses-y un peu : des gens comme nous, des rats de bibliothèque, qui menons l'enquête…

– C'est vous la meilleure, Klara.

Elle lui donna une tape légère sur l'épaule.

– Bien sûr que non ! J'ai simplement été l'instrument de ton cerveau.

Ils arrivèrent à la voiture et elle posa sa tête sur l'épaule d'Isaac. Il sentit qu'elle avait encore besoin de compliments.

– Je n'aurais rien pu faire sans vous, Klara.

Elle resta un instant pressée contre lui dans le parking du motel, sinistre et mal éclairé. Finalement elle se redressa et déverrouilla la portière.

– J'ai relu cet affreux petit livre, dit-elle. (Elle eut un frisson.) Comment peut-on être aussi diabolique ?

Isaac haussa les épaules.

– Je suis sérieuse, reprit-elle. Comment expliques-tu une chose pareille ?

– Retzak prétend avoir subi des sévices quand il était petit.

– Des tas de gens en subissent sans pour autant terminer comme ça.

– C'est vrai.

Elle lui prit la main et joua avec ses doigts.

– Je sais que tu dois te montrer discret, devoir de réserve, etc., mais est-ce que ce type, celui qui est dans le collimateur de la police, a subi des sévices ? Parce qu'il doit y avoir un parallèle, non ? Entre lui et Retzak. Sans quoi, pourquoi imiter Retzak ? Pourquoi ne pas faire les choses à sa manière à lui ?

– Aucune idée, dit-il. Je ne sais pas grand-chose sur lui.

– En tout cas, il y a une chose que nous savons : cet homme est diabolique, lui aussi. Et tu as fait quelque chose de très important en le mettant hors d'état de nuire.

– C'est la police qui va s'en charger.

– J'espère qu'ils vont se montrer à la hauteur, dit-elle. Parce que je dois te dire que ce n'est pas toujours le cas, j'ai pu m'en rendre compte. Une fois, il y a des années, il y a eu un cambriolage dans mon quartier, chez une voisine qui vivait seule, et la police s'est contentée de pondre des rapports.

– L'inspecteur qui est chargé de l'affaire est quelqu'un de sensationnel, dit Isaac comme s'il était sur la défensive.

– Je l'espère. Bref, quand tu pourras m'en dire davantage, n'hésite pas. Cette affaire me fascine. J'avais histoire en matière principale à Smith, mais je me suis toujours intéressée à la psychologie. Aux choses qui transforment les êtres. C'est le plus grand des mystères, non ? (Elle lui effleura la joue.) Un jour tu seras médecin. Pas psychiatre, mais qui sait ? Peut-être arriveras-tu à comprendre tout ça un peu mieux.

– Pour l'instant, je serais déjà content d'achever ma thèse.

– Tu la finiras. Tu as du caractère et les gens qui ont du caractère vont au bout de ce qu'ils entreprennent.

Elle ouvrit la portière, puis lui prit le visage entre les mains.

– Je crois en toi, Isaac Gomez. Je ne suis pas amoureuse de toi et je ne le serai jamais. Mais je t'aime énormément, c'est sûr. Pouvons-nous être amis ?

– Nous le sommes déjà.

Les yeux de Klara s'embuèrent. Elle cligna du droit.

– Il est temps de rentrer à la maison et de remettre la casquette de maman. Mais je penserai à des volcans.

XLIX

Jeudi 27 juin, vingt et une heures vingt et une, résidence Doebbler, Rosita Avenue, Tarzana

– Il est là !

Le murmure d'Eric passait à peine, filtré par le téléphone.

– Il fait quoi ? demanda Petra.

– Il lit une revue et fait des exercices manuels.

– Des exercices manuels ?

– Oui, ces trucs avec des ressorts qu'on comprime. Tout en lisant.

– Histoire de se mettre en forme pour la grande nuit. Des armes en vue ?

– Non.

– Sans doute déjà dans une des voitures, dit-elle. Et Katya ?

– Invisible.

– Elle est probablement au premier. Le jour où je l'ai interrogé, elle n'en a pas bougé. Est-ce qu'il a l'air tendu ?

– Pas vraiment.

– Attitude normale ?

– Sans expression, répondit Eric.

– Chez lui, c'est normal.

Elle coupa la communication et l'écran du portable s'éteignit. Deux lignes disponibles sur le bidule, mais une seule sur mode vibreur. Réservée à Eric. Après deux interruptions de démarcheurs par téléphone, elle et Eric avaient décidé de transférer tous les appels, sauf les leurs, sur leurs fixes. Cela leur avait demandé un certain bricolage, mais ils avaient le même fournisseur d'accès et les appareils avaient été fonctionnels dès vingt heures trente. Toutes les demi-heures ils vérifiaient s'il n'y avait rien d'important sur leur messagerie. La dernière fois, dix minutes avant de mettre le système en route, elle avait eu droit à deux démarchages et à un message de son frère Brad. Rien d'urgent, juste pour lui dire bonjour. Elle le rappellerait le lendemain.

Quand tout serait terminé.

Elle changea de position derrière le volant, but un peu d'eau, croqua deux bonbons, le tout sans quitter la maison des yeux. Déterminée, cette fois, à repérer Eric lorsqu'il sortirait de la cour arrière pour retourner à sa Jeep.

Elle était garée, tournée vers l'ouest, à une quinzaine de mètres de la porte de Doebbler. La Jeep était un peu plus loin, juste hors de vue, tournée vers l'est. Que Doebbler prenne l'une ou l'autre direction, elle ou lui serait prêt à le prendre en filature.

Il y avait quelques arbres, mais la visibilité était bonne dans la rue sombre. Les barrières empêchaient de fuir en passant par chez le voisin.

Doebbler allait devoir se montrer.

Un peu plus de dix heures à poireauter, et rien. Elle avait l'impression que sa cervelle tombait en poussière, faute de servir.

À seize heures trente, Kurt Doebbler avait quitté la Pacific Dynamics en compagnie de quelques employés. Après avoir pris une pizza Domino, il s'était rendu à l'école de Katya, où il était arrivé juste avant dix-sept heures. L'établissement donnait l'impression d'être fermé, mais son coup de sonnette avait fait apparaître une Katya renfrognée, qu'une femme grisonnante ayant tout du prof avait raccompagnée jusqu'au portail.

Activités périscolaires sans doute. Le professeur avait souri et dit quelque chose à Doebbler, qui était reparti sans avoir de réaction. Il n'y avait eu aucun échange entre le père et la fille tandis qu'ils se dirigeaient vers l'Infiniti. Le sac à dos de Katya paraissait lourd. Doebbler ne lui avait pas proposé de le porter.

L'Infiniti avait mis le cap directement sur leur domicile, où ils étaient arrivés à dix-sept heures vingt-six. Doebbler, précédant sa fille de plusieurs mètres, s'était dirigé vers l'entrée de sa curieuse démarche mécanique, fermant le véhicule par la télécommande sans même regarder. Katya s'était précipitée pour le rattraper et il ne lui avait pas tenu la porte quand elle était entrée dans la maison.

Il était resté prendre le courrier dans sa boîte à lettres, près de la porte, passant les enveloppes en revue. Pas un seul coup d'œil vers la rue avant d'entrer à son tour et de refermer la porte.

Pourquoi aurait-il été nerveux ? Il s'en était déjà très bien sorti – six fois de suite.

Depuis, ni Doebbler ni sa fille ne s'étaient manifestés et les deux voitures n'avaient pas bougé de l'allée. À vingt et une heures, Petra et Eric étaient convenus que l'un d'eux devait aller jeter un coup d'œil à l'arrière de la maison, pour au moins s'assurer que leur gibier ne s'était pas esquivé à pied.

C'était Eric qui s'y était collé.

La montre de Petra indiquait vingt et une heures vingt-huit. Cela faisait huit minutes qu'il était derrière et il ne revenait toujours pas. Avait-il été retenu par quelque chose ?

Son téléphone vibra.

– C'est moi.

– Où es-tu ?

– Dans la voiture.

– Je ne t'ai pas vu revenir. Comment diable fais-tu ?

– Comment je fais quoi ?

– L'homme invisible.

– Je marche, c'est tout.

– Ben voyons, Maître Ninja…

Elle le prenait sur un ton léger, mais elle était agacée de ne pas l'avoir vu. En dépit de sa détermination à rester concentrée, son esprit aurait-il vagabondé ? Seigneur, ce qu'elle pouvait détester planquer ! Le QI qui se rabote.

– Pourquoi es-tu resté si longtemps ?

– Pour regarder.
– Du nouveau ?
– Non.

L'enfer n'était sans doute qu'une planque qui ne finissait jamais.

Ils coupèrent la communication et Petra reprit des bonbons. Mort cérébrale et pourriture des dents. Deux heures et demie au minimum à tuer le temps pendant que Doebbler, bien installé dans son fauteuil, lisait une revue et faisait ses flexions digitales.

La dernière livraison du *Meurtrier moderne*, sans doute.

Tout en augmentant la force de ses mains. Peut-être sa manière de manifester sa nervosité.

Deux heures et demie ; son coup était-il si bien préparé qu'il n'avait pas besoin de partir plus tôt ?

Proie présélectionnée. Une infirmière. Spécialisée dans les soins aux enfants. Ceux ayant des problèmes respiratoires, peut-être. Et une infirmière italienne, s'il cherchait à imiter Retzak le mieux possible.

Elle avait vérifié : il n'y avait plus d'hôpital dans Elysian Park. Quand on parlait d'enfants malades, on pensait aussitôt au Western Pediatrics Medical Center, à Hollywood. Pas loin du parc, ce qui pouvait être un attrait pour Doebbler.

À cette heure tardive, le Western Peds était tout de même à au moins une demi-heure de route de Tarzana par la voie rapide, sinon davantage. Doebbler jouait vraiment serré.

Petra connaissait les horaires des employés de l'hôpital depuis que Billy Straight y avait été soigné et qu'elle avait passé de nombreuses heures à son chevet. L'après-midi, ils travaillaient de quinze à vingt-trois heures. Autrement dit, les infirmières qui assuraient cette plage horaire allaient reprendre leur voiture entre vingt-trois heures et vingt-trois heures trente, à mesure qu'arrivait l'équipe de nuit. Cela faisait beaucoup de femmes qui allaient et venaient entre l'hôpital et les parkings extérieurs.

Situés dans les rues secondaires minables d'Hollywood est. Pas un secteur bien reluisant, surveillance policière relâchée ; mais depuis qu'elle était à la division Hollywood, elle n'avait pas entendu parler de problèmes vraiment sérieux.

Avec toutes ces femmes, comment Doebbler allait-il choisir sa victime ?

C'était déjà fait.

Cinq minutes passèrent. Puis dix, puis quinze. Toujours pas le moindre mouvement dans la maison grise. L'hypothèse Hollywood paraissait de moins en moins vraisemblable ; sans doute se trompait-elle pour Western Peds. D'accord, ce n'était pas le seul hôpital pédiatrique de la ville, loin de là.

Le temps passait. Doebbler avait dû choisir une cible non loin de chez lui. Quelque part ici, dans la Valley.

L'hôpital de Northridge se trouvait à un quart d'heure en voiture, moins quand la circulation était fluide. Les infirmières de Northridge avaient-elles les mêmes horaires que celles de Western Peds ?

Elle appela Eric, lui dit que sa ligne allait être occupée pendant quelques minutes et contacta l'hôpital. Le standardiste lui confirma l'horaire : quinze à vingt-trois heures.

Doebbler avait encore largement le temps de s'y rendre. Elle n'avait aucune idée de la disposition du parking à Northridge.

De plus rien ne prouvait que les choses allaient se passer à Northridge.

La Valley formait un vaste territoire. Lorsque Doebbler se déciderait à bouger, elle allait devoir improviser.

Mais cela ne se terminait-il pas toujours comme ça ?

L

Jeudi 27 juin, vingt-deux heures cinquante-neuf,
appartement des Gomez, Union District

De la couchette supérieure lui parvenaient les ronflements d'Isaiah, aussi bruyants et pénibles qu'un appareil à souffler les feuilles. L'aîné des frères Gomez était rentré tard, épuisé, et son humeur exécrable avait réduit le reste de la famille au silence. Il s'était traîné directement jusqu'à son lit, laissant ses vêtements de travail en tas sur le plancher.

Des émanations de goudron empuantissaient la chambre. De goudron et d'alcool. Isaac garderait ça pour lui ; inutile de mettre Mama dans tous ses états.

De l'autre côté de la minuscule pièce, Joel dormait sur son matelas gonflable ; sa poitrine se soulevait et s'abaissait à un rythme lent et un sourire flottait sur son visage presque joli. Garçon superficiel à la libido démentiellement joyeuse, Joel ne serait jamais malheureux.

Isaac, vidé de toute énergie après la séance avec Klara, avait mangé légèrement et s'était très vite endormi, pour se retrouver dans un cycle de rêves frénétiques et ambigus. Il s'était réveillé trempé de sueur et désorienté au milieu d'un cauchemar à l'expressionnisme abstrait. Le vacarme en provenance de la couchette supérieure lui avait appris où il était. Dieu bénisse le septum nasal dévié de son frère.

Complètement réveillé, maintenant, il essayait de ne pas penser à Klara mais, bien entendu, ne pouvait penser à rien d'autre.

Pas à ce qu'ils avaient fait ensemble. À quelque chose qu'elle avait dit.

Parce qu'il doit y avoir un parallèle, non ?... Sans quoi, pourquoi imiter Retzak ?

C'était une femme excentrique, probablement névrosée, mais intelligente. Trop intelligente pour qu'il ignore sa remarque. À présent, c'était pour une autre raison qu'il transpirait.

Un gros ballon de dénégations explosa.

Ce n'est pas entre tes mains. Petra sait ce qu'elle fait.

Fouillant dans la caisse qui lui tenait lieu de table de nuit, il trouva sa montre : vingt-trois heures deux.

Moins d'une heure avant la grande confrontation. Bientôt tout serait terminé.

Vraiment ?

Il ferma les yeux et les faits s'imposèrent à lui encore plus puissamment. Des trucs qui ne collaient pas, impossibles à ignorer. Se glissant au bas de sa couchette, il récupéra son porte-documents et s'éloigna sur la pointe des pieds.

Isaiah bougea en faisant grincer les ressorts de la couchette. Marmonna quelque chose.

Isaac quitta le placard qui leur servait de chambre, referma silencieusement la porte et alla dans la cuisine en espérant que ses parents, dans la chambre voisine, ne l'entendraient pas. Sa mère, en particulier, avait un sommeil de chihuahua.

Il alluma la veilleuse au bas de la cuisinière, s'assit et réfléchit. Conclut qu'il n'était pas fou.

Il sortit son ordinateur portable et le brancha sur le secteur, puis, déplaçant l'arme enroulée dans des chiffons, il fouilla encore un peu et trouva le modem qu'il n'utilisait presque jamais. Il le connecta à la prise du téléphone derrière la table, le lança et attendit qu'il veuille bien couiner. Cela faisait des années qu'il avait bricolé cet appareil mais, bénéficiant maintenant de la connexion rapide du campus, il n'en avait plus guère l'usage. Les fils du téléphone de l'appartement étaient érodés et peu fiables. Même s'il obtenait une ligne, arriver sur Internet allait lui prendre un temps fou, une vraie torture.

Système néandertalien ! Quelle blague !

Enfant gâté.

Enfant apeuré.

Le modem couina. S'arrêta. Recouina.

Sa mère arriva, se frottant les yeux.

– Qu'est-ce que tu fabriques ?

– J'étudie.

– À cette heure ?

– J'ai pensé à quelque chose.

– À quoi ?

– C'est pour ma recherche, ce n'est pas important, Mama.

– Si ce n'est pas important, ça peut attendre demain. (Elle cligna des yeux, ayant du mal à accommoder.) Retourne au lit. Tu manques de sommeil.

– Je n'en ai que pour quelques minutes, Mama. C'est pour ma thèse.

– Ça ne peut pas attendre demain ?

– Non, Mama, retourne te coucher.

Le modem continuait à couiner, à bourdonner, à biper, à chantonner sa petite chanson de modem. Interminable !

– Qu'est-ce que c'est que ça ?

– Le truc qui permet de se connecter sur Internet, Mama.

– Et pourquoi il est branché là ?

– Je me sers de notre ligne de téléphone.

– Et si quelqu'un appelle ?

– Personne n'appellera, Mama.

Elle se tourna vers la cuisinière.

– Je vais te préparer quelque chose.

– Non. (Il avait élevé la voix et elle sursauta. Il se leva et lui passa un bras autour des épaules.) Non merci, Mama. Vraiment. Je n'ai pas faim.

– Je…

Elle regarda autour d'elle dans la cuisine.

Il la dirigea vers sa chambre. Ne sachant trop si elle s'était réellement réveillée.

Quand il retourna à la table de la cuisine, la connexion était enfin établie et il se brancha sur le serveur de l'université. Parcourant les fichiers, il trouva le texte de la discussion de groupe qu'il avait sauvegardée quand il s'était branché sur la *chat room* des amateurs d'histoires criminelles.

Son cœur battait tellement fort, cinq minutes plus tard, qu'on aurait dit qu'il allait lui faire éclater la cage thoracique.

Hôte online : ***** Vous êtes sur sang/pour/sang-chat *****
Nana-crime : Pour moi, OttoR = Manson ou n'importe qui.
BulldogD : Ya pas de quoi chanter ses louenges - c'était juste un M-en série de plus pas très bien organisé.
Nana-crime : Je chante pas ses louanges (hé, l'orthog. !) C'est juste dire comment il était.
BulldogD : je connais l'orthog, juste je m'en fous.
Nana-crime : Ouais, d'ac. Je continue de penser qu'OR est intéressant, un K unique à son époque.
π-kasso : Vous êtes à côté de la plaque, tous les deux.
Méphisto : Hé, écoutez ! Y'en a toujours un pour plaquer.
Nana-crime : Très drôle. Moi je veux savoir pourquoi, si c'est intelligent. Parle, π.
π-kasso : Retzak est au-dessus des autres à cause de son intégrité artistique. Ses motivations sont bien plus élevées que celles des Manson, Bundy, JTR et tous les autres du même tonneau. Pour lui, c'était une question d'art, il capte la scène, je le verrais plutôt comme Van Gogh.
Mephisto : Il s'est pas coupé l'oreille ? Haha !
Nana-crime : Très drôle aussi. Non.
BulldogD : π-kasso. Tu serais pas un de ces fondus tordus de mateurs d'art qui voit tout par l'art, des fois ?

Méphisto : Pas de réponse ?
π-kasso : Il m'est arrivé de manier le pinceau.
BulldogD : Et jamais une bonne matraque ?
Méphisto : Pas de réponse ?
Nana-crime : Je crois qu'il est parti.
Méphisto : Froussard.
Nana-crime : Pas besoin de ce genre de.
π-kasso : Je suis toujours là. Mais je sors. Vous n'êtes que des têtes de piafs.
Méphisto : Trou du cul prétentieux.
Nana-crime : J'attends encore de voir un porteur de chromosome Y intelligent.
BulldogD : Et John Gacey ? Il est pote avec Jimmy Carter et pendant tout ce temps il enterre des cadavres.
Méphisto : Non, avec Rosemarie Carter.
Nana-crime Rosalyn, pas Rosemarie, comique.

π-kasso : un artiste autodidacte. Le plus grand fan de Retzak.

Isaac revint en arrière et relut le texte. Il sentait ses doigts se glacer. Il sortit du programme, débrancha le modem, rebrancha le téléphone et appela le portable de Petra.

Il se retrouva sur le répondeur de son fixe. Il laissa néanmoins un message, essayant de ne pas avoir l'air d'hésiter ou d'être effrayé, ou affolé. Il n'était pas sûr d'avoir réussi.

Allait-elle appeler pour consulter son répondeur ? Pourquoi le ferait-elle ? Bien trop occupée à filer son gibier.

Croyant savoir.

L'horloge numérique de la cuisine indiquait vingt-trois heures onze.

π-kasso.

Il se précipita dans la chambre, chercha ses chaussures, ne les trouva pas, tâtonna de la main sous la couchette, tomba enfin sur la droite, puis sur la gauche. Il s'était couché en t-shirt et survêt, sans chaussettes. Il allait falloir faire avec. Les chaussures à la main, il battit vivement en retraite vers la porte.

Isaiah s'assit dans son lit.

– Qu'est-ce que...

– Fais de beaux rêves, frangin.
– Où… c'que tu vas ?
– Je sors.
Sur son matelas, par terre, Joel se tourna vers le mur. Revint sur le dos. Sourit.
– Pour jouer encore à chasse-chatte ?
Isaac referma la porte sur ses deux frères.

Isaiah possédait bien un pick-up, mais il n'avait plus de moteur. Le seul véhicule en état de marche, chez les Gomez, était la Toyota Corolla à éclipses que Papa prenait le risque de conduire pour aller travailler. Les clefs de son père étaient accrochées à la grenouille en plastique fixée au mur, à côté du frigo.

La Corolla sortait du garage, équipée d'un nouveau filtre ou un truc comme ça. Isaac détacha la clef de contact de l'anneau, commença à se diriger vers la porte – ayant l'impression d'être un cambrioleur –, puis s'arrêta.

Un petit oubli.

Il corrigea ça. Et partit.

LI

Jeudi 27 juin, vingt-trois heures trois,
résidence Doebbler, Rosita Avenue, Tarzana

– Tu es sûr ? demanda Petra.

Eric venait juste de revenir, après être encore allé jeter un coup d'œil derrière la maison. Cette fois, elle l'avait vu reparaître, simple tache noire à peine visible dans la nuit indigo de la Valley. Sans doute avait-il fait exprès de se laisser voir pour la rassurer.

– Il avait fini sa revue et regardait la télé. D'où j'étais je ne voyais pas l'écran. À onze heures pile il s'est levé, a tout éteint et est monté au premier.

Moins d'une heure. Et rien n'avait bougé chez les Doebbler.

– Tu es sûr qu'il n'a aucun moyen de partir par-derrière ?

– Forte pente jusqu'à la propriété du voisin et grille en fer forgé. Certes, tout est possible, mais...

– Si c'est possible nous devons nous en inquiéter, le coupa-t-elle, faisant sa chipie.

Avant qu'elle ait pu s'excuser, Eric lui demandait si elle voulait qu'il retourne derrière la maison.

– Nous n'aurions plus la double surveillance de la rue, dit-elle, mais...

– Dis-moi simplement ce que tu veux.

– Qu'est-ce que tu en penses ?

– Ce n'est pas simple, reconnut-il.

– Il y a quelque chose qui cloche, Eric. Même s'il a prévu de se rendre dans un secteur proche d'ici, une clinique quelconque, il n'a plus aucune marge. C'est un obsessionnel. Le genre à prendre son temps pour tout mettre en place.

– Il est justement peut-être en train de se préparer. Dans sa tête.

– Oui, peut-être. Bon, d'accord, retourne là-bas derrière. Si rien ne se passe d'ici dix minutes… disons un quart d'heure, je vais sonner à sa porte.

Aucune réaction.

– Tu penses que c'est une mauvaise idée ?

– Non. Je suis déjà parti.

LII

Jeudi 27 juin, vingt-trois heures vingt-trois,
Vermont Avenue, non loin de Pico

La Toyota cala une fois de plus.

La troisième fois en même pas deux kilomètres. Isaac passa au point mort et obliqua dans la voie lente pendant que les autres voitures le doublaient à toute vitesse. Il débraya, puis rembraya en appuyant sur l'accélérateur pour retrouver de l'allumage. Le petit moteur éructa – Isaac eut une nanoseconde de panique – puis reprit laborieusement du service, tel un mourant qui ressuscite.

Tout juste.

Maudit tas de ferraille ! Parlez-moi de Montalvo, le pote de son père, le soi-disant mécanicien.

Ou peut-être était-ce de sa faute : il n'était pas très adroit avec le changement de vitesses. Cela faisait un moment qu'il n'avait pas pris le volant.

Il se traîna à une allure d'escargot dans Vermont, faisant de son mieux pour garder tout le temps le même régime, anticipant les feux rouges, réduisant le plus possible les occasions de s'arrêter et de repartir.

La lune, à moitié pleine, laissait filtrer une lumière pommelée à travers les éclairages électriques, le smog et l'humidité. Vermont était en pleine activité à cette heure. Arcs-en-ciel de néon en espagnol, puis en coréen, puis de nouveau en espagnol. Le moteur continua à tourner régulièrement pendant qu'il passait devant les groupes d'immeubles plongés dans l'obscurité, puis devant les bars à l'animation colorée, les marchands d'alcools et les clubs.

Des gamins asiatiques se pressaient devant les clubs les plus avenants. Bien habillés, au volant de bagnoles trafiquées qui marchaient, elles. Les sourires confiants de la jeunesse dorée.

Puis retour aux caboulots des ouvriers mexicains et salvadoriens.

Vamos a bailar...

L'anglais était sa langue, son passeport pour son château, pour son Xanadu de banlieue, mais il rêvait parfois en espagnol. La plupart du temps, il ne rêvait pas.

De la musique se déversa d'un dancing à l'aspect délabré tandis que la Corolla, poussive, passait devant.

Tant de gaieté ne semblait pas convenir à l'heure du crime.

Pas plus que le temps ; la nuit était tiède, la brise agréable.

Peut-être n'était-ce pas l'heure du crime.

Il le fallait bien... Non, pas nécessairement. Il s'était déjà sacrément trompé, non ?

π-kasso !

Même si quelque chose devait se passer cette nuit-là, il s'était presque certainement lancé dans une mission qui n'avait aucun sens.

Le choix de sa destination était le résultat d'une théorie et de la froide et implacable religion qu'il pratiquait : la logique.

La conclusion la plus cohérente, étant donné les faits. Mais que voulaient dire les faits ?

Il avait très bien pu se tromper, une fois de plus. Commettre une erreur terrible, tragique.

À la hauteur de la 3e Rue, la Corolla se mit à tousser, menaçant une fois encore de rendre l'âme. Il retint sa respiration et appuya en douceur sur l'accélérateur ; la maudite casserole consentit à repartir.

Il parvint à la 4e Rue, à Beverly...

Stupide et donquichottesque, mais que pouvait-il faire d'autre ? Le portable de Petra était toujours en transfert d'appel – sans doute encore un truc de la police, ce qu'ils appellent une « ligne tactique ». Quant à contacter quelqu'un d'autre du département, c'était hors de question. C'était à ses trousses à lui que se lanceraient les flics.

Malade mental, sexe masculin, hispano, se dirigeant nord dans Vermont au volant d'une guimbarde moribonde.

Il traversa Melrose Boulevard. Plus que trois kilomètres...

Et quoi, après ?

Il se garerait à bonne distance et continuerait à pied. Étudierait la disposition des lieux, trouverait un bon poste d'observation.

Jouerait les détectives.

L'objet de ses déductions : le Western Pediatrics Hospital. Le seul où toutes les infirmières s'occupaient d'enfants.

Il était passé par cet hôpital lorsqu'il était en prépa, grâce à un prof de bio qui tenait à ce que les aspirants médecins voient à quoi ressemblent vraiment les soins à apporter aux malades.

Isaac avait trouvé que l'hôpital était un endroit à la fois merveilleux et terrifiant, débordant de compassion, d'une activité frénétique et des histoires les plus tristes du monde.

Les grands yeux au regard fixe des enfants gravement malades. Les crânes rasés, la peau cireuse, les membres étiques branchés sur les goutte-à-goutte.

Il avait alors décidé que la pédiatrie n'était pas pour lui.

Et aujourd'hui il y revenait, lancé dans une entreprise d'un grotesque tellement achevé qu'il en tremblait.

Le moteur se mit à émettre des bruits rauques. Isaac se sentit collé au siège par l'accélération spontanée du véhicule. Il réussit plus ou moins à le contrôler, franchit un carrefour sans s'arrêter au stop, juste au sud de Santa Monica, et faillit se faire pulvériser par un camion de supermarché gros comme une maison.

Le coup de Klaxon rageur du chauffeur lui remplit les oreilles pendant qu'il continuait.

Deux secondes plus tard, la Toyota rendait l'âme pour de bon.

À pied.

Il parcourut les huit cents mètres qui le séparaient de Sunset au pas de gymnastique, restant dans la pénombre des immeubles pour ne pas attirer l'attention.

Malade mental, sexe masculin, courant vers le nord...

Il était vingt-trois heures quarante-trois quand il arriva à destination ; il ralentit et resta côté sud du boulevard tout en se dirigeant vers les grands bâtiments cubiques qui constituaient le complexe hospitalier.

La plupart n'étaient pas éclairés. L'emblème de Western Peds – deux mains, une bleue et une blanche, qui se serrent – brillait au sommet du bâtiment principal.

Il resta dans l'ombre tandis que des femmes, jeunes pour la plupart et en uniformes blancs, rose pâle, bleu pastel et jaune canari sortaient des différentes portes et traversaient Sunset.

Seulement une vingtaine d'infirmières, des retardataires du quart de jour. Si par quelque miracle il avait raison, le salopard devait surveiller leur sortie.

Mais d'où ?

Isaac vit les infirmières arriver à un panneau indiquant parking du personnel. Deux flèches pointaient dans des directions opposées et le groupe se scinda en deux. La plupart partirent vers l'ouest, quelques-unes vers l'est.

Deux parkings. Lequel choisir ?

Il réfléchit. Si Doebbler était bien ici, il préférerait l'endroit le plus tranquille.

Est.

De loin, il suivit cinq silhouettes féminines le long d'une rue étonnamment mal éclairée. Des immeubles de rapport peu reluisants, assez semblables au sien, bordaient l'artère. À mi-chemin du carrefour suivant s'élevait un parking à deux niveaux.

Dans l'obscurité totale. Les infirmières passèrent devant et, en arrivant à la hauteur de l'édifice, Isaac constata que l'entrée était fermée par une chaîne et un panneau accroché à la grille.

Mise aux normes sismiques. Fin des travaux août 2003.

Les infirmières poursuivaient leur chemin. Dix mètres, vingt, trente. Elles arrivèrent presque au carrefour. Un autre panneau ; Isaac était trop loin pour le déchiffrer, mais il vit des voitures garées dans un terrain vague.

Il accéléra le pas.

Parking temporaire du personnel.

Un éclairage puissant décolorait toute la partie droite du parking à ciel ouvert. Le lampadaire de gauche étant en rideau, toute l'autre partie était plongée dans le noir le plus complet.

Mauvais entretien ou préparatifs du prédateur ?

Cette dernière et bien mince possibilité lui fit espérer qu'il avait deviné juste.

Espoir stupide. Des dizaines d'autres institutions médicales se trouvaient un peu partout dans la ville et nombreuses étaient celles où l'on traitait les enfants. Combien étaient-elles à se spécialiser dans les maladies pulmonaires ?

Il n'en avait pas la moindre idée.

Ce n'était même pas une spéculation académique sur le sexe des anges, mais un pari dément qui ne pouvait que déboucher sur une erreur grossière.

Il traversa la rue et se coula dans une allée entre deux immeubles d'appartements. Il sentit la souplesse de l'herbe sous ses pieds. Et l'odeur des crottes de chien.

Bienvenue à la maison…

Il recula encore d'un pas, tout en gardant une vue dégagée bien qu'un peu lointaine du parking. Si ça se trouvait, Doebbler était aux aguets tout près et pouvait même entendre sa respiration haletante.

Il se força à ne plus faire de bruit. Vit les cinq infirmières s'approcher de leurs voitures ; certaines restaient dans la lumière du lampadaire qui fonctionnait, d'autres devenaient invisibles.

Le côté plongé dans l'obscurité, bien sûr. Si…

Vingt-trois heures cinquante-quatre.

Si si si si si si si.

LIII

27 juin, vingt-trois heures quarante-six,
résidence Doebbler, Rosita Avenue, Tarzana

– J'y vais, dit Petra.

– Je reste derrière ? demanda Eric.

– Oui.

Elle sortit l'automatique de son sac à main, descendit de voiture, prit le temps de respirer à fond et se dirigea vers la porte d'entrée des Doebbler.

Le Glock à la main, prête à parer à toute éventualité.

La sensation nauséeuse qui montait de son estomac lui rappela que tout pouvait se produire.

Ça n'allait pas du tout. Comment avait-elle pu se tromper à ce point ?

Elle sonna. Rien. Recommença et n'obtint que le silence. Et si Doebbler avait réussi à s'esquiver à leur nez et à leur barbe ?

Avec elle, peut-être. Mais avec Eric ?

Elle sonna une troisième fois. Rien. Elle appela Eric.

– Aucune réaction.

– Ici non plus… non, j'entends quelqu'un descendre l'escalier… il allume. Pyjama, robe de chambre. On dirait que tu l'as réveillé. Il n'a pas l'air de bonne humeur.

– Une arme ?

– Je n'en vois pas. Bon, il va vers l'entrée. Je fais le tour.

– Qui est là ? demanda Doebbler à travers la porte.

Ton autoritaire.

– Police. Inspecteur Connor.

Elle avait reculé de deux ou trois pas. Derrière elle, caché dans les buissons, Eric attendait. Elle le sentait. Une bonne odeur.

Pas de réponse de Doebbler. Petra répéta son nom.

– Je vous ai entendue.

– Pourriez-vous ouvrir, monsieur ?

– Pourquoi ?

– Je vous prie, ouvrez.

– Pourquoi ?

– Affaire de police.

– Quelle affaire ?

– Homicide.

La porte s'ouvrit largement et Doebbler la toisa, ses longs bras croisés sur sa robe de chambre en tissu éponge. Des manches trop courtes d'où dépassaient ses grandes mains osseuses. Des mains énormes. Pyjama à rayures sous la robe de chambre. Grands pieds où saillaient les veines. Cheveux gris ébouriffés. Sans ses lunettes, il avait l'air moins tarte ; il n'était pas si mal, au fond, dans le style œil froid, mâchoire carrée.

Les yeux de Petra arrivaient au niveau de son sternum. Elle remarqua une tache brunâtre sur le revers droit de la robe de chambre – du sang séché ? Ses yeux remontèrent et découvrirent trois coupures qu'il s'était faites en se rasant. Trois coupures, trois croûtes.

Un peu nerveux ce matin, le bon vieux Kurt ? Se préparant à faire quelque chose qu'il avait préféré annuler ? Se sachant surveillé ?

Comment l'avait-il appris ?

– Puis-je entrer, monsieur ?

– Vous.

Il avait réussi à mettre dans ce seul mot plus de mépris que Petra l'aurait cru possible.

Il bloquait l'entrée.

– À la maison pour la soirée, monsieur ?

Doebbler repoussa les cheveux qui lui retombaient sur le front. Un front en sueur. Une ombre sous les yeux. Ses bras tressaillirent et, l'espace d'une seconde, Petra crut bien qu'il allait refermer la porte. Elle s'avança, prête à l'en empêcher.

Il la regarda en fronçant les sourcils.

Elle répéta sa question.

– Par rapport à quoi, à la maison pour la soirée ?

– À sortir.

– Et pourquoi devrais-je sortir ?

– Eh bien, dit-elle, dans quelques minutes, nous serons le 28 juin.

Il blêmit.

– Vous êtes malade, dit-il en s'appuyant d'une main au chambranle.

Il était tellement grand que sa tête ne se trouvait qu'à une dizaine de centimètres du haut.

– Non, je ne sors pas, dit-il. Figurez-vous qu'il y a des gens qui travaillent et qui s'occupent de leurs enfants. Il y en a même qui le font avec une certaine compétence.

Il marmonna autre chose, et Petra crut discerner le mot *imbécile*.

– Puis-je entrer, monsieur ?

– Entrer ?

– Chez vous. Pour parler.

– Ah, une petite visite de courtoisie ? dit-il en réussissant à sourire, mais seulement des lèvres, pas des yeux.

Il serra ses grandes mains et fit craquer ses articulations en continuant à la toiser.

Il regardait en fait derrière elle – à travers elle – comme la première fois. De la même manière qu'il avait regardé Emily Pastern et Sarah Casagrande. Un serpent, froid, visqueux, se mit à remonter le dos d'une Petra très soulagée d'avoir le soutien d'Eric.

Elle rendit son sourire à Doebbler.

Il lui claqua violemment la porte au nez.

LIV

Vendredi 28 juin, minuit six, Rodney Avenue,
parking temporaire du personnel,
Western Pediatrics Hospital

Isaac vit changer le chiffre de sa montre numérique.

00.07.

Comme un reproche numérisé.

Les infirmières du service de jour étaient toutes parties.

Contrairement à une autre quelque part, une jeune femme aux cheveux noirs, peut-être italienne…

Il imagina ce qu'elle subissait et se voûta comme un vieil homme, à croire que toutes ses forces l'avaient abandonné.

Il resta où il était, ne sachant que faire. Il continuait à scruter le parking improvisé. Trois voitures étaient garées dans la partie éclairée, deux, ou peut-être trois, dans celle qui ne l'était pas ; difficile à dire.

Des véhicules appartenant sans doute au personnel du service de nuit.

Mais dans ce cas, pourquoi n'étaient-ils pas plus nombreux ?

C'était pourtant simple : les infirmières, de toute évidence, préféraient le parking ouest. Surface en dur mieux éclairée, les premières arrivées s'y garaient tant qu'il y avait des places.

Minuit huit.

Il allait attendre encore cinq minutes et retournerait à l'endroit où il avait abandonné la Toyota de son père, dans Vermont. Il avait oublié de la fermer à clef. Si jamais Papa avait laissé quelque chose dedans... Non, pas grand-chose, sans doute – il était ordonné

Un bleu de travail plié sur le siège arrière. Des papiers dans la boîte à gants. Avec un peu de chance, rien qui mérite d'être volé.

La voiture serait-elle seulement encore sur place ?

Et si elle ne s'y trouvait pas, qu'est-ce qu'il raconterait à ses parents ?

Les cinq minutes passèrent. Il attendit encore un peu, refusant de voir la réalité en face.

À minuit dix-neuf, se trouvant parfaitement idiot, il sortit de sa cachette et commença à marcher vers le sud.

Des voix qui arrivaient de Sunset le firent s'arrêter. Des voix de femmes.

Elles étaient trois... Petites, le timbre jeune, elles passèrent devant le parking en travaux pour entrer dans le temporaire.

Isaac revint vivement à son emplacement et les suivit des yeux.

Uniformes blancs, cheveux retenus en queue-de-cheval. Elles étaient vraiment toutes petites et menues... des Philippines ? Bavardant gaiement, elles s'arrêtèrent un instant dans le parking. Puis l'une d'elles s'éloigna vers la partie éclairée, les deux autres vers celle qui ne l'était pas.

Aucun danger, du coup ; Doebbler ne prendrait pas le risque de s'attaquer à deux femmes. Il voulait une proie solitaire.

La première (celle de la partie éclairée) fit démarrer son minivan et regagna la rue. Une paire de phares s'alluma dans la partie obscure et une fringante petite voiture de sport – une Mazda RX jaune – s'éloigna à son tour à vive allure, avec son bruit de moteur caractéristique.

Ne restait qu'une infirmière.

Il attendit que deux autres phares s'allument.

Obscurité.

Silence.

Quelque chose lui aurait-il échappé ? Une sortie de l'autre côté ? Tandis qu'il se rapprochait du trottoir, un son bas et persistant troubla le calme de la nuit.

Les geignements impuissants d'un moteur qui refuse de démarrer.

Une portière s'ouvrit. Se referma.

Puis : un cri.

Glissant la main dans sa poche, Isaac partit en courant. L'arme se prit dans la généreuse doublure de son survêtement et refusa de sortir.

Il se remit à courir, cria « Arrêtez ! », recommença plus fort.

Il tirait en même temps frénétiquement sur sa poche. L'arme résistait toujours, définitivement coincée.

Il atteignit le parking, s'élança au galop sur le terrain vague plongé dans le noir. Incapable de rien distinguer, il fonça dans la direction du cri.

Puis il vit.

Un homme – très grand, dans une longue blouse blanche, une blouse de médecin – debout près d'une femme minuscule étendue par terre.

À plat ventre. L'un des pieds de l'homme pesait entre les épaules de la femme, là, étendue comme un papillon cloué sur une planche.

Elle se débattait, bras et jambes lancés dans une brasse terrestre. Elle cria à nouveau.

L'homme plongea la main dans sa blouse, en retira un objet à peu près de la taille d'une batte de base-ball. Mais pas en bois : un objet translucide.

Une sorte de grosse matraque en plastique clair.

Lisse, dense. Cela expliquait l'absence de fibres dans les plaies. Arrête d'analyser, imbécile, et fais quelque chose !

Il se précipita vers l'homme de haute taille. De sa bouche sortit une voix rauque de stentor qu'il ne se connaissait pas :

– Arrête ça, salopard, ou je te fais sauter la tronche !

L'homme en blouse blanche maintenait toujours la femme clouée au sol de son pied. Les cheveux sombres, jolie en dépit de son expression terrifiée. Jeune, peut-être même plus jeune que lui. Pas philippine, une Latino.

Ou peut-être une Italienne.

– Arrête ça !

Il était à moins de deux mètres, se débattant toujours avec son arme coincée.

L'homme en blouse dut appuyer encore plus fort du pied car le visage tourné de côté de la femme s'écrasa un peu plus contre le sol ; ses traits se déformèrent et elle dut fermer la bouche. Elle avait avalé de la terre et se mit à tousser et à s'étouffer.

Isaac tira de toutes ses forces sur son arme, déchirant le tissu de sa poche. Pauvre-connard-espèce-de-clown.

L'homme lui faisait face, tenant sa matraque translucide en travers de sa poitrine. Vraiment très grand, les épaules larges, tout en puissance. Chemise écossaise, jean et des chaussures souples sous la blouse.

Des chaussures qui laisseraient des marques dans la terre, mais Thad Doebbler était un type méticuleux, un artiste ; il prendrait soin de les effacer quand il aurait terminé.

Bel homme, avec la confiance en soi qu'acquièrent sans peine les hommes grands et séduisants. Nullement impressionné par la présence de ce jeune balourd. Certain de pouvoir régler son compte à cet idiot.

– Hé, dit-il.

– π-kasso, répondit Isaac.

Le sourire suffisant de Doebbler disparut. La lumière laiteuse de la lune fit briller la matraque.

Pendant ce temps, côté Isaac, la bataille avec la poche n'avait pas cessé. En fait, tout ne dura que quelques secondes, mais elles lui parurent une éternité.

Surmontant sa panique, il s'arrêta. Analysa. Tâta de la main. Une pièce métallique de l'arme, peut-être le guidon au bout du canon, s'était prise dans les fils de la couture intérieure ; il fallait exécuter un mouvement circulaire plutôt que tirer et l'emberlificoter encore plus.

Thad Doebbler, le pied droit toujours entre les omoplates de la jeune femme, avança le gauche. Longue jambe, grande enjambée, il se retrouva à portée de matraque de son trouble-fête.

Il brandit son arme et Isaac recula d'un sautillement, tout en tirant son pantalon vers le haut, ce qui lui écrasa l'entrejambe.

C'est d'habitude un tour qu'on fait à quelqu'un d'autre dans la cour de récré – il se l'était fait lui-même et Thad Doebbler éclata de rire.

Faudrait me voir en ce moment, Petra. Un vrai crétin de clown un vrai crétin de clown.

La petite brune gémit de douleur.

Puis Doebbler gagna encore une vingtaine de centimètres sur Isaac.

– Lâchez-la, dit Isaac, ou je vous tire une balle dans la tête. Je parle sérieusement.

Thad Doebbler regarda Isaac d'un air amusé.

– Avec quoi ? Avec ta petite queue ?

Isaac libéra enfin l'automatique. S'avança dans l'arc décrit par l'arme meurtrière de Doebbler. N'évita le coup qui l'aurait assommé que de quelques centimètres et réussit à conserver son équilibre tout en visant vers le haut.

Vers ce beau visage.

Il appuya sur la détente.

Ferma involontairement les yeux et continua d'appuyer.

LV

Lundi 1er juillet, Oakland, Californie,
résidence de Thornton « Thad » Doebbler

Un historien, ce Thad Doebbler.

Un homme de la Renaissance, dans son genre. Concepteur de sites Web, graphiste, illustrateur de BD alternatives, initiateur à l'informatique.

Sculpteur, aussi : sur Lucite, résines polymères, plastiques spéciaux espace.

Des trucs abstraits, pas tellement du goût de Petra. Mais elle dut reconnaître que l'homme avait du talent. Des torons serpentins et translucides dans lesquels étaient enchâssés des filaments polychromes de fibre optique, un œil pour l'équilibre et la composition.

L'année précédente, il avait fait une exposition de l'autre côté de la baie, à San Francisco, dans une galerie de Post Street. Entre deux et trois mille billets par pièce et il en avait vendu trois.

π-kasso.

Omar et lui, sa saison artistique.

Des paquets de tiges en Lucite de section variable étaient stockés dans le garage, impeccablement rangés.

La plus grosse section correspondait aux marques laissées sur les crânes des meurtres du 28 juin.

Lorsqu'elle l'avait rencontré chez son frère, Thad avait prétendu habiter à San Francisco ; mais il résidait en réalité à

Oakland, dans la partie chic de la ville. La maison, une fausse Tudor, petite et tout à fait charmante, se dressait sur une colline agréablement paysagée. On ne voyait pas la baie, mais de la chambre du premier les fenêtres encadraient une vue des rues et des collines d'Oakland.

Il n'y avait presque rien dans la chambre : outre des vêtements, quelques « histoires criminelles vraies » en livres de poche et une télé sur une table à jouer. Le reste de la maison présentait le même aspect spartiate.

Adossée au garage, derrière la maison, avait été ajoutée une extension en parpaings, sans fenêtres, fermée par une porte blindée. Le petit panthéon personnel de Doebbler.

Son musée.

Un doué, le Thad. Et, encore plus utile pour Petra, un égocentrique qui avait tenu une chronique méticuleuse de son côté ténèbres.

Vingt-quatre ans d'activités secrètes.

Il avait tout conservé : factures, billets d'avion, reçus. Et tout classé avec un soin maniaque. En quelques instants, Petra put vérifier avec quelle régularité il prenait l'avion pour Los Angeles ; mais elle savait déjà que tonton Thad logeait dans ces cas-là chez son frère aîné et sa nièce Katya, dans leur maison de Tarzana. Quand Eric et elle avaient commencé à planquer devant la maison de Kurt, Thad en était déjà parti.

Il occupait la chambre d'amis, à côté de celle de la fillette, où il avait du linge et des vêtements de rechange, dont un blouson de cuir et un manteau italien noir, coupe sport. Rien de grande valeur pour la police scientifique, jusqu'au moment où elle avait réussi à récupérer de minuscules taches, sur deux des chemises et une jambe de pantalon, qui avaient survécu au lavage et au repassage.

C'était peut-être la faute de la machine à laver de Kurt Doebbler, une Kenmore antédiluvienne – « C'est une cata. Elle fuit tout le temps et elle ne lave rien comme il faut », selon la description qu'en donna une Katya à l'expression solennelle.

Et avec un regard peu amène pour son papa.

Kurt avait fait la grimace – enfin une émotion.

– Je vais en acheter une neuve, Katie.

– Tu dis toujours ça.

Trois des taches étaient trop dégradées pour qu'on puisse en analyser l'ADN. L'une des autres correspondait parfaitement à celui de Marta Doebbler, une autre à celui de Coral Langdon, et une troisième à celui de l'enseigne Darren Ares Hochenbrenner.

Petra s'était rendue sur les lieux du drame après en avoir entendu parler sur son scanner. Pendant la débâcle à la maison de Kurt Doebbler.

Quand elle était arrivée sur place, Isaac était traité comme un suspect par deux inspecteurs de la division Hollywood qui ne le connaissaient pas très bien. Il avait donné les noms du conseiller Reyes et du chef Randy Diaz. Finalement, quelqu'un avait appelé Diaz, qui déboula au volant d'une Corvette, habillé d'un jogging en velours noir et de chaussures de course à deux cents dollars. Juste à temps pour que Petra le prenne dans un coin et le mette au courant.

– C'est le gamin qui a tout fait, dit-elle en lui donnant les détails à toute vitesse.

– Impressionnant, répondit Diaz. Vous croyez qu'il va accepter d'en partager le crédit avec nous ?

– Je ne crois pas que la question soit importante pour lui. C'est un garçon de cœur, un garçon sensationnel. Je m'en porte garante. Absolument.

Diaz sourit. Il devait se dire qu'elle n'était pas en situation de garantir quoi que ce soit.

– C'est très généreux de votre part, inspecteur.

– Il le mérite.

Ils furent d'accord pour dire que l'utilisation d'une arme illégale par Isaac pour tuer Thad Doebbler pouvait poser problème.

– On devrait pouvoir arranger ça, dit Diaz. (Il regarda Petra longuement dans les yeux.) Et vos petites affaires avec, inspecteur. Si tout le monde est discret. Il va y avoir des changements chez vous et je voudrais que tout se passe en douceur.

– Quels changements ?

Diaz porta un doigt à ses lèvres. Et se dirigea vers Isaac.

Le lendemain soir, Petra prit un avion pour Oakland ; le dimanche matin, accompagnée par un sympathique inspecteur local du nom d'Arvin Ludd, elle entama la première de deux longues journées de fouille dans la cache au trésor, derrière le garage.

Elle trouva les éléments les plus précieux sur l'étagère d'un placard noir à deux portes, dans un dossier marqué « Voyages ».

Une écriture superbe, le vieux Thad. Il avait rempli trois carnets de notes de fabrication française, élégamment reliés en toile ; y figuraient tous les détails sur ses fantasmes meurtriers à partir de l'âge de douze ans.

Un mélange de sexe, de violence et de goût du pouvoir, la sauce ayant pris le jour où il était tombé par hasard sur un exemplaire du livre de Teller chez un bouquiniste de Hambourg.

« Retzak est moi et je suis lui. Je ne sais pas pourquoi les gens comme nous sont comme nous sommes. Nous sommes ainsi, c'est tout. Ça me plaît. »

Après quoi, une vie consacrée à transformer le fantasme en réalité.

Thad décrivait son échec lorsqu'il avait tenté de tuer l'aide-pâtissière allemande, Gudrun Wiegeland, comme « une faute bien compréhensible, étant donné ma jeunesse et mon manque d'expérience à quoi s'ajoutait, mais seulement en proportions modiques, un peu d'anxiété ». À l'époque où il avait tenté de défoncer le crâne de Wiegeland « avec un pied-de-biche emprunté au garage de la base », il n'était encore qu'un fils de militaire âgé de seize ans. De deux ans plus jeune que « Kurt, l'éternel prosaïque ».

L'anxiété de Thad avait peut-être été plus forte qu'il voulait bien le concéder. D'après son propre témoignage, il lui avait fallu huit ans pour faire une autre tentative.

Après une période de deux ans dans l'armée, pour l'essentiel passée à mettre en pages un journal interne à Manille, Thad s'était installé à Pittsburgh et inscrit en art et design à la Carnegie-Mellon. (« L'*alma mater* d'Andy Warhol. On m'a demandé de dessiner des chaussures pour des pubs dans les journaux. Je suis fichtrement plus conceptuel. ») Peu de temps après avoir décroché son diplôme, il avait tendu une embuscade à une condisciple de dix-huit ans, du nom de Randi Corey, qui faisait un jogging tardif sur le campus.

Le 28 juin 1987. Le semestre de printemps était fini, mais la jeune fille était restée pour suivre un entraînement de gymnastique avec son coach.

Et Thad Doebbler était resté pour l'assassiner.

La fille avait reçu trois coups qui lui avaient défoncé l'arrière du crâne et, d'après la coupure de presse que Thad avait collée dans le volume I de ses chroniques, « avait toutes les chances de passer le reste de sa vie dans un état végétatif ».

« Quand je lui ai ouvert le crâne, j'ai pu apercevoir la gélatine. Mais pas beaucoup, les os n'ont pas voulu céder lorsque j'ai essayé de les écarter. Puis j'ai entendu quelqu'un arriver et j'ai fichu le camp. Ce n'est que deux jours plus tard que j'ai appris qu'une fois de plus, inexplicablement, je n'avais pas réussi à exercer assez de pression pour souffler la chandelle de l'âme. C'est une faute qui ne se reproduira pas. »

Deux mois plus tard, un préposé à l'entretien de l'université de cinquante-deux ans, Herbert Lincoln, succombait à ses blessures à la tête ; on l'avait attaqué pendant qu'il allait récupérer sa voiture dans un parking hors du campus. D'après ce que Petra put comprendre, personne n'avait fait le rapprochement avec l'agression de Randi Corey

Une jeune femme, un homme d'âge mûr. Cela concordait avec le mode opératoire de Retzak, sauf en ce qui concernait la date.

Il en était encore à se faire la main. L'écart commis avait été loin de réduire au silence son sentiment de triomphe.

« Je l'ai étudié pendant qu'il pissait le sang, j'ai vu la lumière quitter ses yeux et j'ai dessiné les différentes phases. On ne saurait imaginer sentiment d'achèvement plus grand. »

Les dessins avaient été glissés entre les pages du carnet.

D'autant plus horribles que cette ordure dessinait très bien.

Fin du volume I.

En le mettant de côté pour prendre le suivant, Petra se promit d'essayer de trouver qui, à Pittsburgh, avait enquêté sur les affaires Corey et Lincoln. Et de savoir si la fille était encore en vie ; sa famille et celle de Lincoln seraient soulagées de connaître la vérité.

Elle ouvrit le volume suivant.

– Intéressant ? lui demanda Arvin Ludd.

– Oui, si on aime ce genre de choses.

Il sourit et croisa les jambes. Pendant que Petra épluchait le dossier, il s'était surtout contenté de paresser dans l'un des deux fauteuils Eames, en excellent état – des originaux – de Doebbler. Il se leva et s'étira.

– J'irais bien prendre un café. Voulez-vous que je vous ramène un cappuccino ou autre chose ?

– Un double expresso, si c'est possible.

– Vendu.

Il avait une allure juvénile, des cheveux noirs, les yeux bleus. Bien habillé, presque trop nonchalant et probablement homosexuel. Il quitta le local en jouant avec ses clefs de voiture.

Le silence qui régna soudain dans la pièce frappa alors Petra. Un silence total, glacial. Parfait pour tuer en toute tranquillité. De vraies oubliettes.

Doebbler avait-il amené des victimes dans cet endroit ? Les premiers tests au luminol n'avaient révélé aucune trace de sang. Elle se posait tout de même la question. Elle avait suggéré à Ludd que la police d'Oakland fasse venir des chiens renifleurs de cadavres et des sonars pour sonder le terrain. Il avait écouté, hoché la tête et répondu ni oui, ni non. Difficile à déchiffrer, ce type. Peut-être n'était-il pas homo, en fin de compte…

Volume II.

C'était parti.

Après le meurtre d'Herbert Lincoln, Thad Doebbler avait strictement respecté le protocole du 28 juin. Mais pas le rythme annuel. Être un employé salarié s'accompagnait de contraintes, et ses assassinats avaient dépendu de son programme de voyages d'affaires.

28 juin 1989 : séminaire d'informatique à Los Gatos, Californie. Thad était venu en avion de Philadelphie, où il avait pris un emploi temporaire à la caisse d'une banque tout en cherchant un poste dans l'informatique. Peu après minuit, Barbara Bohannon, secrétaire d'un cadre supérieur d'Intel, avait eu le crâne fracassé dans le parking souterrain de son hôtel. La disparition du sac à main de la victime avait conduit les enquêteurs à soupçonner le vol comme mobile.

Doebbler avait vidé le sac et l'avait jeté, gardant l'argent, les cartes de crédit et les photos du mari et du fils de trois ans de Barbara Bohannon. Il avait dépensé l'argent et classé le reste dans sa rubrique « souvenirs ».

Le dessin qu'il avait exécuté de la femme montrait un visage rond de blonde, encore agréable à regarder dans la mort. Les fibres de bois qu'on avait retrouvées prisonnières de ses cheveux apprirent à Petra que Doebbler n'avait pas encore découvert la magie du plastique.

28 juin 1991 : retour à Philadelphie, pour un autre séminaire d'informatique. Un an auparavant, Doebbler était entré dans une jeune entreprise en ligne de San Mateo pour être remercié peu après. Aucun motif n'avait été avancé. La vente de ses stock-options lui avait permis d'acheter la maison d'Oakland et de prendre le temps de changer de mode de vie. Il était devenu indépendant et sculpteur sur Lucite.

À une heure quinze, on avait découvert le corps de Melvyn Lassiter, employé d'hôtel au Inn at Penn, dans une rue de Philadelphie. Crâne enfoncé, portefeuille disparu. La femme de Lassiter avait déclaré que son mari ramenait d'habitude de la nourriture des cuisines de l'hôtel. On n'avait rien trouvé de tel près du corps.

« Pâtes au basilic, saumon grillé. Délicieux. La salade César était un peu fatiguée, mais mangeable une fois débarrassée de ses croûtons ramollis. »

28 juin 1992 : Denver, Colorado. Présentation de caniches. Ethel Ferguson, cinquante-six ans, éleveuse, trouvée poignardée dans un bois près de chez elle.

28 juin 1995 : Oceanside, Californie. Victime : Matthias Delano Brown, marin dans l'US Navy, crâne défoncé, retrouvé près des quais. Thad Doebbler avait pris trois jours de vacances à La Jolla, voyageant seul. Était descendu à l'hôtel La Valencia. (« Ravissant ; hors de prix, mais bien mérité. J'ai vu des dauphins depuis ma fenêtre. »)

Et ensuite : Marta, la belle-sœur.

L'amant de Marta, c'était lui.

Thad racontait complaisamment leur liaison, sans omettre les détails les plus scabreux, se gargarisant tout autant d'avoir libéré « la sexualité teutonique tenue en bride » de Marta que du plaisir d'avoir cocufié « Kurt, l'éternel prosaïque » (qu'il désignait par la suite sous le sobriquet de KEP).

Pendant les trois mois qu'avait duré cette liaison, il s'était rendu douze fois à Los Angeles, racontant à son frère qu'il avait décroché un contrat d'illustration pour une agence de publicité de Beverly Hills.

« Mon travail, en réalité, consistait à guetter le départ de KEP pour son éternellement prosaïque boulot, puis à baiser Marta jusqu'à lui faire exploser la cervelle – ah, l'ironie ! – dans le lit conjugal. Elle commençait toujours par faire des manières, mais finissait toujours par céder. À la fin, elle était devenue une gueuleuse de première. J'ai décidé qu'il serait chouette d'entendre d'autres hurlements sortir de sa bouche en cul-de-poule de *Hausfrau*. Elle commençait à devenir trop sentimentale et casse-pieds. »

Une catastrophe avait failli se produire une fois : Kurt était revenu à la maison peu après son départ pour récupérer une revue professionnelle qu'il avait laissée à côté de son fauteuil.

« KEP n'a même pas pris la peine de monter au premier faire un petit coucou à M. ; il a pris sa revue et il est reparti. Il n'a aucun savoir-vivre, il n'en a jamais eu. Une chance pour moi et M., vu que nous étions en pleine action et, disons, profondément emmêlés. J'ai mis une main sur sa bouche et de mon côté j'ai réussi à ne pas rire. »

Après cette alerte, Marta avait absolument tenu à ce que leurs rendez-vous aient lieu dans des motels éloignés, à Hollywood et Hollywood ouest.

Les « courses en ville » qu'elle avait données comme prétexte à ses amies.

Lorsque Marta annonça à Thad qu'elle l'aimait et était prête à laisser Kurt et Katya pour lui, il décida de la tuer.

Il avait préparé son plan avec soin et attendu jusqu'à la sortie au théâtre. L'avait appelée d'une cabine téléphonique voisine, lui avait dit qu'il était juste au coin de la rue, qu'il avait prévu une surprise : il avait réservé une chambre au Hollywood Roosevelt Hotel, une suite, en réalité. Mais voilà, il ne se sentait pas bien. Il avait des douleurs dans la poitrine, rien de plus qu'un problème de digestion, certainement, et il allait se rendre aux Urgences du Hollywood Presbyterian, juste pour être sûr. Il la rappellerait quand il aurait fini.

Elle avait paniqué et tenu absolument à l'accompagner. Retrouve-moi à ma voiture. Le temps de le dire, il était derrière le volant et roulait, l'air d'aller très bien.

Elle dit :

– Je croyais que tu étais malade.

Il éclate de rire, répond que c'est fini entre eux.

Elle se met à sangloter, exige des explications. Supplie de savoir pourquoi.

Il se gare dans une rue sombre. La prend dans ses bras, l'embrasse. Puis la repousse brutalement et descend de voiture.

Elle court après lui. Essaye de le frapper.

Il la prend par un bras qu'il tord, la fait tomber par terre et la frappe au crâne avec la massue en Lucite qu'il a cachée sous son veston. Dans la poche spéciale qu'il a cousue lui-même. Habile de ses dix doigts, le vieux Thad.

Elle gémit. S'arrête.

« J'avais eu cette femme à ma botte, je la connaissais aussi intimement qu'on peut connaître quelqu'un. Pourtant, sa gélatine n'était pas différente de celle d'aucun des autres. Malgré tout, cette petite sortie me fortifia dans mes objectifs ; jamais je n'avais été aussi proche de l'extase. Et d'honorer la mémoire de ce sage, O.R. Quelque chose qui mérite l'approbation. Qui mérite d'être célébré tous les ans. »

Sentant ses émotions s'emballer, Petra parcourut rapidement le reste et passa aux dessins *post mortem* de Marta Doebbler et des autres victimes exécutés par Thad.

Il y avait quelque chose de différent dans celui de Marta. Une expression intense – d'adoration affamée – dans les yeux de la femme.

Morte, mais il lui avait dessiné des yeux pleins de vie.

Le soir même, dans une chambre du Jack London Inn, elle prit un long bain très chaud, regarda Court TV et réussit à avaler sans vomir un cheeseburger du service en chambre.

Pièce agréable avec ses murs blancs et sa literie dans les tons de bleu. Prix supérieur à ce que le règlement autorisait, normalement, mais elle l'avait eue à un tarif imbattable par Internet.

Grande activité à l'extérieur. L'hôtel donnait sur le Jack London Square. Encore un endroit qu'elle aurait aimé explorer. Mais ce soir-là, elle n'avait aucune intention de quitter sa chambre avant de partir pour l'aéroport le lendemain matin.

Après avoir fait descendre le cheeseburger avec un Coca, elle alla étudier la collection de jolies petites bouteilles rangées dans le minibar, hésitant à se préparer un Tanqueray-tonic. Finalement, elle y renonça.

Son portable crépita sur la table de nuit. Il était toujours sur vibreur ; elle n'avait pas modifié la sonnerie depuis la planque devant le domicile de Kurt Doebbler.

Un autre désastre potentiel, ce coup-là. La porte enfoncée, Kurt jeté par terre et menotté. Ils avaient aussi été obligés de réveiller la pauvre fillette.

Les circonstances l'imposaient, telle était son excuse.

Diaz, le patron, avait dit qu'il comprenait.

Kurt Doebbler, cloué au sol dans le séjour de sa maison, avait menacé de les poursuivre en justice.

Il l'aurait fait – et aurait sans doute obtenu de solides dédommagements – s'il n'y avait eu le terrible comportement de son frère.

Et le sang sur les vêtements dans le placard de Thad. Kurt avait prétendu ne s'être jamais douté que son frère couchait avec Marta ou qu'il avait utilisé sa carte de bibliothèque, et encore moins qu'il se servait de sa maison comme base arrière pour ses petites excursions meurtrières annuelles.

Sans doute disait-il la vérité, cet éternel paumé. Mais le scepticisme appuyé manifesté par le procureur et la menace d'une mauvaise publicité avaient conduit la Pacific Dynamics à faire pression sur Kurt, qui avait fini par ne pas porter plainte.

Casse limitée. Petra se sentait coupable vis-à-vis de Katya, mais ça, c'était le boulot de quelqu'un d'autre.

Elle devrait peut-être appeler Delaware pour lui parler de la gamine…

Non, elle ne le ferait pas ; elle était flic, pas assistante sociale. Du moment que Doebbler ne défoncerait plus le crâne de personne, pour elle, l'affaire était classée.

Classée grâce au petit coup de main d'un ami.

Isaac, le tireur ! Le petit cadeau de Flaco Jaramillo. Il avait fini par lui avouer pourquoi.

Un léger côté mauvais garçon dans la mentalité d'Isaac qui, jusqu'ici, lui avait échappé.

Grâce à Dieu.

Elle prit le téléphone, étudia le numéro qui s'affichait, espérant que ce soit Eric. Ils devaient fêter tout ça le lendemain soir à Los Angeles dans un grand restaurant, l'Ivy at the Shore. Il avait été fait allusion – dans la mesure où Eric était capable de faire des allusions – à une discussion sérieuse, à des projets d'avenir.

Peu importait.

Le numéro commençait par 213. Non ce n'était pas Eric, mais quelqu'un avec qui il ne lui déplairait pas de parler.

– Salut, dit-elle.

– Salut, répondit Isaac. J'espère que je ne vous dérange pas ?

– Non, pas du tout. Qu'est-ce qui se passe ?

– Je voulais juste vous dire que je suis passé au commissariat aujourd'hui et qu'il y a un nouveau capitaine. Il s'appelle Stuart Bishop. Il a tenu à venir me voir et m'a dit qu'il vous connaissait. Je l'ai trouvé sympathique.

– Stu ? C'est une blague ?

– Il y a un problème ?

– Non, dit-elle. Aucun problème.

Elle en restait bouche bée. Incroyable.

– Il m'a fait une excellente impression, en tout cas.

– Il est sensationnel, oui ! On travaillait en équipe, lui et moi, avant qu'il quitte la police.

– Ah bon ? Eh bien, je crois qu'il est de retour.

Comme Eric, Stu avait parlé d'aller travailler dans le privé. Contrairement à Eric, il avait un patrimoine et des contacts qui auraient pu faciliter son entrée dans le monde des affaires. Mais il était revenu dans la police. Il n'avait rien dit à Petra qui aurait pu lui laisser supposer cette volte-face.

Il est vrai que cela faisait plusieurs mois qu'ils n'avaient pas eu l'occasion de parler. Depuis la mort et les funérailles de sa femme.

Revenu avec le grade de capitaine. Comment s'y était-il pris ?

Il va y avoir quelques changements chez vous...

– Si je comprends bien, c'est une bonne nouvelle pour vous ? dit Isaac.

– J'imagine, répondit Petra, le sourire aux lèvres. Et sinon, comment va notre héros ? Quand a lieu la cérémonie ?

– La semaine prochaine, je ne sais pas exactement quel jour. Si seulement ils pouvaient annuler !

– Hé, profites-en, Isaac. Isaac Gomez en compagnie du conseiller Reyes, les citoyens en adoration, la presse. Tu l'as mérité.

– Je ne suis pas un héros, Petra. J'ai eu de la chance.

– Tu as été brillantissime. Heather Salcido, elle, a eu de la chance.

La ravissante petite Heather de Brea, Californie. Cheveux noirs, grands yeux, vingt-trois ans. Une reine de beauté petit format en dépit des égratignures qui lui griffaient la joue. Infirmière diplômée depuis peu, elle travaillait à l'hôpital pédiatrique, section pneumologie, depuis moins d'un an. Vivait toujours chez papa-maman. Famille traditionnelle : le père shérif à la retraite, mère au foyer, un frère plus âgé motard *mucho macho* dans la police de la route de l'État.

À la manière dont la jeune fille avait regardé Isaac depuis son lit d'hôpital, à la manière dont il lui avait rendu son regard, les relations du jeune homme avec la police risquaient de prendre un nouveau tour.

Petra continuait de sourire.

– Non, disait-il, c'était purement de la chance.

– Dans ce cas, tu es un type rudement chanceux, Isaac. Et merci pour ça.

– C'est moi qui devrais vous remercier. Pour tout ce que vous m'avez appris.

– Tout le plaisir était pour moi, monsieur Gomez.

– Encore une chose…

– Le pistolet ? dit-elle.

– Je…

– Il a été classé comme pièce à conviction sous la rubrique arme à feu enregistrée légalement, Isaac. Dossier accepté en janvier dernier… accompagné d'un permis de port d'arme cachée. À cause de tes activités au sein de la police et du quartier à forte criminalité où tu habites. Une bonne idée, non, à voir comment les choses ont tourné ?

Silence.

– Merci, dit-il.

– Pas de quoi. Et maintenant, va t'amuser un peu.

LVI

Vendredi 5 juillet, vingt heures quatre,
Leonard's Steak House, carrefour 8e Rue et Albany,
Los Angeles

Isaac attaqua son steak – de la taille d'un gant de base-ball, mais aussi tendre qu'un donut.

– Ça te plaît ? demanda Heather.

Elle avait déjà sérieusement entamé son combiné T-bone/faux filet. Comment un si petit bout de fille pouvait-il ingurgiter une telle portion de bœuf ?

– C'est sensationnel, répondit-il, tout à fait sincère.

– J'adore cet endroit. En partie à cause de la cuisine, mais aussi à cause de tous les souvenirs qu'il m'évoque. À l'époque où mon papa travaillait au bureau du shérif, il était parfois obligé de rester tard au tribunal, le soir. Alors il nous amenait ici. Plutôt que de s'empoisonner dans les embouteillages pour retourner à Brea, on le retrouvait en ville, maman, Gary et moi, et on faisait un sacré dîner. Un peu comme un dimanche un jour de semaine.

Elle se tapota les lèvres avec le coin d'une serviette immaculée. Jolie bouche. En forme d'arc, elle avait encore un peu de rouge. Les égratignures, sur sa joue lisse au teint mat, cicatrisaient très bien, dissimulées par son maquillage. Bien mieux appliqué que celui d'Isaac lorsqu'il avait voulu cacher sa joue tuméfiée et enflée.

– On ne sort jamais, chez moi.

Mais quelle idée de lui avoir dit ça ?

Heather lui avait répondu que c'était le cas de beaucoup de familles.

– D'ailleurs, nous non plus, ça ne nous arrive pas souvent. Mais du coup, c'était encore plus extraordinaire, tu ne crois pas ? (Elle caressa la nappe du bout de ses doigts fuselés.) J'aime cette sensation.

Il sourit. Elle lui rendit son sourire et ils se remirent à manger. À boire. Un vin rouge, un cabernet californien âgé de six ans qui allait faire exploser le budget d'Isaac. Il avait fait semblant d'étudier la carte des vins – cinq pages – sachant en tout et pour tout ou presque que le rouge allait avec le bœuf. Il avait fait semblant de réfléchir et fini par choisir au hasard, en espérant ne pas s'être trompé.

Puis il avait fait le cinéma habituel, faire tourner le vin, le sentir, comme il l'avait vu faire dans les films.

Gomez. James Gomez.

Agent Double Zéro Bidon.

– Parfait, avait-il dit au sommelier.

– Très bien, monsieur.

Heather en avait pris une gorgée et déclaré :

– Oh, c'est fantastique. Tu t'y connais en vins.

Il lui avait rendu visite à deux reprises à l'hôpital, mais c'était la première fois qu'ils sortaient ensemble. Une décision impulsive, prise après la cérémonie qui avait eu lieu sur le grand escalier de l'hôtel de ville.

Elle avait occupé ses pensées dès la première fois qu'il l'avait vue.

L'assistance se réduisait en fait au conseiller municipal Gilbert Reyes, à deux ou trois lécheurs de bottes, aux médias et à Isaac et sa famille.

Ses parents rayonnaient, ses frères avaient été mal à l'aise lorsqu'on lui avait remis les félicitations officielles calligraphiées sur du faux parchemin, puis quand il avait fait, pour la forme, son bref discours. Tous ces micros soudain braqués sur lui, toutes ces caméras qui tournaient…

Il avait détesté ça d'un bout à l'autre. Rêvé de la solitude de la bibliothèque, de son ordinateur portable, de ses livres, du grand opéra des déductions. Mais pas de Klara sur ses genoux à la place de l'ordinateur. Elle était trop pour lui, beaucoup trop ; mais il s'efforcerait de conserver son amitié.

Il avait tenu le coup pendant la corvée, serré les mains, souri et attendu la première occasion de s'esquiver.

Puis Heather était apparue à ses côtés – où s'était-elle donc cachée jusque-là ? Avant qu'il puisse lui poser la question, Reyes l'avait repérée et l'avait fait poser, coincée en sandwich entre lui et Isaac, le temps qu'on les prenne en photo.

Isaac apprit plus tard qu'elle avait voulu assister à tout le bazar, mais que les embouteillages l'avaient retardée.

– J'ai tout de même entendu tout ton discours, l'assura-t-elle. Et la cérémonie a été retransmise par KFWB. Papa écoute toujours les informations, à la télé comme à la radio… ah, le voilà.

Un homme baraqué comme un camion s'avançait au milieu de la horde des journalistes qui repartaient. Cheveux et moustache blancs, peau tannée par le soleil. Poigne de fer. Suivi d'une femme, petite, mince et vive, faisant plus jeune que son âge, et à qui Heather ressemblait de manière frappante.

Heather vieillirait bien.

Nancy et Robert Salcido l'avaient remercié, puis s'étaient tournés pour parler en espagnol avec Irma et Isaiah Gomez père.

Sans trop savoir comment, Heather et Isaac s'étaient éloignés de la foule pour se retrouver dans un coin à l'ombre, au nord de l'escalier. Et sans trop savoir comment, elle avait réussi à le faire parler de lui.

– Un doctorat en sciences et un autre en médecine, avait-elle dit, c'est ambitieux… incroyable ! Ne raconte ça à personne, mais j'avais pensé faire médecine, moi aussi. Mes notes étaient bonnes et mon conseiller pédagogique m'avait encouragée à me lancer. Mais l'idée de toutes ces années d'études me rebutait. Je me suis dit qu'être infirmière serait déjà très bien pour moi… Aujourd'hui, je me demande…

– Tu devrais, lui avait-il dit.

– Tu crois ?

– Bien sûr. Pas de raison de ne pas y arriver.

À croire qu'il savait de quoi il parlait.

– En tout cas, merci pour ce vote de confiance, Isaac. Je ne sais pas. Je vais peut-être... c'était chouette de se revoir.

– Rien n'oblige à ce que ça s'arrête maintenant.

Elle avait eu une expression intriguée dans le regard, qui lui avait serré le cœur. Puis un sourire qui avait regonflé ce fichu muscle cardiaque.

– On pourrait aller déjeuner quelque part... Tout de suite.

Vas-y mollo, idiot !

– Tout de suite ? D'accord. Je vais avertir mes parents. Ils voulaient qu'on sorte en famille, mais j'aime mieux ce que tu proposes.

N'ayant aucune idée du restaurant qui convenait, tout cool qu'il était, il avait été reconnaissant qu'elle lui suggère le Leonard's. En dépit du fait qu'il allait devoir se retourner les poches. Reyes avait certes fait allusion à une récompense. Peut-être... mais peut-être pas. Au diable, vivons dangereusement !

Et maintenant il la regardait détacher la chair rose de l'os, mâcher, avaler. Tout ce qu'elle faisait était adorable.

– Quoi ? dit-elle.

– Pardon ?

– Tu es bien silencieux tout d'un coup, Isaac.

– Je profite juste du moment présent, dit-il. Le calme, la sérénité.

– Bien sûr.

Elle posa sa main sur celle d'Isaac.

Il sentit sa peau devenir brûlante.

– La vie est marrante, non ? reprit-elle. On fait des plans, des projets, et tout d'un coup, sorti de nulle part, quelque chose se passe.

– Je sais. Je suis désolé que tu aies dû subir tout ça.

– Oh, non, se récria-t-elle en lui serrant les doigts. (Elle sourit.) Ce n'était pas de ça que je parlais.

RÉALISATION : NORD-COMPO À VILLENEUVE-D'ASCQ
IMPRESSION : DIDOT CAM AU MESNIL-SUR-L'ESTRÉE
DÉPÔT LÉGAL : JANVIER 2008. N° 85429 (87050)
IMPRIMÉ EN FRANCE

DU MÊME AUTEUR

Double Miroir
Plon, 1994
« Pocket », n° 10016

Terreurs nocturnes
Plon, 1995
« Pocket », n° 10088

La Valse du diable
Plon, 1996
« Pocket », n° 10282

Le Nid de l'araignée
Archipel, 1997
« Pocket », n° 10219

La Clinique
Seuil, 1998
et « Points », n° P636

La Sourde
Seuil, 1999
et « Points », n° P755

Billy Straight
Seuil, 2000
et « Points », n° P834

Le Monstre
Seuil, 2001
et « Points », n° P1003

Dr la Mort
Seuil, 2002
et « Points », n° P1100

Chair et Sang
Seuil, 2003
et « Points », n° P1228

Le Rameau brisé
Seuil, 2003
et « Points », n° P1251

Qu'elle repose en paix
Seuil, 2004
et « Points », n° P1410

La Dernière Note
Seuil, 2005
et « Points », n° P1493

La Preuve par le sang
Seuil, 2006
et « Points », n° P1597

Le Club des conspirateurs
Seuil, 2006
et « Points », n° P1782

La Psy
Seuil, 2007
et « Points », n° P1830

Double Homicide
(coécrit avec Faye Kellerman)
Seuil, 2007

DANS LA MÊME COLLECTION

Brigitte Aubert
Les Quatre Fils du Dr March
La Rose de fer
La Mort des bois
Requiem caraïbe
Transfixions
La Mort des neiges
Funérarium
Une âme de trop

Peter Blauner
Le Dernier Beau Jour

Lawrence Block
La Balade entre les tombes
Le diable t'attend
Tous les hommes morts
Tuons et créons, c'est l'heure
Le Blues du libraire
Même les scélérats
La Spinoza Connection
Au cœur de la mort
Ils y passeront tous
Le Bogart de la cambriole
L'Amour du métier
Les Péchés des pères
La Longue Nuit du sans-sommeil
Les Lettres mauves
Trompe la mort
Cendrillon mon amour
Lendemains de terreur
Le Cambrioleur en maraude
Les fleurs meurent aussi
Le Blues du tueur à gages

C. J. Box
Détonations rapprochées
La Mort au fond du canyon
Winterkill
Sanglants Trophées
L'Homme délaissé

Jean-Denis Bruet-Ferreol
Les Visages de Dieu

Jan Burke
En plein vol
Lignées sanglantes

Leonard Chang
Pour rien, ou presque
Brûlé
Protection trop rapprochée

Sarah Cohen-Scali
Les Doigts blancs

Michael Connelly
Les Égouts de Los Angeles
La Glace noire
La Blonde en béton
Le Poète
Le Cadavre dans la Rolls
Créance de sang
Le Dernier Coyote
La lune était noire
L'Envol des anges
L'Oiseau des ténèbres
Wonderland Avenue
Darling Lilly
Lumière morte
Los Angeles River
Deuil interdit
La Défense Lincoln
Chroniques du crime
Echo Park

Robert Crais
L'Ange traqué
Casting pour l'enfer
Meurtre à la sauce cajun

Eno Daven
L'Énigme du pavillon aux grues

David Laing Dawson
La Villa des ombres
Minuit passé, une enquête du Dr Snow

Ed Dee
Des morts à la criée
L'Ange du Bronx
Pas d'erreur sur la personne
Un saut dans le vide
La Fille de l'arnaqueur

Bradley Denton
Blackburn

William Olivier Desmond
L'Encombrant

Robert Ferrigno
Pas un pour sauver l'autre

Stephen W. Frey
Offre Publique d'Assassinat
Opération vautour

Sue Grafton
K… comme killer
L… comme lequel ?
M… comme machination
N… comme nausée
O… comme oubli
P… comme péril
Q… comme querelle
R… comme ricochet
S… comme silence

George Dawes Green
La Saint-Valentin de l'homme des cavernes

Dan Greenburg
Le Prochain sur la liste

Denise Hamilton
La Filière du jasmin
Par peur du scandale
Trafic d'anges
Dans un jardin sauvage

Steve Hamilton
Ciel de sang
Un chapeau dans la neige

Veit Heinichen
Les Requins de Trieste
Les Morts du Karst

Jack Hitt
Meurtre à cinq mains

Steve Hodel
L'Affaire du Dahlia noir

Anthony Hyde
China Lake

David Ignatius
Nom de code : SIRO

Thierry Jonquet
Mon vieux

Faye Kellerman
Les Os de Jupiter
Premières Armes

Jonathan Kellerman
La Clinique
La Sourde
Billy Straight
Le Monstre
Dr la Mort
Chair et Sang
Le Rameau brisé
Qu'elle repose en paix
La Dernière Note
La Preuve par le sang
Le Club des conspirateurs
La Psy

Faye & Jonathan Kellerman
Double Homicide

Philip Kerr
Une enquête philosophique

Michael Koryta
La Mort du privé

Paul Levine
L'Héritage empoisonné
Cadavres incompatibles
Trésors sanglants

Elsa Lewin
Le Parapluie jaune

Herbert Lieberman
Nécropolis
Le Tueur et son ombre
La Fille aux yeux de Botticelli
Le Concierge
Le Vagabond de Holmby Park

Michael Malone
Enquête sous la neige
Juges et Assassins
First Lady

Henning Mankell
Le Guerrier solitaire
La Cinquième Femme
Les Morts de la Saint-Jean
La Muraille invisible
Les Chiens de Riga

La Lionne blanche
L'Homme qui souriait
Avant le gel
Le Retour du professeur de danse

Dominique Manotti
Sombre Sentier

Alexandra Marinina
Le Cauchemar
La Mort pour la mort
La Mort et un peu d'amour
La Liste noire
Je suis mort hier
Le Styliste
Ne gênez pas le bourreau
L'Illusion du péché

Petros Markaris
Le Che s'est suicidé

Andreu Martín
Un homme peut en cacher un autre

Deon Meyer
Jusqu'au dernier
Les Soldats de l'aube
L'Âme du chasseur
Le Pic du diable

Chris Mooney
Déviances mortelles
L'Enfant à la luge

Walter Mosley
Le Casseur
Little Scarlet
Noirs Baisers

Dallas Murphy
Loverman

Håkan Nesser
Retour à la Grande Ombre
Le Mur du silence

Kyotaro Nishimura
Les Dunes de Tottori

Sara Paretsky
Refus de mémoire
Canailles & Co
Chicago, banlieue sud

Michael Pearce
Enlèvements au Caire

George P. Pelecanos
Hard Revolution
Drama City

Michael Pye
Destins volés

Sam Reaves
Le taxi mène l'enquête

Barbara Seranella
Tous des rats
Sans penser à mal

Edward Sklepowich
Mort dans une cité sereine
L'Adieu à la chair

Ake Smedberg
Disparitions à la chaîne

April Smith
Montana Avenue

Mike Stewart
Mon frère en Alabama

James Swain
Le Sens de l'arnaque
Funny Money

Austin Wright
Tony et Susan

L. R. Wright
Le Suspect
Mort en hiver
Pas de sang dans la clairière